Sur l'auteure

Écrivaine née à Montréal, Heather O'Neill a été récompensée à de nombreuses reprises pour son œuvre. Son roman *Perdre la tête* a été finaliste du Prix des libraires du Québec 2023.

HEATHER O'NEILL

PERDRE LA TÊTE

Traduit de l'anglais (Canada)
par Dominique Fortier

10/18

LES ESCALES

Titre original :
When We Lost Our Heads

Publié en accord avec les Éditions Alto.

Édition française publiée par :

ISBN 978-2-264-08545-0
Dépôt légal : avril 2025

PREMIÈRE PARTIE

1

Le duel

Au cœur d'un labyrinthe de rosiers, dans le Mille doré, deux fillettes se tenaient dos à dos, le canon de leurs pistolets levé vers le menton. Elles se mirent à compter à voix haute ensemble en avançant chacune de quinze pas.

Marie Antoine et Sadie Arnett avaient fait connaissance dans le parc sur le mont Royal, derrière chez elles, à l'âge de 12 ans. C'était en l'an 1873. Toutes deux semblaient être nées avec la même abondante chevelure, sauf que Sadie avait une tignasse brun foncé alors que Marie était blonde. Sadie avait de grands yeux sombres, presque noirs, des pommettes déjà hautes, et des lèvres d'un vermillon si profond qu'on aurait dit qu'elle portait du rouge. Marie avait les yeux bleus, un teint de porcelaine et la bouche du rose le plus léger qui soit. Elles ressemblaient à deux poupées destinées aux petites filles, l'une blonde et l'autre brune.

Ce jour-là, Marie portait une veste blanche ajustée aux rebords brodés de bleu qui lui arrivait juste sous les genoux, révélant ses chaussettes blanches et ses jolies chaussures en cuir bleues. Sadie était coiffée d'un chapeau bordeaux garni d'une ruche noire de la taille d'un petit gâteau, inutilement juché sur sa tête.

Au moins celui-ci n'enlevait-il rien à l'effet que produisait son manteau de velours noir à boutons bordeaux. Elle avait de petites chaussures noires avec des boucles noires aux bouts.

Des roses étaient gravées sur la crosse des pistolets.

Une bonne observait la scène depuis une fenêtre à l'étage où elle boutonnait sa nuisette en sifflotant. De son poste en surplomb, elle pouvait voir l'intérieur du labyrinthe et la clairière en son centre. D'abord, elle n'en crut pas ses yeux. Ça ne semblait absolument pas possible. Il y a toujours quelque chose de surréel à voir des enfants se lancer dans des entreprises périlleuses. Imperméables au danger, ils se comportent comme s'ils s'apprêtaient à défier les lois de la physique.

L'espace d'un instant, l'adulte reste en suspens dans le royaume de l'incrédulité enfantine. Puis la bonne brisa l'enchantement. Elle descendit l'escalier quatre à quatre, en culotte et en nuisette. Ses cheveux roux flottaient derrière elle comme si elle portait une torche enflammée.

Elle traversa le labyrinthe en hurlant. Enfin, elle y fut. Debout entre les deux jeunes filles, elle ouvrit la bouche pour leur ordonner d'arrêter au moment précis où elles se retournaient pour faire feu. Les deux balles atteignirent la bonne, qui s'effondra, les paroles destinées à mettre en garde les fillettes contre leur bêtise envolées à jamais.

2

Où l'on fait la connaissance de la charmante Marie Antoine

Au XIXe siècle, à Montréal, la richesse connaissait une croissance exponentielle, même si le nombre de riches n'augmentait pas. La fortune personnelle de l'élite anglophone grandissait de manière disproportionnée. Pour loger ce trop-plein d'opulence, on construisait et on agrandissait de splendides manoirs. C'étaient de véritables œuvres d'art, authentiquement majestueuses, plantées à flanc de montagne comme sur un piédestal avec, en leur centre, le dôme de la cathédrale anglicane semblable à une boule de glace à la menthe. Les rues du Mille doré, comme on l'appelait, serpentaient jusqu'en haut de la montagne et il fallait s'armer de patience pour en gravir les routes sinueuses en voiture. Mais cela valait la peine de faire le trajet lentement, car il y avait tant à voir. Les jardins étaient aussi magnifiques que les demeures.

Tous les parcs étaient conçus par des jardiniers britanniques. La discipline devait y régner en maître. Ils n'étaient pas censés exhiber le caractère turbulent et chaotique de la nature nord-américaine, qui rappelait presque la jungle. Certains des arbres étaient mal élevés ; ils éventraient les rues et déformaient les trottoirs de périlleuse façon. Les arbres qui ne respectaient pas les règles se retrouvaient couverts d'enfants perchés sur leurs branches vêtus de culottes bouffantes, chaussés de bottillons noirs, des boucles dans les cheveux. Ils chuchotaient qu'ils voguaient à bord de bateaux pirates et qu'il y avait des requins voraces au-dessous. Ils s'agrippaient aux branches des arbres comme s'ils étaient en danger, comme si les arbres étaient leurs mères. Et les arbres, ne pouvant s'empêcher d'être apprivoisés, se prenaient à désirer tenir des enfants dans leurs bras.

La maison la plus magnifique de tout le Mille doré était habitée par un veuf, M. Antoine, et sa fille unique, Marie.

La légende familiale voulait que Marie ait fait ses premiers pas en exécutant quelques mouvements de ballet sur le parquet. Là où la plupart des enfants tentent des enjambées maladroites, elle avait fait un petit pas de chat. Elle se promenait avec une démarche de canard, chaussée de ses minuscules chaussons de ballet, les rubans traînant derrière elle comme un sillage dans l'eau. Elle se produisait pour un public. En grandissant, elle se mit à consacrer plus de temps à choisir le nom qu'elle donnait à la danse plutôt qu'à élaborer la chorégraphie.

— Je vais maintenant vous présenter un faon qui a été séparé de sa famille.

Elle montrait les mains, doigts écartés, pour figurer des bois. Puis elle se promenait sur la pointe des pieds en jetant des regards désespérés autour d'elle, à la recherche de sa deuxième famille chevreuil.

On repeignait constamment de nouvelles murales dans sa nursery. Son père ordonnait aux peintres de consulter Marie, puisqu'il s'agissait de sa chambre et que c'était à elle que la pièce devait plaire. Il s'y trouvait un portrait grandeur nature d'une chèvre assise sur une chaise en train de siroter un verre de lait. En règle générale, on n'emmenait pas les invités dans la nursery mais, de temps en temps, Louis se sentait d'humeur à faire monter les gens pour l'admirer, et tout un chacun était ravi par la fantaisie qui s'y déployait.

C'était une idée toute neuve que de considérer l'enfance comme une période de la vie méritant d'être célébrée, digne de considération en elle-même. Alors qu'on voyait autrefois les enfants comme des adultes incompétents, on estimait maintenant qu'ils appartenaient à un état édénique qui leur permettait d'accéder à une faculté d'imagination supérieure à la raison. La moindre de leurs paroles recelait une sagesse qui avait été perdue par les adultes. Il fallait encourager l'enfance, se consacrer à en faire l'âge le plus magique de la vie.

Louis se voyait souvent comme le précurseur de cette façon de penser. Il croyait que c'était la naissance de Marie qui avait marqué le début de l'engouement victorien pour les bébés. Depuis la mort de sa mère, alors que Marie était encore nourrisson, ils avaient toujours vécu seuls. Il était propriétaire de la plus grande raffinerie de sucre du pays, aussi n'y avait-il rien de trop somptuaire pour favoriser l'épanouissement de sa fille. Quand elle avait eu 6 ans, il avait fait imprimer sa silhouette sur tous les sacs de sucre.

Comme ils formaient la famille la plus influente de Montréal, rien de ce qu'ils faisaient ne pouvait être vu comme un faux pas. Dès qu'ils entreprenaient une activité, celle-ci cessait d'être perçue comme grossière pour devenir un privilège que les autres n'avaient pas les moyens de s'offrir.

On considérait généralement qu'il n'était pas poli d'emmener un enfant à une réception d'adultes. Mais Louis faisait clairement savoir que sa fille et lui étaient inséparables. C'est ainsi que, tel un bambin qui accède au trône en bas âge, Marie se trouva tôt entourée d'adultes. En raison de la fortune de Louis, chacun s'empressait d'accéder à ses demandes extravagantes. Personne n'ignorait qu'il était difficile de gagner son cœur ; il était imperméable à leur flagornerie, comme seul pouvait l'être un homme passé lui-même maître dans cet art. Tout le monde savait que l'unique moyen de plaire à Louis, c'était de passer par sa fille.

Les invités interrogeaient fréquemment Marie sur ce qu'elle comptait faire quand elle serait grande. Bien sûr, personne ne croyait réellement qu'elle allait faire quoi que ce soit d'autre que se marier, ce qui donnait un ton encore plus comique aux adorables prophéties de la fillette.

— J'aimerais beaucoup faire partie d'un cirque et être dompteuse de lions, raconta-t-elle au maire et à son épouse. Je serais très douce avec le lion. Je brosserais sa crinière. Et je lui donnerais des caramels. Il me laisserait glisser ma tête dans sa gueule. Et il ne lui viendrait jamais à l'esprit de refermer les mâchoires. Nous marcherions ensemble dans la rue, et je n'aurais pas besoin de le tenir en laisse.

» Je crois que je serai chanteuse d'opéra, annonça-t-elle un soir à un groupe de dames de la haute société, mais comme je n'aime pas trop chanter fort, je chanterai dans un porte-voix. Ce qui me plaît le plus à l'idée de devenir chanteuse d'opéra, c'est que je pourrai manger tout ce que je veux et devenir grosse. Il me semble que ce serait bien d'être grosse !

» Je voudrais explorer l'Arctique, expliqua-t-elle à un groupe d'investisseurs froids et sévères. J'aime porter plein de manteaux. Et j'aimerais bien occire moi-même un morse un de ces jours. J'aime tous les animaux, mais les morses ne me disent rien qui vaille. Ils sont trop effrayants.

Elle battait coquettement des cils, affectait un air candide, consciente que ses paroles étaient à la fois précoces et adorablement bêtes. Marie possédait un charme naturel. Elle pouvait se montrer faussement timide, naïve et folâtre, mais de manière si créative que cela confinait à une forme de génie.

Elle prenait plaisir à énoncer les pensées les plus absurdes qu'elle pouvait imaginer :

— J'ai peur qu'à la pluie, les cailloux du jardin se changent en grenouilles et se sauvent en bondissant.

Comme la littérature absurde était en vogue, ses remarques niaises étaient vues comme pleines d'esprit.

Les adultes comprenaient le sous-texte sur lequel reposait son humour, savaient quand elle se montrait absurde, faussement timide, fantaisiste, ce qui échappait aux autres enfants. À vrai dire, elle était plus amusée par sa propre conversation que par celle des gens de son entourage. Consciente de maîtriser le secret des interactions sociales malgré son jeune âge, elle se savait plus divertissante et plus sophistiquée que la moyenne. Elle ne prêtait habituellement pas grande attention à ce que disaient les autres, dont elle se servait surtout comme d'un tremplin pour ses traits d'esprit.

Quant à savoir si elle était ou non intelligente, c'était matière à discussion chez ses tuteurs. Elle s'endormait dès qu'on lui faisait la lecture. Il suffisait de lui lire une ou deux phrases pour qu'elle se mette à dodeliner de la tête. Convaincue que tout ce qu'elle pouvait apprendre était trop difficile à retenir, elle se contentait de ce qui lui venait intuitivement, sans effort. Mais en vérité, elle savait très peu de choses, et ainsi rien ne pouvait miner son arrogance et sa confiance. Si elle s'était forcée à s'instruire, elle aurait pris conscience de ses lacunes et en aurait éprouvé de la frustration.

Elle piquait des crises quand venait l'heure de ses leçons de piano.

— Si seulement ces airs n'étaient pas si longs ! se lamentait-elle. Je ne puis retenir plus qu'une chanson de dix secondes, sinon mon cerveau se met à me faire mal.

— Alors travaillons une chanson de dix secondes.

— C'est impossible aujourd'hui. Je suis épuisée. Peut-être demain.

On envoya chercher un médecin afin de découvrir pourquoi ses leçons fatiguaient tant Marie. Sa préceptrice disait n'avoir jamais rien vu de tel. En fait, elle craignait même que ce ne soit dangereux. Marie s'était endormie si brusquement et si profondément pendant qu'elle lui lisait *Le Morte d'Arthur* que, pendant un instant, elle crut avoir tué l'enfant.

Le médecin suggéra que Marie mange moins de sucreries. La quantité de gâteaux et de confiseries qu'elle ingurgitait chaque jour était peut-être la cause de ces minuscules comas. Marie avait la dent si sucrée que c'en était phénoménal.

Quelles gourmandises avait-elle mangées ce jour-là ? Une boule au rhum qu'on avait fait flamber devant elle de sorte qu'elle était tiède en franchissant ses lèvres, comme si elle croquait dans le cœur d'une biche. Une mousse au chocolat qui avait fondu dans sa bouche en emplissant tout son corps de douceur. Il y avait eu des chocolats fourrés au brandy dont elle avait sucé l'alcool. Elle s'était sentie comme un oiseau qui aurait bu du nectar avant de s'envoler haut dans le ciel. Et puis il y avait eu un gâteau princesse, dôme rond recouvert d'une fine couche de glaçage rose et croquant qu'il fallait frapper avec une cuiller. Quand la surface se craquelait, c'était comme assister à un tremblement de terre. Elle en frissonnait de délice. Ce gâteau était toujours orné d'une petite rose, parfois faite en glaçage et parfois naturelle. Elle ne pouvait s'empêcher de la mordre pour savoir.

Aussi gourmande de culture, Marie était fascinée par toutes les formes de prestations théâtrales. Peu importe où elle était assise dans une salle, elle se comportait toujours comme si la pièce était jouée uniquement pour elle. Après un spectacle de marionnettes, elle racontait aux bonnes les tragiques complications dans lesquelles s'étaient empêtrés les pantins, comme s'il s'agissait d'amis très chers et que leur bonheur était le sien. L'une des bonnes passait instinctivement les bras autour de Marie, pleine de sympathie pour les malheurs qu'elle avait vécus à cause des marionnettes.

Marie se mit un jour à hurler pendant une pièce quand un méchant plongea son couteau dans le cœur de l'héroïne. Son père dut la sortir dans le hall du théâtre. Elle était inconsolable. Après le spectacle, Louis l'emmena en coulisses pour qu'elle puisse voir que les acteurs étaient sains et saufs.

Elle était chagrinée par une poupée à l'expression sombre, qu'elle essaya tant et plus de rendre heureuse, sans succès. Marie possédait de très nombreuses poupées, pourtant elle en vint à ne s'intéresser qu'à celle-là. Son père l'emmena à l'hôpital de poupées pour la faire réparer, et le fabricant de jouets peignit un nouveau sourire sur le visage de la poupée, au grand bonheur de Marie. Ce que la poupée en pensa, par contre, était moins sûr.

Aussitôt cette poupée réparée, toutefois, Marie jeta son dévolu sur un ourson chagrin au manteau de velours bleu avec, sur le crâne, des touffes de fourrure noire qui lui donnaient l'air d'être tombé à l'eau. Son expression laissait entendre qu'il s'était mis dans le pétrin par sa propre faute et ne pouvait s'en prendre qu'à lui-même.

— Je t'aime tant, dit Marie à l'ours tandis qu'ils prenaient le thé. Mais bien sûr que je t'aime tant. Tu es tellement aimable. N'importe quelle fille tomberait amoureuse de toi. Je veux être la seule à savoir comment t'aimer. Je veux que tu croies que si je n'étais pas là pour t'aimer, alors tu serais seul au monde. Je veux que tu aies aussi peur de me perdre que moi j'ai peur de te perdre. Est-ce cruel ? Je suis méchante, je sais. Je peux me faire pardonner en te couvrant de baisers ? Je ne me fatiguerai jamais de t'embrasser. Aimerais-tu quelques biscuits ?

À l'aide d'une cuiller, elle prit des boutons qu'elle laissa tomber sur l'assiette.

— C'est toujours important de manger, sinon tu vas devenir trop maigre. Et tu sais ce qui arrive aux ours quand ils deviennent trop maigres ? Eh bien, les yeux leur tombent en dehors de la tête, bien sûr. Tu te retrouverais à quatre pattes en train de les chercher par terre. Mais tu ne les trouverais jamais, parce que tu serais aveugle.

Marie fixait l'ours, qui refusait de répondre. Toutes

les fois qu'elle parlait à ses poupées, on aurait dit qu'elle s'adressait à une seule et même personne. Toutes les poupées étaient pareilles. Elles périssaient toutes d'ennui, et lui faisaient payer le prix de leur mauvaise humeur. L'ours n'était pas différent.

— Est-ce que tu penses à d'autres ours ? Ceux qui sont dans des zoos ? T'imagines-tu que tu serais plus heureux avec eux que tu l'es avec moi ? C'est faux. Mais je ne dis pas que tu es très différent d'eux. Tu n'es pas sauvage. Ta place est ici, dans la maison, avec moi. Tu ne serais pas heureux au zoo. Ils ne prennent pas le thé, là-bas. Ils n'ont pas de lit chaud et confortable pour toi. Oh, j'en ai assez. Je suis fatiguée de passer mes journées à te supplier de m'aimer.

Elle se leva et sortit en trombe, mais se retourna et revint prestement.

— Il faut que tu me pardonnes. Tu ne dois pas croire un mot de ce que je t'ai dit.

Marie ne ménageait guère ses affections. Elle avait un charme fou. Elle possédait le don de faire sentir à de grands groupes de personnes qu'ils étaient aimés d'elle. Son affection était semblable à la lumière du soleil, elle pouvait emplir une pièce.

La gouvernante dit un jour à Louis qu'il fallait que Marie joue avec d'autres enfants. Elle en était venue à cette conclusion quand elle avait surpris la fillette au milieu d'une discussion enflammée avec un cochon. Marie poussait un landau jouet, un adorable engin rose, orné de dorures, plus chic que tous ceux que la gouvernante avait vus utilisés pour transporter de vrais enfants. Elle avait cru que Marie s'en servait pour promener l'une de ses poupées préférées, mais la couverture s'était mise à remuer. Pendant un moment, la gouvernante avait éprouvé une terrible appréhension, se demandant qui donc avait pu confier son bébé à Marie pour son amusement.

À ce moment-là, une tête avait émergé des couvertures. La gouvernante, qui avait cru voir un cochon espiègle, s'était dit qu'elle se trompait sûrement. En y regardant de plus près, elle s'était rendu compte qu'elle avait raison. Il y avait bel et bien un cochon dans le landau. Marie avait une expression exaspérée, habituellement réservée aux nouvelles mères de très jeunes enfants.

— Tu ne cesses de faire des caprices. Qu'est-ce que tu veux ? Si je te donne un petit gâteau, tu vas en vouloir un deuxième. Tu as perdu la tête depuis que je t'ai donné ce petit gâteau. Est-ce que tu ne regrettes pas de l'avoir goûté ? Autrement, tu ne saurais pas ce que tu manques tout le temps. J'ai peur de t'avoir rendu fou. S'il te plaît, ne dis pas aux autres cochons comme il était bon. Ils ne nous laisseront jamais tranquilles. Ils vont se faufiler dans la maison au milieu de la nuit et tout manger. Mais ils ne s'arrêteront pas là. Ils vont dévorer tous les oreillers et toutes les couvertures. Ils vont manger les coussins du canapé, les tapis. Ils vont croquer les têtes de toutes mes poupées.

Le manoir était envahi par les animaux. Alors que la plupart des gens exposaient chez eux des créatures empaillées, chez les Antoine elles étaient obstinément vivantes.

Marie avait supplié qu'on lui donne un cochonnet pour son anniversaire. Elle le nourrissait à l'aide d'un biberon de lait, et lui avait fait confectionner par le tailleur de petits cols et des bonnets parfaitement ajustés à sa tête. Ce n'était pas un spectacle inhabituel que de voir Marie marcher le long du boulevard avec un cochon en nœud papillon, ou étendue dans le jardin en train de lire un livre, la tête posée sur une truie en guise d'oreiller.

Louis estimait que les animaux étaient attirés par la douceur maternelle de Marie. Mais il était plus probable qu'ils fussent attirés par son côté sauvage. Les animaux croyaient qu'elle était l'une des leurs.

En grandissant, Marie se lia d'amitié avec les fillettes du voisinage, qui étaient beaucoup plus faciles à impressionner que ses peluches et ses animaux de compagnie. Sa personnalité charmante et sa fortune la rendaient très attirante aux yeux des autres petites filles. Si elle avait le don de faire tomber les fillettes amoureuses d'elle, elle ne les aimait pas vraiment en retour. Comme ses poupées, ces enfants étaient à ses yeux toutes interchangeables. Et aimer tout le monde, c'est la même chose que de n'aimer personne.

Elle accepta son rôle de cheffe. Elle se plaisait à leur présenter sa plus récente babiole mécanique, un oiseau d'argent qui se perchait sur son doigt et pépiait. Elle adorait la technologie, et prenait aussi plaisir à impressionner un jeune public avec ses acquisitions et ses connaissances scientifiques. Petit à petit, l'adulation qu'on lui vouait en vint à combler et à remplacer son besoin d'éprouver quelque autre sentiment. Elle ne pouvait plus se passer de compliments. Elle ne pouvait surtout plus se passer du regard d'autrui, car elle n'avait rien d'autre pour la nourrir émotionnellement, comme si elle s'était gavée de petits gâteaux dans l'espoir d'être un jour repue, mais que ceux-ci avaient davantage creusé son appétit plutôt que de la rassasier. Marie devenait une version d'elle-même encore plus adorable et plus extravagante. Elle n'était jamais seule. Elle n'avait jamais le temps de se livrer à la moindre introspection. Elle n'avait jamais de temps pour la solitude ou la haine de soi.

Par un après-midi frisquet, Marie vit une petite procession d'enfants traverser sa pelouse pour se diriger vers les bois de la montagne qui s'élevait en contre-haut. Elle était sur le point de rentrer, car la neige s'était mise à lui fouetter le visage, mais elle s'arrêta pour considérer le groupe, dont l'assurance lui parut étrange. Ils paraissaient tous très tristes, vêtus de leurs manteaux noirs du dimanche pascal. Une fillette et un petit garçon à l'avant de la file s'aidaient mutuellement à porter une caisse rectangulaire. Tous les deux étaient en larmes. Les autres enfants paraissaient eux aussi tellement chagrins qu'ils avaient l'air affolés. On aurait dit qu'ils s'étaient enfuis d'un cauchemar et qu'ils tentaient de trouver le moyen d'y retourner.

Tous, à l'exception d'une petite fille avec une épaisse tignasse noire que le vent semblait avoir ébouriffée. Cette étrange fillette était le calme incarné. Elle se tenait droite. Quand les enfants commencèrent à hésiter, elle prit la tête de la procession. Elle n'était pas comme les autres.

3

Où l'on fait la connaissance de la diabolique Sadie Arnett

Les Arnett avaient déménagé dans le Mille doré quand le père de Sadie avait hérité d'un manoir de son grand-oncle. C'était une magnifique demeure en pierre grise polie, qui paraissait indifférente aux rudes hivers. M. et Mme Arnett emménagèrent le jour de leur troisième anniversaire de mariage. Leur fils, Philip, était bébé, et leur fille, Sadie, n'était pas encore née.

La maison du Mille doré était leur porte d'entrée vers la sécurité et la prospérité. M. et Mme Arnett étaient tous deux bien résolus à se servir de leur adresse pour se hisser jusqu'au sommet de l'échelle sociale. Politicien connu pour sa défense acharnée de la décence et de la morale, M. Arnett réclamait avec insistance la fermeture des maisons closes et l'interdiction de la prostitution. Il suffisait qu'il s'avise de critiquer une pièce pour que le théâtre y ajoute des représentations supplémentaires, certain que la publicité attirerait les spectateurs.

Son adresse lui fournissait un vernis de respectabilité. C'était grâce à l'illusion de la richesse qu'il avait réussi à garder sa carrière à flot. Les Arnett songeaient souvent à vendre la maison parce qu'ils étaient à court d'argent, mais ils étaient conscients que s'ils s'en défaisaient, ils perdraient le statut que leur conférait leur appartenance au Mille doré.

L'hiver, ils gardaient la maison glaciale par souci d'économie. Le troisième étage était complètement condamné, de sorte qu'ils n'avaient pas besoin de le nettoyer ni de le chauffer. Ils n'employaient qu'une bonne, la cousine de Mme Arnett, âgée de 17 ans, qui jouait plus ou moins à la bonne plutôt que d'en remplir véritablement les fonctions. C'est Mme Arnett qui se chargeait de la majeure partie des tâches ménagères. Elle se mettait à quatre pattes pour récurer brutalement le plancher avec une brosse. Elle devait donner l'impression qu'elle avait trois bonnes à son emploi. Les visites n'étaient pas encouragées. C'était tellement coûteux de recevoir.

Ils auraient pu mener une vie normale s'ils avaient été humbles, s'ils avaient vécu dans une maison convenant à un politicien et avaient inscrit Philip à une école moins dispendieuse. Mais il leur fallait contracter des alliances avec de vraies fortunes. Il fallait qu'ils soient acceptés pleinement dans le Mille doré pour que M. Arnett puisse prendre du galon en politique.

Petite, Sadie ne criait pas, ne pleurait pas, ne faisait pas de caprices inutiles comme d'autres bébés. Elle n'avait jamais parlé avant de pouvoir prononcer des phrases complètes, exprimant clairement ce qu'elle voulait.

Enfant, elle était très autonome. Peut-être n'avait-elle pas le choix, puisqu'elle n'avait qu'une bonne, laquelle ne faisait guère le ménage. Elle n'aimait pas qu'on l'habille. Elle détestait certains vêtements, enfilait chaque jour la même robe marine avec des rayures noires sur le col et laçait ses bottes noires.

Elle ouvrait des livres avant d'être capable de les lire. Elle refusait systématiquement de jouer avec son frère.

Elle s'asseyait à côté de Philip pendant qu'on lui apprenait à lire et à écrire et restait parfaitement immobile. Elle apprenait les leçons plus rapidement que lui. Elle semblait comprendre que c'était là sa seule occasion d'être exposée au même enseignement que son frère, aussi restait-elle assise, silencieuse comme une souris, pour tout absorber.

Elle ne cessait d'estomaquer les membres de la maisonnée. Ils entraient dans une pièce sans savoir qu'elle s'y trouvait. Et puis ils se retournaient et manquaient défaillir. Elle semblait s'être brusquement matérialisée, mais elle était là depuis le début.

Quand Sadie eut 7 ans, sa mère engagea une dépense supplémentaire en confiant sa fille à une gouvernante dans l'espoir de lui inculquer des manières de dame. La gouvernante dut être remerciée après que Sadie fut tombée d'une falaise sous sa garde. Elle jura que la fillette l'avait fait exprès. Personne n'était prêt à accepter cette version des faits, mais la gouvernante avait vu ce qu'elle avait vu, et personne ne put la persuader qu'elle se trompait.

Elle avait détaché son regard de Sadie pendant une seconde. Quand elle avait de nouveau posé les yeux sur elle, l'enfant lui souriait, dos à la falaise. Elle se trouvait à quelque vingt pieds du bord, mais la gouvernante jugeait tout de même que c'était dangereux. Elle avait ordonné à Sadie de venir la rejoindre sur la couverture qu'elle avait étendue pour pique-niquer.

Le sourire de Sadie s'élargit encore et elle se mit à reculer. De plus en plus alarmée, la gouvernante se leva et cria à la fillette d'arrêter immédiatement.

— Sadie, mon cœur, fais attention, s'il te plaît. Retourne-toi ! La falaise est juste derrière toi, mon cœur, tu vas tomber. Tu vas tomber.

Comme Sadie continuait à reculer, la gouvernante se mit à courir vers elle, bras tendus. Épouvantée, elle sentait son estomac se nouer. Elle supplia la fillette :

— S'il te plaît, s'il te plaît, arrête.

On aurait dit qu'elle implorait qu'on lui laisse la vie sauve. Elle implorait qu'on lui épargne cette expérience.

Sadie recula tout au bord de la falaise et s'arrêta un moment. Instinctivement, la bonne s'arrêta aussi. Elle craignait, en faisant un geste de plus, de rappeler à l'enfant sa trajectoire en apparence inaltérable. Alors, chose troublante et incroyable, Sadie fit au revoir de la main. Puis elle fit un pas en arrière, dans le vide.

Elle se rétablit, mais souffrit d'un bras cassé et d'une commotion cérébrale. Elle semblait particulièrement fière de son bras cassé. C'était un de ses premiers souvenirs. Elle se rappelait avoir songé que si elle était capable de se jeter d'une falaise, elle serait capable de jeter n'importe qui d'une falaise.

Délibérément. « Délibérément », c'était un mot que la gouvernante s'entendit répéter à de nombreuses reprises au cours des jours qui suivirent l'incident. Elle le répéta si souvent, sans jamais être prise au sérieux, qu'elle en vint à se demander si elle avait la moindre idée de ce que le mot signifiait vraiment.

La gouvernante rentra chez sa mère en tramway avec tous ses effets personnels. Pour le reste de sa vie, elle garderait un doute quant au sens des concepts de délibération et de libre arbitre.

Après cet incident, Sadie fut envoyée à l'école. Elle était la plus brillante de sa classe, excellait dans toutes les matières. Sa soif ne se limitait cependant pas aux connaissances, sans quoi elle se serait sans doute prise à rêvasser pendant les cours. Elle voulait être meilleure que les autres filles. Sa réussite devait servir à les dominer et à les humilier.

Elle revenait de l'école avec son écharpe enroulée presque jusqu'aux yeux, les cheveux en bataille, ce qui avait chaque fois le don d'inquiéter sa mère. Mme Arnett ne comprenait pas ce qui s'était passé. Comment sa fille était-elle devenue si échevelée et négligée ? Sadie la contemplait d'un air impassible, comme elle considérait la plupart des gens. Son impolitesse exaspérait sa mère.

*

Sadie détestait le son du piano et refusait d'apprendre à en jouer. Têtue, elle regardait la neige tomber de l'autre côté de la fenêtre.

— Je n'aime pas ça. C'est trop pétillant. Trop mignon.

— On peut danser sur sa musique, plaidait la tutrice.

— Non. Je pense que la musique devrait être terrible. Elle devrait faire sangloter les gens. Voudriez-vous m'apprendre un hymne funèbre ?

— Pour quel genre de funérailles ?

— Celles d'une jeune mère qui s'est noyée après avoir été rejetée par son mari.

Sadie Arnett n'avait pas d'amies avant de faire la connaissance de Marie. Elle avait appris à lire très jeune. Plus les romans qu'elle lisait étaient épais, plus elle arrivait à s'abstraire du monde, et de tous les gens qui l'habitaient. Chaque roman était comme un voyage.

Elle recherchait tout spécialement les gros volumes, qui lui permettaient de s'absenter plus longtemps. Il lui arrivait parfois de disparaître pendant tout un hiver.

Elle se demandait souvent pourquoi on lui permettait de lire des romans. Le sous-texte sur lequel ils reposaient était toujours contraire aux idées qu'on enseignait à l'école. Il y avait des assassins et des dégénérés à chaque page. Et c'étaient souvent les héros !

Quand on l'appelait pour le souper, elle s'asseyait à table sans être vraiment présente, l'esprit encore absorbé par ce qui se passait dans le livre qu'elle était en train de lire. Elle engageait rarement la conversation, manifestement peu intéressée. Tout ce qu'on disait lui paraissait insignifiant.

Sadie avait la nette impression que ses parents aimaient davantage son frère qu'ils ne pourraient jamais l'aimer elle. Sa mère la dévisageait même avec suspicion. Elle ne comprenait pas pourquoi ses parents étaient si déçus qu'elle soit une fille. Ils ne nourrissaient pas d'espoirs pour elle comme ils en avaient pour Philip. Elle ne comprenait pas comment ils pouvaient ne pas voir qu'elle était bien meilleure que lui. Elle le dépassait dans tous les aspects de la vie, même si elle était sa cadette. Dès l'âge de 3 ans, elle l'avait rattrapé. Dans la famille, tout le monde considérait sa précocité comme un affront direct à son frère.

À l'âge de 11 ans, Sadie se mit à tenir un journal. De la voir sans cesse prendre des notes rendait Mme Arnett mal à l'aise. Elle regardait l'encre qui s'écoulait de la plume de sa fille en dansant comme la queue d'un cerf-volant. Elle n'aurait su dire pourquoi Sadie s'imaginait être le juge de ce qui méritait d'être consigné. Quand Philip s'étouffa avec son lait au souper, Sadie sortit son cahier et le nota. Un jour que son père se plaignait, assez peu charitablement, d'un adversaire politique, Sadie sortit son cahier pour consigner cela aussi. Sa mère se glissa dans la chambre de sa fille un après-midi pour jeter un coup d'œil au journal. Sadie fut grondée pour avoir dressé une liste des bêtises que Philip avait faites ce jour-là. C'était vilain de sa part de juger ainsi son frère.

Sa mère résolut d'abord de lui confisquer son journal, mais la réaction de Sadie fut très vive. Elle faisait pitié à voir alors qu'elle implorait sa mère de lui laisser son carnet. Elle ne pouvait vivre sans. Sadie tomba à genoux, se tordit les mains et leva des yeux implorants vers sa mère. Celle-ci, qui connaissait le tempérament fier de sa fille et savait qu'il était contre sa nature de supplier, fut troublée par l'intensité de sa passion.

Elle eut honte d'avoir été témoin de cette agitation chez sa fille. En vérité, elle aurait eu honte d'en avoir été témoin chez qui que ce soit. Mais il était particulièrement difficile de voir une émotion si vile chez un être si proche.

Plus tard, quand elle se demanderait si Sadie éprouvait des sentiments, quels qu'ils soient, elle se rappellerait ce moment, sans toutefois considérer qu'il y avait là une preuve. On aurait plutôt dit que Sadie faisait semblant d'avoir des sentiments dans le but d'obtenir ce qu'elle voulait. Elle était à ce point manipulatrice.

À ce moment-là, Mme Arnett avait cédé, mais décrété à Sadie qu'elle ne pouvait écrire que de la poésie ou décrire des faits imaginés. Une mémorialiste de 11 ans, ou une satiriste politique, peu importe ce qu'elle croyait être, ça n'augurait rien de bon. Et, honnêtement, une femme n'avait pas à s'adonner à ces disciplines, peu importe son âge.

Mme Arnett fut heureuse de constater que sa fille se consacrait à la poésie. Elle-même goûtait fort la poésie, qui était très en vogue à l'époque. Il lui semblait qu'il y avait une beauté inhérente à cet art. Par sa syntaxe, elle forçait tout ce qu'on y mettait à faire preuve de beauté.

Elle demanda un jour à Sadie de lui lire un poème. La jeune fille se leva devant la famille dans la salle à manger, son calepin à la main. Elle regarda autour d'elle. Elle savait que ce n'était pas une bonne idée, mais son désir de lire à voix haute n'en était que plus grand.

La nuit, le petit corbeau est nu.
Noir son œil. Noir le ciel.
Plus rien ne distingue lueur et frayeur.
La nuit, le petit corbeau est nu.
Rond dans son ventre, l'œil du rat.
Combien a-t-il fallu en manger pour te donner
[la vue ?

À l'expression de Sadie, on voyait qu'elle savait que son poème était réussi, et qu'elle en était fière, même si elle devinait aussi que sa mère allait le critiquer. Ce n'était pas le genre de poème que les petites filles sont censées écrire. Elle savait aussi que les poèmes qu'écrivaient les petites filles n'étaient pas très intéressants, et n'avait aucune intention de les imiter. Sa poésie allait lui attirer des ennuis parce qu'elle était captivante et originale.

Se refusant à tout commentaire, la mère de Sadie se contenta de hocher la tête et de congédier sa fille d'un geste. À partir de ce moment, il fut implicitement entendu que Sadie garderait ses écrits pour elle.

Toutes les mères posent, en matière d'éducation, des gestes dont elles savent qu'ils sont mal avisés. Elles laissent passer quelque chose. Et c'est ce quelque chose qui fera que l'enfant développera sa personnalité, mais aussi ses pires inclinations, prédispositions et habitudes. La négligence de la mère scelle le tragique destin de l'enfant. C'est ainsi qu'on peut, sans crainte de se tromper, faire porter aux mères le blâme de tous les crimes.

Dans la chambre de Sadie, la collection de papillons qu'elle avait assemblée au fil des ans occupait tout un pan de mur. Dès qu'elle se lançait dans une activité, elle s'y consacrait avec passion. Ce qu'elle préférait, c'était tuer le papillon. Elle l'empoisonnait, et ses ailes se mettaient à battre comme des paupières assoupies qui font de leur mieux pour rester alertes mais deviennent de plus en plus lourdes.

Il n'est pas rare qu'on s'inquiète de la possibilité qu'un enfant plus vieux fasse mal à un plus jeune. Mais Mme Arnett vivait dans la crainte constante que Sadie attente à la vie de Philip. La joie qu'éprouvait sa fille à tuer des papillons soulevait les inquiétudes de la mère pour la sécurité de son fils. Il lui aurait fallu demander conseil, mais elle était trop gênée. Comment s'y prend-on pour demander s'il est normal que vos enfants essaient de s'entretuer ?

Sadie ne jouait jamais avec des poupées. Elle semblait se ficher qu'elles vivent ou qu'elles meurent. Quand elles se trouvaient manifestement en difficulté, par exemple couchées par terre sur le ventre, les jambes inimaginablement écartées, pieds nus, elle ne faisait rien pour soulager leurs malheurs.

Un jour, Mme Arnett découvrit dans l'armoire à

jouets une poupée suspendue par le cou au moyen d'un nœud coulant. Elle songea que Sadie avait épuisé la sympathie juvénile qu'elle éprouvait pour les poupées, mais elle n'en fut pas moins horrifiée pour celle-ci.

La mère de Sadie l'envoya jouer avec d'autres fillettes dans l'espoir qu'elle s'imprégnerait de quelques-unes de leurs grâces. Or Sadie volait des objets chez les petites filles où elle allait en visite. Elle chipait des mets et des desserts à table, non pas pour les manger, mais pour les laisser pourrir dans sa poche. Les seules fois où elle semblait s'accorder avec les autres enfants, c'est lorsqu'ils l'invitaient à prononcer quelques mots pour un chat ou un singe mort. L'animal reposait recroquevillé dans une boîte à chaussures, comme une pantoufle qui ne trouverait jamais sa jumelle.

Sadie se présenta un jour aux funérailles d'un chat vêtue de son manteau noir par-dessus sa robe bleu marine. Il faisait froid. Le sol était gelé, aussi les enfants eurent-ils du mal à creuser la fosse. Leurs jointures étaient rougies par l'effort. Elle avait apporté une petite Bible. Ça ne servait à rien, puisque les animaux ne vont pas au ciel, mais les enfants appréciaient tout semblant de cérémonial.

Une fois le chat enterré, Sadie sortit l'éloge funèbre qu'elle avait glissé dans sa poche de poitrine et en fit la lecture aux enfants rassemblés. « Même s'il n'était pas beaucoup plus gros qu'une chaussette, ce chat était énormément aimé. Il s'appelait Gaston, mais dans le voisinage on se rappellera toujours de lui comme du “Chat noir à quatre pattes blanches”. Il avait un drôle de miaulement, on aurait dit un bébé qui pleure. On aurait dit qu'il était malheureux. Et puis on allait vérifier, et il était heureux. Et ça nous rendait heureux. Il avait une si drôle de manière de nous rendre heureux.

Aussi longtemps que nous en aurons la capacité, nous nous souviendrons de lui. Parce qu'on se rappelle toujours ses amis. » Sadie replia le papier, qu'elle remit solennellement dans sa poche. Elle ne croyait pas un mot de ce qu'elle venait de lire. Les flocons de neige se posaient comme de petites étoiles dans ses cheveux noirs.

Quand elle marchait dans la rue et croisait un enfant dont elle avait présidé les funérailles de son animal domestique, l'enfant s'arrêtait, croyant qu'ils étaient des amis, et saluait gaiement Sadie. Celle-ci le toisait avec froideur, comme si elle ne comprenait pas qu'il puisse se penser à son niveau. Il lui arrivait de faire un signe de la tête, puis elle poursuivait son chemin.

À l'époque où Sadie fit la connaissance de Marie, sa mère avait abandonné tout espoir. Elle se bornait à souhaiter que la personnalité de sa fille se bonifie de sorte à ne pas nuire aux perspectives de mariage de son frère, déjà suffisamment désavantagé sans risquer, de surcroît, de faire fuir une potentielle future épouse en raison de la menace d'une belle-sœur désagréable.

Elle permit à Sadie de se retirer de son champ de vision. Elle résolut de ne pas l'observer, comme si elle était une tache sur le papier peint que l'œil finit par ne plus voir. Sadie était en sécurité dans cet espace. Elle existait à l'extérieur du regard de sa mère. Et elle y était satisfaite.

Et puis elle se lia d'amitié avec Marie, et sa mère crut que tout pouvait recommencer de zéro.

4

L'amitié

Sadie Arnett arriva au parc par un après-midi venteux de l'été de ses 12 ans. Elle chercha des yeux un banc où elle pourrait s'asseoir tranquille pour lire le livre qu'elle avait apporté. Sa mère avait insisté pour qu'elle aille se promener. Il était important de faire régulièrement une petite marche de santé, s'il fallait en croire le médecin de la famille. Il y avait tout le temps un homme médecin pour dicter quelles étaient les activités seyant aux jeunes femmes. Qui sait comment ils décidaient de ces choses ?

Sadie se laissa tomber sur le banc, ses cheveux cascadant librement autour de sa tête, et plongea dans son livre. Son attention ne fut détournée de l'histoire que lorsque Marie Antoine se planta devant elle. La jeune fille avait un énorme volume posé en équilibre sur la tête. On aurait dit qu'elle voulait signifier à Sadie que c'était la façon appropriée pour une jeune fille d'utiliser un livre. Marie écarta les deux bras et se mit en équilibre sur un pied. Elle plia le coude droit et toucha avec un doigt le bout de son nez, puis fit la même chose de l'autre main. Ensuite elle sourit, détendit ses membres et poursuivit son chemin.

Sadie ne savait que penser de Marie. Elle se comportait de façon si ouvertement idiote qu'elle ne pouvait ignorer à quel point c'était bête. Elle tomba instantanément sous son charme. Après, il lui fut impossible de se concentrer sur son livre. Cette fille avait quelque chose qui donnait à Sadie l'envie de la connaître, qui lui laissait croire qu'elle était peut-être fascinante. Elle se trompait sans doute. Chaque fois qu'elle avait été présentée à d'autres filles, il lui avait semblé que celles-ci étaient douloureusement inférieures à elle, et elle s'était sentie accablée. Ces filles lui donnaient l'impression que le monde était un endroit décevant, rempli de gens assommants. Elle ne savait pas comment elle arriverait à le supporter sa vie durant.

Quand Sadie revit Marie dans le parc, celle-ci était flanquée de deux filles qui avaient chacune passé un bras sous le sien. Ces fillettes étaient émerveillées par tout ce que Marie disait, tandis que cette dernière paraissait se délecter de la lumière de leur regard. Tout à coup, Marie échappa aux fillettes pour gagner le bord de l'étang, où elle se mit à souffler des baisers aux cygnes. Elle avoua ensuite son amour à un cygne qui s'éloignait d'elle en pédalant sous l'eau.

— Tu ne peux pas me quitter. Je n'ai rien fait d'autre que de t'aimer. Je ferai n'importe quoi ! Tu es la cause de ma ruine. Personne ne va vouloir de moi maintenant que tu m'as rejetée. S'il te plaît, tu ne peux pas me faire ça. Je vais me noyer pour toi. Tu es si beau. Les cygnes s'accouplent pour la vie. Je ne pourrai pas supporter cette rupture.

Sadie trouva la scène singulière. On aurait dit que Marie était un personnage de roman. Elle s'était évadée des pages de l'un des livres que lisait Sadie. Elle se demanda ce que ce serait de parler à un personnage de roman. Les personnages ne parlaient que de choses importantes, ou qui révélaient leur personnalité. Même leur bavardage était bouleversant.

Les amies de Marie rougissaient. Elles n'auraient jamais osé prononcer ces paroles à voix haute. Elles jetaient autour d'elles des œillades inquiètes pour s'assurer que personne n'écoutait. Sadie en conçut une colère immédiate pour ces fillettes. Elle savait qu'elles n'étaient pas dignes de l'amitié de Marie. Elle aurait voulu que celle-ci se retourne et leur dise qu'elle n'était pas vraiment leur amie. Il lui fallait une amie qui n'aurait pas honte de son génie.

Quand Sadie revit Marie au parc, celle-ci était debout à l'intérieur d'un rond de pierres, sous le soleil déclinant. Des fillettes faisaient cercle autour des pierres au centre desquelles se tenait Marie, bras écartés, des marguerites dans les cheveux.

— Oh, divines fées ! s'écria Marie. Venez me chercher. Je suis prête à gagner votre monde. Je serai immortelle et je serai votre reine. Je dirigerai vos armées dans leur combat contre les trolls. Je risquerai ma vie à moult reprises. Les puissances supérieures m'appellent à être votre cheffe. Je renoncerai à ma famille et à mon nom. Je ne serai plus Marie Antoine. Je serai Titania Fae, reine des fées !

Elle leva les mains en l'air. Les fillettes s'observaient furtivement, ne sachant que faire. Elles étaient incapables du moindre geste qui ne leur avait pas été dicté par Marie. Elles étaient trop timides pour se perdre dans un monde imaginaire.

— Allez, allez ! s'exclama Marie.

Les filles soulevèrent le couvercle des bocaux de lucioles qu'elles avaient à la main et, d'un seul coup, Marie se trouva entourée d'une galaxie d'étoiles clignotantes. Sadie en eut le souffle coupé.

Marie avait aussi remarqué Sadie. Elle se demandait pourquoi elles n'étaient pas déjà amies, surtout qu'elle était adorée de toutes les filles du quartier. Il ne lui était jamais venu à l'esprit que quiconque puisse ne pas l'aimer. Marie se sentait bizarre en présence de Sadie. Elle se prenait à se demander si elle lui était sympathique. Elle éprouvait plus de curiosité à son endroit que pour toute autre petite fille. Mais elle ne savait comment l'approcher. Ce qu'elle éprouvait, c'était de la gêne, mais elle l'ignorait, n'ayant jamais rien ressenti de la sorte.

Même si elle était très jeune, Marie avait l'impression de maîtriser le monde qui l'entourait. Mais Sadie était une énigme. Toutes les fois qu'elle l'apercevait, Marie rentrait chez elle troublée, comme si elle ne connaissait rien du monde. Comme s'il était possible qu'elle soit sotte.

Marie fit un cauchemar où elle marchait dans la forêt et faisait la rencontre d'un chevreuil. L'animal s'arrêta net pour la regarder. Elle avait toujours pensé que les chevreuils figuraient parmi les plus beaux animaux qui soient. On aurait dit des chevaux dansant le ballet. Elle tendit une pomme à l'animal, qui s'approcha. Il ouvrit la bouche et laissa échapper un cri, comme une jeune fille troublée.

Marie se dressa dans son lit et se mit à sangloter bruyamment. Ce rêve l'avait fait se sentir tellement seule. On aurait dit que la voix émanant de l'intérieur du cerf montait de sa propre gorge. Elle ne s'était jamais sentie seule de toute sa vie. Il y avait toujours tant de monde autour d'elle pour l'amuser et lui dire qu'elle était merveilleuse. Mais à ce moment, assise dans son lit, elle pleurait comme si elle était complètement abandonnée, comme si personne n'était là pour l'entendre à des milles à la ronde. Deux bonnes et son père se précipitèrent à la porte reliant leurs deux chambres pour venir à sa rescousse. L'une des bonnes était nue sauf pour sa culotte bouffante, l'autre ne portait rien d'autre qu'un bonnet et la chemise de nuit de son père.

— Ça va aller, dit son père.

Depuis quelques semaines, Marie lisait *Marché gobelin* afin de le mémoriser en vue du Concours d'élocution annuel pour filles. Elle apporta le petit recueil de poèmes de Rossetti au parc, sachant d'instinct que les gens qui lisent beaucoup veulent tout le temps parler de livres. C'était une langue commune. Comme il s'agissait d'un livre qu'elle estimait bien connaître, elle pourrait s'en servir comme prétexte pour aborder l'insondable et solitaire Sadie.

Chacune de leur côté, Sadie et Marie s'étaient rendu compte qu'elles se trouvaient souvent au parc autour de 16 h 30. Elles s'étaient débrouillées pour être en présence l'une de l'autre, sans jamais s'être adressé la parole. Des yeux, Marie fouilla les alentours à la recherche de Sadie, qu'elle aperçut à une certaine distance, assise sur son banc préféré.

Sadie sortit un calepin de son panier et y griffonna quelque chose à l'aide d'un stylo-plume. Marie fut submergée par le désir de savoir ce qu'elle avait écrit. Comment se sentait-on quand on avait une idée si intéressante qu'elle méritait d'être consignée dans un calepin ? Marie n'était pas sûre d'avoir de telles idées. Elle avait l'impression de ne jamais laisser d'idée dans sa tête assez longtemps pour qu'elle prenne forme, mûrisse et vaille la peine d'être couchée sur le papier. Un moment, elle songea à tourner les talons. Mais elle avança plutôt vers la jeune fille aux cheveux bruns.

Une autre petite fille s'approcha de Marie en sautant à cloche-pied pour la saluer. Marie lui répondit froidement et la congédia. Elle ne s'était jamais montrée impolie de la sorte avec une autre fille, mais elle ne voulait pas que Sadie sache qu'elles étaient amies. Cette association aurait été humiliante. En voyant Sadie contempler un groupe de filles la veille avec une expression sévère, comme si elle les jugeait, elle s'était demandé ce qui clochait avec elles. Qu'est-ce qu'elle-même ne voyait pas ? Marie décida que cette petite était insignifiante et bête, et qu'elle ne voulait rien avoir à faire avec elle.

— Salut, dit Marie.

— Salut, répondit Sadie en levant les yeux.

Elles se dévisagèrent. C'est tout. Elles étaient déjà enchaînées l'une à l'autre.

— Qu'est-ce que tu lis ? demanda Sadie.

— *Marché gobelin*.

— Ah ! J'aime ce poème.

— Tu ne peux pas le connaître. Il est tout neuf. C'est pour ça que je l'ai choisi.

— C'est l'histoire de deux sœurs qui vont se balader dans la forêt et qui tombent sur un marché gobelin. Une des sœurs mange des fruits, s'empoisonne et perd la raison. Alors l'autre sœur doit y retourner le lendemain pour se procurer l'antidote qui la sauvera.

— Oh ! fit Marie, prise en défaut.

— Je suis en train de lire *La Dame de Shalott*. C'est ridicule ce que les femmes sont prêtes à faire pour les hommes. Il faut qu'elle se tue pour avoir regardé un bel homme ? Elle ne le connaît même pas. C'est totalement ridicule. Je ne trouve pas du tout que les hommes sont beaux. En fait, je les trouve laids. Ça me ferait plaisir de ne plus jamais avoir à poser les yeux sur aucun d'entre eux.

— Mais mon père est beau. Toutes les bonnes me disent qu'elles le trouvent merveilleux.

— Peut-être. Mais les hommes nous disent tout le temps quoi faire, non ? Je veux vivre une vie passionnée et tragique. De la sorte, j'aurai de quoi écrire. Dans les circonstances actuelles, je manque de matière. Tout le monde ici est d'un ennui mortel. Tout le monde agit de la même façon. Ils se fichent bien des idées.

Marie ne savait pas que l'on pouvait critiquer ainsi le Mille doré. Elle avait accepté avec délices le monde qui l'entourait. Elle en était plus que satisfaite. Il ne lui était jamais venu à l'esprit qu'elle puisse vivre dans un monde faux, inadéquat, qui privait les gens de leurs véritables expériences. Elle fut prise de court.

Marie s'enticha immédiatement de la manière qu'avait Sadie de se plaindre. Rien n'échappait à son examen. Tout lui semblait laisser à désirer. Son dégoût pour le monde qui l'entourait la menait à imaginer et à désirer mieux. Marie n'avait jamais réalisé à quel point on était intelligent quand on se montrait négatif.

Elle rentra chez elle en proie à la confusion. Qu'est-ce qui lui échappait encore ? Il faudrait passer plus de temps avec Sadie. Elle avait quelque chose à apprendre d'elle. Elle voulait savoir tout ce que faisait Sadie.

Sadie tomba des nues en recevant une invitation écrite de Marie, qui la conviait à prendre le thé le samedi suivant. Si elle fut surprise, ses parents, eux, furent stupéfaits. Sa mère ne pouvait imaginer pourquoi Marie Antoine voulait passer du temps avec sa fille sombre et renfrognée. Incapable de s'en figurer les motifs, elle n'en vit pas moins ce que représentait cette occasion.

Ce soir-là, les parents de Sadie lui firent savoir

combien sa relation avec Marie était importante. Sadie devait comprendre l'ampleur de la fortune des Antoine. Louis Antoine était si riche qu'il pouvait financer une campagne politique et lui assurer la victoire. Il pouvait facilement acheter à n'importe qui un siège au Parlement. Et c'est ce que le père de Sadie Arnett désirait plus que tout au monde.

Sa mère s'agenouilla devant elle et noua la grande boucle qui lui ceignait le cou.

— Sadie, mon cœur, dit sa mère. Sois gentille avec Marie. C'est très important pour papa. Nous sommes très fiers de toi.

Sa mère l'embrassa sur les deux joues et son père lui tapota la tête. Ces gestes ne firent pas que Sadie se sentit aimée. Bien au contraire.

Marie accueillit Sadie à la grille de son manoir et lui fit faire le tour du domaine, s'arrêtant pour lui laisser le temps d'admirer les roses, ainsi que les invités prenaient généralement plaisir à le faire. Le manoir était entouré de rosiers roses touffus et magnifiquement entretenus. On aurait dit des ballerines au repos, assises dans leurs tutus. C'était parfaitement adorable. Les roses respiraient la santé. Elles semblaient toutes de merveilleuse humeur.

Sadie contempla diligemment les rosiers, qui lui instillaient un étrange pressentiment. Elle se dit qu'il serait impossible pour une fillette de s'enfuir par une fenêtre de cette maison : en plongeant les jambes dans les rosiers, elle déchirerait ses bas et s'éraflerait la peau. Les rosiers faisaient comme des douves autour de la demeure, mais qui auraient eu pour mission d'empêcher les gens de sortir plutôt que de leur interdire l'entrée.

Marie attendit les compliments qu'on lui faisait habituellement sur le jardin. Comme ils ne venaient pas, elles se remirent à marcher. Elle emmena Sadie jusqu'à une promenade qui dominait le panorama, et montra la lisière de la ville, près de l'eau.

— Vois-tu la fumée qui s'élève de cet édifice ? Ça vient de la raffinerie de sucre. Et veux-tu que je te dise quelque chose que tu auras du mal à croire, mais qui est quand même vrai ? Elle m'appartient.

Sadie était très impressionnée par le pouvoir de Marie. En tant que petite fille, elle se sentait absolument dépourvue de pouvoir. Ses parents discutaient sans cesse de l'avenir de Philip, mais ne parlaient jamais du sien.

— C'est toi, la patronne ?

— Pas maintenant, bien sûr. Je suis trop jeune. Mais quand je serai plus vieille. Je pense tout le temps à ce que je vais faire. Dès qu'une de mes ouvrières aura un bébé, je lui enverrai un trousseau de magnifiques vêtements. Nous tiendrons un défilé annuel et la plus belle fille de la raffinerie sera élue reine du sucre et se promènera en carrosse. Et il y aura un énorme gâteau dont tout le monde pourra avoir une part. On s'installera dans le parc là-bas. Ça s'appellera le jour du Sucre. Ce sera le contraire du carême. L'archevêque viendra et bénira le sucre.

— Ça a l'air merveilleux.

— Travailler dans une raffinerie de sucre, c'est assez merveilleux. Nous avons les machines les plus splendides du monde. Et puis, quand tu inspires, le sucre entre dans tes poumons et reste là. Et quand tu tousses, tu tousses du sucre. Tu te balades dans la vie en sentant le biscuit.

— Maintenant que tu le dis, c'est vrai que tu sens

le sucre. Quand je t'ai vue la dernière fois, en rentrant, j'avais l'impression que quelque chose de sucré était en train de cuire.

— C'est mon pouvoir magique. Aimerais-tu un baiser sucré ?

— Oui.

Elles s'embrassèrent. Sadie se rendit compte que les lèvres de Marie avaient un goût de sucre. Elle ne voulait lécher les siennes de crainte que la saveur ne disparaisse.

— J'aime bien écrire dans un carnet tous les jours.

— Je t'ai vue. Sur quoi écris-tu ?

Sadie plongea la main dans sa poche et en sortit son calepin. Elle le feuilleta, s'arrêta à une page, commença à lire.

— Le Cygne, poème. Le cygne a des plumes blanches, mais il ne veut pas être propre. Il veut simplement que les autres le regardent. Puis il les déteste quand ils le font. Le cygne déteste tout le monde sauf son partenaire. Ensemble, ils passent tout leur temps à potiner sur les autres. Ils n'ont que mépris pour les autres cygnes. Ou pour toute autre créature. Mais pourquoi en serait-il autrement ? Nulle créature ne peut s'immiscer entre deux cygnes. Et rien ne peut les séparer. Une fois qu'ils tombent amoureux, ils deviennent horribles exactement de la même façon.

— J'adore ! s'exclama Marie. Tu m'as fait voir les cygnes sous un jour différent. C'est vrai qu'ils sont ombrageux. Mais c'est ce qui leur donne leur beauté. Ils ne veulent pas être uniquement jugés sur leur apparence. Ils veulent aussi avoir le droit d'être laids. Je pense que tu es mon autrice préférée, Sadie. Un jour, tu écriras des livres et tout le monde sur la planète les lira. Tout le monde connaîtra tes idées.

Sadie sentit ses joues s'empourprer quand Marie complimenta son poème. En rentrant chez elle après la visite, elle alla dans sa chambre et se mit à écrire. Elle avait maintenant une lectrice. Et Marie était ouverte à l'idée qu'il y a une puissance et une beauté dans le fait d'être original. Sa dévotion à l'endroit de son art naissant n'en était que plus fébrile.

Tout le temps qu'elle ne passait pas avec Marie, Sadie le consacrait à l'écriture. Quand elle s'interrompait, elle songeait à Marie lisant avec délices le poème auquel elle travaillait, et sa plume se remettait à courir sur la feuille. La pointe reproduisait le vol nuptial d'un couple d'oiseaux névrotiques. Les mots en boucles sur la page ressemblaient à des nœuds formés par le vent dans la chevelure d'une fille. Ils étaient comme les vrilles d'une plante si le printemps se déployait en un seul instant. Le papier aspirait les mots de sa plume. Il voulait être marqué.

*

Un après-midi, Marie demanda à Sadie de lui enseigner à être plus grave.

— Tu transformes tout en histoire triste, dit Marie. C'est un compliment. Tu me donnes tout le temps envie de pleurer. C'est la plus belle chose qui soit : pleurer sans raison, simplement parce qu'on ressent la tristesse d'une autre personne.

— Je ne sais pas comment te le faire éprouver, répondit Sadie. Elle est simplement toujours là pour moi, cette tristesse. C'est comme utiliser la couleur noire. Parfois, je me dis que je suis trop triste, et que ça teinte tout ce que je fais. Quand je lis, je m'imagine toujours comme le personnage principal, et chaque livre devient un livre triste.

Puis Sadie eut une idée. Elles étaient assises dans la véranda devant deux bols de pouding au chocolat. Elles se nouèrent des bandeaux autour des yeux et se parlèrent ainsi masquées. Sadie eut une idée sinistre, puis elles prirent une bouchée de pouding. Cette idée sinistre serait pour toujours associée à un mets délicieux.

— Imagine que tu te lèves et que la maison est silencieuse. Tu fais le tour des pièces sur la pointe des pieds et tu te rends compte que toute ta famille et que toutes les bonnes ont été assassinées, dit Sadie.

— Même papa ?

— Même papa.

Il y eut un silence tandis qu'elles avalaient chacune une bouchée de pouding.

— Imagine que tu subis un procès devant une foule. Tout le monde se met à hurler que tu es coupable.

Les fillettes sucèrent leurs cuillers.

— Imagine qu'on te conduit à la guillotine. Ta tête est placée dans la lunette et tu entends le sifflement de la lame.

— Oui, oui, chuchota Marie.

Chacune entendait le son de la cuiller de l'autre tintant au fond du bol.

— Imagine que ta tête est au bout d'une pique, reprit Sadie. Elle est encore consciente et tu n'as plus de corps.

— Arrêtez cela tout de suite, toutes les deux ! ordonna une voix dans le noir.

Les deux fillettes enlevèrent leurs bandeaux pour jeter un coup d'œil. Une bonne du nom d'Agatha s'était approchée d'elles. Elle avait tout entendu et paraissait horrifiée. Les deux fillettes songèrent à l'impression qu'avait dû faire leur conversation à un témoin neutre, qui n'était pas descendu par degrés dans leur folie. Elles éclatèrent de rire. En vérité, elles étaient ravies de leur indécence.

Sadie avait un côté étrange, une sorte de perversité. Elle aimait le grotesque. Quand elle apercevait une grenouille, elle marchait dessus avec le talon de sa bottine. Elle insista pour voir la cheville que la bonne s'était cassée, puis cria de plaisir, mit la main sur sa bouche et déclara, admirative, que c'était parfaitement dégoûtant. Marie était chaque fois étonnée, mais avait décidé de ne pas en faire mention.

Après avoir joué un après-midi, Sadie fut submergée par une vague d'affection pour son amie. Les deux fillettes étaient assises dans le grand jardin derrière la maison de Marie, leurs ombrelles ouvertes posées de part et d'autre. On aurait dit que chacune avait éclos d'un œuf, telles les jumelles Hélène de Troie et Clytemnestre.

— Je ne croyais pas que je pourrais jamais avoir une amie, dit Sadie. Je croyais que jouer avec d'autres enfants était une perte de temps, que ça m'empêchait de lire. Mais j'aime beaucoup ta compagnie. Tu m'amènes à penser de façon plus créative.

— Aucune de mes autres amies ne m'intéresse, déclara Marie en retour. Je jouais avec Melody l'autre jour, nous avons été des amies très proches depuis un tout jeune âge. Mais quand on était ensemble, je m'ennuyais tellement que je me suis endormie. Évidemment, elle a été très insultée, mais qu'est-ce que j'y pouvais ? Elle n'a pas dit une seule chose drôle ou étrange.

— J'aime vraiment rentrer chez moi et écrire les

expériences que nous avons vécues ensemble. J'ai toujours l'impression que nos journées sont aussi intéressantes que celles qu'on lirait dans un livre.

Marie jeta ses bras autour de Sadie, qu'elle jugeait si sage qu'elle lui paraissait au-dessus de ce genre de démonstration d'affection. C'était une petite fille cérébrale, qui vivait dans sa tête plutôt que dans son cœur. Et pourtant, cette fille inatteignable avait avoué non seulement que son cœur était susceptible d'être charmé, mais que c'était Marie qui l'avait conquis.

Sadie sut qu'elle avait totalement gagné le cœur de Marie et que nulle autre fillette ne pouvait rivaliser avec elle. Les autres filles sentirent une ombre traverser tout le quartier tandis que Marie leur retirait son affection. Elle ne les invitait plus à prendre le thé et à déguster des biscuits. Elle préférait être seule avec Sadie.

Les fillettes étaient en train de jouer dans le labyrinthe du jardin de Marie un après-midi quand elles se déclarèrent leur amour. Toutes les déclarations d'amour sont des incantations magiques, qui ensorcellent votre avenir. Elles s'agenouillèrent face à face au milieu du labyrinthe. Marie avait sur la tête une couronne de fleurs blanches, Sadie une tresse de fleurs rouges.

— Je déclare mon amour pour toi pour le reste de ma vie. Rien ne nous séparera jamais. Je n'aimerai jamais personne autant que toi.

— Par la présente, je te lègue mon cœur. Je te donnerai mon cœur.

— Nous échangerons nos cœurs. Ton cœur battra dans ma poitrine et mon cœur battra dans la tienne.

— Je suis toi autant que je suis moi. Quand tu seras loin de moi, je ne me sentirai jamais entière. Il y aura un trou dans ma poitrine. Et je serai sans cœur.

*

Sadie trouvait dégoûtante l'obséquiosité dont les membres de sa famille faisait preuve à l'endroit de celle de Marie. Cela les rendait répugnants. Quand elle revenait de chez son amie, on lui demandait un compte rendu détaillé du temps qu'elle y avait passé. Nul détail n'était trop insignifiant. Ils voulaient qu'elle n'oublie rien. On aurait dit qu'ils ne la croyaient pas capable de distinguer les détails importants du reste, il lui fallait donc tout raconter.

— On s'est assises près de la fontaine aujourd'hui. On a demandé qu'on nous apporte du thé et du gâteau.

— Tu as été gentille avec elle ?

— Bien sûr.

— As-tu vu son père ?

— Oui.

— Est-ce qu'il t'a parlé ?

— Non.

Les parents de Sadie manifestaient plus d'intérêt pour ces histoires que pour tout ce qu'elle faisait. Elle observait l'extrême attention qui marquait leurs traits. Ils ressemblaient à des animaux. Des chiens. On aurait dit qu'elle agitait des gâteries devant leurs yeux.

Sadie n'avait pas envie de partager quelque information que ce soit avec ses parents, de crainte de se sentir complice de leur besoin de tirer profit de son amitié. Elle ne voulait pas sentir que les moments passés avec Marie s'inscrivaient dans le vaste stratagème de l'avancement de ses parents. Ces moments n'appartenaient qu'à elle. Mais, naturellement, Marie voulut un jour venir chez Sadie.

On frappa à la porte. Sadie guettait l'arrivée de

Marie de l'appui de sa fenêtre. Elle descendit en courant et invita son amie à entrer.

Elles prirent place à la table où la bonne avait disposé le thé. Sadie avait demandé qu'on utilise son propre service à thé, hérité d'un grand-oncle – legs de valeur extrêmement discutable. Toutes les anses avaient été brisées à un moment ou à un autre, puis recollées. On pouvait voir les craquelures dans la porcelaine, semblables aux veines noires sur les bras des cadavres. Mais Sadie aimait ce service à thé parce que c'était l'une des seules choses au monde qui lui appartenaient en propre. Elle en aimait la laideur, et le caractère brisé. C'était pour cela que ce service continuait de lui appartenir. Personne d'autre n'en voulait. Elle savait que Marie allait l'adorer.

Mme Arnett entra dans la pièce. Sadie fut prise de court. Elle était certaine d'avoir clairement fait comprendre aux membres de sa famille qu'elle désirait être seule avec Marie. Si elle ne l'avait pas dit explicitement, ils auraient certainement dû le présumer, dans la mesure où Sadie voulait être seule, sans la présence de sa famille, peu importe ce qu'elle faisait.

— Bonjour, Marie. Permets-moi de me présenter. Je suis Mme Arnett, la mère de Sadie. Je ne saurais te dire à quel point toute la famille est ravie que tu t'intéresses à Sadie. Sa personnalité s'est littéralement épanouie. Nous la voyons sourire, elle habituellement si sombre. Je ne peux qu'espérer qu'elle apprendra à te ressembler. Je t'ai vue au concours d'élocution l'an dernier. Tu avais un maintien adorable. Et ton interprétation était charmante. Vas-tu de nouveau y participer cette année ?

— Oui, Mme Arnett. J'attends avec impatience cet événement tous les ans. J'aime beaucoup voir tout le quartier se présenter pour y assister. Et aussi écouter les poèmes que les autres enfants ont choisis. Il me semble que les leurs sont aussi bons que le mien. Je suis chaque fois étonnée quand je gagne.

— Ta modestie fait partie de ton charme, ma chérie. Ton père doit être ravi d'avoir une enfant si parfaite. Je suis incapable d'imaginer comment il se sent. Il t'a élevée d'extraordinaire façon. Tu as hérité de son apparence et de ses manières, mais il y a une partie de ton charme qui t'appartient, et à toi seule.

Marie fit un sourire magnifique, comme toujours auprès des flagorneurs. Sadie fit claquer sa langue, produisant un son qui rappelait le bruit de deux boules de croquet entrant en collision.

Pourquoi sa mère ne pouvait-elle jamais dire ce genre de choses à son sujet ? Pourquoi ne pouvait-elle pas louer de la sorte l'un des poèmes de Sadie ? Elle devait sincèrement la trouver exécrable. Jusque-là, Sadie croyait que sa mère aurait exprimé du dédain pour n'importe quelle enfant de sexe féminin. Mais, à l'évidence, elle aurait adoré avoir Marie pour fille.

C'était un sentiment étrange que la jalousie. En constatant la manière dont ses parents traitaient Marie, Sadie fut jalouse. Une fois ce sentiment éveillé en elle, il fut impossible de l'étouffer. Elle devint cruellement consciente du fait que Marie attirait l'attention de tout le monde. Quand elle marchait dans la rue, les gens ne pouvaient détacher leur regard d'elle. Ils se comportaient comme si elle était un phénomène rare, et qu'il fallait tout arrêter pour l'observer.

Sadie était passée maître dans l'art de se rendre invisible. Mais cette obsession était absurde.

Elle regarda la silhouette de Marie imprimée sur le sac de sucre. Elle savait bien que d'autres fillettes, dans toute la ville, contemplaient cette image avec une fervente adoration. Alors que c'était elle qui avait ravi le cœur de Marie, exploit qui la remplissait d'un orgueil malheureusement teinté d'un désir de broyer l'objet de son affection. Consciente d'avoir acquis, par association, un certain statut aux yeux des autres petites filles, elle croyait pouvoir conserver ce statut toute seule.

Sadie n'était pas la seule à sentir se lever en elle une émotion nouvelle. Les deux fillettes avaient de profonds sentiments de supériorité. Un jour, Sadie donna pour Marie un spectacle de marionnettes qu'elle avait écrit. Elle tenait dans une main une marionnette de corbeau, et dans l'autre une marionnette de loup. Les deux marionnettes se chamaillèrent pendant quinze minutes quant à savoir laquelle des deux était la plus méchante.

— Quand as-tu écrit cela ? demanda Marie.

— Ce jour de pluie quand on ne pouvait pas sortir.

Marie fut stupéfaite. Comment son amie pouvait-elle simplement s'asseoir à un pupitre et écrire une pièce qui était à la fois cynique et brillante ? À l'évidence, Sadie était douée de génie. Immédiatement, Marie songea qu'elle-même ne l'était pas.

Avant de faire la connaissance de Sadie, elle avait toujours été la meilleure de son âge en toute chose. Mais voilà qu'il y avait maintenant quelqu'un d'autre de son âge qui était immensément talentueux, ce qui était certes fascinant et attirant, mais faisait aussi naître en elle des émotions étranges et laides. Cela semait en elle le germe de la jalousie. Et ce germe se mit à croître, et à produire des pensées semblables à des vrilles. Toute amitié digne de ce nom comporte un soupçon de haine. Mais cette haine est comme le miel qui parfume le thé : elle crée l'accoutumance.

En s'exerçant au tir à l'arc dans le jardin de Marie, chacune des fillettes découvrit que l'autre visait fort juste. Parce que toutes deux touchaient la cible si facilement et si aisément, elles ne pouvaient s'impressionner l'une l'autre. Elles avaient toutes les deux l'habitude de voir leur habileté susciter l'admiration.

Elles étaient debout face à face, un carquois en bandoulière, un arc à la main gauche, dans le jardin de Marie, délimité par une haute clôture noire aux piquets spiralés comme de la réglisse.

— Comme nous visons à la perfection, dit Sadie, nous devons maintenant parfaire notre courage.

— Comment ? s'enquit Marie.

— Ça ne sert à rien de tirer sans cesse en direction d'une cible immobile, n'est-ce pas ? Il faut poursuivre des renards et des créatures vivantes. Ce n'est pas le fait que la cible bouge qui la rend difficile à toucher : c'est le geste de donner la mort, et de le faire pour le sport. C'est la moralité de la chose, Marie !

Sadie avait une expression de ravissement dans le regard.

— J'adorerais tuer un faon. Sa jolie tête serait adorable sur mon mur. Ma mère trouve que la chasse est un sport morbide pour une dame. Elle refuse de me laisser y accompagner mon père et mon frère.

— Quel dommage, souffla Marie, peu convaincue.

— C'est pour le mieux. Si j'y allais avec mon frère, je ne pourrais résister au désir de le transpercer d'une flèche. Je le ferais empailler et je m'en servirais comme d'un porte-manteau.

— Tu n'aimes pas ton frère ?

— Il est ignoble. Et il déteste les filles. Il me déteste

parce que je suis une fille. Il n'est même pas capable de me regarder tellement il me déteste.

Un chat noir grimpait sur la clôture. On dit que les chats noirs portent malheur, et c'était assurément vrai de celui-là. Surtout qu'il avait décidé de bondir sur la clôture à l'instant où Sadie livrait son cruel discours.

Plus tard, Marie songea qu'elle aurait tenté d'empêcher Sadie si elle avait cru que son amie était sérieuse. Si elle avait cru que Sadie allait réellement assassiner le chat. Mais elle n'en croyait rien. Elle ne pensait pas que ce fût possible. C'était tellement hors du domaine de ce qu'une fillette ordinaire peut choisir de faire par un jeudi après-midi.

Sadie sortit une flèche de son carquois et l'encocha. Et puis elle la lâcha. La flèche frappa le chat, qui laissa échapper un cri aigu et tomba de la clôture. Il fit un petit bruit sourd en touchant le sol puis roula sur le dos, la flèche plantée dans le poitrail.

C'était presque comique. Comme si le chat était une marionnette dans une pièce et qu'il jouait sa propre mort. Elles s'approchèrent de la créature agonisante. Le chat levait les yeux vers le ciel. Il avait contemplé plusieurs fins possibles à cette journée, mais celle-là n'en faisait pas partie.

— J'aimais bien ce chat, dit Marie, il avait quelque chose de tellement gai.

Sadie se fichait bien des chats et ne comprenait pas pourquoi qui que ce soit aurait choisi de s'y intéresser. Elle prenait plutôt plaisir à noyer les chatons dans le seau à la cuisine. Elle estimait personnellement que si les chats se multipliaient dans le voisinage, c'était parce qu'on ne les utilisait pas comme cibles au tir à l'arc.

— Je pense que c'était excessivement cruel de ta part, dit Marie.

— Si tu me trouves cruelle, on n'est pas obligées d'être amies. Tu en as déjà tellement. Je les prive de ta compagnie.

— Non, non, non. Ce n'est pas ce que je voulais dire. C'était un compliment.

Les deux fillettes chassèrent la mort d'un haussement d'épaules, et Marie raccompagna Sadie chez elle.

— Je vais participer au concours d'élocution au Lady Brickenton Hall, dit Marie. Tu devrais lire un poème toi aussi.

— Ça ne te dérangerait pas ?

— Bien sûr que non. Mais j'ai remporté ce concours trois années de suite. Alors ne sois pas déçue si tu perds.

Elles unirent leurs jolies lèvres pour s'embrasser.

Le samedi suivant, une grande partie du Mille doré s'entassa dans le Lady Brickenton Hall, majestueux édifice en briques rouges. Des écureuils, des lapins et des renards étaient sculptés dans la maçonnerie autour de la large porte d'entrée, comme si les colons leur avaient jeté un sort pour les transformer en pierre. Marie monta sur scène, vêtue d'une robe rose, des roses roses dans les cheveux. Elle annonça qu'elle allait réciter *Marché gobelin* de Christina Rossetti.

Debout sur la pointe des pieds, Marie agita les bras en déclamant les vers de sa voix pure et mélodieuse. Le public, ensorcelé par son interprétation, ne pouvait détacher les yeux d'elle. Une expression de ravissement se peignait sur le visage des spectateurs qui la suivaient au pays des contes de fées. Ils entraient dans une forêt où ils rencontraient des gobelins et mangeaient des fraises qui leur volaient leur âme.

Les gestes de Marie étaient pleins de fougue, ce qui permettait à chaque personne de l'assistance de pénétrer dans son corps. Elle se comportait d'une manière qui aurait normalement été jugée malséante pour une jeune fille ou une jeune dame de l'époque. Les dames devaient faire preuve de pudeur. Elles devaient parler avec mesure et retenue. Elles n'étaient pas censées se comporter comme si elles étaient transportées par leurs émotions. Car regardez seulement la puissance de l'imagination féminine : les gens perdaient leur emprise sur le réel quand Marie s'adressait à eux. Elle pouvait les conduire tout droit dans l'océan. Elle pouvait leur faire accepter les plus sordides des agissements. Elle pouvait provoquer une sorte d'orgie. Et elle était si jeune encore. Elle n'était qu'à l'aube de sa puissance.

Sadie monta sur scène tout de suite après Marie. À la surprise générale, elle annonça qu'elle aussi s'apprêtait à réciter *Marché gobelin*. Marie fut stupéfaite que Sadie ait choisi le même poème qu'elle. C'était à son désavantage. Le public venait juste d'entendre le texte. Il en serait lassé. L'intrigue serait dépourvue de surprise. Son attention s'émousserait.

Sadie ne remuait pas le corps comme l'avait fait Marie. Elle fixait l'audience en récitant les vers, sèchement, vicieusement, teintant chaque mot de sa sombre sévérité. Le public suivait Sadie même sans le vouloir. Les gens se trouvaient maintenant dans un conte de fées menaçant, des gobelins leur tiraient les cheveux et les forçaient à ingurgiter des fruits empoisonnés.

Marie se mit à voir le poème sous un autre jour. Il recelait des sens cachés. Sadie offrait du *Marché gobelin* une lecture tout à fait opposée à la sienne.

Le public était silencieux, troublé, mais aussi

captivé. À la fin, tous se turent, sondant les ténèbres que Sadie venait de leur révéler.

Quoi qu'il en soit, les deux lectrices avaient violé maints principes régissant ce qui est attendu des jeunes femmes – et l'avaient fait impunément.

*

Les juges furent plus longs à délibérer qu'à l'habitude. À leur retour, ils firent une annonce qui aurait de profondes conséquences et bouleverserait plus d'une vie. Ils avaient décidé qu'il y aurait cette année-là deux gagnantes, *ex æquo*. Les jeunes filles avaient été si éloquentes qu'ils ne pouvaient en choisir une seule à qui décerner le ruban ; Sadie et Marie reçurent donc toutes les deux des rubans pour la première place.

Si les juges avaient décidé, une fois pour toutes, laquelle des deux fillettes était supérieure à l'autre, moult complications auraient été évitées. Les filles auraient pu accepter leur rang. L'une des deux aurait été légèrement supérieure et en aurait conçu de la fierté. L'autre se serait sans doute faite à l'idée d'occuper la deuxième place. Mais en postulant qu'elles étaient des égales, on les plaçait dans une position intenable l'une par rapport à l'autre.

C'était absurde aux yeux de Sadie et de Marie. Comment pouvait-on octroyer la première place à deux enfants ? Toutes deux savaient que c'était un mensonge.

Après la remise des rubans, Marie fut entourée d'une nuée de fillettes et de parents désireux de la féliciter.

Sadie se tenait seule à l'écart. Personne ne pouvait ne serait-ce que la regarder dans les yeux.

Sadie n'avait pas l'impression d'avoir gagné. Elle

n'avait même pas l'impression d'avoir remporté la première place *ex æquo*. Elle avait le sentiment qu'on lui avait volé le trophée. Son interprétation avait été la meilleure, elle en était sûre, mais les juges avaient refusé de laisser une fille aussi peu aimable qu'elle gagner le concours.

Ce soir-là, couchée dans son lit, Sadie était remplie d'amertume. Elle ferma les yeux, s'imagina inviter Marie à faire de la bicyclette au bord du fleuve. Elle imagina le vent emporter Marie et la jeter dans l'eau. Ce serait très difficile de nager dans le genre de robe élaborée que portait Marie. Elle se noierait sans doute.

Sadie n'arrivait à surmonter son sentiment de rejet qu'en rêvant à des façons bizarres dont Marie pourrait trouver la mort. Dans ces fantasmes, elle déployait d'immenses efforts pour tenter de la sauver, mais n'y parvenait jamais.

Dans un de ses rêves, Marie tombait dans un trou en patinant sur une glace mince au milieu du fleuve. Sadie s'imaginait allongée au-dessus d'elle, frappant sur la glace. Et Marie frappait de l'autre côté. C'était extrêmement macabre, mais c'était aussi merveilleux. Marie serait inerte sous la glace et Sadie la contemplerait, vivante, vivante, vivante.

Marie eut l'impression d'être une usurpatrice après qu'on lui eut décerné le ruban. Tout ce dont elle tirait fierté était mensonge. Les gens la couvraient de compliments parce qu'elle était riche, voilà tout.

Elle n'était pas particulièrement jolie. Elle était grasse et blonde et avait l'air idiote. Elle ressemblait encore à un bébé inoffensif. À l'inverse, il était impossible de détacher le regard de Sadie. Avec l'âge, elle ne cesserait de croître en beauté, tandis que Marie deviendrait de plus en plus grasse, de plus en plus ridicule, et les gens se rappelleraient combien elle avait été jolie quand elle était enfant.

Sadie serait de plus en plus brillante. Marie serait toujours une sotte.

Toute sa vie, on lui avait dit qu'elle était meilleure que les autres petites filles. C'était absolument faux. Les autres fillettes se retenaient pour la laisser gagner. On faisait d'elle l'étalon du succès et, la barre étant si basse, toutes les autres fillettes agissaient en imbéciles.

Marie enfouit son visage dans l'oreiller et fondit en larmes. Elle aurait voulu ne jamais avoir fait la connaissance de Sadie. Elle aurait voulu recommencer à percevoir le monde comme elle le voyait avant qu'elle ne rencontre son amie au cœur noir.

*

Il n'en demeure pas moins que, une semaine plus tard, les deux fillettes se retrouvèrent dans le jardin de Marie, à discuter poésie. C'était une journée magnifique. Les nuages ressemblaient à des tutus de ballerines abandonnés sur le sol. Les pissenlits étaient apparus comme des douzaines d'œufs qui auraient éclos la veille. Les fillettes s'entretenaient d'une scène de duel dans une pièce qu'elles avaient vue.

— Pourquoi consentir à un duel ? demandait Marie. C'est risquer sa vie pour prouver qu'on a raison à quelqu'un qu'on n'aime pas.

— Il arrive que deux personnes ne puissent pas être en vie en même temps. Parce qu'elles veulent la même chose. Elles se détestent tellement que si elles restent toutes les deux en vie, leurs existences s'annuleront. Alors c'est une solution simple, quand on y pense.

— Mais il me semble qu'elles devraient pouvoir régler cela autrement, répondit Marie, le visage plissé par la réflexion. Je ne sais pas ce qu'on peut accomplir en s'entretuant. Même si une personne est morte, est-ce qu'on cesse vraiment de la haïr ? On peut perdre la tête parce qu'on sait qu'on ne fera jamais la paix avec cette personne.

— Non, non, non. Il y a des gens qui ne peuvent pas être amis. Ils ont beau essayer tant et plus, les choses ne font qu'empirer. Ils n'y peuvent rien. Voilà le propre des ennemis mortels : ils ne peuvent s'empêcher de se détruire.

— Veux-tu jouer à faire un duel ? demanda Marie.

— Absolument, répondit Sadie.

— Ça ne me dérange pas de mourir.

— C'est toujours toi qui meurs, se plaignit Sadie.

— Mourons toutes les deux.

— Parfait !

— Et on se tue avec nos doigts ? demanda Marie.

— Je vais emprunter les pistolets de mon père. Ils sont si beaux.

*

Après être brièvement passée chez elle, Sadie revint hors d'haleine avec, dans les mains, un étui contenant les pistolets de son père. Elle souleva le couvercle pour que Marie puisse en admirer la beauté. Sadie sortit la boîte de cartouches et la déposa sur le banc, pour éviter un accident. Ensemble, elles s'enfoncèrent profondément dans le labyrinthe de la cour.

5

Louis Antoine et ses conquêtes

Agatha, la bonne, était en train de s'habiller très lentement près de la fenêtre. Louis n'aimait rien tant que de regarder les bonnes se vêtir et se dévêtir. Il appréciait qu'elles prennent leur temps. Mais ce n'était pas pour faire plaisir à Louis qu'Agatha se rhabillait avec lenteur, c'était pour retarder le moment du retour à l'ouvrage. Elle considérait que faire l'amour faisait partie de son travail, mais que le temps qu'elle mettait à s'habiller lui appartenait. Elle s'y appliquait paresseusement, regardant une colombe s'élancer dans le ciel, semblable à un petit garçon qui tire sa chemise blanche par-dessus sa tête.

La réputation de Louis auprès des bonnes était de notoriété publique, même s'il s'efforçait de ne pas la laisser franchir les murs de sa vaste maison. Louis Antoine avait horreur de l'opinion des étrangers. Les ragots lui avaient empoisonné la vie, même lorsqu'il était enfant, innocent de toute faute. Le père de Louis Antoine était un imbécile qui avait dilapidé la fortune familiale en mauvais investissements. Il avait réagi ainsi que le font habituellement les gens en pareille circonstance : il s'était fait sauter la cervelle dans son bureau. Sa mère avait bu une tasse de thé sucré à l'arsenic et l'avait suivi de près.

Louis Antoine avait voulu épouser quelqu'un de très joli. Étant lui-même très joli, il lui semblait qu'il méritait d'épouser une jolie personne. Il estimait avoir un goût exquis en matière de filles, qu'il savait classer selon leur beauté. Il ne se considérait pas comme superficiel pour autant, puisqu'il prenait aussi en compte leur personnalité. Il était d'avis que le bonheur d'une femme ajoutait à son attrait, et que c'était quand elles venaient juste de rire que les femmes étaient les plus belles, joues rosies, lèvres entrouvertes. Enfin, il aimait leur allure après la danse, lorsqu'elles avaient bien transpiré, que leurs boucles collaient à leur front et qu'elles semblaient pressées de se déshabiller.

Mais les filles les plus belles et les plus convoitées étaient toujours encouragées à épouser des hommes riches, puisque c'était possible. Elles faisaient des minauderies à des hommes moins charmants et moins beaux que lui parce qu'ils possédaient de grandes fortunes. La seule femme qu'il put convaincre de l'épouser fut la mère de Marie, Hortense, dont les parents étaient aussi morts jeunes, lui laissant une fortune considérable et une raffinerie de sucre. Elle était si riche qu'elle pouvait se permettre d'unir son destin à celui d'un bel aristocrate sans le sou. Mais elle avait un physique quelconque, et était d'humeur mélancolique.

Il avait rencontré Hortense au Bal sur glace quand il avait 19 ans. Quel était le thème cette année-là ? *Cyrano de Bergerac*. Tous les hommes étaient affublés de volumineux faux nez fixés à leur visage à l'aide d'élastiques, et portaient des épées au flanc. Ces costumes avaient quelque chose de curieusement pervers.

Hortense était restée assise sur un banc près du mur pendant toute la soirée, trop gênée pour patiner. Elle semblait toujours à un cheveu de fondre en larmes.

Chaque fois qu'il l'apercevait, il croyait la voir pleurer, même si elle n'avait pas de larmes dans les yeux. Elle ne pouvait supporter l'idée de s'humilier de la sorte. Une femme aussi gênée serait assurément ennuyeuse au lit. Personne d'autre ne voulait l'épouser. Mais aucun des autres jeunes hommes n'était à vendre comme l'était Louis. Elle pouvait se permettre d'acheter son amour. Et c'est donc ainsi qu'il fut acquis.

Hortense n'était pas dupe. Elle savait que c'était, pour l'essentiel, son argent qui intéressait Louis. Pourtant, celui-ci se montrait gentil avec elle, et déployait des trésors de séduction. Elle fut évidemment insultée quand sa tante et son oncle affirmèrent qu'il n'en voulait qu'à sa fortune. Comment interpréter leurs paroles autrement qu'en concluant qu'elle n'était pas digne d'être aimée ? Et c'est ainsi que deux êtres très peu dignes d'être aimés en vinrent à convoler. Le premier obtint ce qu'il voulait, la seconde sombra dans une profonde dépression et s'enleva la vie avant le premier anniversaire de sa fille.

Il n'y a personne de brutal comme un homme riche sans argent.

Après la mort de son épouse, Louis insista pour que toutes les filles qui travaillaient à la maison soient gaies. Il se fichait qu'elles soient incompétentes, du moment qu'elles étaient heureuses. Il en avait assez de la tristesse des femmes, voyait le chagrin de son épouse comme une chose qu'il avait dû endurer. Il agissait comme s'il avait souffert du suicide de sa femme, ce geste égoïste qu'elle avait commis contre lui, et aussi contre Marie.

À la maison, les bonnes étaient tout le temps remplacées. Elles perdaient subitement leur joie de vivre une fois que Louis les avait séduites, et finissaient inévitablement par perdre la raison. Une bonne qui ne parlait que français avait tenté de s'enfuir avec Marie lorsque celle-ci était bébé, laissant à son père une note qui disait : *Tu as pris mon cœur, maintenant je prends le tien*. Mais elle l'avait écrite en français et Louis n'avait pas la moindre idée de ce que cela signifiait. Elle avait pris le train avec Marie jusqu'à une petite ville non loin de Trois-Rivières. Elles avaient passé la nuit ensemble sur le même lit dans une auberge. Trop épuisées pour tirer la couverture, elles s'étaient contentées de s'allonger dessus et s'étaient endormies dans les bras l'une de l'autre. C'est ainsi que les avaient découvertes les inspecteurs.

Mais de toutes les bonnes qui devinrent les maîtresses de Louis, nulle ne connut sort plus spectaculaire qu'Agatha.

Marie était toujours affectueuse avec les bonnes. Elle accueillait le trop-plein d'émotions qu'elles éprouvaient pour son père et s'en délectait. Mais elle était inquiète lorsqu'Agatha se montrait attentionnée envers elle. Cela lui semblait alarmant, sans qu'elle sût pourquoi. Consciente d'être injuste à l'endroit d'Agatha, elle ne pouvait toutefois faire autrement que de se méfier d'elle. On aurait dit que la bonne lui demandait sans cesse une sorte d'engagement réciproque qu'elle n'avait aucun droit d'exiger.

Ce jour-là, en s'habillant, Agatha jeta un coup d'œil dans le magnifique jardin de roses en contrebas. Pendant un instant, elle eut l'impression qu'il lui appartenait. Puis son cœur se tordit, son visage perdit ses couleurs, elle s'écria : « Oh non ! » et sortit en courant de la pièce, presque flambant nue.

Elle avait aperçu les deux fillettes qui s'apprêtaient à se livrer duel. Elle y trouverait sa fin.

6

Oraison pour une paire de pistolets

Les fillettes avaient été pratiquement renversées par la force de la déflagration, stupéfaites de constater que les pistolets étaient chargés. Debout, de petits nuages de fumée de poudre à canon flottant au-dessus de leurs têtes, elles se demandaient si elles étaient des fantômes, si elles allaient se rendre compte que des balles les avaient traversées et avaient stoppé leur cœur. Elles savaient qu'il y aurait des conséquences à ce qu'elles venaient de faire, mais n'auraient su dire lesquelles.

La bonne gisait sur le sol, deux balles dans la poitrine. Le devant de sa robe était trempé de son sang, qui continuait de s'épancher. Il n'y avait plus rien à faire. Elle ne bougeait pas un muscle, regardait le ciel de ses yeux écarquillés. Aucune des deux filles n'avait jamais vu un cadavre, mais à l'évidence, c'est ce qu'elles avaient sous les yeux.

Marie parut réagir la première. Elle lança le pistolet par terre, comme s'il était vivant, un complice susceptible de l'entraîner à assassiner quelqu'un d'autre.

Elle avait une telle expression de panique sur le visage que Sadie sut qu'elle devrait sauver son amie. Bien sûr, Marie réagissait plus vivement. Elle avait vu cette femme vivante tant de fois. Il était tout naturel qu'elle soit épouvantée en la voyant morte. Mais Sadie ne connaissait pas la bonne. On aurait dit qu'elle était sortie de la maison en courant dans le seul but de se transformer en cadavre.

Leurs regards se croisèrent, et de tout son être Marie supplia Sadie de lui venir en aide. En temps normal, le visage de Sadie aurait eu la même expression de compréhension horrifiée que celui de Marie. Mais celle-ci avait été plus rapide. Elles ne pouvaient pas être toutes les deux pétrifiées. Sadie céderait le privilège de l'effroi et de l'hystérie à Marie. Elle réparerait ce gâchis et alors Marie saurait combien elle l'aimait et elle ferait en sorte de toujours garder Sadie à ses côtés.

Sadie contourna la bonne morte. Elle sut d'instinct que la meilleure tactique serait de nier toute l'affaire. Elle avait lu ce genre de choses dans des romans de détectives. Elle ramassa les pistolets et se dépêcha d'aller les dissimuler dans les bois derrière chez Marie, enjambant prudemment les racines pour ne pas trébucher. Son cœur battait si fort qu'elle avait l'impression d'avancer au milieu d'un défilé qui signalait à tout un chacun le début de la guerre. Elle finit par enterrer les pistolets dans le cimetière pour animaux.

Elle se rendait compte que ce n'était pas l'idéal de tenter de faire disparaître les pistolets dans le but de dissimuler le drame. Mais elle n'avait encore jamais tué personne. Et dans les romans qu'elle avait lus, on s'efforçait toujours de balancer l'arme du crime dans le fleuve. Elle aurait bien voulu pouvoir se débarrasser du corps.

Elle s'assit entre les racines de deux énormes arbres qui la tenaient dans leurs bras comme si elle était un bébé. Elle avait les mains couvertes de boue.

Il fallait que son petit cœur cesse de battre si vite. Les champignons poussant au pied des arbres étaient en forme d'oreille, comme si la forêt écoutait, attendant ses explications.

Le bruit du pistolet avait créé un espace dans sa tête. Tous les autres bruits étaient étouffés. Elle n'entendait pas le son du ruisseau coulant devant la pointe de ses bottes. Elle n'entendait pas le bruit des branches qui se frottaient l'une contre l'autre au-dessus de sa tête. Levant les yeux vers le ciel, elle vit des oiseaux qu'elle était incapable d'entendre. Elle ne pouvait entendre que ce qui se passait en elle. Elle soupira, et l'écho de son soupir se répercuta dans toute la forêt.

Elle retourna dans la cour de Marie, d'où avaient disparu les occupants, y compris le corps d'Agatha, et elle attendit son amie. Elle attendait de voir si elles étaient dans le pétrin. Se sentant faible, elle plongea la main dans sa poche et en sortit une pomme. Elle transportait souvent un fruit sur elle, pour le cas où elle aurait faim. Elle en prit une bouchée. Puis, constatant qu'elle était toute seule et ne sachant que faire, elle rentra chez elle.

Marie va régler tout cela, songeait-elle. Son père et elle peuvent tout régler. Marie va être propriétaire d'un empire sucrier. Ce sera un jeu d'enfant pour elle de trouver la solution à ce problème. Elle ignorait absolument comment Marie s'y prendrait, mais celle-ci avait une autre façon de penser, une plus grande expérience du monde. Cette journée était semblable à une page d'un énorme livre, qu'elles pouvaient arracher si elles en avaient envie. Ce n'était pas leur faute si la bonne avait jeté son corps entre elles. Non, cet événement n'aurait jamais dû se produire.

En rentrant chez elle, elle constata que c'était déjà

l'heure du souper. Elle ne pipa mot pendant le repas, mais personne ne le remarqua. Ils ne remarquèrent pas qu'elle était sourde-muette. Ils ne remarquèrent pas que ses pensées étaient à un million de milles de là.

Elle souleva sa fourchette pour prendre une bouchée, mais la fourchette trembla dans sa main et elle la reposa brusquement, regardant autour d'elle. On aurait dit que la fourchette lui demandait comment elle osait la tenir après ce qu'elle avait commis ce jour-là. Comme si la fourchette s'efforçait de prévenir tous les convives de ce qu'elle avait fait. La fourchette n'étant pas d'humeur à lui donner du dessert, la framboise demeura intouchée au cœur du flan. Un jus rouge commença à s'en écouler, telle une blessure par balle à la poitrine d'une nuisette blanche.

Sadie demanda à être excusée de table, puis monta à la salle de bains pour vomir.

La bonne avait rapidement été transportée dans la maison par trois autres bonnes, Marie courant à leur suite. Les sous-vêtements d'Agatha étaient complètement rouges et trempés de sang. Elles avaient déposé la bonne sur le tapis et avaient détaché sa nuisette. Les autres bonnes criaient son nom, la suppliant de répondre : « Agatha, Agatha, Agatha. » Marie continuait d'espérer malgré tout que la bonne allait ressusciter, qu'elle n'était pas vraiment morte. Mais elle n'avait pas donné le moindre signe de vie. Marie avait réalisé à quel point les morts étaient têtus. Ils refusaient tout simplement de prendre le monde au sérieux.

Jusque-là, elle ignorait même que les gens puissent mourir instantanément. Elle croyait qu'ils bénéficiaient toujours d'un peu de temps, ce qui leur permettait, quand c'étaient des personnages importants, de prononcer quelques dernières paroles célèbres. Et, dans le cas de simples quidams, de transmettre des messages à leurs êtres aimés. Elle aurait voulu que la bonne reste en vie assez longtemps pour lui pardonner.

Constatant que la situation était désespérée, Marie était ressortie pour aller retrouver Sadie. Elle l'avait aperçue de loin. Assise sur un petit banc blanc, à l'extérieur du labyrinthe, son amie regardait droit devant elle. Marie s'était dit qu'elle devait avoir énormément de chagrin. Peut-être avait-elle manqué de considération en l'abandonnant pour courir après un cadavre. Sadie était manifestement en proie à un dilemme moral.

Marie avait regardé Sadie fouiller dans la poche de sa jupe. Elle s'était imaginé qu'elle recherchait un mouchoir, même si Sadie n'avait pas l'air de pleurer. Elle avait sorti une pomme de sa poche, l'avait frottée sur sa manche pour la faire briller. Et puis elle en avait pris une bouchée comme si rien au monde ne s'était passé. Pendant une seconde, Marie avait douté de ce qui était réel.

*

Le père de Marie l'avait prise par la main et l'avait tirée sans ménagement pour l'éloigner de la scène. Elle n'avait encore jamais eu à presser le pas pour suivre son père, qui avait généralement une démarche nonchalante. Il l'avait tirée rapidement dans le couloir, passant devant toutes les peintures de paysages qui semblaient immobiles malgré le désordre ambiant, comme des paysages vus des vitres d'un train. Il l'avait emmenée à sa chambre, avait ouvert la porte et l'avait poussée à l'intérieur. Puis il était resté devant le chambranle comme si le seuil était une frontière qu'elle avait franchie et lui non.

— Reste dans cette pièce, avait-il ordonné. Ne sors pas avant que je te le dise. Ne laisse personne entrer à part moi. Tu comprends ?

Marie avait hoché la tête, incapable de répondre. Elle avait gardé les mots dans sa gorge comme si c'était un barrage et qu'aussitôt un mot prononcé, un sanglot se serait délogé et elle n'aurait jamais pu cesser de pleurer. Elle avait l'impression que son corps tout entier était une bouteille de champagne qu'on a secouée et qui s'apprête à exploser.

Louis avait fermé la porte, et Marie avait eu l'impression d'être isolée de tout ce qui l'entourait. Elle s'était retournée et avait contemplé le papier peint vert à motifs de branches d'arbre et d'oiseaux. Elle se sentait comme Ève lorsqu'elle avait été mise à la porte du jardin d'Éden, mais elle n'avait même pas Adam pour lui tenir la main.

Marie tremblait. Inquiète pour le sort de la bonne, elle n'avait pas eu le temps de songer aux ramifications de ces événements pour elle. Elle ne pouvait perdre l'amour de son père. Celui-ci croyait qu'elle était une enfant parfaite. Pouvait-on être une enfant parfaite si on était aussi une meurtrière ? Cela semblait hautement improbable. Elle était incapable de supporter l'idée de baisser le moindrement dans l'estime de son père. Il ne tolérait personne sur terre à part elle.

Elle ignorait ce qu'on faisait aux petites filles riches qui assassinent leurs servantes. Ce ne pouvait être la prison qui l'attendait ! Sa raffinerie ! Voilà ce qu'on lui enlèverait. Elle ne pourrait jamais mettre à exécution tous les plans qu'elle échafaudait avec impatience. On effacerait son visage des sacs de sucre. Qui serait-elle si elle ne figurait plus sur les sacs de sucre ? Elle ne voulait pas être ordinaire.

Sadie n'avait pas ce problème. Elle vivait déjà dans un foyer d'où l'amour était absent. Elle n'avait pas de raffinerie. Ce n'était pas juste ! Elle avait tellement plus à perdre que Sadie.

Si Sadie était restée pour réfléchir avec elle, elle aurait probablement imaginé des solutions différentes. Mais Sadie l'avait abandonnée. Elle l'avait laissée braver la tempête. Elle l'avait laissée seule pour assumer la responsabilité de ces actions. Si Sadie cherchait à sauver sa peau, avait décidé Marie, alors elle chercherait aussi à sauver la sienne.

C'est ainsi que lorsque son père entra et s'assit sur le canapé doré, elle se laissa tomber sur le sol, à genoux. « Sadie » fut tout ce qu'elle prononça.

Elle dit que Sadie avait essayé de lui tirer dessus. Elle dit que Sadie était jalouse parce qu'elle avait remporté le récital de poésie et qu'elle estimait que les résultats avaient été injustes. Elle dit qu'il lui était déjà arrivé d'être alarmée par Sadie, qui avait tué un chat dans la cour, sans raison. Et elle n'avait manifesté aucun remords. Puis elle l'avait enterré dans un cimetière pour animaux, dans les bois, où s'élevaient des stèles de bois à l'endroit où des animaux de toutes sortes avaient été inhumés.

Cela semblait presque trop tiré par les cheveux pour être vrai. Sur la recommandation de Louis, l'inspecteur se rendit au cimetière qu'avait décrit Marie. Naturellement, Sadie apparut comme une meurtrière calculatrice tout droit sortie d'un roman. On découvrit les pistolets enterrés dans une tombe fraîchement creusée, ce que seule une tueuse ayant agi avec préméditation aurait fait. Le geste était délibéré. Elle était coupable.

L'histoire comportait toutefois des incohérences. La principale consistait en ce que, même si la poitrine de la bonne semblait à première vue transpercée par un seul trou, l'examen révéla la présence de deux balles. Comment savoir laquelle des deux balles l'avait tuée ? Louis était persuadé que Marie était complice, mais il ne se retourna pas contre elle pour autant, comme elle l'avait craint. Tout ce qu'il savait, c'est qu'il était prêt à tout pour protéger sa fille.

Marie n'arrivait pas à croire qu'elle avait dénoncé sa meilleure amie. Elle avait l'impression que tout s'en trouvait changé dans son corps. Après cela, elle allait être une personne entièrement différente. Elle savait de quoi elle était capable. C'était peut-être la définition même de l'innocence : ne pas savoir de quoi l'on est capable.

7

Visite à l'humble demeure d'Agatha

Quand Louis alla rendre visite à la famille d'Agatha, il découvrit la bonne allongée sur la table du salon pour une veillée funèbre. Comme c'est monstrueux et grotesque, ne put-il s'empêcher de songer. Mais les autres visiteurs ne partageaient pas son opinion. Tous faisaient remarquer combien la bonne semblait jeune, jolie et vivante. Personne ne pouvait se permettre les services d'un croque-mort, mais une femme qui habitait Dandelion Alley venait, pour une somme symbolique, arranger le corps. Un fichu noir orné de cerises rouges noué serré autour de sa tête, elle était arrivée munie d'une trousse de médecin et avait demandé à être laissée seule avec la dépouille. Le sac ne contenait rien d'autre que de vieilles bandes de coton et un peu de maquillage de scène trouvé derrière un théâtre. Elle avait ouvert la bouche de la fille et y avait fourré des boules de coton, puis elle lui avait appliqué du fard sur le visage. Elle avait badigeonné ses lèvres d'une épaisse couche de rouge, lui avait étendu du rose sur les joues. Le maquillage étant vu comme inconvenant, personne n'avait conscience de ses propriétés magiques.

Agatha rayonnait de couleurs !

Agatha portait aussi une couronne de marguerites

autour de la tête. Louis songea que les marguerites étaient comme les jeunes filles : on les découvrait là où on ne s'y attendait pas, apparemment inconscientes de leur environnement. On pouvait en trouver une debout dans un jardin, le visage joliment tourné vers le soleil, ou alors appuyée contre un mur au cœur de la ville, toute seule.

Louis mis à part, tout le monde trouvait que cette auréole de marguerites était une merveilleuse idée. On trouvait que ça donnait l'air d'un ange à Agatha. On ne l'avait jamais vue si belle. Parmi les femmes les plus vieilles, plusieurs se signèrent et remercièrent Dieu de ce qu'elle n'avait pas plutôt reçu une balle dans la tête. Ne serait-ce que pour sa pauvre mère.

Louis ne voulait pas regarder le visage d'Agatha, qu'il avait toujours trouvée très jolie. Mais il ne goûtait plus à sa beauté. Ce n'était toutefois pas parce qu'elle était morte. Cela avait plutôt à voir avec la maison où il se trouvait, laquelle était sombre et exiguë. Les plafonds étaient bas et le papier peint portait des marques de dégât des eaux. C'était dans ce genre de maison qu'elle avait grandi. C'était dans ce genre de maison qu'elle avait fait ses premiers pas. Dans ce genre de maison qu'elle avait vécu jusqu'au moment où elle s'était présentée à sa porte. Il choisissait de croire que les filles apparaissaient comme par magie, pleinement formées, sur le seuil de sa demeure. En songeant qu'elles venaient toutes de cela, il en avait des frissons.

Une fois les invités partis, Louis s'assit avec les parents d'Agatha. Monsieur Robespierre avait un accent français, tandis que Madame parlait avec un accent irlandais. Il s'étonna qu'Agatha ait réussi à ne prendre ni l'un ni l'autre. Malgré leurs accents différents, Louis avait du mal à suivre qui disait quoi.

— Elle avait de magnifiques cheveux roux, disait le père.

— Ça a été un choc ! On n'a jamais su d'où elle les tenait, disait la mère.

— Elle est blonde et moi, j'ai les cheveux noirs. Alors on s'attendait à l'un ou à l'autre.

— Il pensait qu'elle n'était pas de lui.

— Je pensais qu'elle n'était pas de moi !

— Mais elle avait ses yeux.

— Je n'ai jamais compris comment je pouvais avoir une fille si jolie.

Louis détestait cette habitude que finissaient par avoir les couples mariés et qui consistait à parler comme s'ils étaient une seule et même personne. Il trouvait que cela rendait le couple asexué, ce qui lui paraissait horrible.

— C'était une fille ordonnée, dit la mère. Elle était toujours en train de mettre de l'ordre.

— Elle ne supportait pas de voir une miette par terre.

— J'ai été domestique, moi aussi, ajouta la mère sur le ton de la confidence. Et j'ai trouvé ça dur. Alors je voulais autre chose pour elle. Mais ça n'a jamais eu l'air de la déranger.

Louis examinait la pièce, incapable d'imaginer comment qui que ce soit pouvait dire si cette maison était sale ou propre.

— Je n'ai jamais eu peur de vieillir, poursuivait la mère, parce que je savais qu'elle prendrait soin de moi.

— J'aurais presque voulu qu'elle s'en fasse moins pour nous, dit le père. Mais c'était plus fort qu'elle. Elle prenait toujours soin de nous.

Tous les deux baissèrent les yeux, puis levèrent légèrement le regard vers Louis pour voir s'il s'était laissé convaincre de bonifier son offre de compensation pécuniaire.

— Ça va aussi nous prendre un nouveau pourvoyeur dans la famille, dit la mère. Vous avez été si bon de donner un emploi à Agatha chez vous. Est-ce que vous considéreriez prendre notre petite-fille Mary ? Elle n'a plus personne depuis que sa mère est morte. Nous non plus, on n'a plus personne depuis que sa mère est morte.

— Voudriez-vous qu'on l'appelle ? demanda le père.

— Non, non, répondit Louis. Je n'ai pas besoin de la voir.

Levant le regard, Louis vit une fille dans l'embrasure de la porte, qui le dévisageait. Son cœur bondit dans sa gorge et il s'empourpra. Pendant une seconde, il crut voir sa propre fille. Mary présentait une ressemblance frappante avec Marie. On aurait dit que quelque sort horrible s'était abattu sur Marie. Elle avait été kidnappée et gardée enfermée dans une cabane au milieu de la forêt, elle avait été privée de nourriture et forcée de porter des vêtements atroces, usés jusqu'à la corde. Mary était plus mince que Marie, mais d'une façon qui n'évoquait ni la grâce ni la délicatesse. Elle avait l'air sous-alimentée. Ses membres et son visage paraissaient plus angulaires qu'ils auraient dû l'être. Elle avait des cernes sombres sous les yeux. Elle possédait la même tignasse blonde, de la même teinte que celle de Marie, mais grasse et sale. Elle l'avait brossée et coiffée toute seule, personne ne s'en était jamais préoccupé.

Louis habillait toujours Marie des robes les plus précieuses. Ses vêtements colorés auraient égayé la pénombre de l'entrée. Ç'aurait été comme d'ouvrir les rideaux devant une fenêtre pour laisser entrer le soleil en cascade. Marie faisait toujours le même effet qu'un gros bouquet de fleurs sur une table. Cette fillette-ci portait la veste noire la plus terne qui soit. Cette veste n'avait même pas l'énergie d'être vraiment noire, se contentant d'être grise, comme un tableau à craie sur lequel on vient d'effacer un poème à l'aide d'une brosse. Elle était chaussée d'une paire de bottes noires dont l'une était attachée à l'aide d'un bout de ficelle brune et l'autre avec un mince ruban qui s'effilochait aux extrémités.

Mais ce qui distinguait surtout cette fillette de Marie, c'était l'expression de son visage. Marie avait toujours un air curieux et bon. Elle regardait tout le monde avec une grande douceur, comme si elle vous pardonnait le crime le plus odieux. Mais cette fille, dans l'encadrement de la porte, avait l'air méchant. Louis en fut choqué. Elle sapait son assurance. Ses yeux réveillaient tous les sentiments de haine de lui-même qu'il réprimait. Voilà pourquoi il fallait fournir formation et éducation aux filles de façon qu'elles maîtrisent leurs expressions.

Pendant un instant, il eut honte d'avoir confondu cette misérable enfant avec sa Marie. Elle était apparue dans le cadre de la porte tel le fantôme de sa fille. Il aurait sincèrement préféré qu'Agatha se redresse, retire les fleurs de ses cheveux, arrache le coton de sa bouche et dise : *Comment allez-vous ?* plutôt que de voir cette fille.

Il était hors de question qu'elle franchisse le seuil de sa maison.

Il tendit aux parents une enveloppe pleine d'argent, promit pour Mary un emploi à sa raffinerie, et jura que la fillette qui avait tué leur fille serait punie. En retour, ils devaient garder le silence sur toute l'affaire.

8

Où Sadie est envoyée en exil

Louis n'avait guère repensé à Sadie après ce terrible accident. Pour l'essentiel, il ne considérait pas que les amies de Marie étaient très différentes des bonnes. Il estimait que sa fille trônait bien au-dessus de tout le monde, mais que ses amies étaient interchangeables. Il arrivait que Marie connaisse un bref engouement pour l'une ou l'autre fillette. La vivacité des passions de Marie faisait que chacune se croyait l'unique objet de ses affections. Et puis Marie se lassait d'elle et choisissait de ne plus la revoir. Cette fillette était toujours remplacée par une nouvelle.

Peu importe avec qui elle passait son temps, Louis se fichait que ce soit une domestique ou une fille de bonne famille. Il avait toutefois remarqué que Marie éprouvait une affection particulière pour cette fille brune qui était une Arnett. Elles semblaient tout le temps ensemble.

Il fut étonné que les Arnett acceptent de sacrifier leur fille si rapidement et de si bon cœur après la fusillade. Il comprit, l'espace d'un instant, l'effet que sa fortune produisait sur les autres, les amenant à se plier à sa volonté avant qu'il l'exprime, avant même qu'il y pense. C'était étrange de voir ses besoins satisfaits avant d'en manifester le désir. Les Arnett avaient compris ce qu'il faudrait à Louis alors qu'il n'avait pas osé y songer. Si l'on posait des questions au sujet de la morte, il fallait pouvoir jeter l'ombre du doute sur quelqu'un. Les Arnett laisseraient tomber cette ombre sur Sadie.

Louis allongea immédiatement de l'argent au coroner pour que celui-ci déclare qu'il n'y avait qu'une balle. Et c'est ainsi qu'une enfant fut victime d'un coup monté.

Évidemment, l'affaire fut étouffée. Qu'est-on censé faire de deux assassines, de surcroît quand elles ont tué une servante ? On ne pouvait pas les jeter en prison : elles étaient beaucoup trop bien habillées. Et en les tenant responsables d'un crime aussi spectaculaire, on aurait risqué de donner aux femmes des idées de grandeur.

Reste qu'il fallait s'occuper de Sadie. On décida de l'inscrire dans un pensionnat pour jeunes filles difficiles situé dans la campagne anglaise, non loin de Londres. Une fois Marie et Sadie séparées, elles ne pourraient plus jamais discuter du crime. Si l'on ne peut discuter d'un crime avec quelqu'un, alors on ne peut être certain qu'il existe. Ce crime se fond dans la mémoire. C'était aussi le prétexte qu'attendait la mère de Sadie pour se débarrasser d'elle. Son père pour sa part se consacrait avec acharnement à sa carrière politique, il était très près de devenir quelqu'un d'important, et Mme Arnett savait, en son for intérieur, que sa fille ruinerait un jour cette carrière.

Quand elle apprit qu'on l'envoyait dans un pensionnat plein de filles difficiles en Angleterre, Sadie fut prise de peur. Elle savait que les fillettes du Mille doré n'étaient pas de taille à affronter sa condescendance, mais celles-là allaient peut-être la remettre à sa place. Elle entreprit de faire ses bagages à contrecœur, rangeant ses livres dans son sac de voyage. Sa mère avait dit que ce n'était pas une bonne idée d'emporter des livres, parce qu'ils étaient trop lourds. Sadie ne savait pas trop pourquoi sa mère tenait à ce qu'elle voyage si léger. On aurait dit qu'elle voulait que sa fille sache que désormais elle n'avait plus droit à quoi que ce soit. Ni aux vêtements dans sa garde-robe. Ni aux jouets raffinés dans la nursery pour laquelle elle était désormais trop grande. Il lui semblait que l'enfant qui avait grandi dans cette nursery était une autre. Elle n'avait plus droit à cette identité non plus.

Elle était une petite fille sans famille. Et même si elle avait une intolérance viscérale à sa famille, elle ne pouvait s'empêcher d'être terrorisée. Dans la voiture qui la menait au quai, assise entre sa mère et une bonne, Sadie se mit à trembler sans pouvoir s'arrêter. Elle ne voulait pas monter à bord du navire. Elle était même incapable de s'imaginer ce qui se trouvait de l'autre côté de l'océan. L'idée de l'océan était trop écrasante. Elle se rendit compte qu'elle ne pouvait la comparer qu'avec la mort. N'était-ce pas cela, la mort ? La grande inconnue ?

Elle suivit sa mère qui marchait vers le bateau. Comme elle s'approchait de la passerelle, Sadie sentit son estomac se nouer violemment. Le moment était venu de se venger de sa mère qui l'abandonnait. La seule manière d'y arriver, c'était de se montrer indifférente. Elle croyait que ce ne serait pas difficile, car elle pensait que son indifférence était réelle. Elle avait compté là-dessus. Pourtant, c'est à ce moment qu'elle s'avilit. Comme la plupart des moments d'avilissement, celui-ci arriva sans prévenir. Elle se trouva obstinément assise sur sa malle, à sangloter et à supplier.

— S'il te plaît, ne me chasse pas. Je ne veux pas partir. J'ai peur. Je t'aime. Je veux rester à la maison. Maman. Maman. Maman. Dis que tu me pardonnes. Je ne sais pas pourquoi j'ai fait cela. Je te promets que je vais changer. Je suis désolée si j'ai été impolie. Si je n'ai pas été assez gentille avec Philip.

Sadie était stupéfaite de ses actions, qui semblaient si peu en accord avec sa personnalité. Elle était horrifiée de son propre comportement. Elle réagissait comme l'aurait fait n'importe quel autre enfant. Elle réagissait comme un enfant ordinaire abandonné par sa mère.

Peut-être nul enfant ne croit-il être un enfant. Tous se croient secrètement des adultes. Et lorsqu'ils agissent comme des enfants, ils sont surpris. Peut-être tous les enfants sont-ils étonnés par leurs propres larmes quand elles jaillissent tel du sang d'une blessure.

La mère de Sadie ne répondit pas sur le même ton. Elle fut distante et froide avec sa fille, comme Sadie s'était elle-même attendue à être distante et froide avec sa mère. Les rôles s'étaient soudain inversés.

La bonne attrapa Sadie sous les bras et la força à se lever. Puis Sadie se précipita contre le sein de sa mère, ce qui eut l'effet d'alarmer celle-ci plus que tout le reste. Mme Arnett repoussa durement Sadie en lui ordonnant de ne pas faire de scène. Sadie vit sa mère se retourner pour guetter la réaction des autres passagers.

— Pourquoi est-ce que tu ne m'aimes pas ? Tu peux m'enfermer dans ma chambre pendant des mois. Je m'en fiche. Tu peux m'envoyer dans un pensionnat ici à Montréal.

— Sadie. Tu as été désagréable. Nous avons demandé ton aide d'une façon fort simple. Tu as plutôt choisi de saboter les efforts de ton père et de ton frère. J'ai toujours fait montre de tolérance envers ton humeur renfrognée. Mais si je n'arrive pas à t'enseigner quoi que ce soit, peut-être cette école y réussira-t-elle.

La vulnérabilité de Sadie ne faisait qu'accentuer la froideur de sa mère. La fillette avait suffisamment d'émotions pour toutes les deux. À ce moment-là, Sadie réalisa que ses supplications étaient vaines, et elle se tut. Elle ne pardonnerait jamais à sa mère cet échange. Sa mère l'avait forcée à être faible.

Sadie se laissa mener par la bonne jusqu'à la passerelle. Elle était terrifiée, comme si elle marchait vers la mort. Et, d'une certaine façon, ce n'était pas faux. Comment pouvait-elle espérer rester la même après être montée à bord de ce bateau ? Son visage se tordit, crispé dans des expressions extrêmes.

La mère de Sadie savait que, n'eût été sa personnalité, sa fille aurait été belle. Ses pensées s'inscrivaient toujours sur son visage. Ce n'était pas facile d'entrer dans le salon et de se faire dévisager par sa fille avec un tel mépris.

Elle ne s'était jamais attachée à Sadie quand elle était bébé, mais comme elle avait tant d'amour pour son fils, elle pouvait se passer de celui de sa fille. Philip était tellement obéissant et affectueux, même s'il n'était pas aussi futé que Sadie. Et elle n'était même pas sûre que Sadie fût réellement intelligente. Elle songea que la méchanceté se faisait parfois passer pour de l'intelligence. Chose certaine, la cruauté et l'esprit critique avaient le même tranchant que l'intelligence.

En se liant d'amitié avec Marie, Sadie s'était soudain

trouvée avec un pouvoir entre les mains. De tous les membres de la maisonnée, c'est elle qui détenait la clef de la fortune de la famille, ce que sa mère abhorrait. Il lui fallait se montrer obséquieuse avec sa propre fille. Sa mère était vexée que, consciente de ce pouvoir, sa fille ne s'en serve pas.

Elle aurait enfin pu faire partie de la maisonnée. C'était formidable que d'avoir une mission commune et de travailler ensemble en vue d'un objectif. Elle aurait pu contribuer à renforcer le nom de la famille. Elle en aurait énormément bénéficié ; ses perspectives de mariage s'en seraient trouvées bonifiées. Mais dès que Mme Arnett abordait le mariage ou quelque question similaire avec sa fille, Sadie la regardait comme si elle lui avait suggéré de se dépêcher d'aller voir la licorne dans le jardin.

Mme Arnett regarda Sadie marcher sur le pont du navire. Elle aurait dû savoir qu'il ne servait à rien de fonder des espoirs sur elle. Sadie aurait aussi bien pu tuer Marie. Ils auraient alors été perdus. La seule chose pour laquelle Louis Antoine éprouvait de l'affection dans ce monde, c'était sa fille. Il n'aurait jamais permis à la famille de Sadie de survivre.

Tandis que Sadie avait été étonnée par son déferlement d'émotions, sa mère s'étonnait de n'en éprouver aucune. Elle était soulagée du départ de sa fille. Elle n'avait rien ressenti quand elle s'était jetée à genoux. Elle n'éprouvait qu'une seule satisfaction : celle d'avoir eu tout ce temps raison au sujet de sa fille. Sa méfiance se trouvait justifiée.

La mère de Sadie s'arrêta pour regarder le navire s'éloigner lentement du quai. Elle distinguait Sadie debout sur le pont, qui scrutait la foule à la recherche de sa mère, sans la voir. Les gens se pressaient sur le quai, secouant leurs mouchoirs à l'intention des passagers. Les voyageurs sur le pont du bateau agitaient les leurs en retour. Tous ces mouchoirs formaient un merveilleux spectacle. On aurait dit une nuée d'oiseaux marins qui affluaient autour du bouillonnement d'une baleine remontée à la surface.

Mme Arnett n'attendit pas que le bateau ait complètement quitté la rive avant de tourner les talons et de s'en aller.

9

Sadie traverse l'océan

Sadie eut le mal de mer les deux premiers jours. Elle était furieuse que Marie n'ait pas subi la même punition qu'elle. Agenouillée, entourant un seau de ses bras, elle fixait un trou au fond du seau en murmurant : « C'est la faute de Marie. » Puis elle vomissait. Si Marie l'avait accompagnée, alors elle n'aurait pas été seule dans cette horrible situation. Elles auraient pu chacune leur tour tenir les cheveux de l'autre pendant qu'elles vomissaient, et se recommander d'être braves.

Elle marchait sur le pont en marmonnant : « C'est la faute de Marie. » Les enfants s'habituèrent à la voir se promener en se parlant toute seule. Ils en vinrent à accepter qu'elle n'était pas une compagne de jeu agréable, et qu'elle avait quelque chose qui clochait entre les deux oreilles. Si elle avait été vêtue de noir, ils auraient supposé qu'elle était en deuil, car elle se comportait comme une enfant qui a récemment perdu sa mère.

Il y avait sur le navire un groupe de filles qui estimaient que c'était dommage que Sadie soit trop bizarre pour qu'elles puissent discuter avec elle. Elle était tellement jolie. Et les filles étaient toujours tellement attirées les unes par les autres. Sadie avait une si belle chevelure noire, toutes la contemplaient avec envie. Elles auraient voulu en dérober une boucle avant d'arriver à destination. Mais jamais elles n'en obtiendraient une mèche.

Sadie psalmodiait de façon si répétitive qu'on aurait dit une comptine qu'on récite en sautant à la corde : *Un accident. Un accident. On ne peut pas punir quelqu'un pour un accident.*

Elle avait toujours les mains froides. Elle les tenait devant son visage et soufflait dessus. Quand elle respirait, de petits nuages de fumée sortaient de sa bouche, même si l'hiver n'était pas encore arrivé. Apparemment, au milieu de l'océan, il était déjà là. Peut-être l'hiver n'avait-il rien à voir avec la température. Peut-être était-ce plutôt une affaire de distance et de solitude. Ce qui dérangeait le plus Sadie, c'est qu'elle était certaine que Marie n'éprouvait pas le moindre tourment. Elle se la figurait presque à la façon d'une peinture pastorale. Elle l'imaginait allongée sur un grand lit, complètement nue, un ruban noir autour du cou, en train de déguster des raisins. Elle l'imaginait marcher dans le parc. Elle l'imaginait sommeiller dans un canot, un livre sur la poitrine, descendant lentement la rivière.

Un soir, Sadie se tenait à la poupe du navire. Il y avait des animaux sous la coque du bateau. Des villes entières d'animaux. Des baleines ouvraient la gueule et avalaient de grandes goulées de mer. Sadie songea à sauter à l'eau pour se faire avaler tout rond par une baleine. Elle s'imagina assise dans le ventre du cétacé en compagnie de tous les autres enfants suicidaires qui avaient sauté à l'eau. Elle s'imaginait qu'on ne pouvait rester assis qu'un moment dans le ventre d'une baleine avant de commencer à être digéré. Elle s'imaginait tenter de saisir le squelette d'un poisson pour se brosser les cheveux, et découvrir que ses doigts avaient disparu. Il lui faudrait tenir les choses délicatement, maladroitement. Elle dormirait sur une méduse, et se rendrait compte au réveil que ses jambes s'étaient désintégrées. Peut-être valait-il mieux mourir ainsi. Un morceau à la fois. D'abord on disait au revoir à ses orteils. Puis à ses chevilles. Puis à son cœur.

Cette sorte de réflexion morbide était très réconfortante.

Sadie avait conscience de la distance grandissante créée par l'océan. Rien ne lui manquait du Mille doré. Elle refusait d'avoir le mal du pays. Tout ce qui aurait pu lui faire regretter le Mille doré, c'était Marie. Elle résolut de la chasser de ses pensées.

Marie et elle avaient été séparées. Elles n'avaient aucune chance de se revoir. Sadie l'acceptait. Elle quitta le pont, tournant le dos à l'Amérique du Nord.

Après huit jours en mer, le vaisseau accosta en Angleterre. Le bruit de la ville était brutal, qui les accueillit avant même qu'ils jettent l'ancre. Sadie observait tout. En débarquant du bateau à Londres, elle ne put s'empêcher de comparer le monde qu'elle découvrait à des peintures de l'enfer.

Mais elle n'avait pas peur. Toute cette aventure comportait peut-être une agréable surprise : elle trouvait curieuse la scène chaotique et surpeuplée qui se déployait devant elle. Son petit cœur battait rapidement dans sa poitrine, mais ce n'était pas sous l'emprise de la peur, comprit-elle rapidement. C'était d'excitation. Si cette scène ne lui faisait pas peur, rien ne lui ferait peur.

Une femme du pensionnat était là qui l'attendait. Sadie fit la révérence.

10

Marie se réveille d'une sieste

Marie était secouée à cause du meurtre. Elle avait l'impression que tout ce qu'elle touchait était parcouru d'une vibration. D'abord, c'est la poignée de porte qui s'était mise à vibrer. Puis la plume qu'elle tenait entre ses doigts. Jusqu'à ce qu'elle se rende compte que c'était elle-même qui vibrait. Elle s'imaginait que Sadie serait punie pendant un moment, puisque son amie était incapable de manipuler ses parents aussi bien qu'elle. Elles ne pourraient pas se voir pendant une semaine peut-être. Et puis Sadie refuserait de lui adresser la parole quelque temps avant de lui pardonner.

Le père de Marie la fit monter dans un carrosse et l'emmena à leur domaine à la campagne. C'est là qu'il amenait sa mère quand elle était d'humeur sombre. Un médecin lui avait dit que la meilleure façon de soigner l'anxiété nerveuse chez les femmes consistait à leur faire prendre l'air. Elles pouvaient s'asseoir au soleil et remuer les orteils sans se préoccuper de la mode. Il semblait à Louis que les femmes avaient quelque chose de plus naturel que les hommes. Elles étaient à leur place dans la nature : dans des champs de fleurs, en train de traire des chèvres, des moutons dans les bras.

Sur la banquette du carrosse, le père de Marie avait empilé des couvertures et les coussins les plus moelleux afin que son trajet soit plaisant et confortable, et qu'elle ait l'impression de ne jamais avoir quitté son lit. Louis savait sa fille sensible, et il avait appris de sa femme que les maux de l'esprit peuvent être aussi dévastateurs que ceux du corps. Il plia son grand corps pour entrer dans le carrosse à son côté, et elle posa sa jolie tête sur ses genoux.

Ils quittèrent le tumulte de la ville, avec tous ses nouveaux immeubles construits à l'intention d'une population croissante. Des échafaudages s'élevaient partout, pleins d'hommes hissant des chaudières de ciment et de briques en vociférant. Il n'y avait jamais une seconde de silence dans la ville, qui était continuellement en train de se construire. On ne pouvait même pas dire à quoi ressemblait cette ville. Une rue s'échafaudait, s'enflammait à cause d'un seul mégot de cigarette et était réduite en cendres. Elle attirait les ennuis. Il arrivait qu'un édifice grimpe de plus en plus haut avant de s'effondrer au milieu de la rue.

Quand Marie arriva à la maison de campagne, on lui servit du thé au citron et au miel si fort que son nez se plissa lorsqu'elle le but. On avait dit à la bonne d'ajouter quelques gouttes d'opium dans son thé et de s'assurer qu'elle en boirait toute la journée. La bonne avait déposé la drogue dans la tasse de Marie à l'aide d'un fin compte-gouttes, comme un oiseau-mouche féconde une fleur.

Après avoir bu le thé, Marie se sentit fabuleusement bien. Elle fixait les rayons de soleil dans la pièce, scintillant de particules. Elle était sûre que, placées sous un microscope, ces particules révéleraient de toutes petites fées remuantes levant leurs jupes pour se gratter l'entrejambe, se fouillant le nez et chassant de leurs ailes les toiles d'araignées. Les fées avaient récemment fait l'objet d'une abondante documentation. Marie bâilla, inspirant une centaine de fées par le nez.

Elle fut droguée pendant deux semaines. Elle mangeait des fraises trempées dans le chocolat les yeux fermés, ratait sa bouche à plusieurs reprises, se retrouvait avec une moustache en chocolat au-dessus de la lèvre.

L'automne arrivait plus tôt à la campagne qu'à Montréal. Assise dans une chaise longue sur la galerie, enveloppée dans une couverture de fourrure, Marie regardait les arbres changer de couleur. Les feuilles jaunes scintillaient comme si elles avaient été découpées dans la feuille d'or qui enlumine les manuscrits. Le rouge donnait aux montagnes des airs de champ de bataille après une guerre sainte.

Marie était si impressionnée par les mouvements d'une feuille qu'elle ressentit le besoin d'écarter les bras pour tenter de l'imiter. Elle dansa sur la pointe des pieds près d'un étang glacé en faisant semblant d'être une feuille.

Elle demanda à la bonne d'apporter dans la maison un bébé lapin pour qu'elle puisse le caresser. Le lapereau était d'une douceur stupéfiante, elle le serra très fort et s'endormit avec l'animal dans les bras, l'étouffant sans le faire exprès. Mais elle ne le sut jamais, car la bonne le remplaça par un autre.

Puis, un jour, au réveil d'une profonde sieste, Marie se rendit compte qu'elle avait perdu la notion du temps. Elle pensa d'abord avoir perdu une semaine, mais elle éprouvait un sentiment de perte beaucoup plus grand.

Elle devait avoir perdu toute une année.

Épouvantée à l'idée du temps qui s'était écoulé, elle

regarda son corps un moment, presque pour vérifier qu'il n'était pas vieux, que sa jeunesse ne s'était pas envolée à son insu. Mais rien n'avait changé dans son corps. Ses orteils étaient pareils. Son nez était pareil. Ses genoux étaient pareils. Ses poils pubiens couleur pêche étaient pareils. Ses doigts étaient pareils. Son pouce était pareil. Ses paumes étaient pareilles.

Elle éprouvait toutefois un sentiment de perte immense, comme si une chose importante lui avait glissé entre les doigts.

Et puis cela la frappa. Ce n'était pas du temps qu'elle avait perdu. C'était Sadie. Mystérieusement, Sadie avait disparu. Sous l'effet de l'opium, Marie était devenue insensible aux conséquences du meurtre. On l'avait traitée pour de possibles réactions de culpabilité, d'horreur et d'anxiété, mais elle avait aussi été guérie de ses pensées pour Sadie. Elle réalisa tout à coup que quelque chose était arrivé à celle-ci. Elle s'était évanouie hors de sa portée. Marie avait quitté Montréal en s'imaginant Sadie confinée dans sa chambre en train de lire un livre, chose qu'elle adorait. Mais elle savait maintenant avec un sentiment de calamité effroyable que ce n'était pas le cas.

Marie sentirait cette balle de pistolet la frapper à répétition au cours de sa vie. Elle avait été touchée par cette balle qui lui était destinée. La balle avait continué son chemin, était entrée dans son cœur. Marie posa la main sur sa poitrine. Le trou était palpable. C'était le vide qui était la place de Sadie.

Elle alla voir son père dans sa chambre. Il y avait une bonne dans la pièce, qui ne portait rien d'autre qu'une paire de bas blancs et courait à gauche et à droite à la recherche des vêtements constituant son uniforme. Marie avait l'habitude de découvrir des bonnes dans la chambre de son père. Elle regarda celle-ci avec impatience, attendant qu'elle se dépêche. La bonne rassembla ses vêtements et s'éclipsa.

Assis dans son lit, Louis lisait le journal. Cela paraissait être une activité intelligente, mais en vérité il aimait surtout regarder les bandes dessinées et les photos d'aguichantes starlettes. Il prenait aussi plaisir à lire les histoires de scandales. Tant que ceux-ci concernaient les autres et pas lui, il y trouvait une forme de catharsis.

— Où est Sadie ? s'écria Marie.

Louis leva les yeux. Il croyait qu'ils avaient implicitement convenu de ne pas en parler.

— Mon cœur, Sadie a été envoyée en Angleterre pour étudier dans un pensionnat.

— Je ne voulais pas que cela arrive ! Oh, papa, papa. Je t'en supplie. Fais qu'elle revienne. Ce n'est pas juste. C'est autant ma faute que la sienne.

— Il fallait faire quelque chose.

— Alors envoie-moi à l'étranger moi aussi. Envoie-moi la rejoindre. Je veux être avec elle. Je veux partager la punition. Je ne peux pas vivre sans Sadie. C'est ma meilleure amie. Tout va être assommant sans elle. Je ne veux pas rester à Montréal sans Sadie.

— Tu la préférerais à moi, Marie ? J'ai du mal à te dire à quel point ça me déçoit. Tu es toute ma vie.

— Alors pourquoi tu me forces à choisir ?

— Marie ! cria-t-il.

Il se leva, et lança un vase contre le mur. Marie s'interrompit. Elle voyait rarement son père entrer dans ce genre de colère. Il était toujours tellement indulgent avec elle. Quand on est à ce point riche, on n'a pas besoin de se fâcher contre son enfant. On engage une gouvernante pour le faire à sa place.

Elle comprit que son père savait depuis le début qu'elle mentait et qu'elle avait trahi son amie. Avoir trahi Sadie était, sur le plan moral, tellement pire que d'avoir abattu la bonne. La mort de la bonne avait été accidentelle. Elle aurait pu grimper sur une chaise dans n'importe quelle pièce et crier : « Accident ! » à pleins poumons, et se sentir bien dans sa peau. Que les gens la croient ou non, elle se serait senti le droit de le crier. Elle aurait eu l'impression d'être une idiote, mais elle aurait aussi éprouvé une sorte de supériorité morale.

Mais Marie se sentait profondément honteuse d'avoir fait porter la responsabilité du meurtre à son amie. Elle ne pouvait s'en prendre qu'à elle-même. C'était toujours la pilule la plus difficile à avaler. Si seulement on avait le luxe de blâmer les autres pour les situations dans lesquelles on se retrouve empêtré. Il lui fallait ravaler son orgueil. Et elle ressentait les contrecoups de la digestion. Sa honte était absorbée par toutes les parcelles de son corps. Elle la sentait dans ses orteils. Le corps des femmes est particulièrement absorbant en matière de honte. En essorant le corps de n'importe quelle femme, on se rendrait compte qu'il est imbibé de honte.

Elle ne supportait pas que son père en parle à nouveau. Il lui faudrait agir comme s'il ne s'était rien passé. Alors son père oublierait toute l'affaire.

Louis observait Marie qui gisait, accablée, sur le divan. Il était heureux de constater qu'elle avait laissé tomber la question. Il ne souhaitait pas se disputer avec elle. Louis pouvait se montrer dur avec tous les autres parce qu'il avait Marie. Il ne craignait pas d'être seul, puisque Marie serait toujours là pour lui. Elle était la seule personne qui l'aimait sans condition.

Un jour, alors qu'elle avait 5 ans, elle était assise

sur ses genoux, sa magnifique chevelure ondulée coiffée d'un ruban semblable à un papillon posé sur une plante. Il l'avait regardée et lui avait demandé :

— Crois-tu que papa est méchant ?

Elle l'avait dévisagé, choquée, blessée. Ses yeux s'étaient emplis de larmes, et elle s'était exclamée :

— Non, papa ! Je ne te quitterai jamais ! Je ne me marierai jamais !

Il l'avait crue. Et il lui rappellerait toujours cette promesse.

Descendue à la cuisine, la bonne s'était dépêchée de s'habiller, puis remise à préparer la soupe. Elle essuya une larme sur sa joue. Mais ni le père ni la fille ne se rappelaient son existence.

11

Une école pour les filles qui refusent de sourire

Les filles se rassemblèrent pour voir la nouvelle élève. Sadie se tenait devant elles vêtue de son unique robe, sa lourde cape tachée sur les épaules. Elle sentait qu'elles évaluaient son apparence. Redressant l'échine, elle leva le menton. Il ne fallait pas leur laisser voir qu'elle avait peur d'elles.

Son statut l'inquiétait. Elle savait qu'elle n'était pas seulement moins riche que les autres : elle était maintenant pauvre. Pauvre par manque d'argent, et aussi par manque d'amour. Elle savait, à la façon dont les autres filles la regardaient, qu'elles savaient que Sadie avait été accusée de meurtre.

En marchant dans le large couloir derrière la directrice, elle ne se rappelait pas s'être jamais sentie plus minuscule. Les talons de ses bottes sur le plancher produisaient un écho. Elle aurait voulu qu'ils se taisent pour ne pas attirer l'attention sur elle. Mais, curieux et nerveux, ils refusaient de lui obéir.

Les talons de la directrice, par contre, faisaient à chaque pas un bruit de marteau de juge frappant un socle en bois. *Coupable, coupable, coupable*, scandaient-ils.

La directrice lui montra brièvement les salles de classe du rez-de-chaussée, puis le réfectoire avec ses longues tables. Elle la mena ensuite à l'étage, où étaient situées les chambres. Chacune comptait trois lits. Près de chaque lit, sur une petite table de chevet, chacune des filles avait étalé la collection de ses objets les plus précieux. Il y avait des vases sur lesquels étaient peintes des fleurs, de petits flacons de parfum, des oiseaux empaillés sous des cloches en verre, des rangées de peignes proprement alignés tels des ustensiles, des poupées vêtues de robes qui semblaient plus luxueuses que tout ce que Sadie avait jamais porté, des boîtes à bijoux avec des ballerines étirant les bras jusqu'au ciel. Elle n'avait aucune de ces jolies choses dans sa valise.

Les deux filles avec qui elle partagerait une chambre la dévisagèrent quand elle entra. Décidant qu'il valait mieux ne rien dire, Sadie entreprit de défaire ses bagages. Elle plongea la main dans son sac, en sortit son calepin, qu'elle rangea dans le tiroir de sa table de chevet. Elle sortit quelques livres et les disposa sur le pupitre en espérant qu'ils en occuperaient toute la surface.

— Alors tu es une meurtrière, hein ? demanda l'une des filles.

— Non.

— C'est bien ce que je croyais. Une meurtrière serait plus grande et plus jolie.

— Elle aurait des couteaux dans son sac, ajouta l'autre fille, leurs voix bondissant d'un côté et de l'autre, de sorte que Sadie ne pouvait savoir laquelle disait quoi.

— Est-ce que les meurtrières lisent des livres ?

— Elles lisent des ouvrages scientifiques parce

qu'elles doivent savoir comment tuer un homme avec une précision anatomique.

— C'est plus dur qu'on pense, tuer un homme. Ma mère a essayé de tuer mon père quelques fois. Mais elle n'a jamais réussi.

— Elle est aussi silencieuse qu'une meurtrière.

— Qu'est-ce qui te fait penser que les meurtriers sont silencieux ?

— Ils doivent savoir passer inaperçus. Pour surprendre leurs victimes.

— Non, je pense qu'un meurtrier devrait plutôt être charmant. Il devrait pouvoir convaincre sa victime de venir dans un coin noir pour la tuer sans se faire prendre.

Sadie refusait de leur répondre. La meilleure façon d'amener une fille à s'exposer, c'était de la mettre en colère. C'était comme placer une bouilloire sur le feu pour la faire chanter. La cloche du souper sonna. Les filles s'interrompirent au milieu d'une phrase, au milieu d'un geste, et se hâtèrent de gagner le réfectoire.

Sadie avait envie de fondre en larmes. Elle était une créature solitaire. C'est ainsi qu'elle se concevait. Mais elle aurait voulu qu'au moins l'une d'entre elles la prenne par la main pour l'emmener à la salle à manger. Ce désir faisait naître un profond sentiment d'humiliation. Elle avait été la meilleure amie de quelqu'un. Maintenant qu'elle avait éprouvé l'intimité d'une amitié comme celle qui l'unissait à Marie, la solitude prenait une tout autre dimension. On aurait dit qu'elle ne parviendrait jamais au fond de cette émotion. Elle s'assit toute seule à la salle à manger, car les autres filles avaient déjà cessé de s'intéresser à elle.

Au cours de la semaine qui suivit, on exposa la routine à Sadie. Chaque minute de chaque journée était planifiée. À l'école, on estimait qu'il n'était pas bon que les filles disposent d'heures d'oisiveté. On ne les encourageait pas à errer librement en imagination. Leur imagination était semblable à une forêt épaisse ; elles s'y seraient perdues, auraient pris peur, et auraient perdu la tête.

Cette idée voulant que les filles fussent toutes à un cheveu de perdre la raison était largement répandue. Apparemment, il suffisait de peu pour leur faire franchir cette frontière. Un seul roman ferait l'affaire. Une idée compliquée. Il suffisait d'avoir de l'ambition et de désirer une occupation. C'était trop exigeant pour le cerveau féminin. Il fallait surveiller les filles de près pour s'assurer qu'elles s'en tenaient à des sujets exclusivement féminins. Il était troublant et contraire à la nature pour les femmes de se consacrer à des entreprises d'hommes. Imaginez, si vous le voulez bien, un chat qui aboie, ou un oiseau chanteur qui ouvre le bec pour miauler. Que peut-on imaginer de plus dérangeant ? Chaque créature doit s'en tenir au chemin qui est naturellement le sien, sans quoi nous serons entourés de figures grotesques.

La journée commençait à 6 h 30, heure où les filles étaient tirées du sommeil par une cloche. Elles devaient se lever aussitôt. On ne leur permettait pas ces quelques minutes matinales où, couché dans son lit, on a l'impression que tout est horrible et dépourvu de sens. On ne leur donnait pas le luxe d'être suicidaires.

Elles devaient faire leur toilette et s'habiller avant 7 heures, moment où elles étaient attendues dans le réfectoire pour le petit déjeuner. Toutes recevaient le même repas insipide, sauf les filles trop grasses, qui étaient mises au régime. Elles faisaient ensuite des exercices callisthéniques afin de s'assurer que leurs corps étaient suffisamment sains et fermes pour supporter les rigueurs du bonheur et de l'accouchement.

Elles avaient plus tard des leçons d'élocution, et étudiaient le bel art de la conversation. On leur donnait des cours de lecture et d'écriture pour qu'elles puissent entretenir des correspondances et tenir maison. Elles avaient des cours d'histoire, où elles devaient en apprendre les grandes lignes de sorte à pouvoir suivre les discussions des hommes. Elles ne devaient cependant pas concevoir d'opinions sur quoi que ce soit. C'était aux hommes de le faire. Les femmes se contenteraient de s'extasier devant les idées de ces messieurs.

Elles avaient des cours d'arts plastiques. Les filles enfilaient alors des sarraus blancs et dessinaient des natures mortes botaniques avec une habileté d'une effrayante précision. Elles avaient des cours de musique. Elles touchaient assez bien du piano. À aucun moment de la journée on pouvait ne pas entendre jouer du piano. L'école accueillait des filles de 10 à 15 ans, qui étaient à des niveaux différents. Parfois, les notes s'élevaient lentement. On aurait dit une femme enlevant ses bijoux et les laissant tomber un à un dans une coupe en porcelaine. D'autres fois, un véritable tourbillon s'élevait du piano, semblable à un carillon furieusement secoué par un vent d'orage.

Sadie détestait le piano, qui ne parvenait jamais à exprimer l'émotion qu'elle ressentait. Les notes en étaient trop optimistes. Elle lui en voulait de cela. On aurait dit qu'elle était incapable d'y échapper. L'instrument était comme un jeune homme qu'elle n'aimait pas mais qui n'aurait cessé de l'inviter à danser.

Tout cela est tellement stupide, songea Sadie un soir en regardant par la fenêtre de sa chambre.

Elle réfléchit tout à coup à ce qui serait arrivé si Marie et elle avaient toutes deux été désignées comme meurtrières, ce qui n'aurait été que justice. Elle s'imaginait avec elle, debout l'une à côté de l'autre dans des robes grises de prisonnières, nœud coulant autour du cou. On leur aurait demandé si elles avaient quelque chose à déclarer avant que le plancher s'ouvre sous leurs jolis pieds nus. C'est à ce moment qu'elles auraient livré leur plus éloquent récital. Elles auraient prononcé les paroles les plus émouvantes et les plus merveilleuses que deux filles puissent imaginer. Et à ce moment-là, elles auraient été tellement vivantes. Elles auraient été vivantes comme personne d'autre au monde ne pourrait jamais l'être.

Sadie soupira et abandonna les corps des deux filles imaginaires suspendus dans la cour. Elle se mit au lit et s'endormit. Les orteils des pendues tressaillirent, et puis elles aussi cessèrent de bouger.

La directrice déclara un matin que toutes les filles devaient travailler leur sourire, expliquant qu'elle n'avait jamais vu un groupe de filles avec des expressions aussi consternantes et que c'était un grand manque de considération que de forcer les professeurs à contempler leurs grimaces et leurs misérables rictus sardoniques. Elles ne semblaient pas se rendre compte que lorsqu'une fille n'avait pas une expression agréable, elle était assez déplaisante à regarder. Être plaisante à regarder, cela ne venait pas naturellement. Il fallait pour cela déployer des efforts considérables. Un sourire ne pouvait être vu comme une réaction spontanée, cela s'apparentait davantage à un arrangement de fleurs, ou à un poème appris par cœur, une chose qu'il fallait travailler.

La directrice les fit se mettre en ligne et sourire. Quand elle était satisfaite du sourire d'une fille, elle la désignait du doigt et lui disait d'aller s'asseoir. Elle les critiquait méchamment, comme si elle en avait assez et ne pouvait en supporter davantage.

— Tu as l'air idiote. Et tu as l'air dédaigneuse. Pour l'amour de Dieu, on dirait que tu es constipée, à la selle. Ne fais pas comme si quelqu'un était derrière toi, un pistolet pointé sur ta tête, à te forcer à sourire. Tu as l'air parfaitement ridicule. Ne souris pas avec tes dents, ce n'est pas ton plus bel attrait.

Elle demanda à un professeur d'apporter un miroir pour qu'une fille puisse étudier son sourire parce qu'elle ne trouvait pas les mots pour décrire à quel point celui-ci était disgracieux.

— Regarde par toi-même, dit-elle en tendant le miroir.

Les yeux de la fille s'emplirent de larmes et son menton se mit à trembler. Après cela, il semblait impossible qu'elle puisse faire un joli sourire. Mais elle produisit un sourire délicat, sympathique et empreint de bonté, peut-être le sourire le plus joli et le plus tendre de la journée. La maîtresse tint ensuite le miroir devant son visage pour qu'elle puisse le voir. Il y avait un soupçon d'amertume féminine dans toute beauté. La directrice hocha la tête. La fille avait compris qu'un sourire est une chose forcée, qui n'a pas à être apprécié des femmes. Une femme est censée plaire aux autres, même quand elle est au comble du malheur.

Les autres filles apprirent la différence entre leur visage au repos et un sourire. Elles apprirent à être conscientes de leur visage en tout temps. Et à s'assurer que celui-ci affichait un sourire agréable même quand elles étaient distraites.

Avec Sadie, ce fut une autre histoire. La directrice dit qu'elle resterait debout devant elle toute la nuit jusqu'à ce qu'elle fasse un sourire normal. Le sourire de Sadie était parfait, mais elle l'esquissait et l'effaçait trop rapidement, comme pour montrer qu'elle était tout à fait capable de sourire, mais choisissait de n'en rien faire. Sourire abruptement suggérait le sarcasme, l'une des pires attitudes que pouvait afficher une fille.

Aussi, elle ne souriait pas avec les yeux, ce qui, à répétition, constituait une sorte d'exploit. Sourire avec la bouche mais non avec les yeux était presque toujours un signe de trouble mental, cela trahissait une intelligence et un contrôle de soi qui étaient choses assez laides chez une fille.

Quand elle souriait, les yeux de Sadie exprimaient une telle haine, un tel malaise et une telle froideur que la directrice en fut choquée. À ce moment, elle songea que Sadie n'apprenait rien au pensionnat ; elle faisait mine de respecter les convenances sans les intégrer. La directrice vit exactement pourquoi sa mère lui avait fait traverser l'océan afin de se débarrasser d'elle. Elle soupçonnait aussi que le duel n'avait pas été un accident, mais que Sadie l'avait planifié.

La maîtresse donna un coup de baguette sur le pupitre. Elle cria que toutes les filles resteraient là tant que Sadie n'avait pas appris à sourire.

Les filles ne furent pas accablées par la punition. Elles n'auraient souhaité être nulle part ailleurs. Elles voulaient voir si Sadie allait résister, alors qu'elles n'avaient pas été capables. Elles voulaient voir si c'était même une option que de résister. Était-ce possible ? Et si Sadie y arrivait, qu'y gagnerait-elle ?

L'heure du souper arriva enfin et Sadie n'avait toujours pas produit un sourire approprié. La directrice envoya manger les filles. Et puis elle laissa aussi Sadie partir. À ce moment-là, Sadie fit le sourire le plus adorable et le plus chaleureux qui soit, et se hâta d'aller souper.

12

Une autre Marie, fort marrie

Un après-midi, Louis décida qu'il emmènerait Marie visiter la raffinerie. Il désirait que sa fille comprenne la position qu'elle occupait dans le monde. Il n'était pas né riche, et l'énormité de sa situation ne cessait jamais de l'émerveiller. Il voulait que Marie sache qu'elle vivait une existence qui échappait à tout autre.

La voiture descendit la montagne et roula un moment rue Sherbrooke, où les habitants du Mille doré venaient faire leurs emplettes. Des femmes et des hommes émergeaient de leur voiture, habillés de vêtements dernier cri, les femmes, surtout, dont les robes étaient des œuvres d'art. Quand les portiers les aidaient à descendre de voiture, ils se préoccupaient non seulement de la sécurité de la dame, mais aussi de celle de sa robe.

Lorsque la voiture entra dans le quartier plus pauvre connu sous le nom de Mille sordide, Marie remarqua un changement immédiat. La voiture s'arrêta un moment pour laisser passer un homme vêtu d'un manteau miteux de la couleur de l'eau stagnante. Il adressa un sourire à la voiture et inclina son couvre-chef à la manière d'un élégant. Ses dents jaunes et pointues rappelèrent à Marie les quenottes des rats. Une femme portant des gants gris dépourvus de doigts s'approcha de la voiture et cogna à la fenêtre. Elle avait le bout des ongles complètement noir.

Un gamin marchait nu-pieds dans la rue, vêtu d'un manteau de laine. Marie était incapable de s'imaginer marcher dans une rue avec les orteils à la vue de tous. Aussi bien être flambant nu. Elle n'avait jamais vu de miséreux ailleurs que dans des pièces de théâtre. Ils étaient tellement plus inquiétants dans la réalité. Elle avait déjà vu des dragons dans des pièces de théâtre, et cela ne l'avait nullement préparée à en voir un marcher sur le trottoir en soufflant des flammes.

La rue était encombrée de voitures. Le cocher se mit à crier après quelqu'un en français, et un chœur de cochers lui répondit : « *Merde ! Va te faire foutre ! Ta gueule*[1] *!* » Marie avait oublié combien de gens parlaient français à Montréal, puisque le Mille doré était presque entièrement anglophone. Elle avait appris un français très policé à l'école, bien sûr, mais ne s'était jamais attendue à s'en servir. Le français que ces gens parlaient ne ressemblait en rien à celui qu'on lui avait enseigné. Marie n'avait jamais réalisé à quel point elle était protégée de tout un monde qui ne se trouvait qu'à un court trajet en voiture.

À l'intérieur de la raffinerie, Marie fut étonnée de voir des enfants en si grand nombre. À une table, une petite fille s'affairait fébrilement à coudre le haut des sacs de sucre. Elle avait des épingles dans la bouche, qui lui donnaient l'air d'une poupée vaudoue. Elle était si maigre que Marie pouvait voir ses os saillir sous sa peau. Les fillettes étaient censées être potelées et roses,

1. Les passages en italique suivis d'un astérisque sont en français dans le texte original *(N. de la T.)*.

alors de quelle sorte de créature s'agissait-il là ? Elle eut une envie de tendre la main pour toucher la petite fille, pour vérifier qu'elle existait vraiment.

Cette fillette n'était pas le genre de personne qu'elle se serait imaginée à l'œuvre dans une raffinerie. Elle s'était figurée des femmes très grasses et très joviales, comme devrait l'être quiconque passe ses journées à manger des friandises. Elle croyait que puisqu'elles travaillaient avec du sucre, leurs vies devaient être caractérisées par la douce substance. On devait leur permettre de rapporter des sacs de sucre de la raffinerie tous les jours. Elles devaient recevoir des amies pour le thé. En effet, qu'est-ce qui pouvait être aussi merveilleux que du sucre dans son thé ?

Tout le monde portait des vêtements ternes. Marie se sentait mal à l'aise dans sa robe de couleur vive. Plutôt que de la remplir d'orgueil, celle-ci la faisait se sentir coupable sans qu'elle sache pourquoi. Tous les ouvriers se taisaient en l'apercevant. Elle n'était qu'une petite fille, pourtant ils étaient intimidés par elle. Son père l'emmena dans le bureau du contremaître, qui fumait un cigare tandis qu'une femme au chignon serré hérissé de crayons semblait faire tout le travail. La secrétaire leva brièvement les yeux de sa pile de papiers et sourit à Marie avant de se replonger dans son ouvrage. Le contremaître leur expliqua ce qui était attendu d'eux ce jour-là.

Le haut des sacs de sucre devait être cousu. C'était habituellement à des jeunes filles de l'âge de Marie que l'on confiait cette tâche. Quand elles avaient fini, elles coupaient la ficelle aussi près que possible du sac à l'aide d'une lame mécanique. Il arrivait qu'une fille tienne encore la ficelle alors que la lame était déjà en train de descendre. Elle perdait alors deux ou trois doigts, ou un seul, si elle avait de la chance. À un instant, la fille avait tous ses doigts, la seconde d'après elle ne les avait plus, comme par magie. Elle se mettait à les chercher par terre comme si elle avait perdu quelque chose.

Il arrivait que d'autres se rendent compte qu'il lui manquait des doigts avant qu'elle ne s'en aperçoive elle-même.

Une jeune fille avait récemment perdu trois doigts à cause d'une machine. Les placards et les journaux s'en prenaient à Louis en raison des accidents et des mutilations qui se multipliaient dans sa raffinerie. Les lecteurs du Mille sordide adoraient ce genre d'histoires. Ils adoraient que leurs horreurs quotidiennes, sans nom, fassent la manchette.

Quand c'était une jeune fille qui était victime d'une machine, il s'élevait dans les journaux un tollé d'autant plus considérable. Quel avenir attendait une fillette mutilée ? Pourrait-elle jamais convoler en justes noces ? Récemment, on avait fait tout un plat d'un tel accident. La fille était belle – dans la mesure où des filles de manufacture puissent être considérées comme belles. Ses doigts manquants la condamnaient-ils à rester vieille fille ? Comment se marier quand on n'a plus d'annulaire ?

Louis avait organisé une rencontre avec elle au centre de l'atelier. On éteignit toutes les machines, et les ouvriers se rassemblèrent sur les plateformes et les étages, penchés par-dessus les garde-fous pour observer Louis et la fille, comme des spectateurs au théâtre – ce qu'ils étaient, d'une certaine façon.

Lorsque la fille s'avança, c'est à peine si les autres ouvriers la reconnurent. Elle portait un manteau en velours bleu foncé et un joli chapeau assorti, taillé dans le même tissu. Tous deux avaient manifestement été achetés pour l'occasion. Une ouvrière n'aurait jamais pu se payer ces effets.

En la voyant, les autres filles serrèrent les poings, les enfouirent sous leurs bras ou les fourrèrent dans leurs poches. Elles faisaient ce geste quand l'une des leurs avait perdu un doigt. Elles avaient l'impression que leurs propres doigts étaient plus vulnérables, et qu'ils risquaient de se détacher et de tomber par terre. Si elles se penchaient pour ramasser quelque chose, leurs doigts pouvaient rester collés au sol comme des aimants.

Louis Antoine serra la main mutilée de la fille et épingla une médaille sur son manteau, puis lui tendit une enveloppe pleine d'argent. Quand elle la prit, elle se balança légèrement d'avant en arrière sur ses talons. Elle était excitée d'avoir une enveloppe d'argent, même sans compter afin de calculer quelle somme s'y trouvait, sachant fort bien que ses parents la lui arracheraient à la première occasion.

— Ça te permettra de te reposer comme tu le mérites. Et toute ta famille pourra passer un beau Noël. Il y a assez d'argent dans cette enveloppe pour chauffer toute ta maison et acheter des jouets pour tous les enfants de ta famille. Je parie qu'il y a quelque chose de spécial que tu as toujours désiré. Maintenant, ça sera à toi. Et nous avons hâte de ton retour.

Louis se pencha pour l'embrasser sur la joue. La fille était contente de son cadeau. Tout le monde à l'usine était content de la scène. Ils ne pouvaient rien faire pour les doigts de la fille.

Mais à ce moment-là, Louis leva les bras.

— Nous avons encore une surprise, annonça-t-il.

Tout à coup, ce fut sa fille, Marie, qui s'avança

vers le milieu de l'atelier avec, à la main, une longue laisse de satin noire attachée au cou d'une énorme dinde. La fille éclata de rire et battit des mains, comme tout le monde dans la raffinerie. C'était toujours tellement adorable quand un animal montait sur scène. Un murmure d'approbation parcourut l'atelier. Grâce à la dinde, tout le monde devint plus naturel et plus animé.

Constatant que l'usine était déchaînée et que tous les ouvriers se comportaient comme si ç'avait été samedi soir, le contremaître annonça que l'heure était venue de retourner travailler, et il appuya sur le bouton indiquant que les machines se remettraient à rouler dans cinq minutes. Chacun retourna à son poste, et la blessée se retrouva seule au milieu de l'atelier. Il lui manquait toujours trois doigts, mais elle était détentrice d'une dinde. Elle resta là un moment, ne sachant où aller. Et puis elle tourna les talons et s'en fut, la dinde lui emboîtant le pas.

Mary Robespierre avait observé toute la scène depuis l'atelier. En apercevant Marie, elle avait compris pourquoi Louis avait eu autant de mal à la regarder quand il était venu en visite : elle ressemblait de manière frappante à sa fille. La femme qui se tenait près d'elle se pencha et lui dit :

— *Elle te ressemble, non** ?

— Je ne trouve pas, répondit Mary.

Et puis la cloche sonna et tout le monde dut retourner au travail. La dinde s'était évanouie tel un rêve. Ils n'avaient plus le loisir ne serait-ce que de penser à cette dinde.

Mary Robespierre ne se sentait plus elle-même lorsqu'elle travaillait à l'atelier. Elle se sentait déshumanisée. Elle avait l'impression d'être un robot. Les machines étaient plus efficaces et plus productives qu'elle. Les machines ne connaissaient pas de ratés. Elles étaient régulières. Elles étaient fortes. Elles n'étaient jamais fatiguées. Elles ne rêvassaient jamais.

Tous ceux qui avaient déjà travaillé, enfants, dans une manufacture avaient connu le même genre d'expérience. Ils avaient été entraînés à être constamment en mouvement. Il leur fallait aller plus vite, plus vite, plus vite. Ils n'avaient pas une seconde qui ne fût pas achetée. S'ils s'étaient arrêtés une seconde pour réfléchir à ce qui existait avant le début de l'univers, ou se demander si le pigeon qu'ils voyaient tout le temps devant leur fenêtre entretenait une vendetta personnelle contre eux, ou s'interroger à savoir si leur chat les aimait vraiment, la chaîne de montage tout entière se serait effondrée, et les machines les auraient punis de la plus cruelle façon.

La Révolution industrielle avait transformé les êtres humains en rouages dont la fonction était d'assurer le roulement des machines. Dès la conception, Mary avait été un petit rouage dans le ventre de sa mère. Toutes les femmes enceintes de la ville manufacturaient des pièces indispensables de la machine. Les machines étaient des créatures douées de souffle et de vie. On pouvait les entendre tousser et crachoter à longueur de journée. Elles respiraient fort. En passant près d'une machine, on pouvait en sentir le cœur battre sous ses pieds.

Mary devait prendre toutes les pensées avec lesquelles elle était arrivée à la raffinerie, les sortir de sa tête et les ranger dans le petit casier, à l'entrée, où elle laissait son manteau et ses bottes. Dès qu'elle avait fini de travailler, elle courait à son casier, enroulait son foulard autour de son cou et remettait ses pensées dans sa tête pour pouvoir les creuser.

*

Mary avait senti son cœur rater un battement en apercevant Marie. À ce moment, elle avait dû répondre à une volée de questions qu'elle ne s'était jamais posées. De quoi aurait-elle l'air habillée de vêtements chers : merveilleuse. Comment se sentirait-elle si elle avait été gâtée dans son enfance : heureuse. Comment se comporterait-elle si on lui offrait une tribune pour s'adresser aux masses : avec confiance. Comment la regarderait-on si elle était dans la position de Marie : avec respect.

Les manufactures fermaient toutes à 19 heures, moment où les ouvriers prenaient le chemin de la maison. Mary sortit de la raffinerie à la tête du groupe de travailleurs, comme si elle était pressée. Une fois qu'une idée avait été semée dans son esprit, elle était incapable de l'en extirper. Elle sentait les racines qui commençaient à se déployer. Elles s'enroulaient autour des autres idées et des opinions divergentes pour les étrangler.

Le coucher du soleil était si beau ce soir-là qu'on aurait dit qu'il avait été peint par des hommes juchés sur des échafaudages. Seul Louis Antoine aurait pu se permettre de commander un tel coucher de soleil. Les machines de la raffinerie enterraient tous les autres bruits de la ville. Maintenant qu'elles s'étaient tues, les sabots des chevaux recommencèrent à claquer. Les voix des jeunes filles prirent le ton feutré de la confidence. Les bouteilles se mirent à s'entrechoquer doucement. La ville entonna sa sonate vespérale, plus mélodieuse et plus jolie que sa chanson diurne. Mary sautait à cloche-pied au rythme de la ville en se rendant à la pharmacie de Jeanne-Pauline Marat.

Lorsqu'elle était en proie à une véritable inquiétude, Mary Robespierre allait voir Jeanne-Pauline qui, plus vieille qu'elle, pouvait lui prodiguer ses conseils. L'échoppe était si petite qu'on la voyait à peine. Les mots « Marat Pharmacy » étaient tracés à la peinture dorée sur la vitre. Mary resta un moment debout devant la boutique à observer Jeanne-Pauline par la fenêtre. Ses cheveux étaient coiffés en chignon sur sa tête, et le blanc de sa chevelure faisait ressortir le bleu éclatant de ses yeux.

Le mari de Jeanne-Pauline était tombé raide mort d'une crise cardiaque un matin. Le médecin avait été étonné, car l'homme jouissait jusque-là d'une excellente santé. Mais il avait déjà vu des cas plus étranges, surtout chez les hommes enclins à la colère. Il savait que se mettre en rage pouvait causer de graves dégâts au cœur d'un homme. Il avait aussi vu des hommes chroniquement en colère contre leur épouse connaître un sort semblable. Remarquant une ecchymose sous l'œil de Pauline, il avait déterminé que tel était le cas : les mauvais mariages causaient des crises cardiaques et des morts subites chez les hommes.

Jeanne-Pauline avait à sa disposition tous les poisons imaginables, et la rumeur voulant qu'elle ait assassiné son mari se répandit bientôt dans le voisinage, conviction renforcée par l'amélioration générale de l'humeur et du mode de vie de Jeanne-Pauline après la mort dudit époux. Elle avait beau s'efforcer de projeter une illusion de chagrin, sa joie de vivre était évidente pour tous ceux qui croisaient son chemin.

Tuer un homme ne l'avait pas simplement libérée : elle s'en était trouvée complètement transformée. Elle ne craignait plus personne. Le meurtre a un effet étrange sur les femmes. Sa chevelure avait gagné en volume.

Elle semblait avoir grandi de deux pouces. Ses vêtements lui seyaient davantage. On aurait dit que son long manteau noir était fier d'être porté par elle. Son foulard battait au vent avec arrogance.

Les couleurs changeaient dès qu'elle entrait dans une pièce. Les rouges devenaient plus rouges et se mettaient à rutiler. Les sonnettes tintaient plus fort aux portes. Ce sont là des moyens bien connus qu'a la nature de vous faire savoir qu'une meurtrière se trouve dans la pièce. Il n'était pas rare que des chiens errants tombent amoureux d'elle. Il y avait toujours au moins un cabot qui essayait de la suivre dans la rue.

Les gens se sentaient inquiets à son contact. Elle leur glaçait le sang. Tout le monde était mal à l'aise et gêné en sa présence, incapable de blaguer. On avait du mal à croire qu'elle avait jadis été victime de maltraitance.

Après avoir porté le deuil, elle se rendit compte qu'elle aimait beaucoup le noir. Elle ajouta à sa coiffure un sautoir de fausses perles qui ressemblaient à des gouttes de rosée, comme si elle avait passé la nuit dehors à trucider des gens.

C'est Jeanne-Pauline qu'il fallait consulter si vous désiriez qu'un homme meure dans son sommeil.

Une jeune fille se trouvait à la caisse quand Mary entra ce jour-là, en train de discuter avec Jeanne-Pauline en français. La jeune fille disait qu'il lui fallait des comprimés pour dormir. Elle avait le nez tordu, comme s'il avait été brisé à quelques reprises. Elle avait aussi une dent cassée et la main bandée. Elle était quand même belle. Elle refusait de cesser d'être belle. Peu importe ce que les hommes lui infligeaient, peu importe le nombre de fois où on la poussait dans l'escalier. Elle était encore belle pour la même raison qu'elle se trouvait dans cet endroit. Elle était résiliente. Elle refusait d'être laide.

— Combien devrais-je en prendre pour dormir ?

— Un, pour commencer. Tu peux essayer davantage, graduellement.

— Mais il faut que je sois prudente, n'est-ce pas ? Parce que ces comprimés pourraient me tuer si j'en prenais trop, oui ?

— Oui.

— Quelle serait la limite au-delà de laquelle ce serait dangereux ?

Jeanne-Pauline la dévisagea un long moment. La jeune fille ne cilla pas.

— N'en prends jamais plus que quatre. Ne les broie jamais pour les mettre dans de l'eau bouillante. Prends garde de te débarrasser du thé qui reste. Tu ne voudrais pas qu'un chat le lape sans faire exprès. Tiens, ceux-là sont particulièrement puissants.

La fille hocha la tête, fit glisser un billet sur la table et se dépêcha de sortir. Jeanne-Pauline se tourna rapidement vers Mary.

— Bonjour, Mary Robespierre. J'imagine que tu es ici pour tes grands-parents. Ce sera les mêmes pommades que d'habitude ?

— Je ne suis pas venue chercher les médicaments habituels. Je suis juste venue parler. Il se trouve que je suis très malheureuse.

— Comment traiter la souffrance des femmes ? demanda Jeanne-Pauline. On se dit qu'elle doit bien avoir un sens, mais le sens de la vie n'est-il pas justement de se révolter contre la souffrance ? Si on ne se révolte pas, alors on n'est pas vraiment humain. Il y a d'autres façons de témoigner de l'injustice que le silence et la souffrance.

— Je suis trop accablée pour faire quoi que ce soit.

— Ne vois pas la mélancolie comme un état passif. La mélancolie est une forme de pensée profonde où entre le corps quand il cherche une façon d'agir.

— Qu'est-ce qui est permis ? Comment ai-je le droit d'agir ?

— Tout est permis.

Mary se tut, songeuse.

— Je suis tout le temps en colère. J'ai besoin de justice. J'ai l'impression que mon cerveau est un monstre que j'ai laissé sortir d'une cage.

— Si les femmes ne sont pas libres, c'est parce qu'elles n'ont pas versé le sang qui leur permet d'être libres. Nous avons beau prononcer les paroles les plus véhémentes et les plus radicales, on dirait que personne n'écoute. Il nous faut du sang. Toutes les révolutions ont besoin de sang. Les mots ne veulent rien dire à moins d'être suivis par des actions. La liberté d'une femme est la chose la plus importante au monde. La fin qui justifie tous les moyens. Un jour, tu sauras comment être libre.

Mary ne sut que répondre à tout cela. Elle était trop jeune pour se lancer dans l'action que préconisait Jeanne-Pauline, quelle qu'elle fût.

En rentrant chez elle ce soir-là, Mary Robespierre enleva ses bottes et se frictionna les pieds. Dans toutes les maisons de toute la ville, toutes les filles enlevaient leurs bottes et se massaient les pieds et les orteils. Il y eut une légère secousse causée par le bruit de toutes ces bottes tombant des pieds des filles et frappant le sol en même temps. C'était le son d'une armée qui se met au garde-à-vous.

13

Sadie Arnett découvre la passion d'une vie

Comme Sadie ne manifestait pas le moindre intérêt pour le piano, la directrice pensa qu'un autre instrument pourrait lui plaire et dit à la jeune fille de monter au grenier pour aller y chercher un violon. Sadie grimpa la volée de marches étroites jusqu'au grenier dont le plafond lui frôlait la tête. Elle trouva le violon, le sortit de son étui et tenta de jouer une note. On aurait dit un chat noir sur le gibet qui avoue toute la malchance dont il est responsable. Sadie décida qu'il se pourrait bien qu'elle aime le violon. Elle referma l'étui, qu'elle glissa sous son bras telle une arme. En revenant vers l'escalier, elle remarqua une petite trappe dans le plancher. Elle l'ouvrit et découvrit un livre, un seul, au fond d'un trou peu profond.

Le livre était enveloppé dans du papier, comme si on avait voulu le dérober encore davantage aux regards du monde. Sadie prit le volume, le déshabilla, puis l'ouvrit. Elle sut immédiatement que le contenu en serait provocant. Mais elle n'était pas tout à fait prête à ce qu'il lui ferait éprouver, car c'était sa première rencontre avec la pornographie.

Elle lut le livre le plus vite qu'elle le put, désireuse de le parcourir en entier et d'en retenir toutes les informations, sachant qu'il risquait d'être confisqué à tout moment. Sa simple existence tenait du miracle. La seconde où il serait découvert, il serait nécessairement brûlé. Elle lut, assise en tailleur devant la trappe, prête à y lancer le livre si quelqu'un montait.

Les pages du livre obscène semblaient émettre une sourde clarté quand elle les regardait. Elle était tellement excitée par ces pages qu'elle aurait voulu les arracher et les manger. Son corps tout entier était parcouru d'un courant électrique. Elle éprouvait des sensations dont elle ne se savait pas capable. Son désir était trop intense. Elle avait l'impression d'être entièrement faite en eau. Elle ne put s'empêcher de se caresser. Ç'aurait été trop douloureux de réprimer tout ce désir. Il lui fallait le libérer par un orgasme. On aurait dit un bâton de dynamite qui aurait été allumé et qui s'apprêtait à exploser. Elle fourra la main sous ses épaisseurs de jupes, dans l'ouverture de sa culotte bouffante, et se toucha. Quand elle jouit, son corps s'effondra sur le sol. Le livre s'écroula sur sa poitrine comme un amant épuisé qui aurait joui en même temps qu'elle.

Il était hors de question que Sadie descende le livre avec elle. C'était trop risqué. De toute façon, il était peut-être destiné à rester là, où une autre fille le découvrirait. Elle enveloppa le livre et le remit dans le plancher, comme si elle replaçait un cœur dans une poitrine.

Ce fut une révélation. Elle était normale. Toute sa vie, elle avait cherché quelqu'un qui saurait reconnaitre à quel point ces sensations, entre ses jambes, étaient agréables. La perversion était partout.

Plus tard, elle s'étendit sur le dos sur le grand tapis

au milieu du salon de thé. Les fleurs du tapis lui donnaient l'impression d'être couchée dans un jardin de roses. Elle s'imagina allongée à côté de Marie, imagina le bout de leurs doigts qui se frôlaient. Autour d'elle, le rosier devenait de plus en plus fourni. La surveillante entra dans la pièce. Le rosier était devenu trop fourni et trop épais pour qu'elle puisse voir Sadie, étendue là, assoupie.

Son profond ronflement s'éleva, semblable au bruit de l'eau qui disparaît dans une gouttière.

Sadie résolut d'écrire son propre livre pornographique, et commença par esquisser ses fantasmes dans son carnet à dessin qu'elle cacha sous ses affaires dans le coffre au pied de son lit. Elle connaissait les risques de posséder un tel cahier. Découvert, il serait plus que suffisant pour la faire enfermer à l'asile. C'était un grand atlas du pays de la perversion sexuelle.

Tel fut le moment de sa révélation. Elle avait découvert les thèmes sur lesquels elle écrirait le reste de sa vie : les violentes délices du désir féminin.

Puis, pour cimenter encore ses thèmes de prédilection, un après-midi, Sadie fut sévèrement punie parce qu'elle avait ri. On était en train d'instruire les jeunes filles dans l'art de converser avec les jeunes messieurs. Elles ne devaient exprimer aucune opinion leur appartenant en propre. Il leur fallait hocher la tête et dire : « Vraiment ? C'est fascinant ! » Toutes les filles prononcèrent ces mots à l'unisson. L'absurdité de la chose frappa Sadie, qui éclata d'un rire tonitruant.

On la fit venir devant la classe pour y recevoir des coups de baguette. Elle monta les deux marches, s'agenouilla près du lutrin, inclina la tête vers l'avant. Elle avait l'impression de savoir exactement ce qu'on ressentait au moment d'être décapité devant une foule. Elle savait aussi que c'était la plus grisante des expériences.

Elle était excitée par ce qui allait lui arriver. La présence des autres filles debout autour d'elle rendait la chose encore plus enivrante. Quel spectacle ! Elle jeta un regard autour d'elle, observant son public captivé, les yeux ronds d'horreur et de fascination, les joues rougies par ce qu'elle percevait comme un désir sexuel d'assister à l'abnégation de son corps. Arriverait-elle jamais à reproduire ce profond engagement auprès d'un public ? Maintenant qu'elle en avait eu un aperçu, pourrait-elle s'en passer ? Ce serait impossible.

La baguette s'abattit sur ses épaules. Le coup lui vida la tête de toutes ses pensées. Il lui semblait qu'elle était un être désincarné. Un deuxième coup tomba. Elle sentit une décharge érotique traverser son corps. Le plaisir sexuel associé à la douleur la délivrait de la peur, et elle constata que son corps l'accueillait. Elle avait l'impression d'être au bord de l'orgasme, et dut serrer les cuisses à la fois pour exacerber la sensation et pour s'empêcher de se pisser dessus. Elle se sentait tellement nue. Elle aurait voulu pouvoir enlever tous ses vêtements. Elle aurait voulu pousser un cri. Mais elle tint sa langue. Non pas qu'elle eût honte, mais elle craignait que ses cris ne soient des gémissements de plaisir.

Maintenant que son corps avait été avili devant les autres filles, elle ne ressentait plus le besoin d'avoir de secrets. C'est une chose puissante que de permettre aux autres de voir votre être le plus obscur et le plus ignoble. Le geste de l'artiste, quel qu'il soit, est un acte de confession et d'avilissement. Et maintenant que les professeurs avaient agi envers elle de la façon la plus abjecte, était-elle vraiment obligée de respecter leurs règles ?

Elle décida de faire la lecture à voix haute de son livre de pornographie aux autres élèves. Le soir, les filles se rassemblèrent autour d'elle pour écouter ses histoires dans sa chambre, ne sachant trop à quoi s'attendre. En temps normal, elles auraient refusé l'invitation, mais la correction les avait laissées sensibles aux charmes de Sadie et profondément curieuses des rouages de son esprit. Sadie s'assit sur une chaise, le livre ouvert sur ses genoux, tandis que les filles se tassaient sur les trois lits rapprochés. Elle commença.

Dans une histoire, elle marchait le long d'une route de campagne quand, soudain, elle remarquait un trou dans un mur. Elle serait passée devant sans y voir quoi que ce soit d'inhabituel, mais tout à coup une bite en émergeait. Son premier réflexe était de prendre ses jambes à son cou. Mais elle songeait que ça ne pouvait pas faire grand mal que de s'agenouiller devant et de la sucer.

Dans un autre conte, elle rencontrait une société de médecins désireux d'étudier l'orgasme féminin. Elle s'allongeait sur une table au milieu d'une salle d'opération. Le médecin en chef soulevait sa robe et commençait à la titiller. Les étudiants en médecine s'approchaient pour voir ce que le médecin faisait pour faire naître un tel plaisir.

Elle avait écrit une histoire sur un fléau qui tuait les vierges. Les pucelles s'entassaient dans une voiture et se dépêchaient de gagner la ville voisine. Là, elles faisaient irruption dans une auberge et suppliaient les hommes de leur faire l'amour au plus vite.

Les histoires procurèrent d'immenses sensations aux filles, à la fois dégoûtées et triomphantes. Elles avaient l'impression de ne plus appartenir à leur famille. Maintenant qu'elles avaient écouté puis assimilé les histoires de Sadie, elles appartenaient à la classe criminelle. Pas une ne voulait rejeter l'expérience, quelle qu'elle fût. Elles demandaient de nouvelles histoires à Sadie tous les soirs. Le fait d'avoir un public qui l'attendait incita Sadie à écrire de plus en plus. Elle en vint à ne plus pouvoir se passer de transcrire ses fantasmes les plus abracadabrants. Elle savait que ce qu'elle faisait n'était pas uniquement de l'ordre de la transgression, mais de la révolution. Sadie commença à se voir elle-même comme une écrivaine.

14

Les voyages de Marie Antoine

Marie Antoine passa une grande partie de son adolescence, de 14 à 16 ans en fait, en compagnie de son père à sillonner la côte est des États-Unis en train. Louis et Marie étaient tous deux désireux d'explorer les nouvelles technologies du continent. Au cours de ces voyages, tandis qu'ils allaient de ville en ville, lorsqu'il arrivait à Marie de s'ennuyer, elle allait dans un wagon de troisième classe et y choisissait un enfant qu'elle ramenait dans sa cabine. Il lui semblait que les enfants de troisième classe étaient meilleur public. De fait, ils restaient assis là, ébahis. Un après-midi de printemps, Marie portait une robe verte et un ruban vert au bout de sa tresse blonde. Sa robe comportait trois épaisseurs, et n'était pas sans ressembler à un gâteau de mariage. Elle trouva une jeune fille de son âge avec de minces boucles foncées assise tout contre une fenêtre et l'invita à venir bavarder avec elle.

La fille fut éberluée de découvrir que Marie disposait d'un wagon à elle toute seule. Dans un coin, d'un côté de la cabine se trouvait un lit, et il y avait une table près de la fenêtre, flanquée de chaises.

— Je parcours le monde. Je possède une raffinerie. Elle produit du sucre. N'est-ce pas formidable ! Elle est remplie des machines les plus extraordinaires. Un jour, je la dirigerai moi-même. C'est pour ça que c'est important que je voie tout ce qui se passe. Si tu allais dans n'importe quelle cuisine de Montréal et que tu regardais les sacs de sucre, tu verrais qu'ils portent tous mon visage. Le nom écrit sur le sac, c'est Marie, et veux-tu deviner comment je m'appelle ?

— Aucune idée.

Marie changea de sujet :

— Regarde ce qu'on a acheté à Portland, dans le Maine. Il faut que tu voies ça. Ils ne seront vendus qu'une fois par année, à Pâques.

Marie sortit une boîte en bois noire ornée de fleurs et d'un lapin à l'air particulièrement alerte. La fille regarda la boîte avec incrédulité. À l'évidence, elle n'avait pas la moindre idée de ce qui pourrait en sortir. Marie la tint devant elle à la façon d'une authentique magicienne, puis souleva le couvercle. À l'intérieur reposaient six œufs. Elle en prit un et croqua dans la coquille. La fille eut l'air horrifiée, comme si elle venait de se rendre compte qu'elle était assise en compagnie d'une ogresse. Marie éclata de rire. Elle montra l'œuf à la fille : il était plein de chocolat.

— Je sais ! La première fois que j'en ai vu, j'ai cru qu'ils avaient été pondus par une sorte de poule magique.

— Ils sont pour Jésus ?

— Non. Ils ne sont absolument pas pour Jésus. Tout est déjà destiné à Jésus. Il n'a besoin de rien d'autre. Cette fête est déjà tellement triste. Il fallait bien qu'une partie de la journée soit dédiée au plaisir, tu ne crois pas ?

La fille accepta délicatement un œuf, en prit une bouchée.

— Quand je dirigerai ma propre usine, je donnerai une boîte de ces œufs à toutes les filles qui y travailleront à Pâques. Elles les rapporteront à la maison en courant et les partageront avec les membres de leur famille. Je veux sillonner la ville, rencontrer tous ceux qui travaillent pour moi, leur serrer la main et leur dire que je ne pourrais rien faire de cela sans eux.

Marie plongea la main dans la poche de sa robe et en sortit une grosse araignée. Elle pressa un bouton qui se trouvait sur son ventre, et l'araignée se mit à danser une petite gigue sur la table, autour des tasses de thé, levant et abaissant les pattes.

— Je vais la démonter pour comprendre comment elle fonctionne quand je rentrerai à la maison, dit-elle. Il y a tant à voir dans ce monde.

Elle grimpa sur la table, baissa la vitre et sortit la tête, laissant le vent lui souffler les cheveux si follement qu'il allait presque certainement lui arracher la tête.

La fille avait très peu de choses à dire. Elle contemplait l'étrange araignée qui s'agitait sur la table, cherchant un moyen de s'évader. Plus tard seulement, elle se rendrait compte que Marie ne lui avait pas posé une seule question sur elle-même.

Une fois la fille de troisième classe repartie, Marie retrouva sa solitude. Elle se languissait douloureusement d'une compagne qui saurait la compléter comme Sadie l'avait fait. Où qu'elle aille, l'absence de Sadie laissait un trou en elle. Comme cette impression la suivit à travers l'Amérique du Nord tout entière, elle se rendit compte que ce n'était pas un sentiment auquel elle pouvait échapper géographiquement. Elle se mit à songer à l'avenir. Si elle ne pouvait être heureuse maintenant, elle pourrait certainement l'être plus tard. Comme tous les enfants malheureux, elle voyait l'avenir comme une utopie. Les enfants ont une vision romantique de la vie des adultes, persuadés que ceux-ci ne connaissent aucun des problèmes qui affligent ceux-là. Les adultes ne s'asseyent pas dans les marches devant chez eux pour sangloter dans leurs mains. Les adultes ne se jettent pas par terre dans des accès de rage, arrachant l'herbe comme s'ils en voulaient à la Terre. Et puisque les adultes, visiblement, n'ont pas les mêmes problèmes que les enfants, alors ils n'ont pas de problèmes du tout.

Marie s'imaginait adulte. Son père lui répétait depuis qu'elle était toute petite que la raffinerie et tous les ouvriers à l'intérieur lui appartenaient. Elle s'imaginait diriger l'usine, et en retirait une grande satisfaction. Elle s'imaginait goûter plusieurs cuillerées de sucre et puis indiquer celui qui lui semblait le meilleur.

Elle avait toujours supposé que leur raffinerie était la plus grande et la meilleure au monde. Elle fut étonnée en entendant son père parler d'une usine plus importante à Pittsburgh. Marie avait insisté pour qu'ils aillent la visiter.

L'année précédant leur voyage, Louis et Marie s'étaient isolés dans leur royaume de deux sujets. Craignant que Marie ne lui soit enlevée, Louis avait appris à se méfier de la société. Il ne trouvait plus de joie à séduire les bonnes, se réveillait le lendemain de ses aventures dégoûté et plus seul que jamais.

Les automates, créatures extravagantes faites de métal, de fils et de plâtre qui se mouvaient mécaniquement, étaient très populaires à l'époque. Mais Marie, du haut de ses 13 ans, était toujours déçue par les automates. Elle en avait vu tellement, et ils ne lui paraissaient jamais assez réels. Son père s'était donc fait expédier un cerf mécanique fabriqué par un horloger suisse. On racontait que celui-ci confectionnait des machines si réalistes qu'il avait été emprisonné pour sorcellerie.

L'automate était arrivé dans des caisses de bois tellement énormes qu'il avait fallu sept hommes pour les transporter. Le cerf trônait au milieu du salon, délicat et posé. La maisonnée s'était rassemblée autour, attendant qu'il bouge. On aurait dit qu'il était pétrifié, comme s'il avait surpris le son d'un prédateur dans la forêt. Puis un tintement musical s'était fait entendre. Le cerf avait bougé la tête presque imperceptiblement. Même ses petites oreilles frémissaient comme s'il avait entendu un bruit, et son menton s'était tourné de façon à lui donner l'air très élégant et intelligent. Il avait penché le museau vers le tapis. Il bougeait lentement, chacun de ses mouvements revêtant un caractère gracieux et quasi surréel. Il avait fait quelques pas.

Marie et les bonnes étaient enchantées. Trépidant, la jeune fille avait couru vers le cerf sur la pointe des pieds et mis la main sous son museau. La tête du cerf s'était inclinée et le museau lui avait effleuré la paume. Le voisinage tout entier était venu voir le cerf fantastique. À un moment, Marie lui avait fait traverser la pelouse pour que les enfants puissent l'admirer. Puis, malgré son coût et sa splendeur, les Antoine s'étaient lassés du cerf. On pouvait le voir broutant dans des recoins isolés de la maison. Puis, un jour, il avait une paire de culottes suspendue à ses bois.

Partout sur la planète, on parlait de la possibilité de créer la première ampoule incandescente. Cet automne-là, tandis que les ciels viraient au gris et que les jours raccourcissaient, Louis avait fait venir de Toronto un modèle expérimental que l'on avait disposé sur la table de la salle à manger, où toute la maison s'était rassemblée pour l'observer.

Louis avait ordonné que l'on éteigne toutes les lampes de la pièce, de sorte qu'ils s'étaient tous retrouvés dans l'obscurité. Une énergie nerveuse planait dans la pièce, comme s'ils assistaient à une séance et attendaient qu'une apparition émerge de l'au-delà pour les saluer. Les ampoules étaient réputées s'enflammer et mettre le feu aux jeunes femmes.

Puis l'ampoule s'était allumée tout à coup, et la pièce s'était emplie d'une lumière telle qu'ils n'en avaient jamais vu, plus éblouissante que le soleil. Louis avait allumé et éteint l'ampoule pour admirer ce qui avait été harnaché, jusqu'à ce qu'elle fasse un bruit d'explosion et s'éteigne pour de bon. Reste que, pendant quelques instants, ils avaient été témoins de l'avenir de la lumière. En rallumant, Louis avait réalisé que plus personne n'avait besoin de croire en Dieu. Il avait poussé un soupir de soulagement.

Louis haïssait le passé et tout ce qui s'y rapportait. Il aimait les inventions. Il voulait vivre dans un monde qui, par l'allure et le fonctionnement, ne ressemblerait en rien au monde de son enfance. Que cherchait-il ? Il cherchait un objet qui lui aurait procuré un ravissement perpétuel. Son âme était semblable à un appartement sombre et désert dont il ne cessait de tenter d'illuminer les pièces. Il allait de l'une à l'autre à la recherche d'une chambre qui ne soit pas plongée dans l'obscurité, en vain. La chambre manquante lui donnait froid dans le reste du corps. Il était incapable de la trouver.

Bientôt, il s'était mis à rêver de traquer des inventions

partout sur la planète. C'était une époque de longs voyages et de grandes aventures. Les riches de l'Occident voyageaient aux quatre coins de la planète, jusqu'aux confins du Congo et du Pérou. Dans le bureau de Louis, il y avait des livres sur toutes les étagères et les murs étaient tapissés de cartes géographiques, ce qui lui donnait l'air d'un homme de sciences et de lettres. Il était bien vu, pour un homme, d'avoir un vernis de culture. Un jour, en entrant dans son bureau, Marie l'avait découvert, gilet et chemise ouverts, appuyé contre son pupitre. Le médecin auscultait son cœur avec un stéthoscope, comme un cambrioleur qui chercherait à découvrir la combinaison d'un coffre-fort.

— Pas question que vous alliez dans la jungle, avait dit le médecin. Votre cœur ne survivrait pas à ce genre de fatigue.

— Je suis encore jeune ! avait protesté Louis. Je suis dans la fleur de l'âge. Je suis à l'âge où les hommes font leurs découvertes les plus importantes.

Le médecin avait soupiré en sortant un petit marteau à percussion à l'aide duquel il avait entrepris de tapoter la poitrine de Louis tout en lui demandant d'inspirer profondément.

— Buvez-vous beaucoup ? avait demandé le médecin.

— Si je bois beaucoup tous les soirs ?

— Buvez-vous tous les soirs ?

— Mais, bien évidemment. Comment négocier la difficile transition entre le jour et la nuit sans le secours de l'alcool ?

— Vous ne prenez pas la peine de faire du sport.

— S'il me fallait faire du sport, un voyage au Pérou serait la prescription idéale, il me semble.

— Ce serait signer votre arrêt de mort. Il n'y a

aucune chance pour que vous surviviez à ce voyage. Vous êtes trop faible. Vous auriez tout de suite une insolation.

Louis avait reboutonné sa chemise. Il avait attrapé une soucoupe où était posée une tasse. Avait pris une gorgée. Puis il avait saisi distraitement une pâtisserie et l'avait trempée dans son thé. On n'aurait pas dit le genre de pâtisserie qui peut être avalé en une seule bouchée, mais il avait ouvert la bouche et, lorsqu'il l'avait refermée, la pâtisserie avait disparu. Il ne restait plus qu'une trace de sucre glace sur ses lèvres. Cela relevait davantage du tour de magie que de l'alimentation.

Marie aussi rêvait de quitter Montréal, où tout lui paraissait insatisfaisant. Elle était impatiente avec les autres filles de son âge. Les parcs et les musées avaient cessé de l'intéresser. Elle éprouvait le sentiment de manque que Louis ressentait tout le temps. Elle voulait explorer le monde, remplir ce vide avec autant d'étrangeté et d'excitation que lui.

— Je ne sais pas si j'ai bien envie de sillonner un marécage simplement pour découvrir un papillon que personne n'a encore jamais vu et le nommer en mon honneur, avait dit Marie, choisissant de voir le bon côté des choses. J'aimerais visiter l'Amérique. Je suis plus intéressée par les inventions.

— Prenons le train. Je veux voir toute l'Amérique, moi aussi.

Quand il avait annoncé à son médecin qu'il avait l'intention d'explorer la côte est au printemps pour visiter des musées d'inventions et des hôtels de bord de mer, son médecin avait trouvé que c'était une excellente idée. Il avait prescrit à Louis un flacon de cocaïne, dont il devait inspirer une petite dose quand il se trouvait léthargique ou que son cœur se mettait à battre trop lentement. Louis avait ouvert la fiole et l'avait tapotée pour faire tomber un peu de poudre sur le dos de sa main. Il avait reniflé. Il avait rejeté la tête en arrière et levé les bras en l'air. « On s'en va en Amérique ! s'était-il écrié. Montre-nous tes merveilles technologiques, Amérique ! »

Lors de l'une de leurs escales, ils étaient descendus dans un hôtel en bord de mer à Long Island. Les nuages étaient gros et cotonneux, comme la mousse sur une chope de bière. Marie n'avait encore jamais vu la mer. Elle étendit les bras vers l'océan. Un grand orchestre de cuivres jouait tandis qu'elle courait à la recherche de coquillages. Un musicien jouant du cor ressemblait à un éléphant qui tend l'oreille.

Marie marcha dans la mer. Elle courut après les vagues, pieds nus. La mer qui se retirait changea d'idée. Elle se retourna et la prit en chasse. Le sable sur la plage essaya de garder l'empreinte de ses pas le plus longtemps possible après son départ. Elle cria quand l'eau frappa ses chevilles. Elle était plus froide que la neige au Canada. On aurait dit des bouteilles heurtant ses mollets. Elle ne cessait de baisser les yeux pour voir s'il y avait des bouteilles contenant des messages de la part de Sadie, mais ne voyait que le chagrin que charriait l'océan. Puis des algues s'enroulèrent autour de ses chevilles comme si des sirènes avaient lancé leurs filets pour la capturer.

Dans cette ville de bord de mer, Louis acheta une paire de patins à roulettes qui avançaient tout seuls. Vous pouviez rester parfaitement immobile et ils vous entraînaient à vive allure le long de la rue, à la grande surprise de vos voisins. Il acheta une sorte de boîte de verre qui contenait un automate, une diseuse de bonne aventure qui vous dévoilait votre poids et votre avenir. Il fit l'acquisition d'une machine qui soufflait des bulles pendant dix-sept heures d'affilée.

Chaque fois qu'il faisait un achat particulièrement cher, il le justifiait en se disant qu'il serait satisfait par son acquisition. Il ne désirerait plus jamais rien. En signant un chèque énorme, il sentait une enivrante décharge d'adrénaline dans ses veines et était submergé par un sentiment de bien-être. Si quelqu'un l'avait poignardé, il n'aurait rien senti. Son corps était anesthésié.

Pittsburgh se révéla n'avoir rien en commun avec la ville balnéaire qu'ils avaient visitée. Le quartier où s'élevait l'usine était horriblement sale. Le ciel était couvert de nuages noirs. Marie avait tout le temps le réflexe de sortir son parapluie pour se protéger d'un orage imminent. Elle avait les yeux qui brûlaient. Tout le monde avait été coloré par la suie. Elle aperçut un chat blanc qui sortait en courant de derrière un édifice. Elle était sûre qu'à son retour, il serait noir et porterait la guigne.

À l'extérieur de l'usine se trouvait une fillette de 7 ans chaussée de bottes trop grandes pour elle. Elle toussait sur le côté du bâtiment, un chiffon devant la bouche. Le chiffon était souillé par toute cette poussière amassée dans ses poumons.

L'état du quartier industriel déplut à Louis. Il n'aimait pas passer plus de temps qu'il le fallait dans une usine. Cela le déprimait, et le chagrinait. Il mettait les mains sur ses oreilles pour étouffer le martèlement.

Mais Marie adorait se trouver proche de l'usine, dont l'énormité lui plaisait. Elle sentait son cœur accélérer ou ralentir pour s'accorder au rythme des machines. Elle fut incapable d'entendre quoi que ce soit d'autre pendant le reste de la journée en raison du bourdonnement qu'avait laissé le vacarme dans ses oreilles. Mais elle s'en fichait. Cela lui plaisait d'exister dans un domaine de silence temporaire. Elle pouvait se concentrer sur toutes les merveilles qu'elle avait vues.

Marie ayant demandé à rencontrer les enfants qui travaillaient à l'usine de Pittsburgh, on aligna les petites filles devant elle. L'une d'entre elles était encore très jolie, même si elle travaillait à l'usine depuis trois ans. Elle n'arrêtait pas de se gratter, car elle avait attrapé une vilaine gale. Marie réclama sur-le-champ qu'on fasse venir un médecin à l'usine pour traiter les afflictions des enfants.

Elle n'était pas certaine de comprendre pourquoi les pauvres fillettes étaient trop craintives pour oser lui parler. Surtout quand elle les eut autorisées à le faire, et qu'elles refusèrent quand même de lui livrer leurs secrets. Elle s'approcha d'une fille dont les cheveux blonds étaient remontés en un chignon négligé sur le côté de sa tête, qui portait des gants sans doigts et fumait une cigarette. Elle avait les omoplates appuyées au mur, les hanches saillant vers l'avant, une pose que Marie avait vu de nombreuses ouvrières adopter. Ce que cette fille avait de plus extraordinaire était toutefois un énorme œil au beurre noir. Parce qu'elle était tellement jolie, Marie avait grande envie d'embrasser son visage.

— Pardon.

— Oui.

— Je peux te poser une question ?

— D'accord.

— Qu'est-ce qui est arrivé à ton œil ?
— Aucune idée.
— Tu dois bien savoir.
— Oui. Mais c'est pas vos oignons.
— Je te donnerai une pièce si tu me le dis.

La fille tendit sa main gantée. Il y avait au centre du gant un trou dans lequel la pièce s'ajustait parfaitement.

— Je me suis chicanée avec mon frère. Il essayait d'abuser de moi.

— Est-ce qu'il a appris sa leçon ?

— Qu'est-ce que vous en pensez ? Les garçons n'apprennent jamais rien, pas vrai ? Ils seront toujours plus forts que nous. C'est ça, être une fille, non ? On est toujours à la merci du monde entier.

— Pas moi.

La fille haussa les épaules.

— Mais oui.

Elle jeta sa cigarette par terre et rentra.

Marie demanda que Louis lui achète une boîte de cent rubans roses et elle en distribua un à chacune des filles qui travaillait à l'usine. Louis observait sa fille. Elle s'intéressait au fonctionnement de l'usine comme il serait toujours incapable de le faire. Il trouvait les machines très grossières. Elles n'étaient pas conçues pour éveiller l'émerveillement, mais pour manufacturer rapidement des biens de mauvais goût que lui-même n'aurait jamais utilisés ou consommés. Une usine pouvait-elle procurer de l'enchantement à quiconque ? Elle trouvait un moyen de manipuler des êtres humains. Elle comportait une forme de brutalité dont il souhaitait se garder.

La détresse des ouvriers le rendait chaque fois

horriblement mal à l'aise, lui donnait l'impression qu'il aurait facilement pu se trouver dans leur fâcheuse position. L'imagination de Marie ne l'emmenait jamais là. Elle ne se voyait jamais partager le sort ou les sentiments des ouvriers. Son père savait, en la regardant avec les rubans, que sa facilité à bavarder, tout sourire, avec les ouvriers (même si elle était une démonstration de sympathie) reposait sur une absence totale d'empathie.

Comprenant que les enfants qui travaillaient à l'usine ne pouvaient pas lui apprendre grand-chose sur son fonctionnement, Marie se tourna vers le propriétaire. Elle savait qu'interroger nécessite un talent. Si vous posiez des questions auxquelles les gens ne prenaient pas plaisir à répondre, ils avaient tôt fait de se lasser de vous. Il fallait amener la personne à raconter une histoire à propos d'elle-même. Il fallait que les gens parlent de ce qu'ils aimaient. Marie avait pour cela un talent extraordinaire. Elle était merveilleusement douée pour la conversation.

Elle suivit le propriétaire dans toute l'usine.

— Pourquoi employez-vous autant d'enfants ici ? lui demanda-t-elle. Est-ce que ce n'est pas une mauvaise idée d'engager des enfants ? Je croyais qu'ils étaient bêtes.

— Ce sont mes meilleurs ouvriers. Ils coûtent moitié moins cher. Jamais il ne leur viendrait à l'idée de faire la grève.

— Est-ce que ça a une importance pour vous que les femmes que vous engagez soient laides ou jolies ?

— Dans un cas comme dans l'autre, elles tombent enceintes et ça les ralentit.

— Leur donnez-vous parfois congé ?

— Je leur permets d'assister aux funérailles, sans quoi elles sont trop tristes. Elles se laissent distraire et finissent broyées dans une des machines.

— Êtes-vous proche de vos ouvriers ?

— Il y en a qui passent toute leur vie à travailler ici. Ça fait de nous une sorte de famille.

— Est-ce la seule usine que vous possédez ?

— Elle n'est pas assez impressionnante pour vous ? Vous en voulez une plus grosse ?

— Non, elle est formidable. Mais j'ai entendu dire que vous en possédiez plusieurs.

— J'ai acheté les raffineries de sucre des trois villes voisines. Je n'ai pas de compétiteur qui me forcerait à baisser le prix du sucre. C'est malheureux. Il faut sans cesse poursuivre son expansion, sinon on se fait avaler tout rond.

Marie hochait la tête, absorbant ces paroles. Le propriétaire de l'usine la regarda de haut en bas, comme s'il se rendait compte de son jeune âge.

— Vous allez hériter de la raffinerie de votre père. Ils vont tous essayer de vous déloger parce que vous êtes une jeune femme. Vous allez devoir être plus impitoyable que n'importe quel homme. Remettez-les tous à leur place, sans quoi ils vont prendre ce qui vous appartient.

Durant cette conversation, Louis regardait par la fenêtre en fumant une cigarette, impatient de partir. Il n'aimait pas fréquenter les autres propriétaires d'usine. À leur contact, il se rappelait comment il s'était senti en société avant d'épouser Hortense. Certains avaient hérité de leurs usines et de leurs entreprises. Mais aucun n'avait acquis son bien par le mariage. Il se rappelait pourquoi il évitait surtout les hommes : il se sentait jugé par eux. Ils le faisaient se sentir efféminé, comme il l'avait jadis été, planté comme un piquet, lors de réceptions, à se montrer désespérément sociable dans l'espoir de trouver preneuse.

Il lui semblait que Marie était son ambassadrice. Il n'avait pas à s'inquiéter de faire bonne impression puisque Marie en produisait une excellente. Le propriétaire d'usine était persuadé d'avoir passé du temps avec les Antoine, même s'il avait essentiellement discuté avec Marie. Et il gardait de la rencontre un souvenir agréable, plein de chaleur.

Assommé et irrité par les visites d'usines, Louis était impatient de rentrer à Montréal. Il était l'homme le plus riche de la ville. Tout le monde savait qui il était, il n'avait rien à prouver. Il savait que les habitants de Montréal attendaient son retour. Il ne les décevrait pas. Il leur apporterait des merveilles, comme s'il avait une machine à voyager dans le temps et qu'il avait exploré l'avenir lointain pour leur en ramener des délices. Les gens lui diraient qu'il était merveilleux, extraordinaire, et très riche. Il voulait qu'on lui répète sans cesse ces choses, afin d'y croire. Ce chœur d'approbation étoufferait la petite voix, dans sa tête, qui prenait plaisir à lui rappeler qu'il n'était rien ni personne.

L'idée de revenir à Montréal rappela Sadie au souvenir de Marie, qui eut peur de cette absence qu'elle éprouverait à son retour. Un après-midi, en Floride, Marie s'assit devant une vitrine d'histoire naturelle pour remplir une carte postale dont le recto montrait un automate avec de petites vis en guise de fossettes. Elle l'avait achetée à New York. L'automate lui avait semblé beau, à la manière d'une personne à qui elle aurait pu parler. Elle trimballait la carte postale dans la poche de son manteau depuis ce moment-là. Tout à coup, elle eut envie d'envoyer le joli automate à Sadie, en guise de cadeau de Saint-Valentin. Une meute de lions empaillés était disposée autour d'elle, comme s'ils attendaient qu'elle ait fini de remplir sa carte postale pour fondre sur elle et la dévorer.

Elle écrivit une note pour Sadie. Elle avait déjà, en écumant les papiers de son père, trouvé un reçu pour les frais de scolarité du pensionnat où la jeune fille avait été envoyée. Marie avait transcrit l'adresse, qu'elle recopia sur la carte postale. Elle la leva devant ses yeux pour la regarder. Les lettres cursives ressemblaient à une clôture en fer forgé qui les séparait désormais l'une de l'autre.

15

Sadie vit à l'autre bout du monde

Au cours de ses années passées au pensionnat, Sadie devint la cheffe des filles. Elle était la plus aventureuse d'entre elles, flirtant avec l'homme qui venait ramasser les draps sales dans un chariot. Elle glissait des lettres d'amour anonymes dans le chariot de sorte que, quand il revenait, il ne pouvait savoir qui les avait écrites. Toutes les filles se penchaient par la fenêtre et minaudaient coquettement. Un rouge vif lui montait aux joues.

Sadie fabriqua un jour une canne à pêche à l'aide d'un bâton et d'une ficelle, et attacha au bout une paire de culottes bouffantes. Quand l'épicier arriva avec ses cageots de légumes, elle abaissa la culotte devant ses yeux. Il se déplaça vers la droite, la culotte l'imita. Il tenta alors de se faufiler par la gauche, et la culotte était toujours devant lui, tel le spectre d'une jolie fille effrontée qui voulait danser.

Sadie organisait des tournois de gageures. Elle introduisit en douce une poule dans la cour et les filles parièrent à savoir qui arriverait à l'attraper. Ce jeu les ravissait tellement qu'elles voulurent continuer à jouer même lorsqu'il se mit à pleuvoir, et finirent par glisser partout dans la boue. Elles étaient toutes horriblement sales en rentrant. Pendant ce temps, la poule s'était sauvée et était loin sur la route. Elle ne s'arrêta que lorsqu'elle fut écrasée sous les roues d'une charrette.

Quelques-unes des filles venaient retrouver Sadie dans son lit. Une fille du nom d'Alice arriva un soir. Sadie leva la chemise de nuit d'Alice et entreprit de dessiner sur son ventre du bout du doigt. Les illustrations se firent de plus en plus élaborées. Elle dessinait un rosier couvert d'une multitude de fleurs. Et puis elle glissa son doigt entre les jambes d'Alice. On aurait dit que celle-ci avait cessé de respirer.

— Imagine que je m'appelle Frank.

— Oh, Frank, murmura Alice. Frank. Frank.

Rien n'existait d'autre que le plaisir. C'était comme si, tamisant du sable pour trouver de l'or, elle avait finalement trouvé une pépite. Quand elles eurent fini, Sadie et Alice sortirent par la fenêtre et s'assirent sur l'appui, leurs jambes nues pendant dans le vide. Comme si le ciel de la nuit était un étang. Elles fumèrent une cigarette ensemble. C'était la première cigarette que la fille avait jamais fumée. Elle devait ensuite fumer pour le reste de sa vie.

Un après-midi, Sadie reçut de Marie une carte postale illustrée par un drôle de gentilhomme automate. Au pensionnat, Sadie était en quelque sorte protégée des bouleversements et des ambitions de l'époque. C'était une décision délibérée de la part de l'école. Les filles n'avaient pas besoin d'être tenues au courant des changements technologiques qui avaient lieu dans le monde. Être une dame, c'était une existence idéalisée qui ne devait en aucun cas être affectée par des considérations extérieures. Les considérations extérieures étaient pour les hommes. Quand ils rentraient à la maison, ce qu'ils voulaient, c'était une bulle temporelle.

Une dame devait servir gentiment le thé, peu importe que des tigres à dents de sabre rôdent aux alentours ou que des bombes pleuvent du ciel.

Tenant la carte postale, Sadie nota, avec un léger ressentiment, que Marie parcourait le monde, qu'elle voyageait, faisant des découvertes merveilleuses, tandis qu'elle-même était confinée de la plus stricte manière. Son amie avait toujours été intéressée par la technologie. Elle contempla la signification de la carte. Marie estimait que la technologie était supérieure à la nature humaine. Si l'on suivait la voie de la technologie et de la modernité, notre nature supérieure s'en trouverait révélée. Marie essayait de lui dire quelque chose sur elles. Peu importe de quoi il s'agissait, Sadie ne lui répondit pas. À quoi bon ? Elles étaient si loin l'une de l'autre. Envoyer une carte postale lui aurait donné à éprouver la distance, et ç'aurait été insupportable.

Au fil des ans, elle étudia attentivement le visage de l'automate, constatant certains jours qu'il ne semblait pas du tout masculin. Tous ses traits paraissaient féminins. C'était un robot androgyne. Dans l'avenir, il n'y aurait ni hommes ni femmes, juste des personnes.

INTERLUDE

Toutes les Mary de Montréal

Bien qu'il l'ignorât, Louis était incapable de produire des héritiers masculins. Chaque fois que l'un de ses enfants illégitimes était poussé hors de la matrice de leur mère hurlante et hystérique, la sage-femme annonçait l'arrivée d'une fille. Les pleurs de la mère redoublaient, car elle savait que le bébé n'aurait pas la moindre chance dans le monde et finirait probablement séduite et misérable comme elle.

Elles grandissaient partout dans la ville. « Mary » étant le nom le plus répandu à Montréal, plusieurs des filles de Louis s'appelaient Mary. Contrairement à Marie, qui habitait le Mille doré, toutes les autres Mary travaillaient pour gagner leur vie.

Une des Mary ramassait des sangsues avec sa mère. Elle pataugeait dans l'eau, bras écartés, comme si elle se livrait à quelque rituel religieux. Son petit corps dodu était couvert de sangsues noires, comme si des moustaches lui étaient poussées aux endroits les plus bizarres. Sa mère lui criait de ne pas bouger. Elle tremblait tandis que sa mère retirait les sangsues une à une et les déposait dans un bocal pour les vendre à un médecin.

Une autre Mary fabriquait des allumettes. Elle

découpait des bâtonnets dans du bois, les trempait dans un liquide phosphorescent et les tenait jusqu'à ce qu'ils sèchent. On prétendait que si vous vous livriez à cette activité pendant un certain temps, il vous arriverait quelque chose d'assez horrible en raison de la phosphorescence. Elle s'imaginait un jour luire dans le noir et lire à la faveur de sa propre lumière. Elle s'imaginait un jour ses cheveux s'enflammant comme une allumette. Et tous ceux qui lui avaient déjà fait du tort seraient frappés de terreur en croisant son regard.

Une Mary travaillait comme ramoneuse. Sa mère avait coupé ses cheveux court, afin qu'elle passe pour un garçon. Elle s'extrayait d'une cheminée, couverte de suie, hormis ses yeux bleus éclatants, qui brillaient plus intensément que ceux d'un garçon. Elle brandissait son frêle balai comme s'il s'agissait du bâton de commandement d'un général et elle crachait un petit nuage noir de suie.

Une Mary travaillait avec un homme qui se faisait passer pour son véritable père à attraper des rats qu'ils revendaient à des organisateurs de combats de chiens. On jetait les rats dans l'arène pour qu'ils se battent avec les chiens. Son père portait des gants en cuir pour prendre les rats par la queue. Elle était incapable de regarder leur faciès, qui exprimait tant de rage face à leur malheureuse situation. En rêve, un rat venait la voir et lui disait : « Je te déteste. » Et elle hurlait.

Une Mary vivait avec ses oncles, qui étaient détrousseurs de tombes. Son travail consistait à monter la garde à un bout du cimetière afin de s'assurer qu'il n'y entre pas d'intrus. Elle avait une clochette dans sa poche, qu'elle devait faire sonner si elle apercevait qui que ce soit. Un soir, en ouvrant un cercueil, ils y découvrirent une mince fillette blonde qui tenait des fleurs aux pétales blancs. Le cadavre était si frais que les fleurs n'avaient pas eu le temps de se flétrir. Ils manipulèrent le corps de la fille avec mille soins pour ne pas la tirer de son sommeil, parlant sur le ton du chuchotement. La dernière chose qu'ils voulaient, c'était que la fille se réveille et se rende compte qu'elle était morte.

Un jour, cette Mary sortirait sa clochette de sa poche et la ferait tinter. Et toutes les autres Mary se lèveraient de leurs tombes.

DEUXIÈME PARTIE

16

Marie Antoine est apparemment une dame

La salle de bal était bondée de couples merveilleusement vêtus dansant au son de la musique d'un orchestre de vingt musiciens qui jouait des airs enjoués au Midsummer Ball. Mais nul n'attirait autant l'attention que la virevoltante Marie Antoine au bras du beau Philip Arnett, frère de Sadie, depuis longtemps sortie des mémoires.

À 21 ans, Marie Antoine était la reine incontestée du Mille doré. La moindre de ses réceptions était vue comme un événement auquel il fallait prendre part. Toutes les autres dames voulaient être son amie, et tous les jeunes hommes voulaient l'épouser.

La crinoline sous la jupe de Marie avait été conçue de façon à osciller d'avant en arrière. C'était une création ingénieuse, qu'elle avait elle-même imaginée et suggérée au modiste. Compte tenu du prix que payait Marie, il lui avait dit que tout était possible. Mais quand Marie virevolta, la crinoline décida qu'elle n'avait pas fini de tournoyer, et lui fit perdre l'équilibre.

Les accidents causés par les crinolines n'étaient pas rares. Il y avait sur place un homme muni d'un seau d'eau pour les filles qui prenaient feu. Et on avait eu soin de disposer cinq tapis particulièrement moelleux au pied de l'escalier pour recevoir celles qui en dégringolaient.

Marie tomba à la renverse, et sa robe et sa crinoline passèrent au-dessus de sa tête, lui faisant faire un salto arrière. Elle renversa la femme à ses côtés, provoquant un effet domino qui fit basculer toutes les jeunes femmes les unes après les autres. Elles gisaient par terre, battant l'air de leurs bras et de leurs jambes, comme des scarabées sans défense.

Le frère de Sadie aida Marie à se relever. Dans la salle, tout le monde applaudit. Sans lâcher la main de Philip Arnett, Marie fit une petite révérence. Même tomber par terre semblait enchanteur quand c'était à Marie Antoine que cela arrivait.

Quelques heures plus tôt, Marie, dévêtue, attendait que le modiste lui livre la remarquable robe qu'elle devait arborer. Elle ne portait qu'un petit médaillon ovale dont elle ne se séparait jamais. Pendant l'attente, Marie se baladait dans la maison, flambant nue. Les servantes, qui avaient l'habitude de la voir ainsi, ne s'en formalisaient plus. Il leur arrivait d'entrer dans la cuisine au milieu de la nuit pour découvrir Marie, vêtue d'une petite chemise de nuit, sans culotte, en train de manger un bol de fraises et de crème fraîche. Les servantes n'existaient pas vraiment aux yeux de Marie. L'idée qu'elles puissent considérer son comportement comme indécent ne lui serait jamais passée par la tête.

Elle s'était arrêtée à la cuisine. Elle avait la dent sucrée. Il était étonnant qu'elle ne soit pas grassouillette, car elle ne mangeait que des sucreries. Tous les autres mets lui semblaient sans intérêt. Elle avait pris un petit gâteau sur le comptoir et l'avait enfourné dans le but de l'avaler d'une seule bouchée. Elle avait du glaçage rose sur le menton et du gâteau noir dans la bouche. On aurait dit qu'elle avait été enterrée vivante, hurlante, bouche ouverte. Elle s'était levée de la chaise en bois où elle était assise, laissant derrière deux petites lunes embrumées qui s'étaient estompées tandis qu'elle s'éloignait.

Elle avait longé le couloir avec une pomme dans la bouche comme si elle était un cochon. Son père lui avait dit qu'elle avait l'air obscène, et l'avait sommée de se retirer dans sa chambre et de se mettre quelque chose sur le dos.

Elle s'était habillée aussi succinctement que possible. Elle avait une petite chemise de nuit en dentelle avec des bretelles de soie et une minuscule rose en soie rose en guise de bouton. À travers l'étoffe blanche, on voyait l'ombre de ses mamelons, de son nombril et de ses poils pubiens. Elle avait enfilé un bonnet de nuit en dentelle ourlé d'un ruban en soie jaune qui était censé retenir ses boucles, mais elles étaient si nombreuses, et Marie se baladait tant et d'un pas si lourd, qu'elles finissaient fatalement par retomber en cascade. Elle avait chaussé une paire de petites pantoufles roses retroussées aux orteils et ornées de clochettes dorées. Son père avait soupiré en la revoyant dans le salon à moitié nue, mais il ne pouvait s'empêcher de se réjouir de son absence totale de gêne.

Elle s'était mis un croissant dans la bouche puis s'était penchée pour en donner une bouchée à son cochon domestique. Il s'appelait Pitou. Elle l'appelait Pitou, Tutu, Pipi, Pétunia. Il se glissait dans son lit. Quand il entrait dans la chambre, son père avait l'impression d'interrompre un tête-à-tête entre le cochon et Marie. Le cochon portait un de ses nœuds papillon.

Voilà ce qui arrive quand un enfant n'a pas de mère, avait-il songé. Il devient sauvage. Il devient bizarre.

M. Antoine espérait que le mariage n'y changerait rien. Toutes les bonnes se demandaient aussi comment Marie allait changer une fois qu'elle se serait fiancée à un jeune homme.

Au bal des débutantes l'année précédente, Marie avait été présentée à tous les jeunes célibataires du quartier, qu'elle considérait plutôt comme des garçons, susceptibles d'être des prétendants potentiels. Elle les connaissait déjà tous, évidemment. Mais ils ne lui avaient jamais été présentés tout à fait ainsi. On s'attendait à ce qu'elle entame une cour avec l'un ou l'autre d'entre eux. Et puis, après un certain temps, il faudrait qu'elle choisisse de le prendre pour époux. Elle commencerait une nouvelle vie avec lui. Mais Marie ne voulait pas commencer une nouvelle vie avec qui que ce soit. Elle était contente de son sort.

Personne, pas même elle, ne pouvait toutefois imaginer un avenir dans lequel une jeune fille ne se mariait pas. Et si elle ne manifestait pas de l'impatience à la perspective de se marier, elle serait montrée du doigt. Les hommes ne lui étaient cependant pas indifférents. Elle assistait régulièrement à des réceptions dansantes. Un jour, à un bal, elle avait été prise d'une soudaine envie de se pencher vers le jeune homme debout près d'elle et de lui mordre le lobe de l'oreille. L'idée qu'elle puisse avoir le droit de se pencher vers lui pour lui mordre l'oreille l'avait emplie de chaleur. Elle n'aurait su dire si c'était du désir. Ça ne semblait pas être de l'amour. Tout ce qu'elle savait, c'était qu'elle avait envie de proclamer que cette oreille appartenait non pas à l'homme sur la tête duquel elle était fixée, mais à elle.

Quelques mois plus tôt, au Bal du printemps, elle s'était plu dans la compagnie de l'un des jeunes hommes du voisinage plus que dans celle des autres. De petite taille, il avait des lunettes et les cheveux frisés qu'il dressait tout droit sur son crâne afin de gagner quatre pouces. Aucun des autres prétendants ne s'inquiétait de lui. Ils n'auraient pas pu imaginer qu'il constituait une menace jusqu'à ce qu'ils entendent Marie rire de ses blagues à gorge déployée.

C'était parfaitement déplacé. Une femme n'était pas censée rire sans retenue, surtout lors d'une réception. Le rire de Marie avait quelque chose d'ouvertement sexuel ; sa poitrine se soulevait et s'abaissait, son front se perlait de sueur. Marie n'avait jamais passé de temps en compagnie de représentants de l'autre sexe. Elle ne pouvait savoir à quel point les hommes sont parfois adorablement bêtes. Et elle n'était absolument pas préparée à ce suave élixir fait d'un mélange d'attirance physique et de blagues douteuses.

— Saviez-vous que la surface de la Lune est réfléchissante ? avait demandé Marie. C'est pour ça qu'il en émane de la lumière.

— Pas besoin de regarder dans le miroir pour se brosser les dents, avait répliqué le jeune homme. On peut simplement regarder au sol, entre ses pieds.

— Pensez-vous que ça vaut la peine d'aller sur la Lune ? demanda Marie.

— C'est préférable de dire qu'on y est allé plutôt que d'y aller réellement, répliqua-t-il.

— Voyager jusqu'à la Lune, ça doit creuser l'appétit.

Il faudrait prendre quelque chose à se mettre sous la dent et du thé.

— J'apporterais certainement des sandwiches au concombre à grignoter en chemin.

— La Lune est plus loin que vous imaginez. Vous passeriez plus de temps que vous pensez dans cet aérostat.

— C'est vrai. C'est vrai. Mieux vaut apporter un jambon entier.

Philip Arnett était entré dans la salle pendant que Marie riait. Les espoirs de la famille Arnett reposaient maintenant sur Philip, qui se consacrait aussi à la chose politique. Ne plus avoir à se comparer à sa jeune sœur avait fait des merveilles pour sa personnalité. Il n'y a en réalité dans chaque famille qu'un seul enfant qui puisse se distinguer, et ce rôle était dévolu au frère aîné. Chaque famille est une monarchie intransigeante et cruelle.

Avec l'âge, Philip était devenu beau. Il savait maintenant quoi faire de son visage. Il savait comment étudier les gens de manière à leur faire ressentir un léger malaise. Les Arnett avaient tous des physionomies qui leur donnaient l'air intelligent, impression qui leur ouvrait le chemin du succès en politique. Philip n'était pas particulièrement brillant, ce qui le rendait amer, mais cette amertume pouvait passer pour une sorte d'intelligence supérieure.

Ses origines ouvrières éveillaient chez Philip, comme chez le reste de la famille, un sentiment d'infériorité dont la source n'était pas son infériorité manifeste, pensait-il, mais le regard que les autres portaient sur lui. Il interprétait ce sentiment comme un acte d'agression perpétré contre lui. Les Arnett étaient d'avis que lorsqu'on veut une chose avec suffisamment de force, cette chose devrait vous appartenir. Comme le reste de sa famille, Philip convoitait un statut.

Il jouissait d'une certaine popularité auprès des jeunes femmes. Ses traits exprimaient un soupçon de dédain, ce qui les intriguait. Il choisissait ses relations avec circonspection, évaluant leur incidence sur sa carrière politique. Quand il aperçut Marie, l'ancienne obsession que nourrissait sa famille à son endroit gonfla son cœur. Il se rappelait Marie à 12 ans. Il se rappelait combien sa présence excitait sa famille, ce qui le mettait hors de lui. Il se rappelait l'avoir aperçue depuis sa fenêtre. Elle avait d'abondantes boucles blondes. Le soleil brillait autour de sa tête, faisant flamber ses cheveux.

C'est à ce moment, en revoyant Marie, l'air toujours radieuse, tandis que son cœur se dilatait sous l'effet d'un mépris ancien, qu'il décida qu'il voulait l'épouser.

Il ne lui adressa pas la parole ce soir-là. Il était irrité qu'elle bavarde avec un autre homme.

Marie se trouvait à un thé en plein air quand Philip l'aborda enfin. La chaise de Marie était entourée de jonquilles coiffées de bonnets de bébé qui les protégeaient du soleil. Il lui tendit une lettre d'amour qu'il avait composée avec soin. Il étira le bras en travers de la table et, ce faisant, fit tomber la théière dont le contenu se déversa sur la table. Marie poussa un cri, car elle portait une robe blanche. Elle prit la missive des mains de Philip en le remerciant vivement, et s'en servit pour vite éponger le thé.

À la réception suivante, Philip demanda à Marie la permission de s'asseoir près d'elle. Elle lui raconta un rêve qu'elle avait fait, dans lequel elle avait coupé sans le faire exprès le doigt de son amie avec un couteau à gâteau. Elle ne savait qu'en faire. Ne voulant pas accabler son amie de chagrin à cause de son doigt manquant, elle l'avait glissé dans sa poche. À ce moment, le doigt s'était mis à remuer lentement dans sa poche. Philip ne pipa mot. Il ne savait que dire à cette fille ridicule. Il s'éloigna, vexé.

*

La robe de Marie finit par arriver en grande pompe. Trois assistants étaient à la porte, dont deux tenaient la robe entre eux, comme s'ils conduisaient une dame évanouie à un sofa. Le troisième, un jeune garçon, qui portait sur sa tête les cerceaux de la crinoline devant aller sous la robe, donnait l'impression de se trouver dans une cage à oiseaux. Marie fit appeler les bonnes pour qu'elles se dépêchent de venir l'aider à enfiler l'extravagante tenue. Elle pirouetta, faisant tourner la jupe à cerceaux, ce qui renversa une bonne. Marie savait qu'elle allait faire sensation avec cette robe. Elle se regarda dans le miroir, satisfaite. Elle savait que tous les jeunes hommes voudraient danser avec elle. Elle soupira, songeant qu'il lui faudrait danser avec Philip, à l'endroit de qui elle éprouvait des sentiments ambivalents.

Quand elles étaient petites, Sadie avait maintes fois confié à Marie que son frère était un crétin. Marie pensait que cela avait peut-être changé. Il devait bien avoir en lui quelque chose de Sadie. Elle se demanda s'il l'inviterait à visiter sa maison. Elle pourrait alors regarder l'ancienne chambre de Sadie et fouiller dans ses affaires. Ils devaient sûrement avoir laissé la chambre en l'état. Elle s'imagina se jeter sur le lit et prendre une profonde inspiration dans l'oreiller. Pour peu qu'elle inspire assez profondément, Sadie lui reviendrait tout entière.

Elle songeait que Philip devait avoir des nouvelles de sa sœur. Il devait recevoir des lettres. Vivement curieuse de savoir ce qui lui arrivait, elle voulait parler de Sadie avec quelqu'un. La possibilité de discuter de Sadie avec Philip constituait un immense attrait. Elle sentait s'infiltrer dans son corps la sensation physique que procure l'accomplissement d'un acte interdit.

Philip était nerveux à son arrivée au Midsummer Ball, car il savait que Marie s'y trouverait. Il portait un veston à queue noir sur un pantalon à rayures blanches et bleues, et une chemise blanche au col amidonné ainsi qu'un nœud papillon. Il était coiffé d'un haut-de-forme qui semblait vouloir basculer à tout moment. Il avait lu en entier son manuel d'étiquette. À condition d'être poli et de guider la conversation, tout irait pour le mieux. Les femmes s'attendaient à ce que les hommes aient une idée claire de leur but dans la vie et de leur carrière. Il avait étudié le dessin à l'encre d'un homme avec un nœud papillon et une moustache, sur la couverture du manuel.

Il s'approcha de Marie et l'invita à danser. Elle accepta naturellement. Tandis qu'elle tournoyait avec lui, elle remarqua que son visage n'était pas sans rappeler celui de Sadie. Il ne lui était jamais venu à l'esprit que le frère et la sœur puissent se ressembler. Mais plus elle observait sa figure et plus il lui semblait noter des similarités entre Philip et Sadie. Plus ils évoluaient dans la pièce, et plus elle s'imaginait tourbillonner dans les bras de Sadie – et elle adorait ce sentiment.

Le lendemain du Midsummer Ball, Marie réalisa qu'elle avait tout ce qu'elle voulait dans la vie, à l'exception de Sadie. Quand, petite, elle l'avait vue pour la première fois, elle s'était inquiétée de ce qu'elle était inatteignable. Elle avait été plus étonnée par l'amitié de Sadie que par n'importe quel cadeau qu'elle eût jamais reçu. Mais l'impermanence de l'amitié l'angoissait à ce moment-là. Elle semblait avoir l'intuition que l'amitié ne pouvait pas durer.

Marie ressentait un pincement de culpabilité depuis que sa carte postale était restée sans réponse. Dès que le nom Arnett parvenait aux oreilles de Louis, ce qui arrivait de temps en temps puisque son père était en politique, le père de Marie prenait un air décontenancé, comme s'il se préoccupait de savoir si les Arnett allaient se retourner contre eux. C'est pourquoi Marie ne parlait jamais d'eux, et n'avait par conséquent aucune nouvelle de Sadie et aucun moyen de savoir ce qui occupait ses pensées et ses jours. Elle en concevait une honte indicible d'avoir blâmé Sadie pour avoir abattu la bonne.

Maintenant qu'elle avait vu Sadie dans le visage de Philip, elle ne pouvait la chasser de ses pensées. Pendant le reste de la semaine, Marie eut l'impression que la vie était dépourvue de sens. Malgré des journées occupées, elle se sentait étrangement vide. Malgré ses succès, elle avait l'impression de n'avoir rien accompli, et de ne pouvoir rien accomplir.

Au pique-nique dominical, c'est Marie qui s'approcha de Philip. Un groupe d'enfants courut devant elle en poussant de larges cerceaux. Elle dépassa une table de gâteaux carrés aux décorations élaborées qui semblaient figurer une maquette de Versailles.

— Tu peux me faire la cour, annonça-t-elle en le fixant du regard, mais seulement si tu essaies de faire revenir Sadie. Je voudrais qu'elle revienne à Montréal. J'aimerais l'avoir pour belle-sœur.

— Je ferai de mon mieux, dit Philip.

Quelques jours plus tard, debout dans le bureau de Louis Antoine, Philip lui demandait la main de sa fille en mariage. Louis savait qu'il aurait dû considérer la proposition de ce jeune homme avec calme et sensibilité. Mais en posant les yeux sur Philip, il était rempli d'un profond mépris. Il savait que les Arnett étaient des arrivistes. Et, lui-même arriviste, il ne laisserait jamais sa fille en épouser un.

Sa famille avait beau avoir perdu toute sa fortune, Louis avait le sang bleu. Il avait toujours possédé l'aisance et la confiance de celui qui est issu d'une famille de la classe supérieure. Ce gamin était un rustre. Il manquait de raffinement. C'était l'empressement désespéré de Philip qui dérangeait le plus Louis. Il était tellement conscient de tous les avantages que lui procurerait Marie qu'il serait incapable de jamais l'aimer. Marie possédait tant de qualités exceptionnelles qui n'avaient rien à voir avec sa fortune. Elle était intelligente. Elle était paresseuse, certes, mais lorsqu'elle s'appliquait à accomplir quelque chose, elle y parvenait avec une facilité déconcertante. Philip voudrait saper tout cela.

— Je vois à votre expression que vous connaissez déjà ma réponse à votre question, dit Louis Antoine. Parce que vous savez aussi bien que moi que vous n'êtes pas à la hauteur de ma fille. Il lui faut quelqu'un qui ait le sens de l'humour. Notre famille aime rire. Et vous êtes morose. Certaines jeunes femmes ne s'en formaliseraient pas. Pas Marie. Vous allez l'assommer. Elle aime être divertie. Elle m'a forcé à faire le tour du continent quand elle était petite, simplement pour découvrir des nouveautés. Vous voulez une épouse qui va rester à la maison et vous faire bien paraître. Ce n'est pas Marie. Elle va vous éclipser où que vous alliez. Et vous devrez trouver sans cesse de nouvelles manières de l'empêcher de briller d'un vif éclat. J'aime ma fille. Pourquoi diable voudrais-je qu'elle vous épouse ?

— Vous vous trompez sur mon compte, répondit Philip en lançant à Louis un regard dur.

— Les hommes comme vous n'ont pas de secret pour moi. Vous vous croyez profond, mais vous êtes un livre ouvert. Je sais mieux que vous ce qui arrive à la page suivante.

Louis s'était retenu de dire ce qu'il brûlait d'ajouter, à savoir que l'idée de voir les Antoine et les Arnett réunis en une seule famille lui paraissait grotesque. Il avait assumé les coûts du pensionnat de la sœur de Philip pendant des années et contribué financièrement à la campagne de son crétin de père. Il détestait savoir que ces gens étaient toujours en train de rôder quelque part en périphérie de sa vie. De temps en temps, leur présence se faisait sentir, ils se mettaient en travers de son chemin, comme pour bloquer temporairement le soleil, et puis ils s'écartaient.

Quand Philip quitta la pièce, Louis savait que l'affaire n'était pas close. Il en avait peut-être fini avec les Arnett, mais les Arnett n'en auraient jamais fini avec lui.

Louis aborda la question avec Marie au souper. Son père et elle étaient assis chacun à leur bout d'une table ridiculement longue. Ils faisaient venir le valet de pied, lui chuchotaient un message à l'oreille, et il traversait la pièce jusqu'à l'autre personne pour le transmettre. Ça leur semblait habituellement des plus divertissant. Ce soir-là, Louis n'était pas d'humeur à jouer.

— Les Arnett vont ramener au jour cette horrible affaire. Ils vont me tenir par les couilles. Ils vont utiliser tous les trucs à leur portée. Honnêtement, ça va être ridicule. Je ne suis même pas sûr de pouvoir manger ce soir. Toute l'affaire me donne la nausée.

— Dis-leur que je vais laisser Philip me faire la cour, mais que je veux qu'ils fassent revenir Sadie.

Louis tomba des nues.

— Pourquoi, grands dieux, voudrais-tu avoir affaire à ce personnage ?

— Je veux que Sadie revienne.

Il ne s'était pas attendu à cette réponse de la part de Marie. Il comprenait les hommes et leurs machinations. Il pouvait discerner leurs motifs et leurs actions longtemps d'avance. Il les trouvait assommants précisément pour cette raison. Louis jugeait les femmes absurdes, calculatrices, impénétrables, névrotiques et imprévisibles, mais il n'en avait jamais rencontré une qui lui paraissait ennuyeuse. Une fois de plus, Louis constatait que les femmes échappaient à son entendement. Chacune possède au moins un secret qu'elle garde de tout le monde. Un secret qui change tout ce que l'on pensait savoir d'elle.

Pourtant, il ne s'était pas attendu à ce que Maric possède un tel secret. Il avait passé tellement de temps avec elle. Toute sa vie, en fait. Ils n'avaient jamais été séparés une seule nuit. Il lui avait dit des années plus tôt de ne jamais mentionner Sadie, de ne jamais penser à elle. Elle avait obéi. Elle n'avait jamais prononcé son nom après ce jour. Il avait présumé qu'elle l'avait oubliée. Il avait supposé que, si elle ne l'avait jamais évoquée, c'était parce qu'elle avait cessé de penser à elle. Mais tout ce temps, elle s'était languie de cette fille.

Que savait-il de l'amitié féminine ? Il ignorait que les femmes puissent s'attacher l'une à l'autre. Il croyait qu'elles ne passaient du temps ensemble que faute d'hommes. Il était ébahi.

C'est la révélation de son incompréhension vis-à-vis de Marie et de toutes les femmes qui eut raison de lui. Il fut presque heureux de voir arriver Mme Arnett à son bureau, pour pouvoir en finir avec cette affaire. Il consentit aux fiançailles.

Marie était tellement joyeuse et adorable. Cette union la broierait. Louis ne pouvait supporter qu'un homme la regarde avec mépris et dégoût et qu'il aille batifoler avec d'autres femmes dans son dos. Il ne croyait pas qu'un homme et une femme puissent être heureux en mariage. On avait essayé tant et plus au cours des siècles, en vain. C'était la seule chose au monde dont il fut certain. Il confiait maintenant sa fille à un sort qui serait presque certainement déplaisant. Mais comment faire autrement ?

Un lys sur l'appui de la fenêtre ploya brusquement. La tête de la fleur tomba par terre aux pieds de Philip, comme une femme qui aurait laissé tomber son mouchoir dans l'espoir que quelqu'un le ramasse.

17

Le retour de Sadie Arnett

Sadie Arnett, 21 ans, était en train de lire un livre dans la salle commune de son pensionnat anglais. Elle portait une hideuse robe à rayures et des bottes noires qui avaient été cirées pour en dissimuler les éraflures. En grandissant, elle était devenue belle, évidemment. Ses yeux noirs étaient intimidants et elle avait les lèvres étrangement rouges. Il y avait neuf ans qu'elle vivait en Angleterre. Plusieurs des autres filles étaient parties beaucoup plus tôt, rappelées par leurs familles. Elle était la plus vieille, et travaillait comme tutrice pour les autres élèves plutôt que d'aller en classe.

Sadie était prête à n'être jamais rappelée chez elle et à vivre en paria. Elle savait que c'était très souvent le destin de l'artiste. Et la misère était un atout dans la biographie d'un artiste.

Tout à coup, on l'appela au bureau de la directrice. Le col de celle-ci était si serré qu'on aurait dit que sa broche avait été épinglée à même son cou. Elle informa Sadie qu'elle rentrait à Montréal.

— Et pourquoi donc ? demanda Sadie.

— Vous devriez être ravie, répondit la directrice.

*

Quand le navire leva l'ancre à Londres à destination de Montréal au début du mois de septembre, Sadie savait à quel point elle était différente de celle qu'elle était la dernière fois qu'elle avait pris la mer. Elle n'avait pas peur du bateau. Ce navire la conduisait vers un lieu qu'elle connaissait bien. Et elle avait tant lu et tant réfléchi sur le monde qu'à peu près rien désormais ne lui était inconnu.

Assise sur le pont, elle ne songeait pas à la famille qu'elle retrouverait bientôt. Malgré elle, ses pensées retournaient souvent à Marie. Elle allait la revoir. Que penserait-elle de Sadie ? Elle s'imaginait toujours que Marie connaissait un destin formidable. Elle serait gênée en la revoyant. Tout ce qu'elle rapportait de ses jours et de ses années passés au loin, c'était un calepin plein d'observations obscènes. Soumis au tangage du navire, les personnages du calepin tombaient dans tous les sens et roulaient, dépoitraillés, en culottes bouffantes. S'entremêlaient dans l'esprit de Sadie son désir de revoir Marie et le ressentiment qu'elle éprouvait à la pensée que son amie avait vu tellement plus de choses du monde. Ses pensées enchevêtrées la firent vomir sur ses bottes. À moins que ça n'ait été simplement le mal de mer.

Sadie descendit du navire. Un porteur transportait une pile de malles derrière elle. Il était étonné du poids des coffres, car ceux-ci renfermaient des livres plutôt que les frivolités insubstantielles que contiennent habituellement les malles des filles. Sa mère et son père l'attendaient. Lui portait un chapeau melon, avait une moustache très épaisse, aux bouts recourbés vers le bas, dont il croyait que ça lui donnait l'air sérieux.

Sadie jugeait plutôt que ça lui donnait une expression triste et morose. Elle savait qu'il était maintenant un homme politique établi, et que la pérennité de son succès constituait la quête de toute la famille.

Elle ne pensait plus à ces gens comme à sa famille. Pourquoi les aurait-elle perçus ainsi ? À l'évidence, ils ne l'aimaient pas. Et en la privant de leur amour, ils avaient donné à Sadie la permission de leur fermer son cœur. Elle éprouvait du mépris pour eux, comme ils avaient du mépris pour elle. Ce mépris avait-il d'abord pris naissance chez elle ou chez eux, elle n'aurait su le dire. Cela faisait partie de ses souvenirs d'enfance auxquels elle n'avait plus accès. Elle avait cru qu'ils ne la feraient jamais revenir. Elle s'arrêta devant sa mère et resta debout, roidement, refusant toute manifestation d'affection. Elle serra la main de ses parents.

Bien sûr, Mme Arnett aurait dû savoir que ce moment se préparait, mais dans le secret de sa pensée, elle avait cru qu'elle ne reverrait plus jamais Sadie. Elle était tellement habituée à son absence qu'elle ne pouvait se l'imaginer présente. L'océan avait maintenu une saine séparation entre elles. Elle avait été vivement alarmée par la perspective du retour de sa fille, même si l'on prenait en compte le joli coup que constituait une union avec la famille Antoine. Naturellement, elle était capable de justifier à Sadie l'exil qu'on lui avait imposé, mais comment expliquer qu'on ne lui avait jamais rendu visite, envoyé un cadeau, de l'argent de poche ou quoi que ce soit d'autre ?

L'institution où l'on avait expédié Sadie était censée être de celles qui parviennent à effacer les faux plis de la personnalité des filles, mais Mme Arnett ne se faisait pas d'illusion : ça n'avait pas été le cas pour Sadie.

On n'avait pas brisé sa volonté. Elle savait que sa fille s'était montrée plus maligne que l'école, et qu'elle était toujours une garce.

Sadie avait été tellement odieuse avant son départ, alors que Mme Arnett n'avait rien fait pour le mériter. La situation ne serait-elle pas explosive à présent ? Elle risquait de lui donner un cancer. La haine de Sadie avait quelque chose de redoutable et de dangereux. Mme Arnett le savait déjà quand sa fille était encore enfant. Et maintenant Sadie était une adulte.

Mais peut-être se trompait-elle. Peut-être Sadie a-t-elle changé, maintenant, songea-t-elle. Peut-être qu'elle me pardonnera.

Mme Arnett s'était convaincue qu'elle était une bonne personne. Elle s'était comportée de manière à ce que tout le monde croie qu'elle était une bonne personne. Mais ce n'est pas ainsi que Sadie la voyait. Sadie était la seule personne au monde qui pouvait la regarder et dire : *J'accuse**. Mme Arnett avait l'atroce impression qu'elle attendait son jugement dernier. Elle aperçut avant tous les autres Sadie vêtue de sa cape, qui ressemblait beaucoup à la Faucheuse.

Mme Arnett fut stupéfaite en constatant que sa fille portait la même cape que neuf ans plus tôt. À son départ, la cape l'enveloppait complètement, comme une grande couverture sous laquelle elle disparaissait. Maintenant, elle lui allait parfaitement. Si elle n'avait pas été aussi hideuse, on aurait pu croire que la cape avait été faite pour elle. Mais elle était tellement miteuse et grossière ! Pourtant, comment pouvait-elle s'en plaindre alors que c'était elle qui avait donné cette cape à Sadie ? Et que sa fille l'avait portée tous les jours pendant neuf ans ?

Elle refusait de croire que c'était elle qui avait infligé

une telle honte à sa fille. Il fallait qu'elle demeure la victime. Elle devait se rappeler que c'était Sadie qui lui avait infligé la honte, et non l'inverse.

Mme Arnett se leva et dévisagea sa fille. Sadie n'était plus la même, pourtant elle transpirait la même chose qu'à l'âge de 3 ans : la condescendance.

— As-tu fait bon voyage ?

— Atroce, évidemment.

Mme Arnett fut un peu décontenancée par le nouvel accent de Sadie. Léger, il ne lui donnait pas tant l'air d'être britannique que d'être pompeuse et dédaigneuse. Mme Arnett avait horreur d'être intimidée par sa fille.

De retour à la maison, Sadie monta à la chambre qui avait été la sienne. Elle s'était demandé si elle se rappellerait où était la pièce, mais elle n'eut aucun mal à la trouver. Sa mère y entra à sa suite.

— As-tu besoin d'aide avec tes vêtements ? demanda Mme Arnett.

— Quels vêtements ? rétorqua Sadie.

Elle ôta sa cape, qu'elle jeta sur le fauteuil. Dessous, elle portait une robe élégante mais fatiguée, à rayures brunes et or, qui avait été portée trop souvent. Il n'était pas venu à l'esprit de Mme Arnett que Sadie avait dû se passer de beaucoup de choses. Elle aurait pu écrire pour demander des vêtements. Les Antoine lui en auraient envoyé, ou elle-même l'aurait fait. C'est du moins ce qu'elle se disait.

— Ma tenue ne vous plaît pas ? On dirait qu'elle vous rend mal à l'aise. On me donnait les vieux vêtements des autres filles. Il y avait des filles là-bas qui venaient de familles riches, de familles véritablement riches, je veux dire, et qui prenaient plaisir à faire de bonnes actions.

— Tu aurais pu écrire pour avoir de nouveaux vêtements.

— Vraiment ? Je croyais avoir compris que vous ne vouliez plus avoir affaire à moi lorsque nous nous sommes séparées. Et j'aurais dû écrire aussi pour avoir des cadeaux à Noël, ou une carte à mon anniversaire ou le jour de la Saint-Valentin ? Comme c'est bête ! Je n'avais qu'à demander !

— Eh bien, tout cela est derrière nous maintenant. Je pense qu'il faut te faire confectionner quelque chose de très élégant.

— Le faut-il ? Mais pourquoi ? Je ne peux guère me montrer en société, pensez donc, une meurtrière.

— Il y a longtemps de cela. Je pense que tout le monde est prêt à fermer les yeux. Tu es une femme adulte. Tu as passé toutes ces années dans une école prestigieuse. Je suis sûre qu'il y a beaucoup de filles ici qui aimeraient bien voir les bienfaits d'une instruction européenne.

Mme Arnett essayait de se convaincre elle-même.

Sadie s'assit sur un fauteuil près d'une petite table où le thé avait été servi. Elle se cala sur son siège et croisa les jambes d'une façon dont elle savait qu'elle était outrancièrement disgracieuse. Elle plongea les doigts dans le sucrier plutôt que d'utiliser les pinces et fit tomber pas moins de cinq cubes de sucre dans son thé. Puis elle s'en mit un sur la langue.

— Faites ce qu'il faut, dit Sadie. J'aurais en effet bien besoin d'une nouvelle robe, ne serait-ce qu'à des fins pratiques. Celle-ci est trop petite. On me l'a donnée il y a deux ans, et ma poitrine a grossi depuis.

Elle se mit à plier les bras dans tous les sens, pour s'étirer après le voyage.

— Les fortunes de la famille se sont améliorées,

dit Mme Arnett. Nous avons trois bonnes maintenant. Tu devras faire bonne figure. Philip réussit extraordinairement bien. En raison du milieu d'où il vient, ton père faisait face à des obstacles qui l'empêchaient d'atteindre les objectifs qu'il aurait été capable de réaliser. Mais Philip disposera d'un soutien financier et de relations qui lui permettront d'être un candidat de choix pour le poste de Premier ministre de la province, avant de devenir Premier ministre du pays. Cette maison a fait des merveilles pour la carrière de ton père. Mais Philip en aura une plus éclatante encore.

— Et pourquoi donc ? D'où Philip tient-il cette soudaine fortune ?

— Il doit épouser Marie Antoine. Nous aimerions ton aide en la matière.

Sadie éclata de rire. Mme Arnett semblait courroucée, exaspérée par sa fille. Elle quitta la pièce abruptement.

Comme c'est ridicule, songea Sadie, qu'ils essaient de donner Marie en mariage à son âne de frère. Les longues années passées à l'étranger avaient fait d'elle une étrangère. Elle voyait les machinations sociales à l'œuvre derrière son retour si clairement qu'elle avait l'impression d'assister à une pièce mal écrite et jouée par des amateurs. On exploitait son emprise sur Marie dans le but d'avancer les carrières de son père et de son frère. C'était pour cela qu'on l'avait fait revenir. Ils se servaient d'elle comme d'une entremetteuse, en quelque sorte. Encore une fois. Mais elle ne se laisserait pas faire.

Quelques minutes après que Mme Arnett eut quitté la pièce, Sadie entendit le fracas du tonnerre dans la maison. Qu'est-ce que ça pouvait être sinon un homme en train de monter l'escalier quatre à quatre ? Elle savait qu'il venait la remettre à sa place. Philip ouvrit la porte à la volée. Un portrait de femme dans un cadre ovale tomba du mur comme si elle s'était évanouie.

Sadie fut stupéfaite par leur ressemblance physique. Ce n'était pas le genre de choses que l'on distingue quand on est enfant, mais le visage de son frère lui était maintenant tellement étranger qu'elle remarqua tout de suite les traits qu'ils avaient en commun. Ils restèrent debout face à face, deux personnes issues des mêmes entrailles. Et cette réalité était insupportable. Chacun pouvait voir clair dans le jeu de l'autre, et ni l'un ni l'autre n'étaient impressionnés.

— Tu as fait pleurer notre mère.

— C'est ta mère. Et je m'en fiche.

— Vas-tu sérieusement encore tout gâcher pour tout le monde ?

— Comment pourrais-je faire cela ?

— Tu vas être gentille avec Marie.

— Jamais.

Il avait la main autour de son cou avant qu'elle en ait eu conscience.

— Si tu ne donnes pas envie à Marie de faire partie de cette famille, je vais m'assurer que tu te retrouves à la maison des fous.

— Je ne peux pas forcer Marie à t'aimer.

— On s'est déjà promenés dans tout le quartier au vu et au su de tous.

Sadie était dégoûtée. Elle avait tenu Marie en haute opinion pendant toutes ces années, et pourquoi ? Elle était devenue idiote au fil des ans. Elle se l'était imaginée grandissant en beauté, parcourant le monde, apprenant tout ce qu'il y a à savoir en matière d'affaires et de sciences. Mais non ! Grands dieux, non ! Elle était fiancée à son crétin de frère.

Après le départ de Philip, Sadie se jura de faire tout en son pouvoir pour éviter la dédaigneuse Marie, à qui elle faisait maintenant porter l'entièreté du blâme pour l'avoir dénoncée quand elle était enfant. Qu'elle aille au diable, songea Sadie. Si Marie allait épouser son frère et la traîner jusqu'ici pour qu'elle soit témoin de leur union, elle lui en tiendrait merveilleusement rancune.

Sadie était tellement troublée après avoir appris les fiançailles de Marie et de Philip qu'elle était incapable de rester dans sa chambre et d'accomplir quoi que ce soit, fût-ce écrire. Elle décida de faire une longue promenade. Elle jeta son horrible cape sur ses épaules et enfonça son chapeau sur ses cheveux et ses sourcils. Puis elle sortit de la maison par la porte de la cuisine pour éviter d'avoir à parler à sa mère ou à son frère.

Tout en marmonnant combien elle en voulait à Marie de l'avoir déçue, elle arpenta le quartier de long en large, sa longue cape traînant dans la boue et le crottin de cheval. C'est ainsi qu'elle se retrouva, sans l'avoir le moins du monde fait exprès, dans le jardin de Marie. Elle avait oublié la géographie du quartier, mais ses pas l'avaient mystérieusement menée là. Elle aperçut le labyrinthe. C'était plus fort qu'elle, elle s'y engagea. Comme n'importe quel assassin, Sadie voulait retourner sur la scène du crime.

Marie était la dernière personne qu'elle s'attendait à voir au centre du labyrinthe. Son cœur bondit comme une grenouille qui jaillit du poing d'un enfant. Sadie la reconnut, même si bien des années avaient passé.

Elle ne croyait jamais revoir Marie en chair et en

os, mais elle était pourtant là, saisissante. Ses cheveux blonds étaient remontés en une coiffure extravagante. Sadie se demanda combien de bonnes y avaient œuvré. Elle n'avait jamais vu de bouffant aussi élevé de toute sa vie, et ne croyait jamais en revoir. Marie portait un cochonnet dans ses bras. L'animal semblait en proie à une sorte d'extase. Sadie avait sans doute interrompu Marie au milieu d'une séance de compliments.

Dès qu'elle eut à nouveau posé les yeux sur Marie, Sadie fut enchantée malgré elle. Elle s'était crue inoculée contre Marie, persuadée d'être immunisée depuis des années contre elle. Elle avait été trahie de nouveau par ses fiançailles. Mais en apercevant Marie, elle fut stupéfaite de la réaction de son corps.

Peut-être le grand amour existe-t-il. Qu'avait-elle fait pendant neuf ans ? S'était-elle menti à elle-même ? S'était-elle éloignée d'une part cruciale de sa personnalité, qui faisait qu'elle était liée métaphysiquement à Marie ?

La dernière fois qu'elles s'étaient trouvées ensemble dans ce jardin, elles s'étaient tenues face à face, pistolet à la main. Tout à coup, Sadie eut l'impression que Marie n'avait pas bougé pendant tout ce temps. Qu'elle était restée là à attendre son retour pendant neuf ans.

— C'est toi ! s'écria Marie. Je savais que tu étais revenue. J'attendais que tu viennes me voir.

Marie avait laissé tomber le cochonnet en apercevant Sadie. L'animal poussa un cri d'indignation et s'en fut, l'orgueil blessé.

Tout d'un coup, les femmes furent incapables de ne pas se toucher. Les changements physiques qu'elles avaient subis les obnubilaient, chacune trouvait l'autre encore plus belle. Elles tendirent les bras, se mirent les mains dans les cheveux, chacune jouant avec les boucles de l'autre comme si c'était de la soie. Elles s'attrapèrent les oreilles et sourirent. Elles posèrent leurs mains sur les joues l'une de l'autre. Elles approchèrent lentement leurs visages et s'embrassèrent. Puis Sadie repoussa le corps de Marie pour s'éloigner d'elle, reprenant ses sens. Marie était fiancée à son frère. Ce n'était pas la même Marie qu'à son départ.

— Viens boire un chocolat chaud avec moi ! supplia Marie. Toutes les autres filles du voisinage sont insignifiantes, c'est le moins qu'on puisse dire.

— C'est un plaisir de te revoir, répondit Sadie placidement. J'espère que tu vas bien. Il faut que je rentre maintenant.

— Mais pourquoi ?

— Je suis attendue, bien sûr. Est-ce qu'on n'est pas toujours attendues ? demanda Sadie, et un léger rictus apparut au coin de sa bouche, comme tiré par une ficelle.

Marie sourit faiblement.

— Serons-nous de nouveau amies ?

— Avons-nous jamais été amies ?

— Bien sûr que oui. Comment peux-tu me dire ça ?

— Nous étions pareilles à l'époque, je suppose. Nous pouvions être amies. Nous pensions toutes les deux être des artistes. Mais on m'a punie. Et on m'a fait souffrir. On ne peut pas vraiment s'attendre à ce que nous soyons maintenant des amies.

— J'ai souffert, moi aussi.

— Non. Pas vraiment.

— Alors que fais-tu ici ?

— Je suis venue voir celle que j'étais, je suppose. Je voulais constater la distance que j'avais franchie et tout ce que je suis devenue. Et toutes les choses que je sais. Je voulais être sûre que c'est toi qui avais été punie et pas moi. Ta punition, c'est d'être devenue quelconque et sans intérêt, et d'avoir accepté d'épouser Philip.

Sadie tourna les talons avec le sentiment d'avoir gagné quelque chose. En partant en trombe, elle faillit marcher sur un écureuil. L'animal agita sa queue dans tous les sens, comme la plume d'autruche d'un juge qui signe un arrêt de mort.

Malgré l'échec de leur conversation, Marie résolut d'essayer de nouveau de se rapprocher de Sadie. Elle faisait les cent pas dans sa chambre. Il fallait passer plus de temps avec elle. Il fallait créer une situation où Sadie serait obligée de s'asseoir sans bouger. Marie l'invita à un cercle de broderie qui se tenait chez elle. Marie s'assit à son pupitre en sous-vêtements et, avec sa plume préférée, rédigea une invitation pour le thé à l'intention de Sadie. Elle jeta du bran de scie sur la carte, la souleva et la secoua au-dessus de sa tête. Pendant un instant, on aurait dit un oiseau effarouché, touché par une balle à la poitrine. Elle était tellement pressée d'envoyer l'invitation qu'elle n'attendit pas que l'encre sèche. Elle ne s'arrêta que parce qu'elle se plaisait à admirer sa calligraphie.

Quand une jeune fille recevait une invitation d'une autre jeune fille, qui la conviait chez elle, elle ne pouvait pas refuser. On l'aurait jugée impolie. On aurait jugé qu'elle pensait par elle-même. Et tant qu'elle vivait sous le toit de sa mère, cela ne serait pas permis.

Marie avait conscience de tendre un piège à Sadie, mais c'était plus fort qu'elle.

18

Le cœur est une hideuse machine

À se trouver assise dans un cercle de broderie, Marie éprouvait une certaine anxiété, ce qui ne l'empêchait pas d'être très douée pour la chose. Elle aimait surtout broder des roses, qui lui semblaient plus vivantes que les autres fleurs, raison pour laquelle il était très difficile de saisir leur vitalité. Il lui semblait que si elle arrivait à capturer l'essence d'une véritable rose, celle-ci aurait l'air d'être en mouvement. Il y avait partout dans la maison des coussins ornés de roses brodées qui refusaient obstinément de respirer.

Les autres jeunes filles étaient déjà assises et avaient entamé leur broderie quand Sadie arriva, en retard. Elle prit place sur la chaise vide qui restait dans le cercle. Quand elle enleva son chapeau, on découvrit qu'elle avait les cheveux en bataille, graisseux, pendant en nœuds sur son front. Les cheveux de toutes les autres étaient immobiles. On louait souvent Marie pour l'immobilité de sa chevelure qui, ce jour-là, par exemple, formait sur sa tête une masse parfaite de boucles enroulées. Les cheveux de ces jeunes filles ressemblaient à une meute de chiens de chasse qui attendent qu'on leur lance leur pitance mais qui ne bougent pas d'un muscle avant le signal du maître.

L'apparence de Sadie lui valut d'être immédiatement mise à l'écart. Elle était affalée sur sa chaise à la manière d'un libertin, jambes ouvertes, chevilles croisées, révélant à tout le monde ses bottes crasseuses. Sachant qu'elle avait fréquenté un pensionnat chic, les autres présumaient qu'elle faisait exprès d'agir de façon choquante parce qu'elle les méprisait. Habituée de fréquenter plus élégant qu'elles, Sadie les voyait comme des domestiques. Elles s'efforcèrent de faire la conversation, mais leurs paroles ne parvenaient pas aux oreilles de Sadie, qui ne quittait pas Marie des yeux.

En présence de Sadie, le cœur de Marie battait à un autre rythme, ses poumons se gonflaient et se vidaient autrement. Sa température interne s'en trouvait changée, son sang se mettait à bouillir. Elle sentait des cercles de transpiration se former à ses aisselles. Les autres la virent changer de contenance avec déplaisir. Sadie était en train de voler le cœur de Marie comme elle l'avait fait lorsqu'elles étaient enfants.

Sadie sortit son ouvrage de son sac et se mit à broder.

— Voudrais-tu voir la rose à laquelle je travaille, Sadie ? demanda Marie. Elle est très réaliste.

— Une rose réaliste. Comme c'est original. En limitant le champ des sujets que l'on peut traiter de façon réaliste, est-ce qu'on atteint le moindrement au réalisme ? Je ne savais même pas à quoi ressemblait mon con. Et puis, un jour, j'ai pris un miroir et l'ai mis là. Parce que j'étais curieuse. J'ai failli laisser tomber le miroir tant j'étais effarée.

Les filles avaient toutes cessé de broder pour fixer Sadie, elles-mêmes en proie à la plus profonde stupéfaction. Mais Sadie continuait d'enfiler les points. Après une heure de broderie, sans piper mot, elle tendit un mouchoir à Marie. Elle y avait brodé un cœur anatomiquement correct.

— J'ai visité un musée de la Chirurgie en Angleterre, dit Sadie. Un cœur, c'est censé ressembler à ça. Quand j'ai posé les yeux sur la représentation exacte d'un cœur, j'ai compris plein de choses sur l'affection et l'amour. Parce que l'amour est plutôt grotesque, quand on y pense. On veut le rendre bien net et symbolique. Mais c'est à ça que ça ressemble.

Ce n'est pas que Sadie voulait détruire Marie. Elle voulait détruire le monde de Marie. Elle voyait que Marie avait fini par considérer qu'il s'agissait d'un monde acceptable. Elle lui montrerait combien il était vide et insignifiant. C'était plus fort qu'elle.

Les autres jeunes filles étaient d'avis que Sadie avait fait quelque chose de laid, et elles échangèrent des regards. Mais Marie se sentit idiote. Son menton tremblait comme le poitrail d'un oiseau chanteur.

Deux semaines plus tard, Marie invita Sadie à une leçon de tir à l'arc. Debout sur la pelouse derrière chez Marie, chacune se demandait si l'autre visait encore aussi juste. Marie banda son arc et atteignit le centre de la cible. Les flèches plantées dans le cercle noir ressemblaient à des plumes fichées dans un encrier.

— C'est très bien de frapper le centre d'une cible, dit Sadie, surtout quand c'est une cible que tu fixes depuis des années. C'est tout autre chose d'essayer de frapper une cible quand on est sous pression.

— Qu'est-ce que tu proposes ? Tu ne peux pas encore tuer des chats. Veux-tu aller à la chasse ? Devrais-je plonger ma flèche dans le cœur palpitant d'un cerf en mouvement ?

— Non, rien de si extrême. Je vais au théâtre tout

à l'heure, alors je n'ai pas le temps d'aller à la chasse dans mon domaine à la campagne comme toi.

Sadie plongea la main dans sa poche et en sortit une pomme qu'elle posa en équilibre sur sa tête. Elle se plaça devant la cible.

— Fais tomber la pomme de ma tête.

Marie leva arc et flèche, mais se mit à trembler de tout son corps. Elle se savait capable d'atteindre la pomme même si celle-ci n'était qu'un point rouge dans le lointain. Mais elle ne pouvait risquer de la sorte la vie de quelqu'un, et certainement pas la vie de quelqu'un qu'elle adorait. Elle se souvenait avec une clarté alarmante de Sadie croquant dans une pomme après le meurtre d'Agatha. Sadie essayait de l'incriminer pour ce meurtre dont elle n'avait pas été tenue responsable. Elle forcerait Marie à tuer à nouveau afin de prouver qu'elle avait raison, même si elle devait le payer de sa vie.

Marie n'aurait su dire pourquoi le fait d'abaisser son arc faisait d'elle une lâche, mais elle eut honte. Sadie pointa du doigt le cœur de Marie, trop terrifiée pour faire le moindre mouvement, comme si le doigt contenait des balles. Sadie ôta la pomme de sur sa tête et la remit dans sa poche. Comme si elle risquait d'en avoir à nouveau besoin. Comme si c'était un geste tout ce qu'il y a de plus naturel.

Sadie s'était promis de confronter Marie jusqu'à ce qu'elle se rende compte qu'il était préférable d'être une paria, et de redevenir celle qu'elle avait été. Elle s'en fut après avoir remporté la compétition de tir à l'arc sans avoir décoché la moindre flèche.

Le mois suivant, en octobre, avait lieu le Bal de l'Action de grâce. On fit comprendre à Sadie qu'elle ne pourrait absolument pas s'y soustraire. Elle n'essaya pas. Elle savait depuis l'enfance que tout le monde assistait au Bal de l'Action de grâce. Et puis, contrairement aux autres activités du voisinage, les bals lui manquaient. Elle voulait entendre l'orchestre, voir les gens danser. Elle aimait l'excès des bals, la manière dont ils portaient les émotions des gens à leur paroxysme. Il y avait chaque fois quelqu'un qui se couvrait de ridicule.

Sadie finit par enfiler l'une des robes que sa mère avait achetées pour elle. Elle remonta ses cheveux, les fixa à l'aide d'épingles. Sa coiffure n'était guère plus élégante que d'habitude. Les couleurs de la robe ne lui plaisaient pas. Celle-ci était beige, avec des froufrous roses, et constituée de tellement de mousseline de soie que Sadie craignait d'y mettre le feu avec la cendre de sa cigarette. Mais une fois qu'elle eut enfilé sa cape, elle se sentit de nouveau plus ou moins elle-même.

Elle s'aventura tout de suite dans la salle de bal délimitée par des arbres plantés dans de gros pots, leurs branches garnies de bougies qui plongeaient la pièce dans une atmosphère de forêt enchantée. À travers ce bois artificiel, Sadie aperçut Marie à la table de rafraîchissements. En nage, très animée, Marie était en grande conversation avec un groupe d'hommes. Il y avait manifestement un moment qu'elle se trouvait là. Sadie la regarda écluser son verre et en prendre rapidement un autre, de façon résolument peu élégante. Elle se rappela comme Marie était gourmande. C'était l'une des choses qu'elle préférait chez elle. L'alcool avait sur Marie des effets immédiats. Ses joues s'empourprèrent et elle s'engagea sur la piste de danse comme si rien ne pouvait la retenir.

Inconsciente du regard de Sadie, Marie agissait avec

naturel. Si la présence de Sadie la rendait nerveuse, la proximité des autres n'avait manifestement pas le même effet. Et elle n'était pas le moins du monde intimidée par les hommes. Marie jouait avec eux, chacun paraissant convaincu d'être l'objet de son adoration. Et puis elle s'arrachait promptement à ses bras, comme s'il n'avait jamais existé, pour passer dans les bras du suivant. Sadie voyait que Marie ne pouvait être dominée par les hommes. Et pourtant, elle était remarquablement attachée à son frère. Sadie chassa d'un haussement d'épaules un homme qui l'invitait à danser et lui lança un regard plein de mépris pour pouvoir continuer à se concentrer sur Marie.

Tout à coup, Mme Arnett était à ses côtés.

— Tu ne peux pas traiter les hommes comme ça, chuchota-t-elle durement.

— Je ne peux pas être aussi obséquieuse que vous, Mère. Il faut simplement que vous acceptiez cela.

— Ce n'est pas uniquement à cause de l'accident que tu as été envoyée à l'étranger, Sadie. Tu étais une enfant difficile. Tu refusais d'être aimée. Peux-tu imaginer ce qu'on éprouve à être rejetée par sa propre fille ? Tu m'as rendue tellement amère et malheureuse. Tu me regardais avec dégoût. J'en étais venue à me haïr moi-même. Je croyais que tout ce que je faisais était bête et indigne. En me regardant dans le miroir, je me trouvais laide. Et je ne me suis plus sentie de la sorte jusqu'à ton retour.

Sadie était tellement accoutumée à ce sentiment de la part de sa mère qu'elle décida cette fois de riposter.

— Très bien ! cria-t-elle en se dirigeant vers la piste. Je vais aller danser !

Sadie alla s'interposer entre un homme et une Marie tourbillonnante. Elle attrapa Marie dans ses bras. Celle-ci avait l'air ravie tandis qu'elles virevoltaient ensemble, forçant tout le monde à leur laisser la voie libre. Du coin de l'œil, Sadie aperçut sa mère, furibonde, et elle se mit à danser avec une énergie redoublée. Les talons de leurs bottes frappaient le sol comme si elles cognaient à la porte des Enfers pour supplier d'y être admises.

— Je voudrais pouvoir toujours te serrer comme ça dans mes bras, dit Marie. Je voudrais qu'une araignée géante vienne tisser sa toile autour de nos corps. On serait dans un cocon ensemble. Et quand on finirait par en sortir, on serait devenues des créatures différentes, plus incroyables encore. En se regardant, on constaterait que nos corps sont inchangés, mais qu'il leur aurait poussé des ailes colorées.

Sadie ne voyait pas clair dans ses propres sentiments ; elle ne savait pas si elle avait envie d'embrasser Marie ou de l'étrangler. Elle ne voulait pas se retrouver dans une position où elle essaierait de retenir Marie – de la contenir – et d'exiger sans cesse des preuves de son amour. Elle ne voulait pas passer sa vie à attendre que Marie se débarrasse d'elle. Tout à coup, Sadie se sentit comme un homme, et elle trouvait les hommes ridicules. Lâchant les bras de Marie, Sadie quitta précipitamment la salle. Lorsqu'elle sortit dans le froid, un corbeau leva l'aile et écarta les plumes, comme un homme qui plonge la main dans un gant en cuir noir. Elle inspira profondément, songeant qu'elle avait réussi à s'échapper. Marie s'attendait-elle à ce que Sadie s'intègre dans ce monde ? Ce serait impossible. C'était absurde. Ça ne convenait pas du tout à sa personnalité.

Marie resta dans la salle de bal, désarçonnée, les bras tendus vers l'avant. Elle avait ressenti le plaisir absolu d'appartenir à une personne à qui l'on souhaite réellement appartenir. Elle ne pouvait supporter de ne pas savoir ce qu'il y avait dans la tête de Sadie. Sadie n'obéissait pas aux règles du Mille doré. Tous les autres étaient prévisibles. Tous les autres étaient sous leur coupe, à son père et à elle. Elle voulait n'en faire qu'à sa tête. Elle voulait savoir si Sadie partageait ses sentiments. Elle voulait un engagement de sa part. Elle en aurait crié de frustration.

Elle accepterait de jouer à ce jeu où Sadie retenait son affection tant qu'elle savait qu'à la fin elle obtiendrait ce qu'elle voulait. Sadie passerait le reste de sa vie dans le Mille doré et elle serait sa meilleure amie.

À ce moment, Marie aperçut Mme Arnett. Elle savait que Sadie détestait sa mère, mais ça ne voulait pas dire qu'elle ne pouvait se servir d'elle pour arriver à ses fins. Mme Arnett était fourbe. Obsédée par la hiérarchie du Mille doré, elle exécuterait les ordres de Marie. Elle ferait pour Marie des choses que celle-ci n'avait pas le droit de lui demander.

Intelligente, pleine d'intuition, Marie savait que ce qu'elle s'apprêtait à faire était mal. Mais elle était aussi gâtée, raison pour laquelle elle le fit tout de même.

Mme Arnett allait suivre sa fille dans le vestibule afin de la sermonner pour être partie si abruptement quand Marie apparut en travers de son chemin.

— Avez-vous eu l'occasion de voir le carnet d'écriture de Sadie ? demanda Marie.

— Je ne crois pas qu'elle en ait un. Je ne l'ai pas vue écrire depuis qu'elle est rentrée à la maison.

— Mais bien sûr qu'elle en a un. Elle doit bien en avoir un. Elle ne serait jamais capable de cesser d'écrire. Si vous pouviez simplement me laisser voir le carnet. Je sais qu'elle est modeste, alors elle le cache.

Alors si vous pouviez me le laisser voir sans qu'elle le sache…

— Je ne l'ai pas vue avec un carnet.

— Elle le cache peut-être au même endroit que lorsqu'elle était petite, sous son matelas. Si vous me l'apportez, je promets d'honorer ma promesse à Philip. Je veux faire partie de votre famille. Je veux que vous fassiez partie de la mienne. Mais Sadie est une amie d'enfance très chère, et je veux être certaine que nous sommes en bons termes.

Marie savait qu'elle était en train de dévoiler à Mme Arnett la porte secrète qui menait à l'esprit de Sadie et de lui en livrer la clef. Elle se fichait bien de ce que Mme Arnett pouvait y trouver d'autre, tant qu'elle lui rapportait le fruit de la connaissance qu'elle désirait. Mme Arnett ne souhaitait pas savoir ce qui se jouait dans l'esprit de Sadie. Elle tourna plutôt cette rencontre à son avantage.

— Venez dîner avec votre père mardi prochain, voulez-vous ? Nous formerons tous une grande famille.

— D'accord, répondit Marie, et elle saisit la main de Mme Arnett.

La tête de celle-ci s'emplit immédiatement de plans pour le dîner. Elle rentra chez elle et entama les préparatifs, oubliant promptement le carnet. Pendant ce temps, à l'étage, la plume de Sadie parcourait la page fébrilement, les mots formant comme un ruban noir au bout de la tresse d'une danseuse, tandis qu'elle racontait une orgie au Bal de l'Action de grâce.

Le jour du dîner, Sadie patientait devant chez elle vêtue d'une robe rose que lui avait achetée sa mère, drapée dans sa vieille cape. Elle avait posé son grand bicorne bizarre sur ses cheveux.

Elle songeait que ses parents étaient des imbéciles. C'était idiot de les mettre dans une même pièce, Marie et elle. Ne le savaient-ils pas ? Leurs personnalités étaient trop fortes. Elles ne pourraient jamais coexister en paix. Ou bien elles reprendraient leurs amours explosives qui finiraient par détruire tous ceux qui les entouraient, ou bien il faudrait que l'Atlantique les sépare.

Elle songeait : je vais entrer et rester assise tranquille pendant une heure. Tout ce que j'ai à faire, c'est de jouer à la fille bien élevée. Ça ne peut pas être si difficile. Elle le ferait une seule fois. À toutes les tables de la ville, on trouvait des filles qui jouaient la comédie des bonnes manières, alors pourquoi ne le ferait-elle pas ? Il y avait des filles dans des chambres à coucher qui jouaient le désir et la soumission. Il y avait des filles dans des cuisines qui jouaient les hôtesses. Il y avait des filles dans des parcs qui jouaient les fleurs timides et délicates, les violettes effarouchées. Y avait-il une seule fille en ville qui ne jouât pas un rôle ?

Un rat détala en passant par-dessus sa botte, comme pour lui rappeler la vie secrète qui grouillait au sein des murs et des lattes des planchers du quartier, les pensées réprimées bien enfouies, qu'on chassait jusqu'à ce qu'elles disparaissent. Voilà pourquoi les filles avaient tellement peur des rats. Si leurs pensées réprimées devaient s'échapper – et elles étaient extrêmement puissantes –, elles détruiraient les idées toutes faites.

Sadie attrapa le rat par la queue et le souleva. On aurait dit que les yeux noirs du rat avaient été cousus comme des boutons ronds à son crâne. Sadie n'était pas le moins du monde craintive. Elle s'adressa au rat comme si c'était une personne.

— Tu sais, mon ami, j'aimerais bien m'enfuir d'ici moi aussi. Mais comme toi, je me nourris de leurs miettes. Quel monde absurde, où le génie dépend de la bêtise.

Les bêtes aimaient bien Sadie. Elles l'écoutaient. Elle avait de la facilité à les dresser. Pour une raison ou pour une autre, quand elle leur parlait, les animaux se pâmaient d'admiration. Peut-être parce que, secrètement, tout être souhaite être dominé. Le rat, qui avait vécu sa vie entière en exil et en infamie, fut domestiqué d'un coup.

Elle glissa l'animal sous son bicorne. Satisfait, le rat se lova comme s'il était une attache de plus sur la tête d'une jeune fille du XIXe siècle.

Sadie était en retard pour le repas. Jusqu'à ce qu'elle arrive, Marie ne semblait nullement intéressée par ce qui se passait. Le taffetas blanc de sa jupe reposait en tas autour d'elle, comme si elle s'était libérée d'un filet à papillons. Indifférente à Philip, elle s'enquit plusieurs fois de Sadie.

Marie suggéra que, si Sadie ne rentrait pas à temps, ils pourraient tenir un autre dîner. La mère de Sadie hocha la tête de façon encourageante à cette proposition. Mais Louis bâilla plutôt que d'opiner du chef. Il portait un veston queue-de-pie au col en velours et aux boutons dorés par-dessus un gilet argent. Ses cheveux blonds gominés formaient une crête d'un côté de son visage comme s'il était face au vent. Manifestement, il s'ennuyait ferme et n'avait aucune intention de revenir bientôt. Il passait tellement de temps dans son manoir que son corps avait oublié les règles du contrat social. Il avait envie de lâcher un énorme pet. Il aurait voulu enlever son pantalon et émettre un vent.

Il avait une nouvelle lanterne magique chez lui. Il aurait aimé être à la maison en train de regarder la projection de plaques de verre animées montrant une jolie Française se faisant trancher la tête. Il faudrait attendre la fin du repas.

Puis, à 20 heures, la porte s'ouvrit à la volée et Sadie entra d'une manière qui ne pouvait qu'attirer l'attention sur elle. Elle pénétra dans la salle à manger d'un pas lourd et marqua une pause, comme pour créer un effet, à la manière dont un acteur émergerait des coulisses. La bonne se précipita pour prendre ses affaires. Sadie étendit le bras pour l'en empêcher.

Sa mère insista pour qu'elle s'asseye immédiatement.

— Enlève ton chapeau, Sadie.

Sadie se contenta de fixer sa mère en prenant un siège, comme si elle ne l'avait jamais vue de sa vie et ne pouvait concevoir d'où elle tirait son autorité.

— Sadie a une inclination pour les accoutrements excentriques, comme vous pouvez le constater, dit Mme Arnett sur un ton sévère. Malgré ce qu'elle pense, ce ne sont pas toutes les manies qu'elle a contractées en Angleterre qui sont recommandables. Enlève ce couvre-chef ridicule, chérie. On voit à peine ton charmant visage.

— J'aimerais mieux le garder. Je n'ai pas eu le temps de me coiffer et mes cheveux sont horriblement en bataille. Infernalement, pourrait-on dire.

— Ne sois pas ridicule. Sadie a la chevelure la plus luxuriante et la plus belle qui soit. Depuis qu'elle est bébé. Les autres mères n'en revenaient pas.

Sadie s'était glissée sur une chaise vide à table :

— Craigniez-vous d'avoir donné naissance à un petit animal ? Je suppose que c'est une question entièrement hypothétique, mais si vous donniez naissance à une chèvre, la noieriez-vous ou l'élèveriez-vous ?

Profitant de la pause dans la conversation qu'avait provoquée l'absurdité de Sadie pour mettre à profit la technique apprise dans son manuel de bonnes manières, Philip se tourna vers Marie.

— Ces nouvelles habitations que l'on construit près du fleuve sont d'une atroce laideur, dit-il. Ayant moi-même grandi dans une maison magnifique, je tolère très mal les structures disgracieuses.

Marie se tourna à demi pour lui répondre, sans quitter Sadie des yeux.

— C'est une dépense nécessaire. Les nouveaux citoyens arrivent par pleins bateaux chaque jour au port. Il doit exister des solutions immédiates et abordables pour les loger. C'est une dépense nécessaire pour notre raffinerie. Et c'est par ailleurs un excellent investissement. Les chèques de loyer des ouvriers auront tout remboursé en quelques années.

Étonné par la connaissance de Marie en matière de rouages des raffineries, Philip fut réduit au silence. Il allait ouvrir la bouche pour ajouter quelque docte parole quand sa sœur le prit de vitesse.

— La ville se répand comme une infection, annonça Sadie. C'est comme une maladie vénérienne. Tout le monde veut vivre le mensonge que colporte la ville. Une mobilité ascendante promet une nouvelle identité. On peut y changer son passé et son personnage. De pauvre, on peut devenir riche. Une meurtrière peut devenir une fille de la bonne société.

L'assassinat traversa la pièce à la manière d'un violent orage.

Le père de Sadie ordonna à la bonne de servir le prochain service, ou d'appeler quelqu'un pour jouer de la musique, quelque chose, n'importe quoi pour faire taire sa fille. Sadie le voyait rarement à ce point énervé. Debout, il remuait les bras comme un chef d'orchestre submergé par l'émotion.

— Tu ne veux pas connaître la femme que tu vas épouser ? poursuivit Sadie, nullement troublée. C'est curieux. Les femmes sont soit une chose soit une autre. Je suis indiscutablement vilaine et effrayante, tandis qu'elle est noble et pure. Et pourtant nous sommes coupables du même crime exactement. Est-ce qu'on ne pourrait pas toutes être un peu des deux ? Pour être honnête, je ne pense pas être celle qui a le plus souffert de ces manigances. Je préfère qu'on m'accuse d'être pourrie. Ça m'a permis une plus grande marge de liberté. Je remercie le ciel tous les jours d'être impossible à marier. Ça m'épargne ce spectacle banal de deux personnes se faisant la cour, chacune s'efforçant de dissimuler à l'autre tout ce qu'elle peut de sa personnalité.

— Enlève ton chapeau, Sadie. Cesse de faire exprès pour provoquer, insista sa mère.

— Est-ce que je peux quitter la table pour aller enlever mon chapeau ?

— Non. Tu vas l'enlever immédiatement. J'en ai assez d'attendre après toi.

Sadie regarda sa mère, sourit poliment, puis reporta son attention sur Philip.

— Je trouve curieux que nous ne parlions jamais du duel. J'en ai parlé tellement souvent en Europe. Penses-y, Philip. Personne ne t'accusera plus d'être ennuyeux. Tu vas épouser une meurtrière.

Au milieu du tumulte de voix, Sadie enleva brusquement son chapeau, et le rat dégringola sur la table.

Tandis qu'ils rentraient chez eux en carrosse, le père de Marie semblait remarquablement peu troublé par les événements de la soirée. Les ombres des arbres bâillaient et s'étiraient comme des bas de soie qu'on enlève. L'air froid était piquant comme une pomme dans laquelle on vient tout juste de mordre.

— Ne t'inquiète pas de ce qu'a dit Sadie. Dès qu'une femme se met à râler ou à divaguer, personne n'en écoute un mot. Je n'ai jamais compris l'amertume chez les femmes. Ni les femmes qui n'arrivent pas à se remettre d'un tort qu'on leur a fait. J'ai subi tellement de coups foireux dans ma vie et je ne me promène pas en pleurnichant, pas vrai ? Le fait est que cette fille était folle à lier quand elle était enfant. Je suis étonné que personne ne s'en soit rendu compte. Ils étaient aussi fous de la ramener, même si c'est ce que tu voulais. Quand une femme part à l'aventure, elle devient totalement inconnaissable. Imprévisible.

Marie ne savait que penser. Elle ne pipait mot. Sadie était une version plus extrême et plus exquise d'elle-même. Marie était toujours fascinée par la nouveauté. Elle voulait porter les chaussures dernier cri, revêtir les robes les plus récentes, esquisser les mouvements de danse les plus nouveaux, apprendre les tout derniers soins, découvrir les inventions inédites. Et Sadie avait les idées les plus nouvelles qui soient.

Sadie entra dans sa chambre, le rouge aux joues, enchantée du spectacle qu'elle avait offert et qui avait fort efficacement ruiné le repas. Son humeur changea rapidement lorsqu'elle aperçut sa mère debout au milieu de la pièce en train de lire son carnet – ce même carnet qu'elle avait fait bien attention de garder à l'abri du regard des figures d'autorité. Pourquoi s'était-elle inquiétée d'elles ? La seule figure d'autorité dont une fille a à se soucier, c'est sa mère.

Sadie sut que tout était fini. Elle aurait dû tourner les talons sur-le-champ et sortir en courant, mais elle éprouvait un désir pervers d'entendre les remontrances de sa mère. Sa mère la détestait plus que qui que ce soit d'autre au monde. Il y a quelque chose qui nous lie tel un aimant à la personne qui nous hait le plus.

Sadie savait que sa mère s'était imaginé des choses horribles sur sa personnalité et sur sa capacité à faire le mal. Mais ce carnet dépassait les bornes de l'imagination de sa mère, ce qui en faisait le public ciblé. Si chaque écrivain a un lecteur idéal, celui de Sadie était sa mère.

À plusieurs égards, Sadie eut l'impression d'avoir surpris son partenaire en flagrant délit d'infidélité. Le livre avait outragé sa mère dans son honneur. C'était là ce que le livre désirait le plus ardemment : avoir l'effet le plus corrosif et le plus dévastateur possible. Changer le monde de celui qui le lisait. Il était fatigué de n'avoir pour lectrices que de jeunes filles qui se tripotaient en le parcourant alors qu'il souhaitait subvertir l'ordre établi. Le livre voulait changer le monde, et il s'apprêtait à changer celui de Sadie.

Mme Arnett leva les yeux du carnet pour regarder sa fille avec un air de détestation en même temps qu'une expression de supériorité se peignait sur ses traits. La haine était-elle toujours informée par un sentiment de supériorité ? Maintenant qu'elle avait le dessus, elle pouvait détester ouvertement sa fille.

— Comment diable est-ce que tu as trouvé mon carnet ? demanda Sadie.

— Marie m'a dit où il était.

— Mon Dieu ! Marie !

— Tu es répréhensible. Tu es grotesque. Je le vois bien maintenant. Tu es malade. Il y a en toi une maladie que je ne pouvais pas voir parce que tu es ma fille. Je niais la réalité. Tu ne devrais pas fréquenter la bonne société. Tu ne peux pas rester ici. Il faut que je protège ma famille de toi. Tu es mauvaise. Comment peux-tu même avoir imaginé ces choses, et qui plus est les avoir écrites ? Tu es empoisonnée.

— Mais as-tu trouvé que c'était bien écrit ?

Quand sa mère bondit vers la porte, Sadie ne broncha pas. Mme Arnett ferma la porte derrière elle et se dépêcha de la verrouiller. Le verrou fit un bruit sourd. Les portes de ces maisons étaient monumentales. Elles pouvaient transformer n'importe quelle pièce en prison.

Sadie resta là, comme enfermée dans une cage. Elle se briserait tous les membres si elle sautait par la fenêtre. On ne l'avait encore jamais enfermée pour la punir. Au pensionnat, les châtiments étaient chaque fois des spectacles publics. Ce n'était pas la même chose.

Elle sentit la rage éclater en elle comme une force naturelle destructrice et incontrôlable. Comme une tornade qui dévaste tout sur son passage et dont on ne peut stopper la progression. Elle abattit ses poings sur la porte à répétition, jusqu'à ce qu'ils soient meurtris et ensanglantés. Elle hurla des obscénités jusqu'à en avoir la gorge à vif et la voix rauque. S'ils avaient cru qu'elle était impolie et offensante, eh bien, elle leur ferait savoir ce qui se passait réellement dans sa tête. Elle finit par jeter une chaise contre la porte. La chaise vola en éclats.

Sadie se laissa tomber dans un fauteuil. Sa colère tarie, elle était épuisée. Ils lui avaient pris sa liberté.

Mais peut-être n'avait-elle jamais eu de liberté. Quels choix avait-elle jamais faits ? Elle s'était considérée comme libre de penser. Mais que signifiait la liberté de penser si on vivait à la merci d'autrui ? Si on n'avait pas la liberté de disposer de son propre corps. Si on pouvait être envoyé de l'autre côté de l'océan et puis rappelé sans autre forme de procès, que signifiait la liberté ?

Elle se leva et puis se laissa choir sur le lit comme si elle avait subi le supplice de la planche. Même si son esprit était en proie à l'agitation, dès que son corps toucha le matelas, elle fut avalée par la mer. Elle tomba profondément dans l'océan obscur du sommeil. Elle n'avait pas si bien dormi depuis une éternité.

À son réveil, Sadie enfila distraitement sa robe de chambre afin de descendre à la cuisine. Ils auraient sans doute un nouveau plan d'exil pour elle, mais qu'importe. Nul endroit ne pouvait être aussi mortifère que celui-ci. Ils la renverraient en Angleterre, peut-être.

Elle deviendrait institutrice. Ce serait mieux que de faire semblant d'être une épouse potentielle alors que ce n'était manifestement pas le cas. Elle tourna la poignée de la porte, constata qu'elle était encore verrouillée. Sa colère monta de nouveau en elle.

Elle agita la sonnette pour appeler la bonne et s'assit au bord du lit. Elle attendit, mais personne ne vint. Elle sonna à nouveau, puis lança la sonnette à travers la pièce. Tout à coup, elle entendit une clef tourner dans la serrure. Le cliquetis la fit sursauter et bondir comme si elle avait entendu quelqu'un déverrouiller le cran de sûreté d'un pistolet.

La bonne portait un plateau de café d'une main. De l'autre, elle mit l'index devant sa bouche pour signifier à Sadie de ne pas faire de bruit. Elle ferma la porte derrière elle et déposa le café près du lit.

— Vous ne pouvez pas rester ici, mademoiselle. C'est dangereux. J'ai vu qui ils ont mandé. C'est la maison de fous.

À ces mots, leurs joues s'empourprèrent en même temps. C'était le terme qu'il ne fallait pas prononcer. La plus grande peur des filles de partout. On n'allait pas faire l'erreur de l'exiler cette fois-ci. Une exilée peut toujours revenir. On allait plutôt la faire enfermer, façon la mieux vue socialement de ruiner une jeune fille. On n'entendrait plus jamais parler d'elle.

— Où aller ? demanda Sadie.

— Prenez vos robes élégantes. Personne n'aura jamais rien vu de tel dans le Mille sordide. Vous tomberez sur une âme charitable. Vous trouverez un compagnon en un rien de temps. Il vous guidera. Ce n'est pas si difficile. C'est ce que je ferais si j'avais votre apparence.

— Où est le Mille sordide ?

— Où est le Mille sordide ? Je ne pensais pas que c'était possible de ne pas connaître cet endroit ! C'est près de là où vous êtes descendue de bateau. De là, continuez vers l'est. Ça deviendra de plus en plus bruyant, jusqu'à ce que vous ne puissiez plus le supporter. Alors vous serez au bon endroit.

— C'est bien, là-bas ?

— Bien sûr que non. Emportez vos robes ! Si vous choisissez de ne pas les porter, vous pourrez en obtenir un bon prix au marché.

Sadie enfila en vitesse sa vieille robe rayée. Endormie, la robe se réveilla en sursaut. La bonne ouvrit un grand sac en tissu et entreprit d'y fourrer les autres toilettes de Sadie.

Sadie s'engagea en vitesse dans les couloirs des bonnes. Il y avait moyen de s'échapper par le quartier des domestiques, puisqu'il avait été dessiné dans le but de permettre au maître de la maison de s'y introduire et d'en émerger en catimini. Elle s'enfuit par l'arrière et descendit précipitamment la montagne, laissant le Mille doré loin derrière elle. Elle regrettait vivement de partir sans son carnet. Elle avait eu une merveilleuse relation avec lui. Et il y restait des pages blanches. Mais peut-être étaient-ce les livres qui décidaient quand ils étaient finis, et non pas leurs auteurs.

Le vent s'engouffra sous sa cape, qui se déploya autour d'elle comme si elle était un matador. Et n'en était-elle pas un ?

19

Le Mille sordide

Sadie traversa un immense parc sur le flanc de la montagne, à la recherche d'un raccourci. Elle franchit le champ gazonné. Le sol automnal faisait un tapis moelleux sous ses chaussures. Les grands arbres dépouillés de leurs feuilles étiraient leurs bras comme à leur habitude. Ils la laissèrent passer. Ils ne baissèrent pas les bras pour se saisir d'elle. Ils savaient qu'elle devait partir.

Sadie descendit du Mille doré jusqu'à la rue Sherbrooke, une grande artère commerciale à mi-montagne. Des articles de très belle facture étaient étalés dans les larges vitrines lumineuses des boutiques. Exposé à la devanture d'une chapellerie, il y avait un couvre-chef orné de roses roses en tissu. Sadie s'arrêta et se demanda si c'étaient des fleurs véritables.

Même dans son trouble, la beauté pouvait encore la saisir. Debout pendant ce bref moment devant l'étalage de chapeaux derrière la vitrine, elle avait conscience de faire un choix de vie. Elle laissait derrière elle ce monde et tous ses artifices parfaitement ordonnés. En continuant sa descente vers le sud, en direction du fleuve, elle savait qu'elle pénétrait dans les coulisses de la beauté.

Elle s'apprêtait à rejoindre le quartier où étaient fabriquées toutes ces roses en tissu. Il s'y trouvait des appartements pleins de femmes qui confectionnaient ces fleurs, leurs doigts minces couverts de pansements à cause des piqûres d'aiguille. Des gouttes de sang perlaient à leurs doigts comme des coccinelles. Et elles avaient les dents ébréchées à force de s'en servir pour couper le fil. Elles dormaient dans des lits superposés, à huit par chambre minuscule que nulle chaleur corporelle n'arrivait à réchauffer. De petits nuages de buée montaient de leurs bouches pendant leur sommeil et couvraient la ville de brouillard au matin.

Oui, elle pénétrait dans les coulisses. Avant, elle avait eu la chance d'être une des actrices et de jouer sur scène. Maintenant, elle entrait dans l'obscurité où les machinistes fabriquaient leurs illusions.

Dès son arrivée dans le Mille sordide, elle vit les usines le long du fleuve qui crachaient des nuages noirs et salissaient tout. Les édifices et les maisons en briques étaient laids, trapus, disposés en rangées des deux côtés de la rue en terre. Les rues elles-mêmes venaient juste d'être tracées. Des planches de bois étaient posées à la queue leu leu de chaque côté en guise de trottoir. Il n'y avait pas d'arbres. La rue était jonchée de tas de crottin de cheval. Sadie devait faire attention de ne pas y mettre le pied.

La saleté était partout. Des rangées de toilettes extérieures dans les ruelles montait une insupportable puanteur d'excréments humains. Sadie sortit un mouchoir parfumé de la poche de sa cape et le porta à son nez.

Elle croisa une petite fille qui portait un panier de lessive et riait à gorge déployée. C'était exactement le genre de rire qui lui avait valu d'être punie au pensionnat. Personne n'avait jamais dit à cette fillette qu'elle devait se retenir. Ce rire aurait été perçu comme un acte de violence dans le Mille doré. Voilà comment il fallait vivre ! La joie serait tellement plus intense si on avait le droit de l'exprimer. Qu'est-ce qui venait en premier : le sentiment ou la réaction à ce sentiment ? Sadie voulait écrire quelque chose qui serait aussi gai, incontrôlable, déchaîné, que le rire de cette enfant.

Les filles dans la rue s'efforçaient de mille façons d'être jolies, même si on ne leur donnait pas un sou à dépenser pour leur apparence et qu'elles portaient des robes usées et passées de mode. Remarquant la présence de jeunes hommes, une fille retroussa sa jupe presque jusqu'au genou pour enjamber une flaque d'eau. Pendant un instant, ses bas élimés, de la couleur des roses roses, furent offerts à la vue de tous les passants. Elle avait des jambes et des chevilles d'une beauté presque inacceptable. Tout à coup, avec sa jupe levée, elle fut la plus jolie fille que Sadie eût jamais vue. Ah ! Créer la beauté sans un sou, voilà qui était remarquable !

Une mère qui ne pouvait avoir plus de 15 ans, penchée au-dessus d'un landau, se mit à chanter une absurde comptine française au bébé qui y était couché : « Si tu cesses de pleurer, ce soir je te donnerai un quartier de lune. » Ces gens n'avaient rien de concret à se donner, aussi s'offraient-ils la Lune et des récits de pirates en mer. Des blagues et des bribes de poésie.

Dans le Mille doré, tout le monde parlait anglais. Ici, les voix se mêlaient pour créer une tapisserie de langues sonore. Sadie entendait du français et de l'anglais. Elle entendait aussi ce qu'elle croyait être du gaélique. Elle entendit un groupe d'hommes parlant yiddish et une femme s'exprimant en créole. Tout cela formait une merveilleuse symphonie cacophonique.

Tout à coup, la saleté n'avait plus d'importance, et Sadie se laissa absorber par tout ce qu'elle voyait. Tout était une métaphore qui l'inspirait à écrire. Dans ce paysage, les gens agissaient de manière ouvertement poétique. Ils avaient le cœur sur la main. Ils exprimaient leurs passions au grand jour. Ils exprimaient de la rage et du désir dans les rues. Ils ne se cachaient rien. Ils ne semblaient pas connaître la peur. Comme c'est merveilleux, songeait Sadie, de n'avoir plus rien à perdre.

Elle croisa un groupe d'hommes qui montaient une barrique dans un étroit escalier en bois. Le tonneau leur échappa des mains et dégringola dans les marches. Sadie battit en retraite dans la ruelle pour leur libérer la voie. Aussitôt, elle tomba sur un couple en train de forniquer, appuyé contre un mur. Les pieds de la fille ne touchaient même pas le sol. Son cul était soutenu par l'homme, et ses jambes que moulaient des bas rayés étaient enroulées autour de sa taille. Il avait baissé son pantalon et ses fesses allaient et venaient avec force dans les froufrous roses des jupons et de la jupe. Les jambes de sa partenaire oscillaient d'avant en arrière dans leurs bas à rayures. Ses bottes noires avaient peut-être jadis été assez jolies, mais les semelles étaient presque complètement usées.

Sadie avait beaucoup lu, réfléchi et écrit sur le sexe en plus d'avoir imaginé mille scénarios. Et voilà ce que c'était. Elle n'en croyait pas ses yeux. Il y avait quelque chose de presque surnaturel à être témoin d'un acte qu'on n'avait jamais aperçu autrement que par la fiction. Elle n'arrivait pas à croire que c'était ainsi que les gens du Mille doré faisaient l'amour. Elle n'avait jamais rien vu d'aussi intime que l'expression du visage de ces deux-là. C'était du sexe pour le plaisir. Ni l'un ni l'autre n'attendait rien d'autre de cette rencontre. Ils baisaient pour baiser, sans attentes. Ils espéraient de tout leur cœur qu'il n'y aurait pas de conséquences, pas de bébé, pas de maladie. Ils risquaient leur avenir pour baiser debout contre un mur.

Au-dessus de la tête de Sadie, des vêtements suspendus à des cordes à linge tendues d'un édifice à un autre obscurcissaient le ciel comme une nuée d'oiseaux. En traversant le marché, elle vit un homme faisant glisser des gobelets sur une table tandis que des gens tentaient de deviner sous lequel était cachée une boule. Les gobelets bougeaient comme les sabots d'un cheval qui exécute des airs relevés dans une foire.

Sadie s'arrêta devant un spectacle de marionnettes. Il y avait deux personnages. L'un était un gros bonhomme riche, l'autre une ouvrière menue, vêtue d'une robe sans apprêts. Le gros bonhomme essayait de la persuader de lever ses jupes pour lui faire subir les derniers outrages, flirtant avec elle de façon charmante mais emphatique. Elle repoussait ses avances avec esprit et drôlerie. De temps en temps, l'homme s'impatientait et bondissait sur la jeune femme pour tenter de la clouer au sol et la violer. Elle se sauvait alors en hurlant. Un grand groupe d'enfants s'étaient massés devant la scène. Dès que l'homme perdait le contrôle et voulait outrager la fille, ils éclataient de rire et tapaient des mains.

Sadie était fascinée par le spectacle. On l'avait élevée dans la croyance que les arts étaient le fait d'un groupe d'individus raffinés, maîtres de leur discipline. Ils les avaient appris et perfectionnés sous l'égide de grands professeurs. Et l'art qu'ils produisaient à partir de ce pivot était destiné à amuser les très riches, traitant de thèmes susceptibles d'intéresser un homme bien nanti assis dans une corbeille au théâtre avec son épouse. C'était un art épique et noble. Les méchants étaient punis. Les usurpateurs reconnaissaient leurs torts et s'enlevaient la vie ou se soumettaient à une punition infligée par ceux qui avaient une morale pure.

Ce marionnettiste semblait aussi intéressé par les goûts des enfants de 7 ans dans le public que par ceux des adultes debout derrière eux. Sa pièce était remarquable et moderne. Il n'aurait jamais pu la présenter sur une plus grande scène. Résultat, il disposait d'une liberté artistique complète, échappant à la police de la moralité. Il était imperméable aux conceptions conservatrices du théâtre.

En regardant la marionnette boire à l'excès et se gratter le postérieur, Sadie songea : Comme c'est merveilleux de pouvoir dire ce qu'on veut !

Comme de fait, tout un chacun hurlait aux autres ses secrets les plus intimes. Les disputes fusaient des fenêtres. Sadie ferma les yeux et absorba la violence exprimée d'un amoureux à un autre, ravie de se trouver dans un lieu où elle n'était pas la personne la plus choquante. Elle chercherait à le devenir, mais il y avait encore beaucoup à apprendre. Quel sol fertile pour s'installer en tant qu'artiste, songea-t-elle.

Son monde était désormais ici.

20

Étude pour main à quatre doigts

Mary Robespierre versait à ses grands-parents ce qu'elle gagnait à l'usine. Elle dormait sur un lit de camp au pied de leur lit, d'où elle entendait leur respiration et leurs ronflements. Elle entendait le froissement sec de leurs orteils qui se frottaient les uns contre les autres. On aurait dit qu'ils mangeaient même en dormant. Ils poussaient des grognements et de petits bruits de fouissement, comme des porcs. Elle les observait dans leur sommeil, enveloppés dans des couvertures comme dans des cocons. Ils ressemblaient à des vers blancs bien nourris.

Confectionner des gâteaux le soir était une façon de s'évader de tout. Elle avait déjà demandé à sa mère si elle pouvait venir voir la maison où elle travaillait, mais sa mère avait été catégorique, c'était hors de question. Elle lui rapportait toutefois des livres de la maisonnée Antoine, des peintures et du papier sur lequel on avait encouragé Marie à peindre, en vain. L'art fut une révélation pour Mary. Son monde était beige et laid, mais elle pouvait créer ce qu'elle voulait sur la page. Elle pourrait se dessiner un cheval blanc ou une petite maison à la campagne, couverte de vignes grimpantes. Quoi que ce fût, quand elle le fixait des yeux, c'était parfaitement vivant. Mais la chose la plus adorable que faisait Agatha, c'était de glisser en douce des ingrédients pour la pâtisserie dans sa sacoche quand elle était chez les Antoine.

Mary Robespierre découvrit qu'elle arrivait à formuler ses propres idées lorsqu'elle faisait de la pâtisserie. En fait, elle était mieux à même de concevoir des idées extravagantes et complexes quand elle préparait des gâteaux. Elle ne se serait jamais tournée vers le mal si elle n'avait pas confectionné de gâteaux. C'était la faute aux gâteaux.

Mary vendait ses pâtisseries au marché extérieur, et ils remportaient toujours un franc succès. Même dans le froid de l'hiver, les gens s'arrêtaient pour en acheter. Ses grands-parents insistaient pour lui prendre l'argent qu'elle gagnait. Ils roulaient les billets et les fourraient dans une boîte de fer-blanc, et le rouleau de papier faisait le bruit fugace du battement d'ailes d'un oiseau qu'on met en cage. Mary trouvait que c'en était trop. Les gâteaux étaient le fruit de sa part créative. Elle avait l'impression que son talent était la seule chose qui lui appartenait en propre. Son talent était fâché contre elle parce que tout ce qu'il lui procurait, elle le remettait à ses grands-parents. Son talent lui fournissait les outils nécessaires pour survivre dans le monde. Son talent lui disait qu'elle devait partir.

Parfois, être courageux, cela veut dire se débarrasser de ceux qui dépendent de vous. Ses grands-parents étaient des parasites. Plus elle gagnerait, plus ils la siphonneraient.

Mary commença à réfléchir à son avenir et à la façon dont elle pouvait changer sa condition. Elle savait depuis l'âge de 10 ans que Louis Antoine était son père. Sa mère le lui avait révélé avant de mourir. Les mères célibataires ne peuvent jamais rien cacher à leurs enfants. Elles n'ont personne d'autre à qui parler le soir. Elles dorment dans le même lit qu'eux et leur confient tout, comme à des amoureux. Dès qu'elle avait appris la vérité, Mary avait compris qu'il fallait se la boucler. Après tout, elle était une bâtarde.

Ces derniers temps, Mary avait toutefois considéré attentivement la façon dont elle pourrait tourner à son avantage ce qu'elle savait de ses origines. Elle alla rendre visite à Jeanne-Pauline. Curieuse, la femme plus âgée plissa le front quand Mary entra dans sa pharmacie. De fines rides apparurent sur son visage, comme s'il s'agissait d'une carte détaillée de la ville.

— Ah ! Tu es venue te guérir de tes grands-parents !

— Non, non. Ce n'est pas pour eux du tout.

— Ah, pour toi.

— Oui, je veux quelque chose qui fera que je ne ressentirai aucune douleur.

Dévisageant la fille, Jeanne-Pauline se rendit compte qu'elle était plus étrange que les autres. Peu importe ce qu'elle avait derrière la tête, ce devait être mauvais. Jeanne-Pauline avait toujours aimé les filles au potentiel subversif et dangereux.

Mary s'habilla avec soin le lendemain matin. Elle se frotta de pied en cap, se brossa les cheveux pour en chasser le gras dans le but d'aviver ses reflets blonds. La blondeur était importante parce qu'elle la ferait paraître jeune et jolie. Elle courut jusqu'à la raffinerie afin d'avoir les joues roses, le souffle haletant et juste assez de moiteur au visage. Elle s'arrêta devant l'usine et, d'un geste vif, se frappa durement la joue droite de la main droite puis, tout aussi rapidement, la joue gauche de la main gauche.

Puis elle entra dans l'usine, les épaules rejetées en arrière. Ça se passerait en matinée. Elle se rendit à son poste et entreprit de coudre les sacs de sucre. Elle avait fini dix sacs et commencé un onzième quand elle approcha la ficelle de la lame qui devait la trancher et y glissa plutôt son petit doigt dont elle n'eut plus jamais de nouvelles.

Avant le sang et le tumulte qui s'ensuivit, elle ramassa le doigt, l'enveloppa dans un mouchoir et le glissa dans sa poche. Elle devait faire très attention en exprimant ses volontés. Si elle n'arrivait pas à les communiquer rapidement, elle se retrouverait avec un dindon de compagnie au bout d'une laisse.

*

Le contremaître conduisit Mary à l'hôpital. En chemin, elle lui fit une requête inhabituelle. Elle demanda si elle pourrait parler à Louis Antoine en personne. Elle plongea dans sa poche sa main qui n'était pas ensanglantée et en sortit un bout de papier carré. C'était une carte de visite qu'elle avait elle-même dessinée et sur laquelle son nom était tracé d'une belle calligraphie. On aurait facilement pu la prendre pour une carte de dame. C'était étrange de n'avoir qu'une seule carte de visite. Mais il faut dire qu'elle n'en avait pas un besoin constant. Le contremaître trouva bizarre d'accepter la carte d'une fille d'atelier, mais trouva encore plus bizarre qu'elle ose convoquer le propriétaire et s'attende à ce que sa demande soit transmise.

— S'il vous plaît, dites-lui de venir me voir à l'hôpital et je n'alerterai pas les journaux.

Le contremaître se dit qu'il n'avait pas le choix et

il mit la carte dans sa poche plutôt que de la lancer par la vitre.

Elle s'assit sur une chaise au bout de la salle d'attente, la main entourée d'un bandage, en attendant l'arrivée de Louis. Pendant un moment, elle s'inquiéta d'avoir perdu un doigt pour rien. Mais elle aperçut l'homme qui longeait le corridor, son manteau d'hermine sombre flottant derrière lui. Il la regarda et prit place sur une chaise en face d'elle.

C'était la deuxième fois qu'elle se trouvait dans la même pièce que son père. La première fois, il l'avait emprisonnée. Cette fois, il allait la libérer. Le truc, c'était de lui faire la bonne demande. Si vous formuliez le mauvais vœu à cet homme, votre vie en serait gâchée. Pour le reste de votre vie, vous n'auriez de cesse de revenir à ce moment en regrettant de n'avoir pas su vous taire. Il la dévisageait avec tant d'intensité qu'elle crut pouvoir faire sa demande.

— Vous souvenez-vous de moi ? demanda Mary.

— Oui, bien sûr. Nous nous rencontrons toujours dans les circonstances les plus malheureuses.

— Pensez-vous que vous me portez malchance ?

— Non, pas du tout. Ça ne m'a pas effleuré l'esprit. La malchance est de ton côté, tu ne crois pas ? J'arrive après.

— Vous devez trouver que ma famille est particulièrement sujette aux accidents.

— Tu as eu de la chance de perdre ton petit doigt. Tu pourras encore te servir de tes mains et poursuivre la plupart de tes activités comme si de rien n'était.

— Est-ce que j'ai eu de la chance comme ma mère ?

Il eut l'air effrayé. Elle voyait qu'il se demandait s'il devait se lever et partir. À l'évidence, il ne savait pas ce qu'il ressentait. Et les hommes n'aiment pas éprouver de la perplexité face aux femmes. Il allait peut-être décider qu'elle bluffait et ne rien faire pour elle. Et, en vérité, il se pouvait qu'il s'en tire sans la moindre conséquence. Les usines étaient toujours à un cheveu de la révolte, mais les révoltes n'éclataient jamais. La rage des masses a une mémoire à court terme.

Remarquant son hésitation, Mary se lança.

— J'aimerais avoir ma propre pâtisserie, et j'aimerais que vous me l'offriez. J'ai préparé toutes les esquisses.

Elle bougea très rapidement, sortant les rouleaux de papier de sa poche intérieure pour les étaler sur une table voisine. À un moment, les papiers n'y étaient pas, et la seconde d'après, ils se trouvaient juste devant lui. Manifestement, son doigt en moins n'entravait pas ses mouvements. Sur le papier était dessinée la façade d'un petit édifice désaffecté voisin de la raffinerie. Sur le dessin, il n'était plus décrépit et le nom *Pâtisserie Robespierre* était peint en doré sur la vitrine. À ce seul dessin, il sut immédiatement qu'elle avait du talent. Elle avait pris un édifice hideux et l'avait transformé en quelque chose de charmant.

Il y avait aussi un dessin de l'intérieur. Et puis elle déroula un plan financier où figurait le prix de tous les appareils dont elle aurait besoin. Elle avait listé les quantités d'ingrédients qu'il lui fallait pour commencer, bien sûr. Chaque item était détaillé, jusqu'au montant qu'elle devrait verser au peintre pour qu'il trace *Pâtisserie Robespierre* sur la vitre en lettres dorées. Elle étendit les mains sur le mince papier, qui crépita comme le feu.

Elle tendit ensuite prudemment à Louis Antoine les détails financiers, parmi lesquels figurait la somme qu'elle aurait besoin qu'il investisse. Elle souhaitait jouir d'un bail prolongé pour l'édifice et la propriété. Les six premiers mois, le loyer serait gratuit, après quoi elle serait en mesure de le payer toute seule.

— Il y a déjà beaucoup de pâtisseries dans le secteur. Qu'est-ce qui te rend si sûre que tes gâteaux vont se vendre ?

Les yeux de Mary brillèrent d'anticipation quand il prononça ces paroles. Ravie qu'il ait posé une question dont elle connaissait la réponse, elle sortit le reste des dessins et entreprit de les dérouler un à un, en levant sans cesse les yeux. Car Louis avait beau être son pire ennemi, elle voulait tout de même voir sa réaction à ses dessins de gâteaux.

Elle savait que ses gâteaux avaient quelque chose de spectaculaire. Même si tout son passé aurait dû la conduire à une faible estime de soi, tel n'était pas le cas. Elle se savait douée. Elle n'avait jamais douté de ses habiletés. Loin de là, elle était même suffisante. Il fallait cette qualité souvent dénigrée pour parvenir à la grandeur.

Louis n'avait encore jamais qualifié des plans de merveilleux. Mais les esquisses de gâteaux et de biscuits lui donnaient l'impression qu'on lui présentait la carte d'un univers parfait tracée par un astronome. Il ignorait comment elle réaliserait ces dessins et les transformerait en sculptures comestibles, mais c'était une noble entreprise. Si, en passant devant une vitrine, il avait vu des gâteaux qui ressemblaient le moindrement à ceux qu'avait dessinés Mary, il les aurait achetés. Ils paraissaient trop beaux pour être vrais. Et il avait vu pas mal de choses en son temps.

— Ils vous semblent peut-être improbables, mais je gagne deux dollars par semaine en les vendant aux étals dans la rue. Je n'arrive pas à satisfaire la demande.

Mary se prépara ensuite à produire sa *pièce de résistance**. Elle glissa la main dans son manteau et sortit une petite boîte, qu'elle ouvrit en la déposant sur les plans. Elle vit le regard de Louis s'éclairer d'émerveillement devant la boule de chocolat parfaite entourée de roses roses. « Ça tombe sous le sens que l'usine ait une pâtisserie fine, dit Mary. Il est normal de vouloir mettre votre sucre en valeur, n'est-ce pas ? »

Mary avait besoin de Louis pour réaliser ses rêves, mais elle avait aussi besoin de lui pour échapper à ses grands-parents. Ceux-ci voudraient certainement profiter de la perte de son doigt et de l'ouverture de la pâtisserie. Alors tout cela aurait été en vain.

— Je veux que vous convainquiez mes grands-parents de me laisser tranquille pour toujours. Je ne sais pas comment vous vous y prendrez. Je ne veux même pas y penser. Je suis pauvre ; je ne sais pas comment plier les gens à ma volonté. Vous, vous le savez.

C'est ainsi que les grands-parents de Mary Robespierre se laissèrent volontiers acheter, et qu'une petite pâtisserie fut installée dans une échoppe à l'ombre de l'immense raffinerie. Elle aurait, évidemment, du mal à se distinguer. Comment une boutique pouvait-elle prétendre évoquer les délices à proximité de tant de saleté ? Mary n'était pas inquiète. Elle avait l'occasion d'échapper à l'usine et elle allait la saisir.

En rentrant après avoir parlé à Mary, Louis se sentait pris au piège. Il y avait toujours une femme qui essayait d'obtenir quelque chose de lui. Il se mit à penser à Hortense, sa défunte épouse.

Il regrettait qu'elle soit morte. Il regrettait de ne pas l'avoir mieux traitée. Il songeait que si elle avait été là, il l'aurait aimée, et ainsi il aurait eu une compagne dans la vie. Et il se sentait seul au monde. Marie s'en irait. Elle ne l'adorerait plus jamais de la même manière une fois qu'elle aurait compris à quel point il s'était compromis dans son mariage à Philip Arnett. À ce moment-là, il ressentit une vague de pitié pour lui-même dont il ne se remettrait jamais.

Louis reprit ses habitudes de don Juan avec une ardeur renouvelée. Personne ne savait pourquoi.

21

Mort d'un homme à femmes

Marie ne cessait de pleurer en pensant à Sadie et à l'exil auquel elle l'avait contrainte. Peut-être son amour était-il empoisonné. Peut-être que chaque fois qu'elle exprimait son amour, il finissait par blesser l'objet de son affection.

Elle avait déployé tant d'efforts pour que Sadie revienne à Montréal. Elle aurait préféré que Sadie soit encore en Europe plutôt qu'ici mais perdue pour elle. Quand elle entendit que Sadie s'était enfuie dans les quartiers pauvres de la ville, elle envoya un homme vérifier que c'était bien vrai. Il revint le soir même avec un compte rendu.

— J'ai demandé à des filles de rue si elles avaient vu une personne élégante se promener dans le quartier. Elles ont tout de suite dit avoir reconnu une femme qui correspondait à cette description. Elles disent qu'elle parle avec un accent britannique. Pas parce qu'elle vient d'Angleterre, mais parce qu'elle se prend pour une autre.

— Oui, c'est bien elle.

— Elle avait les doigts tachés d'encre. Elle a toujours avec elle un grand cahier noir pour écrire.

— Oui, oui, c'est bien elle.

— Je l'ai ratée de peu, apparemment. Si j'étais arrivé cinq minutes plus tôt, je l'aurais vue s'étouffer avec une huître qu'elle avait avalée trop vite.

Il ne savait pas encore où elle vivait, mais il s'en informerait. Marie secoua la tête et, de frustration, fondit en larmes. Elle ne pouvait supporter d'entendre parler des aventures de Sadie avant un moment. Car peu importe ce que fabriquait Sadie, c'était infiniment plus fascinant que ce qu'elle faisait elle-même. Sadie se baladait dans le domaine de la nouveauté. Elle se rappela le vieux poème qui avait causé tant de frictions entre elles. Sadie était partie au Marché gobelin.

La ressemblance qu'accusait Philip avec sa sœur était maintenant presque douloureuse pour Marie. Elle haïssait le fait que les Arnett étaient tous dans le secret de ce que recelait le carnet de Sadie alors qu'elle-même n'en savait rien. Ils estimaient qu'il contenait des saletés, mais elle était sûre qu'elle n'aurait pas été de cet avis. Elle aurait trouvé cela merveilleux. Elle voulait encore leur demander si Sadie avait écrit à son sujet, mais il lui semblait que même si c'était le cas, elle l'aurait fait de façon que sa mère et son frère ne se doutent de rien. Elle aurait pu écrire au sujet d'une rose de façon que Marie s'y reconnaisse.

Son attachement envers Philip n'avait servi qu'à l'aliéner de Sadie, qui la voyait comme l'une d'entre eux. Marie avait envie de rompre les fiançailles, mais savait que cela causerait un scandale. Son père et elle s'étaient toujours fichés du scandale, dans la mesure où ils étaient la famille la plus puissante et la plus riche du Mille doré, mais les Arnett constituaient un cas un peu spécial. Qu'ils disposent de ce pouvoir l'horripilait. Elle maudit Agatha, cette idiote de bonne, assez bête pour courir se jeter devant une balle et la lier à jamais à la misérable famille de Sadie. Elle se sentait prise au piège, effrayée par les Arnett. Si c'est ainsi qu'ils traitaient Sadie pour avoir fait des siennes et agi comme bon lui semblait, qu'allaient-ils lui faire subir ?

Marie était assise, sage et malheureuse, en compagnie de Philip, sur un banc de parc devant un étang que les canards avaient déserté pour s'envoler vers le sud. L'air était froid, et elle resserra son étole de fourrure autour de son cou. Une feuille rouge flottait à la surface de l'eau comme une image qui apparaît sur une photo en développement.

— Avez-vous eu des nouvelles de Sadie ? demanda Marie.

— Elle est folle. On va finir par repêcher son cadavre dans le fleuve. Comme vous savez, nous avons tous lu ses journaux et, honnêtement, c'est le genre de fille qui finit par batifoler avec des hommes. Elle n'a pas de vertu. Et quand elle se laissera assassiner, franchement, ce sera un don du ciel pour la famille.

— C'est étrange de vous entendre parler ainsi de votre sœur.

— Peut-être. Je suis désolé qu'elle doive être votre belle-sœur quand nous serons mariés.

— Je ne veux qu'une chose de votre part, dit Marie.

— Quoi donc ? dit Philip en la dévisageant avec suspicion.

— Cessez de vouloir faire enfermer Sadie à l'asile. Je veux simplement que vous la laissiez tranquille.

— Si ça peut faire votre bonheur. Tant qu'elle n'interfère pas dans les affaires de la famille, nous serons heureux de faire semblant qu'elle est morte. Ça causerait un scandale de la faire enfermer. Il est préférable pour tout le monde qu'elle disparaisse, tout simplement.

De la sorte, Marie eut l'impression d'avoir au moins essayé de protéger Sadie. Même si Philip avait avoué qu'il agissait dans son propre intérêt, elle aimait à penser qu'en restant avec lui, elle protégeait son amie. Elle réfléchit à sa propre noblesse tragique pendant un moment.

Marie aurait voulu pouvoir épouser Sadie plutôt que Philip. Sadie aurait été forcée de se tenir debout à ses côtés et de se faire photographier. Et cette photographie aurait été accrochée au mur. Sadie aurait été obligée de vivre avec elle et de déjeuner en sa compagnie tous les matins. Elle aurait été légalement liée à elle. Marie n'avait jamais tout à fait compris à quel point le mariage pouvait représenter une prison. Elle fut surprise. Elle ne savait que penser.

Puis Louis mourut subitement d'une crise cardiaque. Les circonstances exactes de son décès ne furent pas connues du grand public. Mais il était mort en faisant ce qu'il aimait le plus.

Il était allongé sur une bonne dominicaine du nom de Flore, laquelle avait un corps menu et une grosse tête ronde, qui donnait toujours l'impression qu'elle défiait les lois de la physique du seul fait de ne pas basculer la tête en bas. Il était ébloui par ses propres prouesses. Il adorait appuyer de tout son poids sur une fille. Il était d'avis que ça les faisait jouir plus rapidement. Il adorait l'intensité du contact. Il adorait besogner une fille. Il était chaque fois emballé par la force qu'un corps de femme était capable d'encaisser quand elle se faisait baiser. Dans toute autre circonstance, quand on leur imposait de la force, elles étaient blessées et heurtées.

Il aimait bien faire jouir les femmes. Ça lui évitait

d'avoir à se sentir coupable de les avoir séduites. Ce ne pouvait être un viol si la fille avait un orgasme. Il retournait leur jouissance contre elles, en considérant leurs orgasmes comme une forme de consentement.

Il besognait Flore de plus en plus violemment. Il se poussait en elle de plus en plus fort et, le plaisir grandissant, elle gémissait de plus en plus bruyamment. Et puis elle jouit. Et il la sentit jouir tellement fort que tout son être fut ébranlé et se mit à trembler. Il sentit son corps se raidir. Elle criait de plaisir et ne semblait pas consciente de ce qu'elle provoquait en lui. Il était épouvanté par son orgasme. Il plongea les yeux dans son regard pour voir si elle se rendait compte de ce qu'elle faisait, mais ses paupières étaient closes. Elle l'avait quitté. Elle l'avait complètement oublié. Elle s'imaginait quelqu'un de plus jeune et de plus beau, quelqu'un avec qui elle allait sans doute faire l'amour plus tard.

Il n'arrivait plus à respirer. Sa poitrine se serra violemment, comme si on l'écrasait. Il aurait voulu se libérer d'elle. Son orgasme l'avait frappé comme la foudre. Il était incapable de se battre contre lui plus longtemps.

Louis n'avait jamais convenablement fait le deuil de sa femme. Tout le monde prétendait qu'il y arriverait un jour. Tout le monde lui offrait des conseils sur ce qu'il allait ressentir, et la façon dont il allait s'en remettre. On disait qu'il lui faudrait environ deux ans pour que son chagrin s'atténue. Il avait donc attendu deux ans. Il s'attendait à un flot d'émotions. Mais elles ne s'étaient jamais manifestées. Il n'en ressentait même pas le soupçon. On disait qu'elles arriveraient de nulle part, à l'improviste. Mais ça ne s'était jamais produit. Tout à coup, voilà qu'il repensait à sa femme.

De toute sa vie, Hortense était la seule femme qui avait fait preuve de bonté à son égard. Hortense, qui lui avait offert le monde. Comment était-il possible que le chagrin soit encore là, après toutes ces années, pleinement formé, à l'attendre ?

Trois autres bonnes se précipitèrent dans la chambre, en réponse aux cris hystériques de Flore. En ouvrant la porte, elles la découvrirent clouée sous le corps de M. Antoine. Elles entrèrent en courant pour le soulever, firent rouler le corps sur le dos.

Elles prirent un moment pour observer son corps nu sans dire un mot, en proie à un même sentiment de révulsion. C'était étrange de regarder un corps qui avait déjà été tellement vibrant et plein de vie et qui n'était plus qu'une coquille. Un corps dépouillé de sa personnalité semble toujours bizarre, étranger. On aurait dit qu'elles ne connaissaient pas l'homme qui était étendu dans la chambre. Cela ressemblait à un portrait caricatural de Louis. C'était comme regarder une statue de cire dans un musée.

Et aucune d'entre elles ne l'avait jamais vu avec un pénis qui n'était pas en érection.

Au cours des jours qui suivirent la mort de son père, Marie longeait le couloir en chemise de nuit, l'air accablé, comme si elle avait été appelée par des filles jouant au ouija.

Et Marie, qui était déjà aux prises avec la solitude, abandonna le combat. Cela semblait cruel de ne pas souffrir à ce moment si elle en avait la possibilité. Alors qu'avant elle aurait tout fait pour mettre un terme à sa solitude, elle l'accueillait maintenant dans la pièce comme une vague déferlante d'eau sombre. Elle écarta les bras et se laissa submerger. Elle flottait partout dans la maison, elle flottait au-dessus de son lit. Son corps tout entier semblait trempé par les larmes. Et elle n'aurait jamais voulu cesser de pleurer.

Comment était-ce possible ? Elle avait cru que son père et elle étaient inséparables. Elle se réveillait en pleurant à chaudes larmes au milieu de la nuit, comme un nouveau-né : une créature étrange avec seulement deux bras et deux jambes, et un seul cœur, hébété, brisé.

Marie fut choquée de constater à quel point la maison était vide sans son père. Elle l'appelait tout le temps, se rendait compte qu'il ne pouvait lui répondre. Il lui arrivait de se redresser dans son lit et de se demander : Où est papa ? Il y a si longtemps que je ne l'ai pas vu. Puis elle réalisait, en une soudaine prise de conscience, qu'il n'était pas là. Il ne serait jamais là. Et il faudrait qu'elle s'habitue pour le reste de sa vie à cette nausée, à ce sentiment de vide, et cela lui paraissait insupportable. Elle se rendit compte du nombre de ses rituels quotidiens dont faisait partie Louis. Les matins lui manquaient où elle s'approchait de la table du petit déjeuner où ils s'asseyaient tous les deux dans leurs énormes robes de chambre, et elle lui donnait un gros baiser sur les lèvres. Ils engloutissaient des montagnes de pâtisseries couvertes de confiture tiède et de crème chaude, et ils étaient profondément satisfaits.

Marie était maintenant responsable de l'argent dans son entier. L'argent de l'usine, l'argent de son père, l'argent de sa mère. Sa première réaction fut d'entreprendre de dilapider sa fortune. L'idée de dépenser autant que possible était réconfortante. Ça lui procurait un plaisir physique. Elle comprenait que c'était à cela que servaient les funérailles. La seule façon de contrecarrer la laideur et l'incertitude de la vie était de l'affronter d'une manière esthétique.

Aux obsèques, vingt-cinq enfants blonds en habit noir marchaient devant les chevaux sous le ciel d'hiver blanc. Elle avait voulu qu'ils soient blonds pour que leurs cheveux offrent un contraste avec leurs vêtements sombres. Il y avait un garçon très mince à l'avant. Il avait un beau visage. Les plus beaux visages d'enfant semblent toujours tristes.

Venait ensuite la colonne de chevaux noirs, chacun coiffé de plumes noires. Un cheval blanc tacheté de noir avec une couronne de roses noires à l'encolure était mené par une jeune fille en robe noire, un énorme ruban noir dans ses cheveux. Le carrosse transportant le corps de Louis était entièrement couvert de roses blanches. Marie s'était dit que les roses blanches étaient de mise parce qu'elle estimait que son père était l'homme le plus sensible qu'elle eût jamais connu. Pour elle, il était étranger à l'obscurité du monde, et insistait toujours pour vivre dans un château rempli de lumière.

Elle était presque heureuse que la mort de son père coïncide avec la disparition de Sadie. C'était une distraction. La mort d'un parent était une chose inévitable. Le cœur savait quoi en faire. Même si c'était le parent le plus adoré du monde, le cœur savait quoi faire. Mais quand un être aimé nous abandonne, une sorte de folie s'installe. Et, pour être honnête, toute douleur peut être agréable si elle nous distrait de la folie.

Marie était heureuse de vivre une période de deuil.

Au cours des jours qui suivirent les funérailles, Marie s'asseyait à la table de travail de son père dans son bureau à la maison. Le dos parfaitement droit, elle croisait les mains devant elle, soutenait le regard de quiconque était assis en face d'elle.

Des avocats se massaient autour d'elle, parlant tous à la fois. Dans leurs habits foncés, ils ressemblaient à une épaisse forêt. La chevelure blonde de Marie lui donnait des airs de clairière ensoleillée dans les bois. Ils parlaient de choses qu'elle ne comprenait pas tout à fait et d'une manière qui lui échappait. Ses voyages lui avaient appris tant de choses sur les usines qu'elle était certaine d'avoir une compréhension intuitive de sa raffinerie, mais la gestion quotidienne de l'entreprise était évidemment tout autre. Ces avocats étaient munis de papiers, de documents, de rouleaux et de mallettes. Ils lui brandissaient des stylos-plume au visage. Elle était intimidée jusqu'à la fibre la plus intime de son être, mais elle refusait de signer quoi que ce soit qu'elle ne comprendrait pas. Cela, elle le savait. Elle savait qu'il ne fallait pas renoncer au pouvoir.

Une fois Louis disparu, la fête était pour ainsi dire finie. Marie ne pourrait plus se comporter impunément comme auparavant. Elle n'était pas mariée. Elle se trouvait tout à coup sous un microscope. On guettait son moindre geste pour le critiquer et le démolir. Si elle éprouvait une démangeaison et qu'elle prenait la peine de se gratter, on dirait d'elle qu'elle était une femme de mœurs légères. Tout le monde serait dégoûté par elle, peu importe sa fortune.

Elle avait toujours tenu l'estime des gens qui l'entouraient pour acquise. Qu'on puisse lui enlever une part intégrante de son être, voilà qui était terrifiant. La sollicitude de Louis lui manquait. Elle avait l'impression d'être une gazelle entourée de lions. Bien sûr, ils allaient fondre sur elle. Comment auraient-ils pu faire autrement ?

— Nous déciderons tout cela au cours des semaines qui viennent, dit-elle. Quand j'aurai eu la chance de parcourir ces documents. Messieurs, il me tarde de travailler avec vous et d'entendre chacune de vos préoccupations.

Plus tard dans la journée, le notaire de Louis s'assit avec elle. Il avait des yeux brun pâle, de la couleur d'une eau fangeuse, et elle attendait qu'une créature émerge des profondeurs. Il expliqua à Marie qu'elle ne pourrait en aucun cas diriger seule une si grande maison. C'était impossible. De toute façon, elle ne voudrait pas s'y colleter. Elle ne devrait pas s'inquiéter d'une chose aussi bassement matérielle. Comme elle n'avait que 22 ans et qu'elle était une femme, il était prêt à lui assigner un tuteur légal qui continuerait de s'occuper d'elle. Marie fut prise de court par la suggestion, comme si c'était une éventualité à laquelle elle n'avait pas songé.

— Non. Pourquoi est-ce que je voudrais cela ? Pourquoi est-ce que j'abandonnerais les pleins pouvoirs au profit de quelqu'un d'autre ? Je ne suis pas une enfant. Je ne suis plus la fille de personne. Et je n'ai pas l'intention de le redevenir.

— Je comprends, mademoiselle. C'est une période difficile pour vous. De toute façon, nous ne vous embêterons pas tout de suite avec des décisions importantes. Nous attendrons d'en parler avec M. Arnett.

— À M. Arnett ? demanda Marie, honnêtement stupéfaite qu'on s'attende à ce que Philip ait son mot à dire en ces matières.

— Nous attendrons que vous soyez mariée et que

tout soit bien en place, que chacun ait pris son rôle. Vous serez sous sa tutelle.

— Ne soyez pas ridicule, répondit Marie en se raidissant un peu pour dissimuler son orgueil blessé.

— Êtes-vous disposée à parler aux ouvriers de l'usine ? Il faudra leur annoncer la mort de votre père et leur dire que vous êtes la nouvelle propriétaire.

— Oui, bien sûr, dit-elle, même si elle n'était aucunement prête.

Le jour où elle devait livrer son discours, Marie eut les mains qui tremblaient toute la matinée. Elle avait su exactement comment se comporter aux obsèques de son père. Elle avait vu ce genre de représentations tellement de fois. Cela lui venait tout naturellement. Elle avait vu nombre de jeunes femmes assister à des funérailles avec l'air tragique et éploré. Mais elle n'avait jamais vu une jeune femme s'adresser à une foule d'ouvriers.

À cause de son nouveau statut social, elle était consciente d'avoir changé, pourtant elle était incapable de se voir de l'extérieur. Elle ne savait pas à quoi ressemblait ce changement, mais les autres le verraient. On ne distinguait pas ce type de changement dans le miroir ; il se reflétait sur le visage des autres.

Debout sur la passerelle de métal suspendue au-dessus de l'atelier, Marie dominait les ouvriers, qui attendaient son discours afin de savoir s'ils allaient pouvoir manger. Voilà à quoi ressemblait le pouvoir : des gens qui levaient le regard vers vous, suspendus à vos lèvres.

— Comme vous le savez tous, mon père, Louis Antoine, est récemment décédé. C'était un homme merveilleux, plein de vie et d'amour, et il me manquera tous les jours pour le reste de ma vie. Mais je veux que vous sachiez que je possède et que je mettrai en œuvre ses plus grandes qualités. Il vous semblera peut-être étrange qu'une femme si jeune soit maintenant propriétaire de cette usine, de votre usine. Je sais que j'ai beaucoup à apprendre, mais j'y arriverai. Et j'aimerais aussi apprendre de vous. Je n'ai plus de famille maintenant, et j'aimerais croire que nous en formons une. Je veux que nous accomplissions de grandes choses ensemble. Et je veux que vous sachiez que je suis là pour vous.

Les ouvriers de l'usine se mirent à applaudir. Marie sentit une immense vague d'amour se soulever sous elle. Elle en eut les larmes aux yeux.

Elle allait ordonner au contremaître de se montrer plus doux avec les ouvriers et de permettre aux enfants de prendre des pauses pour le dîner. Être propriétaire de cette raffinerie ne signifiait pas la même chose pour elle que pour son père. Pour lui, l'usine servait à se procurer une immense maison et toutes les merveilles qui lui passaient par la tête. Pour elle, c'était une question de pouvoir et de responsabilité. Elle était cette usine. C'était son visage qui apparaissait sur les sacs de sucre distribués partout dans la province.

Il ne fallait pas qu'elle se marie. Elle ressentait la portée désastreuse qu'aurait une telle union. Pour la plupart des femmes, cette prise de conscience arrivait après coup. Après la cérémonie. Après que les restes du gâteau avaient été triturés par les enfants et abandonnés au sol. Après qu'elles avaient taché de sang les talons de leurs bas de soie à force de danser. Après que le collier de perles avait été brisé et était tombé par terre. Après que s'était installé le doute quant à savoir si ce qu'elles avaient ressenti dans le lit matrimonial avait été agréable ou douloureux. Elle arrivait trop tard. Les prises de conscience se plaisaient à arriver au moment le plus cruel et poignant, quand il était trop tard pour y changer quoi que ce soit. C'était la réalisation qu'on ne possédait rien. Qu'on n'était rien. Qu'on avait perdu le droit à l'individualité.

Cette prise de conscience vint à Marie Antoine alors qu'elle se tenait au-dessus de tous ses ouvriers. Elle avait l'impression que son corps tout entier s'apprêtait à être dépouillé d'une part essentielle de lui-même. Si elle avait un mari, personne ne la regarderait comme ils la regardaient en ce moment. C'est plutôt à lui qu'on adresserait les questions. Elle les regarderait regarder quelqu'un d'autre. Mais elle, ils ne la regarderaient jamais dans les yeux. Elle deviendrait de moins en moins visible. Elle disparaîtrait une couche à la fois, comme une peinture que l'on peint à l'envers. Elle deviendrait de plus en plus pâle, jusqu'à n'être plus qu'une esquisse sur une feuille de papier. Alors, en regardant, vous ne verriez plus que de la neige.

Philip se servirait de cette usine et d'elle pour devenir une figure politique importante, sinon la plus importante. Il allait la priver de tout son pouvoir, comme son père l'avait fait avec sa mère. Ce pouvoir appartenait aux femmes de la famille, non pas aux hommes. Elle n'allait pas céder cela à Philip ; elle n'allait le céder à personne. Elle le voulait pour elle-même.

La liberté et le pouvoir étaient une seule et même chose. Ils étaient interchangeables. Ils venaient main dans la main.

Quand un parent n'est plus, on se prend à se rappeler les conseils qu'il nous a donnés. On se rappelle les façons dont on l'a déçu, parfaitement conscient qu'on ne pourra jamais rectifier la situation. Marie savait qu'elle avait déçu Louis en se fiançant avec Philip. Elle alla s'agenouiller sur sa tombe, entoura la stèle de ses bras, la couvrit de baisers.

— Que puis-je faire pour toi, papa ? Comment puis-je te rendre heureux maintenant ? Tu te rappelles que tu disais que rien au monde ne te rendait aussi heureux que moi ? Comment puis-je te rendre heureux maintenant ? Je n'épouserai pas Philip. Je vais renoncer à mon amour pour Sadie. Je comprends, maintenant. Tu t'attendais à plus dc ma part.

Marie resta près de la pierre tombale jusqu'à ce que le soleil se couche et que le froid s'installe. Elle savait que ses actions seraient vues comme inacceptables. Elle savait que tous les membres de la bonne société seraient horrifiés par sa décision. Elle n'avait pas le droit de rompre ses fiançailles : on les avait vus faire une promenade ensemble en public ! Mais elle allait le faire tout de même.

Quand elle eut quitté le cimetière, un cerf aux larges bois se faufila entre les stèles comme une bonne qui longerait un couloir sombre un candélabre à la main.

22

La profanation

Quelques jours plus tard, le ciel était couvert. En regardant par la fenêtre, tout le monde prévoyait de la neige. Le ciel était dans l'expectative, comme s'il attendait d'être fracassé par une cloche d'église. Les feuilles sur l'étang faisaient penser à des timbres qu'on aurait décollés d'une enveloppe à la vapeur.

Marie résolut de mettre fin dès cet après-midi à la cour que lui faisait Philip. Elle était à l'aise avec sa décision ; elle savait qu'elle aurait été incapable de la prendre du vivant de son père, et était fière de son indépendance toute neuve. Elle imaginait que Philip n'éprouverait pas un chagrin excessif. Il devait savoir que c'était un curieux hasard qui les avait réunis dès le départ. Elle était trop bien pour lui. Et, en fait, elle était trop bien pour n'importe quel homme du voisinage. Sadie était partie, emportant la responsabilité du meurtre. Il ne servait plus à rien de s'inquiéter des effets que ce meurtre pourrait avoir sur sa réputation. De toute façon, ç'avait toujours été la préoccupation de son père.

Elle alla faire une promenade avec Philip dans le but de lui annoncer la nouvelle cordialement. Elle avait pensé s'y prendre par lettre, mais elle voulait avoir sa réponse sur-le-champ, pour pouvoir en finir au plus vite.

En manteau et en bottes, ils gravirent la montagne derrière le manoir de Marie. Elle savait qu'elle devait agir en privé, afin d'épargner à Philip une humiliation publique.

— Il faut que je te dise quelque chose, dit Marie une fois qu'ils eurent atteint le bord du ruisseau.

— De quoi s'agit-il ?

— Je ne peux pas t'épouser.

Philip resta tout à fait silencieux. Il toisa Marie d'un regard qu'elle jugea menaçant. Les traits de son visage se tordirent pour adopter une expression qu'elle ne leur avait encore jamais connue. Elle se demanda comment elle avait pu penser qu'il ressemblait à Sadie. Elle avait beau scruter son visage, Sadie n'était pas là. Alarmée, Marie aurait voulu courir jusque chez elle. Mais elle choisit d'attendre la réponse de Philip. Le nuage blanc du souffle de son fiancé grandissait devant son nez.

— Tu te crois douce et vertueuse, mais tu n'es ni l'une ni l'autre. Tu es une petite salope, Marie Antoine. Et tu ne peux pas prétendre le contraire. Je t'ai regardée te montrer cruelle avec toutes les autres filles au fil des années. Je t'ai vue faire et me suis toujours dit : c'est moi qui vais casser cette salope. Je vais lui faire payer tout ce qu'elle a fait. Tu m'appartiens. Tu crois que tu vas rompre nos fiançailles et me couvrir de ridicule ? Si tu es ici, c'est uniquement parce que ma famille s'est arrangée pour que Sadie soit punie pour ton crime. Tu dois tout à ma famille.

Marie fut prise de court par la brutalité de ses paroles. Elle n'avait jamais entendu un homme lui parler de la sorte. Et comme ce type de discours lui était étranger, elle savait que c'étaient des mots qu'elle n'aurait pas dû entendre, que c'était inapproprié. Elle comprenait que ces paroles portaient une forte charge sexuelle, qu'elles formaient en quelque sorte de sombres préliminaires, du genre qui paralysent les filles et les amènent à douter de la réalité. Des baisers et des caresses non désirés n'avaient-ils pas le même effet sur une femme ?

Lorsqu'elle comprit ce qui se passait, Marie pivota sur ses talons pour s'enfuir. Elle se mit à courir. Sa poitrine se soulevait, ses poumons et son cœur se pressaient contre son corset. Elle traversa le ruisseau en sautant d'une pierre à l'autre.

Son pied s'enfonça dans le sol. Sa robe mouillée trempait dans la boue et s'accrochait aux chardons. Elle avait l'impression de se sauver, en rêve, d'une menace imaginaire. Elle se disait que selon toute probabilité, Philip ne l'avait pas prise en chasse. Pourquoi la suivrait-il ? Que pouvait-il lui faire maintenant ?

Elle s'arrêta un instant dans une pente plantée d'arbres, se retourna pour découvrir que Philip était juste derrière elle. Il la précipita au sol.

Elle se sentit basculer, et sa crinoline vola en l'air. Elle avait du mal à voir ce qu'il lui faisait. Elle était incapable de l'atteindre avec ses mains. On aurait dit que sa robe conspirait elle aussi pour la violer. Elle le frappa violemment de ses pieds lorsqu'il commença à donner des coups de hanches. Son pantalon était baissé, il était en elle.

Elle se releva, le devant de sa robe maculé de boue. Philip s'éloignait déjà. Il s'était mis à pleuvoir. Debout sous la pluie, elle attendit que l'averse emporte la boue. Puis la pluie se changea en neige et elle n'eut d'autre choix que de rentrer chez elle.

Marie cria qu'il lui fallait un bain tout de suite. Elle se laissa couler dans la baignoire en jupons. Les bonnes versèrent sur elle des carafes d'eau chaude.

— Continuez pendant un moment, dit-elle.

À la façon dont les bonnes la regardaient, elle savait qu'elles comprenaient ce qui s'était passé. Et aussi que c'était une chose qui arrivait sur une base plus ou moins régulière. Ça faisait partie de la vie.

Elle cessa de manger. Elle qui avait toujours été gaie et potelée se mit à maigrir à vue d'œil. Elle se regardait dans le miroir tous les jours, heureuse de constater qu'elle changeait physiquement, parce qu'elle était incapable d'accepter que quoi que ce soit en elle puisse rester inchangé. Elle regardait son visage comme si c'était la figure d'une étrangère. Ses yeux semblaient plus grands et plus bleus. Elle ne s'embarrassait plus de remonter et de coiffer ses cheveux. Elle les laissait cascader autour d'elle, des fils d'or fins emmêlés. Elle enfilait tous les jours la même robe beige, très simple. Quand elle y faisait des taches, elle s'en fichait. Une tache de café sur la dentelle au-dessus de la poitrine rappelait un peu la forme du Brésil. Il y avait une tache de sang menstruel à l'arrière. C'était une menstruation qu'elle avait été plutôt heureuse de voir arriver.

Les bonnes lui apprirent que Philip avait ruiné sa réputation. Il avait sali publiquement son image dans son élan de rage, et maintenant il ne pouvait plus l'épouser. Eût-il attendu patiemment, il aurait peut-être pu profiter de sa ruine pour la mener à le prendre pour époux. Maintenant, il ne pouvait même pas la poursuivre pour rupture de contrat. Elle était sûre que Philip était furieux que la fortune des Antoine lui échappe. Qu'il considérait encore que Marie lui appartenait et, plus important, que sa richesse lui appartenait. Il avait fait en sorte que, si elle ne l'épousait pas, elle ne puisse unir son destin à celui d'un autre.

Il ne décrivait pas ce qui s'était produit comme un viol. Il racontait à tous les autres hommes que Marie avait été consentante. Il n'avait pas pu résister. Elle s'était jetée sur lui. Elle était si lubrique et si rouée qu'elle ne pouvait en être à sa première expérience. Il avait dû lui mettre une main sur la bouche pour étouffer ses cris de plaisir.

En entendant les rumeurs que répandait Philip, elle se sentit comme un chien battu qui se tapit dans un coin. Comme tout le monde dans le Mille doré colportait de faux bruits à son sujet, elle avait l'impression qu'ils étaient tous complices. Elle se sentait agressée encore et encore. Un matin, pour se ressaisir, elle enfila une robe blanche bouffante à la mode. Elle surprit deux bonnes en train de se raconter que Philip prétendait qu'elle était insatiable. Elle s'appuya au mur, comme pour devenir invisible, puis se laissa glisser jusqu'au plancher tel un tas de neige et attendit de n'être plus qu'une flaque d'eau.

Marie regardait la neige qui tombait par la fenêtre, suffoquant tout, endormant les plantes, les arbres et les jardins. Elle vidait le ciel de ses oiseaux, imposait le silence aux gens et aux animaux. On aurait dit que la neige mettait un terme à toute civilisation. Et Marie aurait voulu qu'il en soit ainsi.

Elle savait qu'elle-même n'avait pas le droit de parler de ce qui lui était arrivé. Une fois encore, elle était censée garder le silence sur un événement traumatisant de sa vie. Tout le monde dans le quartier était au courant, et jasait dans son dos. Mais elle n'aurait pas le droit d'en parler elle-même.

Sa conception de ce que c'est d'être une femme était en train de se reconstruire. On pouvait ne pas être jolie. On pouvait ne pas être cordiale. On pouvait ne pas accorder plus d'importance aux sentiments des autres qu'à ses propres sentiments. C'étaient là des instructions visant à affaiblir une femme afin que n'importe quel homme puisse la faire tomber.

Elle était comme Mary Shelley insufflant la vie au monstre de Frankenstein. Car être violée, ça ressemblait fort à être assassinée. Elle redonnait vie à un cadavre. Elle animait chacun de ses doigts. Elle les tenait au-dessus de son visage alors qu'elle était au lit, et les remuait. Elle passa une journée entière à se regarder les orteils. Elle levait une jambe en l'air, puis l'autre. Elle se redressait et regardait ses seins comme s'ils étaient apparus sur son corps pour la première fois.

Elle se sentait plus seule que jamais, mais le viol avait fait que son père avait cessé de lui manquer.

Elle réexamina tous ses souvenirs liés au sexe. Elle avait vu des bonnes sortir de la chambre de son père plus ou moins dévêtues, échevelées, les joues en feu. Elle avait entendu des rires dans la chambre de son père. Elle avait cru que le sexe était une affaire rigolote. Elle ne savait pas qu'il contenait le germe d'une telle noirceur et d'une telle humiliation. Elle l'avait toujours considéré du point de vue de son père. Elle l'avait vu de la perspective de l'homme. C'était l'homme qui exerçait le contrôle. Quel pouvoir les hommes avaient sur les femmes ! Auparavant, elle croyait que les femmes qui sortaient de la chambre de son père avaient participé à un acte consensuel. Quelle honte elles avaient dû ressentir en retournant à leur chambre.

Maintenant elle rêvait à des hordes de femmes nues

qui essayaient de sortir de la chambre de son père. Leur nudité n'avait rien de charmant. Elle était grotesque. Marie avait l'impression de reluquer les cadavres de soldats qu'on aurait pillés sur le champ de bataille.

Elle avait toujours cru que son père et elle étaient du même bord. Ils étaient tous deux riches tandis que les bonnes étaient pauvres. Mais voilà qu'elle se retrouvait dans la position où il avait mis les bonnes.

Cela, mystérieusement, la guérit du chagrin que lui avait causé la mort de son père. La fille qui avait aimé son père et été si près de lui était morte elle aussi. Elle pleurait la fille davantage. Mais elle avait cessé de pleurer Louis. Comme l'avait déjà fait remarquer un philosophe, on ressent la douleur causée par la perte d'un objet jusqu'à ce qu'il soit entièrement perdu.

23

Il arrive que les huîtres renferment des perles

Après une période d'euphorie initiale causée par sa liberté toute neuve, Sadie commença à prendre conscience de la réalité de sa situation. Elle était en état de choc, de sorte qu'elle ne pouvait encore rien ressentir. Elle savait que ses émotions allaient revenir à la charge. Elle était terrorisée à cette perspective. C'était comme d'attendre le moment où un époux ivre et violent rentrerait de la taverne.

À son grand étonnement, sa rage n'était pas dirigée contre ses parents. Elle avait toujours su que c'étaient des crétins qui la méprisaient sans raison. Comment leur en vouloir ? Elle était plutôt furieuse contre Marie. Elle avait tant attendu de sa part, et son ancienne amie l'avait laissée tomber. Elle ne pouvait s'empêcher de songer que c'était la faute de Marie si elle se trouvait dans cette chambre minuscule, obligée de découvrir toute seule comment exister en ce monde.

Comment Marie avait-elle pu livrer l'œuvre de sa vie à la mère de Sadie ? C'était juste après qu'elle eut baissé sa garde. Quand Sadie lui avait exprimé de l'affection. Marie faisait semblant de l'aimer, mais elle la plongeait dans des situations catastrophiques. Marie vivait toujours dans la même maison confortable tandis que Sadie subissait les conséquences de leur étrange passion. Au moment où une voiture bruyante pleine de bouteilles cliquetantes passait près d'elle, Sadie leva le visage vers le ciel et cria : « Va au diable, Marie Antoine ! Tes jeux débiles vont me tuer ! »

Elle éclata en sanglots. Ses larmes étaient brûlantes, comme si elles avaient chauffé dans une petite casserole dans son cerveau, bouillonnant sous l'effet de sa rage.

Il lui fallait trouver un moyen de composer avec le sentiment d'indignation qu'elle éprouvait envers Marie. Elle alla au magasin général, où elle échangea ses gants de soie contre un calepin et un stylo-plume. Pour couvrir la différence, le propriétaire lui mit plusieurs pièces de monnaie dans la paume. Elle pourrait manger et trouver un hôtel plus tard, songea-t-elle. Elle se rendit dans une petite église et alla s'asseoir sur un banc du fond pour écrire. Elle passerait du temps avec Marie sur la page. L'écriture était une forme d'exorcisme. Elle faisait exister sur un autre plan ce qui se trouvait dans votre esprit. Dans un lieu où on pouvait le contenir et y trouver un sens philosophique.

Ce serait de la fiction. Seuls l'allégorie et l'imaginaire permettaient de capturer l'étrangeté de cette relation. Elle allait décrire l'existence qu'elles auraient menée si elles avaient été libres de vivre selon leurs désirs. Peut-être cela était-il impossible dans le monde réel, mais c'était le genre de choses qui se produisaient dans l'univers de la fiction.

Les sentiments que Sadie éprouvait pour Marie s'enchevêtraient pour former un nœud inextricable. Quand elle posa sa plume sur le papier, un fil jaillit. Elle déroula cette immense pelote de ficelle pour en faire une histoire. Elle s'interrompit un moment. Il fallait trouver deux noms fictifs pour les personnages. Elle choisit Justine et Juliette.

Sadie avait écrit toute la journée, perdant la notion du temps, quand elle se rendit compte qu'elle était affamée. Lorsqu'elle sortit dans la rue à 8 heures du soir, l'obscurité lui parut humide et tendue comme le museau d'un cerf. Sadie savait que le Mille sordide était semé de dangers. Pour la première fois, elle le ressentait.

Sadie n'avait pas l'habitude de prendre tous ses repas debout dehors à des échoppes, qui plus est dans le froid. Mais les rues du Mille sordide étaient bordées de ces comptoirs et elle craignait d'entrer dans une taverne bruyante ou un boui-boui clandestin. La seule chose qu'elle pouvait se permettre à l'un des étals sans avoir besoin de vendre un autre vêtement, c'étaient un pâté et des huîtres, qu'elle aspira goulûment au comptoir du coin. Elle prenait plaisir à vider un bol de soupe dans le vent froid. Tout avait un goût plus salé dehors. On se fichait bien des manières de table, puisqu'il n'y avait pas de table où s'asseoir. Chose certaine, ce n'était pas cher.

Rassemblées autour d'elle sous l'auvent du comptoir d'huîtres, un groupe de femmes mangeaient, apparemment indifférentes au froid. La poussière de charbon dans l'air faisait luire leur peau dans le crépuscule. Ce soir-là, elles discutaient de leur travail, et il était manifeste qu'elles étaient péripatéticiennes. La profession des femmes piqua la curiosité de Sadie, qui songeait à son livre. Elle questionna une mince prostituée aux cheveux bouclés :

— Comment les hommes sont-ils censés savoir que tu es à vendre ?

— Passe devant un homme, retourne-toi et regarde-le. Il saura. C'est une invitation. Des fois, je relève ma jupe juste un peu plus haut que ce qui est convenable.

À ces paroles, les femmes éclatèrent de rire. À l'évidence, elles estimaient qu'elle avait l'habitude de relever la jupe considérablement plus haut que cela.

Elle en fit la démonstration à Sadie. Théâtralement, elle s'éloigna des autres filles en reculant d'un pas, souleva le devant de sa jupe, et Sadie aperçut son jupon souillé. La prostituée portait des bas à rayures blanches et rouges qui avaient quelque chose d'enfantin. En admirant le galbe de ses jambes, Sadie réalisa combien elle était jeune. Elle se rendit compte qu'elle s'était trompée sur l'âge de la fille. Elle l'avait crue beaucoup plus vieille, mais réalisait maintenant qu'elle ne devait pas avoir plus de 15 ans.

— Pourquoi une fille chic dans ton genre veut savoir ça ? demanda une autre prostituée dont les boucles sombres et lisses semblaient avoir été peintes sur son front.

— Qu'est-ce qui vous fait penser que je suis chic ?

— Ta façon de parler, répondirent-elles toutes à la fois.

— Tu veux travailler sur ce coin de rue et nous prendre nos clients, c'est ça ?

Les prostituées l'entourèrent et se mirent à l'abreuver d'injures. Elle voulut partir, mais elles commencèrent à tirer sur sa cape.

— La robe que tu portes, ça a l'air de coûter cher. Pourquoi tu nous la donnerais pas ?

Sadie se retrouva tout à coup acculée au mur par les

prostituées qui la tiraillaient de tous côtés. Un homme mince vêtu d'un long manteau noir et d'un chapeau haut-de-forme fatigué s'interposa entre Sadie et les femmes, et leva la main. Les femmes reculèrent. Sadie fut stupéfaite de se découvrir un protecteur. Très jeune, l'homme était étonnamment maigre. Il prit le bras de Sadie et la mena dans la rue. L'homme bougeait avec une singulière légèreté, presque comme s'il dansait. Plongeant la main dans sa veste, il en sortit une cigarette. Il exhala la fumée par le nez, et elle s'enroula pour former une moustache blanche. Il regarda Sadie avec de grands yeux bordés de très longs cils, et sourit doucement. Contrairement à son habitude, Sadie ne se sentit pas le moins du monde alarmée par la présence d'un homme, ce qui l'étonna.

Elle fut plus étonnée encore quand la voix qui sortit de la bouche du mince jeune homme se révéla aiguë et douce – manifestement une voix de femme.

L'homme mince à la voix de femme dit s'appeler George et demanda à Sadie de patienter. George retourna vers le groupe de prostituées toujours rassemblées non loin et sortit de sa poche une poignée de feuillets, qu'il leur tendit. Les femmes les regardèrent avec dédain.

George tourna les talons et reprit Sadie par le bras.

— Ne t'en fais pas pour elles, dit George. Elles ont une drôle de manière de s'amuser.

Tandis qu'elle s'éloignait avec George, Sadie s'attendait à demi à être prise en chasse par ces femmes. Mais tout ce qu'elle entendait, c'était le bruit de leurs rires. Elle songea que peu importe ce qu'elles traversaient pendant une journée, elles finiraient par en rire de bon cœur. Rire, c'était comme jeter un seau d'eau sur une situation incendiaire.

Sadie retourna son attention vers sa protectrice. Avec son apparence étrange, elle n'était pas attirante selon les critères de beauté classique. Mais elle avait une charmante façon de marcher dans son habit masculin. Et elle hochait le menton et clignait de l'œil à tous ceux qu'elles croisaient comme s'il n'y avait personne qui pour elle était un étranger.

— Que sont ces feuilles que vous leur avez distribuées ?

— Ce sont des tracts qui appellent au suffrage des femmes. Ils m'ont été postés par la Société des suffragettes de la ville de New York, si tu peux le croire. Je leur ai écrit un après-midi, et elles m'ont répondu ! Et elles m'ont aussi envoyé ces tracts pour éduquer mes compatriotes. Mon nom complet, c'est George Danton, au fait. En réalité, mon nom de baptême est Georgina Danton, mais George me va mieux.

— Je m'appelle Sadie. Sadie Arnett. Du 54, avenue McGregor. Mais plus maintenant, bien sûr.

— Heureuse de faire ta connaissance, Sadie Arnett d'adresse incertaine.

Le sens de l'humour de George était contagieux, et Sadie sentit le calme la regagner.

— Tu as un visage intelligent. Ce n'est pas une figure que j'oublierais. Qu'est-ce qui t'amène dans le quartier ?

— Je me suis enfuie de chez moi dans le Mille doré.

— Est-ce que là-haut on parle avec l'accent britannique à présent ?

— J'ai vécu neuf ans en Angleterre. Je suis ici depuis ce matin.

— Je suis étonnée que tu n'aies pas fait de mauvaises rencontres avant de tomber sur ces femmes.

— J'espère que je ne tomberai plus sur elles.

— Eh bien, viens prendre une tasse de thé chez moi, alors.

George enleva son haut-de-forme, le fit tournoyer sur son doigt, le glissa sous son bras et se tourna vers Sadie.

— D'accord, dit celle-ci.

— Merveilleux ! s'exclama George avec enthousiasme.

Sadie se demanda si elle était morte et si George était un ange, parce que les gens n'étaient jamais si aimables d'habitude.

Sadie fut surprise quand George la mena jusqu'à une grande demeure située au coin d'une rue brillamment illuminée par des lampadaires au gaz. C'était l'une des rares maisons en pierres du quartier. Sous son toit pointu se déployaient de magnifiques moulures en bois sculptées de fleurs symétriques. Ç'avait manifestement autrefois été une élégante maison de ferme avant que les faubourgs populaires ne s'étendent aux alentours. À la musique que l'on entendait par les fenêtres, au son des rires des femmes, aux hommes qui montaient et descendaient l'escalier de l'entrée, Sadie déduisit sur-le-champ que c'était une maison de tolérance.

— Je sais que la dernière chose que tu as le goût de voir en ce moment, ce sont des putains. Mais ne t'inquiète pas. Ces filles ne s'en font pas avec la compétition. Au contraire, elles seraient bien contentes d'avoir un coup de main. Depuis que Madame s'est mise à promouvoir son bordel comme un lieu exclusif, elle fait des affaires en or. Cela dit, personne n'a la moindre idée de ce qu'elle veut dire par « exclusif ».

Est-ce que ce sont les filles qui sont exclusives ? Je ne crois pas. Elles se présentent à la porte nu-pieds. Sans avoir jamais pris un bain de leur vie.

— Est-ce que tu travailles ici ? Es-tu exclusive ?

— Non, répondit George en éclatant de rire. Mais je suis sûre que je serais considérée comme exclusive !

George posa la main dans le dos de Sadie et l'éloigna de la façade. Sadie remarqua à quel point son toucher était délicat. George avait quelque chose de naturellement attentionné. Elles entrèrent par l'arrière de la maison. Sadie n'arrivait pas à distinguer une grande partie de ce qui s'y passait. Elles se trouvaient dans les quartiers réservés aux serviteurs. Tout ce qu'elle entendait, c'étaient des rires et un piano hystérique qui résonnaient dans la pièce voisine. George monta en vitesse une volée de marches qui menait à une chambre sous les combles, prenant la main de Sadie quand il fallait enjamber une pile de cuvettes en porcelaine abandonnées sur un palier.

Il était évident que George avait fait de son mieux pour rendre confortable sa petite chambre. Il s'y trouvait une peinture ovale d'un cerf debout sur ses pattes de derrière, marquée par une brûlure de cigarette. Tout était légèrement endommagé. C'est pour cette raison que les objets avaient été transportés au grenier, hors de vue. Un grand trou noir perçait le milieu du tapis rouge, indiquant qu'il avait survécu à un quelconque incendie. Et il y avait un lit dont le matelas semblait avoir servi depuis plus de cent ans.

— Veux-tu boire quelque chose ? demanda George à Sadie.

— Oui. Merci.

George lui tendit un verre de whisky. Sadie but. Elle avait l'impression qu'elle avait besoin d'un verre depuis des mois, et qu'on venait enfin de lui en offrir un. Son corps lui paraissait roide, glacé, et elle sentit l'alcool tout faire fondre. Elle sentait les notes du piano dans le salon au rez-de-chaussée s'élever à travers les lattes du plancher et lui chatouiller les pieds. Elle posa son derrière sur le canapé et un nuage de poussière s'éleva autour d'elle, illuminé par la lumière de la lampe. On aurait dit qu'elle était entourée de fées.

Elle remarqua les livres étalés partout dans la chambre tels des chats affalés attendant qu'on les prenne pour les parcourir. Ils aimaient le contact des doigts entre leurs pages. Sadie ne put s'empêcher de les examiner. Elle brandit *Jane Eyre* :

— Qu'as-tu pensé de celui-ci ?

— Oh, je l'ai adoré, bien sûr, répondit George. Ça parle de ce que c'est que d'être laid, pas vrai ? D'une fille que tout le monde trouve laide. Mais elle s'en fiche. C'est à sa laideur qu'elle se sait en vie.

— Qu'as-tu pensé du fait qu'elle tombe amoureuse ?

Sadie était très curieuse d'entendre l'avis de cette fille sans instruction sur les complexités du roman.

— Oh, je crois que les écrivains se sentent obligés d'inclure une histoire d'amour dans leurs livres. Ça n'a pas toujours de sens. Je les ignore.

George rit, et poursuivit :

— Mais j'ai bien aimé *Frankenstein*. J'adore quand le monstre arrache le cœur de la femme de Frankenstein. Ça m'a semblé hilarant, grotesque et beaucoup plus juste que tout ce que j'ai lu sur l'amour récemment.

Sadie ne le dit pas à George, mais après avoir lu le livre, elle avait souvent eu ce fantasme : elle s'imaginait approcher de Marie. Elle s'imaginait lui arracher le cœur. Et puis elle s'imaginait le soulever dans sa main pour que Marie puisse le voir. Le cœur battrait encore. Et Marie saurait ce que c'est que de se faire arracher le cœur sans raison.

— *Frankenstein* est divin. Je me demande souvent comment Mary Shelley est devenue si audacieuse.

— As-tu lu le livre de sa mère ? Elle disait qu'une société qui élève les filles de façon qu'elles soient des jouets sans cervelle est dépourvue de morale. Elle disait que la manière dont on élève les filles ne peut que les rendre malheureuses. Et qu'il fallait accorder de l'importance à ce qu'elles avaient à l'intérieur, pas juste à leur apparence. Ça m'a vraiment affectée quand je l'ai lu.

— Je pense que toutes les femmes sont belles, répondit Sadie. J'ai vu une femme couchée sur le trottoir, qui n'avait pas de dents, et le nez cassé. Et elle chantait une chanson grivoise mélancolique de la voix la plus douce qui soit. Et j'ai songé que cette femme était belle de la plus féroce des manières. Le monde est terrifié par un certain type de femme monstrueuse. C'est pourquoi on a inventé les idées de beauté et de laideur. On dit que nous sommes belles maintenant parce que nous sommes jeunes et stupides. Mais plus nous accomplissons des choses et exprimons des opinions, plus on nous décrit comme étant laides.

— Comme c'est intéressant ! Peut-être Mary Shelley est-elle le monstre de sa mère. Une chose monstrueuse née de ses idées. Elle a donné vie à l'idée qu'avait sa mère d'une femme libre et cette idée s'est promenée dans le monde, pas du tout délicate, mais grotesque et meurtrière.

— Oui ! J'aime bien cette interprétation !

Sadie devait aussi admettre que c'était une idée

extrêmement pénétrante, et souhaitait maintenant savoir comment George en était arrivée là.

— Comment as-tu pu lire tant de livres ? C'est ta mère qui te les a donnés quand tu étais petite ?

— Est-ce que j'ai l'air d'avoir eu une mère ? Non, les mères ne courent pas les rues. La moitié décident, une fois qu'elles ont donné naissance, qu'elles n'ont pas envie d'être mères. Et elles quittent ce monde. C'est ce qui m'est arrivé. Ma mère a jeté un coup d'œil à ma vilaine figure et a décidé qu'il valait mieux qu'on ne sache pas qu'elle en était la génitrice.

Sadie fut frappée par cette effronterie.

— Comment te sens-tu face à cela ?

— Je dois m'y être habituée dès l'âge de 1 an, parce que je n'y ai certainement plus pensé depuis. Mais j'ai toujours eu la chance d'avoir des femmes de mon côté, des femmes qui étaient sans doute meilleures que ma mère aurait jamais pu l'être. Jeanne-Pauline, à la pharmacie, a commencé à me prêter des livres quand j'avais 10 ou 11 ans. Je ne pensais jamais réussir à finir les premiers, parce qu'ils étaient remplis de tant de mots nouveaux. On n'entend pas ce genre de mots quand on grandit dans un bordel. Mais ces livres m'ont changée. Quand on lit assez de livres, ils finissent forcément par faire de vous une personne aux idées originales.

— J'ai toujours voulu être écrivaine. Même quand j'étais toute petite. J'écrivais des poèmes pour des animaux morts.

— Je n'ai encore jamais rencontré d'écrivaine ! Tu vois, je savais que tu étais spéciale ! Comment tu fais pour écrire ?

— J'ai une idée, et puis je la couche sur le papier. Mais sur la page, l'idée devient une chose très différente.

Elle se développe, se déploie. Elle devient une merveilleuse créature à part entière. Je me sentirais entièrement seule sans l'écriture. Elle m'a formidablement tenu compagnie. Mais ce n'est pas tout.

— Sur quoi travailles-tu maintenant ?

— Un roman.

— J'adore les romans ! La tenancière me battait quand elle m'attrapait en train d'en lire un. Je ne la blâme pas. Je négligeais tout le reste quand j'avais un livre entre les mains. Je me fichais bien du monde. Je laissais pleurer les bébés. Je les laissais marcher dans la rue et se faire frapper par une voiture. J'ai laissé sa chatte préférée tomber enceinte. J'ai laissé une putain battre un client presque à mort parce que j'étais incapable de me détacher de mon roman. Elle me tirait les tresses quand elle me surprenait à mal me comporter. Et puis, un jour, je les ai coupées. Elle a essayé de me les tirer et elles n'étaient plus là. On en a ri pendant des années.

George attrapa trois balles et entreprit de jongler au-dessus de sa tête. Sadie était intriguée par cette fille élégante et masculine qui semblait si à l'aise dans sa peau et dans le quartier. Elle voulait savoir ce que savait George. Elle aimait sa manière de se déplacer avec fluidité dans ce monde violent. George possédait une grâce qui lui venait d'avoir passé sa vie en pantalon. Sadie et Marie, qui avaient toutes deux été entravées par le port de corsets et de robes ajustées, étaient semblables à des marionnettes qui essaient de mimer la grâce en faisant des mouvements contraints. À la pensée de ce que Marie et elle auraient pu devenir si, dans leur jeunesse, on ne les avait pas limitées dans leurs mouvements, Sadie eut le cœur serré.

Il fallait qu'elle songe à se libérer le corps en même temps que l'esprit.

— Et tu as dit que tu n'étais pas une putain, mais tu vis ici ?

— Quel homme paierait pour coucher avec moi ? Je suis sage-femme.

De surprise, Sadie haussa les sourcils à l'évocation de cette profession stupéfiante et sanguinolente.

— Combien de bébés as-tu mis au monde ?

— Tellement. Je n'en ai aucune idée. Parfois, les filles refusent même de regarder l'enfant. Elles veulent juste pleurer. Dans ces cas-là, je suis la seule à parler au bébé. Je lui dis que tout ira bien. Même si tout n'ira pas bien.

— Ne serait-ce pas merveilleux de ne pas être obligés de naître d'une femme ?

— Si on sortait d'un œuf d'autruche. On pourrait mettre l'œuf sur un oreiller sous une lampe. Quand il se fissurerait et que l'humain en sortirait, il n'appartiendrait à personne.

— Ça te plaît, vivre ici ?

— Je n'ai jamais vécu nulle part ailleurs. Mais cette chambre est merveilleuse. Honnêtement, avant, je dormais sous la table de la cuisine. C'est là que vont les enfants. Je n'ai jamais eu de chambre quand j'étais petite. Je me construisais un nid comme un petit chien. C'est ce qu'on faisait tous. On dormait même avec les chiens si on avait de la chance. Ils dégageaient de la chaleur. On dormait en se serrant dans nos bras. Quand nos souffles s'accordaient, on s'endormait. Lorsque j'ai eu ma chambre à moi, ça a été le plus beau jour de ma vie.

— Je ne resterai pas longtemps.

— Oh, non. Ce n'est pas ce que je voulais dire. J'adorerais que tu restes.

— Pourquoi ?

— Tu es la personne la plus intrigante que j'ai jamais rencontrée en me promenant dans le Mille sordide. Voilà un personnage de roman en train de se balader, c'est ce que j'ai pensé en te voyant. Et puis je découvre que tu es écrivaine ! Il faut que tu restes un peu.

Des cris et des éclats de voix montèrent du rez-de-chaussée. On aurait dit qu'un homme se faisait expulser du bordel. George parut ne rien remarquer. Les cris se transportèrent dans la rue. Sadie ne put s'empêcher d'aller voir ce qui se passait. George se leva pour se pencher par la fenêtre et regarder avec elle.

Une jeune prostituée, seins à l'air, criait après un homme qui prenait ses jambes à son cou :

— Tu n'as pas le droit ! Reviens et je vais te tuer de mes propres mains. Et qu'est-ce que vous regardez, vous autres ? Vous croyez que c'est gratis, de regarder mes tétons ? Eh bien, voyons combien d'entre vous vont payer pour venir les admirer cette semaine. Leur souvenir va vous coûter tout ce que vous avez. Je vais vous voir bientôt. Vous allez flamber vos chèques de paie pour voir ma chatte.

— Elle a de l'avenir, celle-là. Quand elles sont pleines de vie et arrogantes, elles s'en tirent bien.

24

Où Marie Antoine exerce sa vengeance contre le monde

À l'été, le contremaître s'arrêta devant la maison de Marie Antoine. Il ne lui avait pas rendu visite depuis un certain temps, pas depuis la mort de son père. Il avait l'habitude de voir des femmes fortunées faire des dépressions nerveuses. Mais rien ne l'avait préparé à l'état dans lequel il trouva les bonnes. Une fille vêtue d'une robe fourreau blanche sous une veste noire de majordome lui ouvrit la porte.

— Par ici, monsieur, dit-elle avec un léger accent caribéen.

Puis elle s'éloigna sans prendre son chapeau ni son manteau. Et il ne savait absolument pas s'il devait la suivre ou non.

Il enjamba une pile d'excréments de chien. Un grand danois se promenait librement dans la maison. Il disparut en tournant le coin telle une sinistre créature.

Un groupe de bonnes étaient assises à table, en train de jouer aux cartes. L'une des filles était en sous-vêtements. Elle poussa un cri, sauta sur ses pieds et sortit en courant sous les rires des autres bonnes.

Le contremaître s'enquit de Marie. Elles le regardèrent,

l'air perplexe, comme si elles ignoraient absolument qui il cherchait.

— Elle ne reçoit plus de visiteurs. D'ailleurs, qui vous a laissé entrer ?

— Je suis ici pour discuter de l'usine Antoine.

— Eh bien, cherchez-la.

— Demande à Sarah d'aller la chercher.

— Sarah !

La fille qui avait répondu à la porte revint en courant. Elle s'arrêta devant l'homme, les poings sur les hanches.

— J'ai dit par ici, monsieur.

Marie était assise sur un canapé défoncé, au milieu d'une grande pièce. Elle portait une robe beige qui avait désespérément besoin d'être lavée. Dans ses cheveux dénoués se trouvait une fleur blanche qui semblait y avoir été fichée la veille, puis oubliée. Elle tendit les mains pour voir les documents détaillant les changements proposés, qu'elle lut attentivement pendant vingt minutes. À aucun moment elle n'invita son visiteur à s'asseoir, pas plus que Sarah qui, perchée sur le bras du canapé, lisait par-dessus l'épaule de Marie, balançant une jambe d'avant en arrière.

Il songea que c'était une sorte de mise en scène et que Marie, pour une raison ou pour une autre, faisait semblant de lire les documents.

Le grand danois entra dans la pièce et se coucha en boule aux pieds de Marie. On aurait dit un long morceau de bois flotté échoué sur une plage. Marie leva un pied et posa sa botte sur le dos du chien comme si c'était un gros tabouret. Le contremaître vit ses bas de soie, qui étaient blancs et, bien que fins, parsemés d'échelles.

Quand elle eut fini, elle lui tendit les documents.

Et elle le regarda avec une expression d'intelligence à laquelle il ne s'était pas attendu et qui le prit de court. Il fut terrifié par ce qu'il avait fait. Il n'avait jamais vu une telle expression, sauf sur le visage d'une jeune fille, à l'usine, qui avait exigé de voir M. Antoine après avoir perdu un doigt. Et les deux filles accusaient une ressemblance remarquable.

— Je ne vais pas signer cela.

— Non, répondit-il. Bien sûr que non.

Il ouvrit la bouche comme pour dire autre chose, pour essayer de trouver une excuse qui permettrait de dissimuler son méfait, mais se rendit compte aussitôt que cela ne servait à rien. Et il courba la tête.

— Je vais me retirer maintenant.

Il attendit un moment que Sarah le raccompagne jusqu'à la porte, mais comprit qu'elle n'en ferait rien. Il sortit de la maison. Ballotté à l'arrière de la voiture, il ne voulait rien d'autre que de redevenir l'homme qu'il était en se levant ce matin-là.

Marie ne repensa plus à la visite du contremaître avant deux semaines. Un verre d'eau froide fut jeté sur sa mélancolie, la tirant de sa torpeur. Une raffinerie concurrente lançait une prise de contrôle hostile. Une entreprise de Toronto. Le contremaître était allé les voir, sous prétexte que Marie était faible et que le moment était venu d'agir. Marie avait du mal à croire que cela s'était produit.

Elle s'en voulait de n'avoir pas vu la chose venir. Elle savait que personne ne lui viendrait en aide. On exploiterait sa dépression pour profiter d'elle. Ils étaient venus pour l'achever. Elle considérait que la raffinerie et tous ceux qui y travaillaient étaient contre elle, estimant que les ouvriers l'avaient trahie tout autant que les directeurs.

Elle congédia le contremaître et demanda à la secrétaire du bureau à l'usine de venir plutôt passer ses journées chez elle. La secrétaire connaissait mieux que quiconque les rouages de la raffinerie, même si personne ne lui accordait le moindre crédit ni la moindre reconnaissance. Elle avait commencé à travailler au bureau avant la naissance de Marie.

Elle avait des crayons et des stylos fichés dans son chignon. Elle avait l'habitude de les planter là quand elle travaillait et puis de les y oublier. À la fin de la journée, elle ressemblait à une sculpture de la Vierge Marie coiffée d'une couronne ou à un porc-épic.

Elle s'assit à côté de Marie, au même bureau, et ensemble elles se penchèrent sur les opérations de la raffinerie. Marie ne craignait pas de révéler son ignorance à la secrétaire. Celle-ci l'initia aux rudiments du métier, mais Marie apprenait vite, et les leçons que lui avaient servies les propriétaires d'usines américains lui revenaient. Passionnée par le sujet, elle en saisit rapidement les enjeux et en vint à exceller, ce qui impressionna fort la secrétaire. Et, en fait, impressionna tous ceux qui l'entouraient.

Cessant de la traiter comme une idiote à qui l'on pouvait voler la raffinerie, on se mit à s'en remettre à ses décisions et à travailler avec elle. Plusieurs n'auraient jamais cru qu'ils répondraient un jour aux instructions et aux ordres d'une femme, mais tout cela se passa de manière si fluide qu'ils cessèrent bientôt de considérer ce que la situation avait de singulier.

Comme elle travaillait de la maison, Marie n'avait pas à traiter directement avec les ouvriers. Ceux-ci ne pouvaient pas manipuler ses sympathies au détriment des fortunes de la raffinerie. Les travailleurs n'auraient pas compris pourquoi elle s'apprêtait à serrer la ceinture à l'usine. Mais tous devaient faire des sacrifices, sans quoi ils mangeraient bientôt du sucre venu d'autres provinces.

Marie se consacrait à l'entreprise dès le réveil, encore en pyjama, en buvant son café. L'histoire avait été écrite par des hommes narcissiques et violents qui se gargarisaient de leurs rêves aux dépens des masses ouvrières. L'histoire considérait que ces hommes étaient compliqués, mais on ne pouvait nier qu'ils étaient efficaces. Ils étaient semblables aux volcans et aux tremblements de terre qui avaient façonné les continents. Marie émergea de sa dépression avec une insensibilité que ni elle ni qui que ce soit d'autre n'aurait pu prévoir.

C'est ainsi que s'amorcèrent les changements.

25

Brève histoire d'une fille du nom de George

Le jour de leur rencontre, Sadie et George passèrent toute la nuit à discuter sous les combles de la maison de passe, assises l'une en face de l'autre en tailleur sur le lit de George, comme si elles se connaissaient depuis toujours. Chaque fois qu'elles riaient, le matelas geignait comme une vieille femme. George adorait l'esprit de Sadie. Elle s'était toujours demandé si elle aurait l'air idiote en compagnie de femmes de la haute société. Sadie avait reçu une instruction de première classe – dans la mesure où une femme pouvait recevoir une telle instruction – et elles s'entendaient comme larrons en foire.

George commença son histoire par le début. Elle était née au bordel. Jusqu'à un âge assez avancé, elle ignorait qu'on était censé porter tous ses vêtements à la fois. Une prostituée se baladait avec, autour d'elle, une crinoline semblable à une cage, et rien d'autre. Une autre femme portait un pantalon bouffant, son corset était délacé, et elle le laissait entrouvert, à la manière d'un veston. Une troisième portait des bas à rayures et une chemise transparente. Elles étaient surtout vêtues de culottes bouffantes, de jupons et de chemises. C'était toute une histoire pour qu'elles remettent leurs robes.

George n'était pas d'une grande beauté. Elle devait tenir de son père. Toutes les femmes du bordel niaient être sa mère. Elle les avait accusées une à une de l'avoir enfantée. C'était une façon d'installer entre elles de l'intimité. Cela, elle le comprendrait plus tard. Pour l'instant, elle ne savait pas trop ce qu'elle faisait. Elle avait étrangement l'impression de leur faire des propositions malhonnêtes.

Il était toutefois impoli d'indiquer laquelle des putains était votre mère. On appartenait au bordel. On ne voulait pas diminuer l'attrait sexuel de sa mère, pas vrai ? Si on ressemblait trop à sa mère, on faisait semblant d'être sa sœur.

Mais George était indispensable. Elle abattait dix fois les corvées dont se chargeaient les autres.

Elle n'était pas le genre de filles que remarquaient les hommes. Et grandir au bordel lui avait appris l'invisibilité. Elle savait entrer dans des pièces où l'on baisait pour aller récupérer quelque chose et en ressortir aussi vite, ou alors aller enquêter sur la cause de violents bruits sourds. Elle entrait en coup de vent dans une chambre pour recevoir les instructions d'une prostituée qui, à quatre pattes, était prise par-derrière.

— Va déplacer le bol d'eau qui est sur la table, j'ai peur qu'il ne se renverse.

Une fois, une fille occupée à branler un homme lui avait demandé de la remplacer le temps d'aller aux toilettes. Elle ne voulait pas qu'il perde son érection. Il était resté couché là, yeux fermés, à lui flatter le bras, s'imaginant sans aucun doute une femme plus belle.

L'un des dons que possédait George, c'était que le corps humain ne lui faisait pas peur. Et la douleur des autres ne lui faisait pas peur. Elle prêtait main-forte pendant tous les accouchements. Les femmes souhaitaient sa présence à leurs côtés. Elle les regardait dans les yeux et leur disait de ne pas s'en faire, qu'elles s'en tiraient merveilleusement. Et les femmes se trouvaient hypnotisées par elle.

Son visage reflétait leur expression, ce qui leur donnait l'impression de ne pas être seules avec leur souffrance. Quand elles criaient, George criait avec elles.

Un soir particulièrement occupé, elle avait été appelée par une fille qui avait besoin d'un peu d'aide pour faire jouir un homme alors que toutes les autres prostituées étaient occupées. Dans de telles situations, elle leur chatouillait les couilles, ou bien leur insérait un doigt dans le derrière. Ça ne la dérangeait pas. C'était le plus souvent un geste assez mécanique, qui aurait été une perte de temps pour une autre prostituée.

Elle était aussi entrée dans une chambre pour en faire sortir un chihuahua qui tentait de défendre l'honneur de sa maîtresse. Par la suite, elle se chargeait machinalement de cette tâche chaque fois qu'elle entendait aboyer un chien.

Elle donnait un coup de main aux filles qui se refaisaient une beauté avant de descendre chercher un nouveau client. Elle les aidait à s'administrer une douche vaginale. Elle les aidait à refaire leur maquillage et à retrouver leurs chaussures. Elle remplaçait les vêtements qui avaient été déchirés. Elle descendait les vêtements à la cuisine pour les repriser sans tarder.

Elle remerciait le Seigneur de l'avoir faite laide. Elle n'était pas obligée de travailler comme prostituée. Elle donnait un coup de main avec toutes les autres corvées, et apprenait tant de choses. Et puis, elle n'avait pas à s'inquiéter de tomber enceinte.

Un jour, un homme maigre avait oublié son veston à fines rayures. George avait supplié qu'on le lui laisse. Elle le portait avec une paire de pantalons devenus trop petits pour un jeune garçon qui avait vécu au bordel. En l'apercevant de dos, ses cheveux remontés, on pouvait parfois la prendre pour un jeune homme. Elle avait l'impression de se distinguer à cause de ce veston. Il la rendait unique.

Elle avait l'habitude de coiffer ses cheveux en deux tresses de chaque côté de sa tête, puis elle les avait coupées pour empêcher la maquerelle de les lui tirer.

— Bonté divine, quel dommage que tu aies coupé tes cheveux, s'était exclamée Madame. C'était la seule chose que tu avais de bien. Maintenant, tu seras encore plus laide qu'avant.

George était enchantée de ses cheveux courts. Elle se sentait plus légère. Elle aimait son apparence dans le miroir. Elle aimait le fait qu'elle ressemblait à une fille tout ce qu'il y avait de plus moderne. Elle acheta de la pommade comme celle dont les hommes enduisaient leur chevelure, et en appliquait de grosses noix pour placer ses cheveux de différentes façons. Sa coiffure préférée était une vague fantaisiste à la Pompadour.

Sachant que George ne deviendrait jamais prostituée et ne convolerait jamais non plus, pas plus qu'elle n'irait à l'école, Madame l'avait expédiée à Sainte-Adèle avec une valise et un peu d'argent afin qu'elle y effectue un apprentissage auprès d'une femme experte en matière de grossesse et d'accouchement

George en revint instruite de tout ce qu'il y avait à savoir de la vie secrète des fœtus. Elle savait comment utiliser des forceps. De fait, elle en acheta une paire pour la maison de passe. Elle possédait une trousse d'instruments gynécologiques qui ressemblaient à des squelettes de petits dragons. Tout le monde était impressionné par son savoir en la matière, et le fait qu'elle était capable de prévoir les besoins d'une femme avant qu'ils se manifestent. Elle plongea une fois la main dans une matrice pour retourner un bébé qui se présentait par le siège, sans y penser par deux fois. Elle avait du corps humain une compréhension aussi grande que n'importe quel étudiant d'anatomie. Une autre fois, une prostituée souffrait de crampes atroces. Il était évident que son fœtus était mort, mais son corps ne l'avait pas encore expulsé. George n'eut aucun mal à aller pêcher ce bébé dans le ventre de sa mère.

Quand l'une ou l'autre avait besoin de mettre fin à une grossesse, George pouvait s'en charger en un rien de temps. En fait, comme elle n'avait jamais tué de patiente, elles affluaient de partout en ville pour la consulter.

George s'étonnait que certaines de ces filles et de ces bonnes attendent aussi longtemps avant de demander un avortement. D'autres mentaient. Elles lui disaient n'être enceintes que d'un mois, mais quand le bébé apparaissait, il était si parfaitement formé, quoique menu, qu'il était manifeste qu'elles en étaient à cinq ou six mois de gestation. L'enfant ressemblait à un bébé parfait.

Elles suppliaient George de partir avec, ce qu'elle détestait. C'était illégal. On aurait pu la jeter en prison. Jamais elle n'aurait pu expliquer ce sac plein d'instruments aux autorités. Elle suggérait aux filles d'enterrer les bébés dans leur jardin, mais elles répliquaient que les dames de la maison aimaient jardiner. Et que se passerait-il si elles découvraient les petits squelettes parmi leurs hydrangées ?

George aurait pu continuer de la sorte toute sa vie si, à l'âge de 23 ans, elle n'était pas tombée par un après-midi sur une belle jeune fille riche dans une cape crasseuse en train de se faire houspiller sous l'auvent d'un comptoir où l'on vendait des huîtres.

26

Les sept péchés capiteux

Sadie eut un meilleur aperçu de la maison de passe au matin. Au lever du soleil, on pouvait voir toutes les salissures et la dévastation qui lui avaient été infligées. Des cernes de vin rouge tachaient le papier peint et les planchers. Les tapis étaient noircis au centre, là où avaient marché de trop nombreux souliers. On distinguait leur apparence originale près des bordures, au pied du mur, où ils laissaient entrevoir des ananas jaunes sur fond vert. Le tapis était destiné aux petons délicats de fillettes victoriennes descendant l'escalier en silence, alors qu'il subissait les assauts d'hommes marchant d'un pas lourd, une fille jetée par-dessus leur épaule, cul en l'air.

Il n'aurait pas servi à grand-chose de réparer la maison car, au coucher du soleil, toutes ces taches et ces éraflures s'évanouissaient, et la demeure respirait à nouveau la splendeur et la majesté.

Les murs étaient semés d'encoches utilisées pour noter la taille de certains enfants qui avaient grandi au bordel. Le nom de George figurait là.

Sadie s'imaginait George, âgée de 4 ans, debout contre le mur pour y être mesurée, avant de se retourner, excitée, pour voir combien elle avait grandi.

Elle savait qu'elle se lierait d'amitié avec George. Cela ne ressemblait en rien à son amitié avec Marie. George était directe et généreuse. Elle donnait l'impression d'être disposée à partager toutes ses possessions et tout son savoir. Sadie faisait confiance à George, et elle n'avait jamais fait confiance à qui que ce soit. Elles venaient à peine de se rencontrer, et déjà George accordait plus d'importance aux sentiments de Sadie qu'aux siens.

Sadie souhaitait ardemment aussi faire la connaissance des autres femmes qui travaillaient à la maison close. Madame était une femme d'âge mûr vêtue d'une robe bourgogne munie d'une énorme jupe et d'un bonnet serré sur sa tête. Ce qui se trouvait sous cette grosse jupe était un mystère. On pouvait imaginer que, si d'aventure elle la soulevait, on y découvrirait un théâtre de marionnettes, où tous les pantins seraient occupés à forniquer follement.

Toutes les femmes descendaient pour leur premier repas de la journée à 1 heure de l'après-midi. Leurs pieds chaussés de bas se pressant sur le palier faisaient penser à un groupe de lapins qu'on aurait chassés d'un buisson.

Madame aimait à engager des prostituées exclusives. Par *exclusives,* elle entendait des femmes disposées à se prêter sans hésitation à toutes les demandes extravagantes et dépravées. Intéressée par les prostituées qui travaillaient au bordel, Sadie songeait qu'elle pourrait un jour écrire un livre sur elles. Quand elle aurait fini l'ouvrage sur Marie et elle, bien sûr. Les prostituées lui rappelaient les élèves du pensionnat ; elles avaient souvent été exilées en raison de quelque particularité qui les empêchait de vivre avec leurs familles. Sadie se mit à interviewer les filles dans le but de découvrir le péché qui avait entraîné leur chute.

Une Irlandaise du nom de Maureen avait pour péché la Gourmandise. Sa famille l'avait ostracisée parce qu'elle était obèse. C'était particulièrement tragique parce qu'elle était plutôt jolie. Ainsi, en prenant du poids, elle gâchait une occasion qui ne s'offrait pas à toutes les filles. Elle avait tenu sa beauté pour acquise. « Quand je mange, le monde entier disparaît. Je me sens comme un nuage dans le ciel. »

Sadie n'avait jamais songé que l'obésité pouvait être une offense susceptible de vous faire chasser de chez vous au même titre que le meurtre qui lui avait valu son bannissement. Le gras du ventre de Maureen donnait l'impression qu'elle tenait le plus mignon des porcelets sur ses genoux.

Une Française du nom de Marthe avait pour péché la Luxure. « On m'a surprise en train de me masturber. J'avais commencé à me toucher. C'était merveilleux. Mais je ne savais pas que c'était une chose que connaissaient les autres, alors je pensais que je m'y prenais discrètement. Un jour, je me suis glissé un concombre entre les jambes, et puis j'ai commencé à me balancer doucement d'avant en arrière. Et puis j'ai atteint le paroxysme et j'ai crié d'extase. Il se trouve que le révérend était invité à souper chez nous ce soir-là. »

Louisa, une Italienne, était coupable du péché de Paresse. « J'étais tellement indolente quant à mon apparence. » Sadie la crut aussitôt. La veste de Louisa était boutonnée de travers. Ses cheveux étaient coiffés de guingois sur sa tête, ce qui fait que son chapeau se trouvait perpendiculaire à son oreille. La maquerelle ne cessait de la renvoyer dans sa chambre pour qu'elle remette de l'ordre dans ses vêtements. On aurait dit qu'elle était incapable de se tenir propre comme les autres filles. Un soir, au souper, elle avait eu une moustache de lait au-dessus de la lèvre pendant toute la durée du repas.

Une mince métisse du nom de Carol était coupable de Colère. Mordue par le caniche miniature de sa mère, elle avait pris le chien par la gorge à deux mains, et l'avait étranglé.

Anne, qui était d'ascendance écossaise et issue d'une famille de la classe moyenne, avait été accusée d'Envie. Avant son mariage, il n'y avait rien que sa sœur ne partageât avec elle. Elle lui prêtait tous ses jouets. Si Anne admirait la paire de bas qu'elle portait, sa sœur les lui faisait essayer. Si sa sœur découvrait une charmante façon d'attacher ses cheveux en chignon, elle enseignait tout de suite la technique à Anne. Mais un jour, sa sœur épousa un homme très beau, et tout cela fut du passé.

— Comment l'as-tu séduit ? demanda Sadie.

— Je l'ai regardé quelques secondes de plus que ce qui aurait été convenable. Je n'arrivais pas à croire combien c'était facile.

Anne se versa un verre d'eau minérale. Sadie regarda les bulles monter vers la surface. On aurait dit qu'une toute petite fée se noyait au fond du verre.

Ramona, dont la mère était chinoise, était si grande qu'elle paraissait étirée comme une ombre de fin de journée. Elle avait été mise à la porte en raison du péché d'Avarice. Un soir qu'elle jouait de l'argent avec ses amies, elle ne cessait de gagner. Qu'y pouvait-elle si elle avait de la chance ? Elle savait compter les cartes. « À quoi ça sert d'avoir la bosse des maths si on ne s'en sert pas pour gagner de l'argent ? Les paris, voilà ce qui fait les fortunes. Ils m'ont envoyée ici pour m'apprendre une leçon, mais aussi parce que personne ne voulait payer ses dettes envers moi.

— Et as-tu appris ta leçon ?

— On ne peut pas apprendre une leçon qui n'a pas de sens.

Elle tendit ses deux poings devant Sadie :

— Aimerais-tu parier le ruban que tu as dans les cheveux que tu saurais deviner dans quelle main je tiens une pierre ?

Siobhan, qui jurait n'être pas irlandaise, s'était rendue coupable d'Orgueil. Elle rejetait les avances des hommes sans ménagement. Honnête, elle expliquait pourquoi elle ne pouvait s'imaginer les épouser. « Je suis trop intelligente pour passer mes journées avec vous, avait-elle dit à l'un de ses prétendants. Il me faut quelqu'un avec qui je puisse converser, quelqu'un qui soit mon égal sur le plan intellectuel. »

— Je suis allée dans un musée, j'ai regardé les peintures de femmes nues, et toutes les statues. Je me suis rendu compte qu'aucune n'avait de seins aussi beaux que les miens. Veux-tu les toucher ?

Siobhan présenta à Sadie ses deux seins dans ses mains, comme si elle proposait deux verres de brandy.

— D'accord, dit Sadie.

— Prends-les, chuchota Siobhan d'une voix rauque.

27

Mary Robespierre apparaît au balcon

Mary Robespierre ne souhaitait pas gagner des sommes indécentes. Elle était satisfaite de son sort, possédait déjà tellement plus que ce qu'elle avait jamais désiré. Elle avait le loisir de se livrer à une activité qu'elle aimait plutôt que de passer toutes ses journées à l'usine. Elle avait concocté un plan farfelu, qui avait miraculeusement porté ses fruits. On l'avait insultée tous les jours de sa vie. La liberté qui venait avec le fait de ne pas subir de violence psychologique était enivrante. Chaque journée était la plus belle journée sur Terre. Elle supposait, connaissant la nature humaine, qu'elle se mettrait bientôt à désirer autre chose de la vie. Mais elle avait du mal à se le figurer. C'était comme tenter de décider ce qu'on allait manger le lendemain tout de suite après avoir pris un énorme repas.

Elle travaillait joyeusement à la pâtisserie. Sur le comptoir, les petites boules de pâte ressemblaient à de vieilles femmes assises, nues, au bord du bassin d'un bain public. Mary en prit une dans ses mains, la lança sur la table. La farine s'éleva tout autour et, à cet instant, une légère neige se mit à tomber sur la ville.

*

Quand la pâtisserie ouvrit ses portes, en raison de sa proximité avec l'usine, le contremaître demanda à Mary d'apporter gâteaux et pâtisseries aux bureaux à midi. Elle n'aurait pas été obligée de mettre tant de soin à confectionner les douceurs : on les lui aurait commandées de toute façon, puisqu'elle était tout à côté. Elle les bichonnait pour son propre plaisir, pour sa propre satisfaction, obsédée qu'elle était par la création d'objets de beauté. Quand elle s'asseyait avec ses douilles et ses couteaux, plus rien n'existait.

L'arrivée des gâteaux de Mary était le moment préféré de la journée de plusieurs des opérateurs de l'usine. Ils se rassemblaient autour des pâtisseries pour déterminer laquelle leur plaisait le plus. Lorsqu'ils étudiaient les gâteaux, une part secrète et obscure d'eux-mêmes se trouvait exposée à la lumière. Un tel se demandait pourquoi, à 65 ans, il se découvrait soudain à ce point attiré par un gâteau au glaçage rose couronné par une cerise. Pourquoi avait-il l'impression d'être un enfant timide à une fête d'anniversaire ?

Mary adorait que les opérateurs prennent le temps d'observer ses pâtisseries. Quand ils attendaient un long moment avant de mordre dedans parce qu'ils s'apprêtaient à détruire une œuvre d'art, elle était enchantée, remplie d'une fierté sans égale. Nous avons tous une dépendance à certains sentiments. Ce sont eux qui finissent par façonner le cours de nos vies. Ces sentiments deviennent nos étoiles Polaires. L'étoile Polaire de Mary, c'était la fierté.

En apprenant la mort de Louis Antoine, Mary fut abasourdie. Le gâteau auquel elle travaillait était posé sur la table de la cuisine. Il était tombé et ressemblait au ventre d'une femme qui vient de donner naissance. Était-elle attristée par la mort de Louis ? Non, pourquoi l'aurait-elle été ? Louis ne s'était pas soucié d'elle quand elle était enfant, et ne lui avait pas accordé plus de deux heures durant toute sa vie, qui toutes deux l'avaient rendu inquiet et mal à l'aise. Elle avait dû sacrifier un de ses doigts pour obtenir une audience avec lui. Elle n'aurait pas pu se permettre de le rencontrer encore plusieurs fois. Pourtant, il lui avait donné plus que quiconque. Elle savait que la protection qu'il lui procurait était maintenant évanouie. Elle se demandait si Marie viendrait souvent à l'usine. Elle savait qu'elle remarquerait leur ressemblance physique. Elle éprouvait un désir pervers de montrer son visage, peu importe le danger que cela présentait.

En entrant dans l'usine pour la première fois après la mort de Louis, Mary sentit un courant d'anticipation parcourir la foule. Tous les ouvriers avaient cessé de travailler et s'étaient rassemblés sous le balcon, dans l'expectative. Et puis Marie apparut au-dessus de leurs têtes. Où qu'elle aille, Marie brillait et attirait l'attention, mais jamais autant que lorsqu'elle se trouvait dans le Mille sordide. La misérable toile de fond mettait en évidence le rose de ses joues et la riche blondeur de ses boucles. Le bout de ses doigts était légèrement rosé. Ses seins étaient des globes parfaits qui ne s'affaisseraient jamais, car elle ne serait jamais forcée d'allaiter.

On aurait dit que Marie se tenait debout au milieu d'une esquisse de peinture, mais qu'elle était la seule partie de l'image à avoir été coloriée.

On n'avait jamais vu une tenue telle que celle qu'elle arborait. Portant le deuil, elle était vêtue de noir. Mais l'étoffe noire de sa robe était si fine qu'elle semblait chatoyer de mille couleurs. Eux n'auraient jamais pu se permettre ce genre de noir. Le noir de leurs vêtements était mat. Il n'était pas lumineux. Ce n'était pas une couleur. Ce noir-là était une couleur. C'était comme regarder le fleuve la nuit. Des bélugas s'agitaient sous la surface. On ne voyait pas les animaux marins, mais on devinait leurs ombres, on sentait leur présence. Des sirènes batifolaient dans les vagues.

Pour Marie, le balcon était une scène. Un observateur aurait pu croire que, faute d'habiletés, elle ne faisait rien d'autre que d'être elle-même, mais Mary, qui disposait exactement du même corps, savait combien Marie était habile. Mary fut tout à coup remplie d'envie. Telle était la chose qu'elle aimait le plus : l'admiration. Elle ne pourrait jamais éveiller ce genre d'amour obséquieux par la pâtisserie. Que ressentait-on quand on était admiré et vénéré uniquement pour soi ?

La ville au XIXe siècle était un ignoble foyer d'infection. Les gens tombaient comme des mouches. L'année précédente, un grand nombre de malades étaient morts au bout de leur merde. Dans ces circonstances, on aurait pu croire que le décès de Louis par crise cardiaque ne causerait pas de sensation parmi la foule. Mais lorsque Marie décrivit le trépas de son père, les ouvriers en eurent les larmes aux yeux. Ils étaient dévastés pour elle. Ils n'aimaient pas du tout la voir triste. À ce moment, tout le monde dans l'usine eut l'impression que la vie de Marie était plus importante que les leurs. Ses problèmes étaient plus vastes, plus épiques. Ils vivaient sa vie par procuration. À ce moment-là, ils renoncèrent à leur propre existence pour vivre la sienne.

Mary put voir que cela montait immédiatement à la

tête de Marie. Quoi qu'elle eût cherché dans la foule, elle avait trouvé plus que ce qu'elle attendait.

Mary Robespierre sentait l'électricité émanant de la vague d'émotions des ouvriers. Son intensité lui donnait envie de vomir. Si elle avait été médecin et qu'elle avait posé un stéthoscope sur leurs poitrines, elle aurait entendu leurs cœurs battre à l'unisson. La puissance d'une foule qui ressent une émotion commune est difficile à contenir. C'est comme de chevaucher un étalon ombrageux qu'on vient à peine de mater. On peut en perdre la maîtrise à tout moment et se faire broyer sous ses sabots. Mary se demanda si Marie avait conscience que cela pouvait se retourner contre elle.

Quoi qu'il en soit, l'affection de la foule ne se retournerait pas contre elle ce jour-là. Dans toute l'usine, on avait le sentiment que maintenant que Marie était la patronne, les problèmes touchaient à leur fin. On s'attendait à recevoir une modeste augmentation de salaire. On ne pouvait s'empêcher de se demander joyeusement ce que ce salaire supplémentaire permettrait d'acheter. Pour une personne pauvre, un sou, c'est comme un haricot magique semé dans la tête et d'où jaillissent les idées les plus formidables et les plus absurdes.

Pendant six mois, l'usine ne connut pas le moindre changement. Et puis, au cours de l'été, et tout au long de l'hiver, les transformations commencèrent. Les salaires furent coupés, les emplois sabrés, les quotas de production augmentés. Et, plus alarmant, on accéléra le rythme des machines. Quand elle apportait ses gâteaux à la raffinerie, Mary commença à remarquer les changements, les conséquences de l'augmentation de la charge de travail sur les femmes. On aurait dit qu'elles étaient en état de choc. À l'extérieur de l'usine, elle vit une jeune fille secouée de spasmes. Elle ne cessait de hausser les épaules et de les laisser retomber. Une autre fille, rentrant chez elle, n'arrêtait pas de remuer les doigts comme si elle était en train de coudre.

Des cris se faisaient entendre de plus en plus souvent. Les filles se mettaient dans le pétrin parce qu'elles n'arrivaient pas à travailler aussi vite qu'il fallait. Mary vit l'un des surveillants crier après une ouvrière. Elle n'arrivait pas à distinguer ses paroles, noyées par le bruit des machines, mais, à en juger par le langage corporel des protagonistes, elle voyait exactement ce qui se passait, comme s'ils se livraient à une pantomime. Le surveillant agitait les bras, ses lèvres remuaient tandis que la fille pleurait. Ses paroles atteignaient l'ouvrière physiquement, comme des coups de poing.

Mary songea que les mots peuvent broyer une personne, et à plus forte raison une femme. Elle se rappelait ce qu'on éprouvait quand on s'adressait à vous de façon méprisante. Cela vous frappait sur la tête comme un marteau qui frappe un clou, jusqu'à ce que vous ne soyez plus rien, une petite saleté. Il n'allait même pas la congédier, il se contentait de la briser afin qu'elle travaille dans un état d'humble servilité, comme le faisaient les femmes à la maison.

Il était normal qu'une femme soit maltraitée à la maison. Nulle loi ne l'interdisait. Ce n'était pas exactement acceptable, mais tout le monde le faisait. Or voilà que cette façon qu'on avait de traiter les filles à la maison, on l'employait aussi au travail. Pour les filles, il n'y avait pas de différence entre les sphères privée et publique. Tout un chacun les traitait comme si elles étaient des enfants : on pouvait leur dire ou leur faire ce qu'on voulait. Elles vivaient dans un perpétuel état d'humiliation.

Mary arriva très tôt à l'usine un matin pour y livrer des petits pains chauds pour un déjeuner-réunion. Cinq filles étaient assises devant le bureau de l'un des contremaîtres, où on les avait envoyées afin qu'elles y soient réprimandées. Elles étaient hystériques. L'une d'entre elles se jeta à genoux dès que le contremaître apparut, le suppliant de la pardonner d'avoir pris trop de temps lors de sa pause cigarette. Elle agrippa les chevilles du contremaître, visiblement déconcerté. Une autre ôta ses bottes et s'en donna un coup sur le front. C'était plutôt inusité. Leur humeur affectait tout le monde dans le bureau. Mary songea que peut-être, d'une certaine manière, les filles savaient ce qu'elles faisaient. Elles jouaient les victimes d'une façon qui dérangeait le fonctionnement de l'usine. Si elles ne se calmaient pas, qui sait de quoi elles étaient capables ?

Après, désireuse de discuter de ce spectacle troublant avec quelqu'un, Mary alla voir Jeanne-Pauline à la pharmacie. Elle l'y trouva en train de compter des pilules et de les placer dans des flacons.

— Comment ça va ? demanda Jeanne-Pauline sans lever les yeux.

— C'est la pagaille à l'usine, répondit Mary. Les femmes sont dans tous leurs états. Elles perdent la tête. Mais elles ne s'en rendent pas compte. Elles agissent bizarrement. Elles ne savent pas ce qu'elles font. Mais je pense que cette folie signifie qu'elles résistent.

Mary commença à se convaincre de sa propre idée.

— Oui, elles croient qu'elles sont en train de tomber malades. Mais elles résistent. Elles pensent que tous leurs membres refusent de bouger. Mais c'est leur corps qui résiste. Elles vomissent leur pâtée. Mais c'est leur estomac qui résiste. Elles pensent qu'elles étouffent leurs bébés dans leur sommeil. Mais elles résistent, c'est tout. Elles baisent dans les ruelles, mais elles résistent, c'est tout. Quand il ne leur restera plus rien, quand elles seront toutes seules et abattues, c'est alors qu'elles s'en rendront peut-être compte : ah, je résistais.

— Bravo, Mary. Tu as senti le pouls révolutionnaire dans les bras maigres des ouvrières. Et tu ne pourras plus jamais l'ignorer.

Quand Mary quitta la boutique, Jeanne-Pauline réfléchit qu'elle avait une merveilleuse façon de penser et de s'exprimer, plus révolutionnaire et plus violente que ne le croyait probablement la jeune fille elle-même. Elle se demanda ce qu'elle en ferait. Mary possédait le genre de violence nécessaire au changement. Elle avait sacrifié un doigt pour sa cause personnelle. Et ça n'avait pas semblé la troubler le moins du monde.

Jeanne-Pauline se promit de se rappeler qu'elle aurait peut-être un jour besoin des habiletés oratoires de Mary.

28

Une collaboration

Sadie s'installa chez George. En guise de paiement pour le loyer, elle céda une robe à la tenancière, qui la donna promptement à une belle prostituée de 14 ans.

Le froid était beaucoup plus violent et plus capricieux dans le Mille sordide que dans le Mille doré. Les habitants du Mille sordide faisaient ressortir le pire de la personnalité de l'hiver. Il torturait les pauvres parce qu'il en avait le loisir. Il fissurait les fenêtres et ouvrait les portes d'un coup de vent. Il entrait de force dans les maisons, donnait aux gens des frissons et des pneumonies. Il tordait les vieilles personnes comme des bretzels, il faisait vieillir les jeunes en les rendant bougons et amers, il assassinait les doux enfants dans leur sommeil. Il bousculait les résidents qui marchaient dans la rue. Des ivrognes glissaient sur la glace et se cassaient le cou. Plus d'un nez sentait sa morsure et s'en trouvait ruiné. Et les ouvrières d'usine toussaient comme si elles fumaient le cigare. Les gens se couvraient de tellement d'épaisseurs qu'ils ressemblaient à des livres qui auraient gonflé sous l'effet de la pluie. Les sans-abri assoupis sur les marches d'église sous tous leurs manteaux et leurs minces couvertures ressemblaient à des piles de journaux.

Mais dans la maison de passe, le poêle était bourré de charbon et la chaleur régnait, comme si vous étiez nu, blotti dans le ventre de votre mère, inconscient qu'on allait vous en chasser un jour. Sadie avait l'agréable sensation qu'elle hibernait ; elle pouvait se concentrer sans distraction sur l'univers onirique de son livre. Elle écrivait pendant des heures. Elle avait constamment le bout des doigts taché d'encre. Elle emplissait les pages de façon merveilleuse, incontrôlable. Sa calligraphie faisait penser à un chat jouant avec une ficelle. Cette fille était née inspirée.

George était fascinée par les livres, merveilleux objets. Elle n'avait jamais songé à cette évidence : ils avaient été écrits par des êtres humains. Et ces êtres humains avaient les mêmes failles et les mêmes besoins que les autres. Ils s'asseyaient à leur bureau en sous-vêtements, leur chat couché sur le bord de leur fenêtre, tandis que leur cafetière refroidissait. Et ils couchaient leurs idées sur le papier. Ils s'interrompaient pour manger une soupe, aller chier au cabinet de toilette, regarder par la fenêtre, se masturber, et puis ils se rasseyaient et recommençaient à écrire.

— J'ai remarqué que tu écrivais dans un calepin. De quoi ça parle ? demanda George.

— C'est le roman dont je t'ai parlé. Aimerais-tu le lire ?

— Oui !

Dès qu'elle eut lu le livre, George avait été persuadée que c'était une œuvre de génie. Elle aimait beaucoup que les deux personnages principaux soient des femmes passionnées. Aucune des deux n'était mariée. À ses yeux, elles constituaient des pionnières de la littérature. Elles partaient à l'aventure, comme Don Quichotte et Sancho Panza. C'était picaresque et drôle.

Mais George savait aussi que les livres humoristiques étaient souvent les ouvrages les plus subversifs. C'était d'abord par la littérature que les gens devenaient libres. C'était par les livres que les idées nouvelles gagnaient la population.

— Ce livre est formidable ! Vraiment.

— Je suis un peu perdue, par contre. Je ne sais pas du tout comment le terminer.

Levant les yeux de son bureau, Sadie avait découvert qu'elle se trouvait dans une forêt profonde. Il n'y avait nulle part où aller, aucun chemin d'accès. Chaque fois qu'elle reprenait son stylo, de nouveaux arbres poussaient comme des plants de haricots, s'emmêlant en grandissant, si denses qu'ils en bouchaient le soleil. George s'asseyait avec elle et elles discutaient du livre.

On aurait dit que George possédait une boussole. Elle décrivit la forêt entière à Sadie, tous ses recoins, toutes ses cachettes, les clairières où poussaient les fleurs, les arbres immenses dont les racines pouvaient sortir du sol et vous faire trébucher pour regarder sous votre robe. Elle connaissait le chemin qui menait hors de la forêt. Un sentier s'ouvrait devant ses pieds.

Après, Sadie déplaçait la pointe de sa plume comme un voilier sur les vagues par une journée venteuse parfaite. La plume avec laquelle elle révisait traçait les notes et les ratures comme un oiseau de mer qui plonge pour pêcher un poisson.

Tout naturellement, George se mit à aider Sadie à façonner son roman. Elles s'asseyaient chacune à un bout du bureau qu'elles avaient traîné au milieu de la pièce. Sadie gribouillait. Quand elle avait fini une page, George la lisait et ajoutait ses commentaires. Elle rédigeait des notes et rayait des paragraphes entiers même si Sadie poussait des cris d'incrédulité.

Quand elles avaient fini de travailler, George aimait à ôter les bottes de Sadie. Les lacets en se défaisant produisaient un bruit léger, comme une plume sur une feuille. Sadie avait aussi des chaussures à boutons et George possédait un petit instrument spécialement pour elles. Il y avait quelque chose d'enchanteur à sentir le bouton sauter hors de son trou. Et puis George aimait prendre les pieds de Sadie et les masser, chose qui plaisait à toutes les femmes, lesquelles, en raison des talons et des bouts pointus de leurs bottines, avaient constamment les pieds meurtris.

George prenait aussi plaisir à voir Sadie plus ou moins déshabillée.

Sadie aimait porter des corsets, qui soutenaient ses seins volumineux. Elle avait un corset rose foncé avec une culotte constituée de plusieurs épaisseurs de dentelles, dont certaines avaient été déchirées à l'arrière. George adorait délacer le corset de Sadie. Elle adorait le petit soupir qu'elle poussait quand elle avait fini. Et la profonde inspiration qu'elle prenait avant de tirer sur les lacets du corset pour l'attacher. Elle avait un sous-vêtement en soie blanche dans lequel elle glissait les jambes avant de le passer par-dessus ses épaules et de le boutonner. Quand elle défaisait son corset, on aurait dit que ses seins étaient libres. Elle ne supportait pas le moindre frôlement d'étoffe contre ses seins quand elle ovulait tant ils étaient sensibles.

Sadie avait une sorte de coussin qui saillait à l'arrière de sa crinoline. George la déboutonnait et la déposait dans le trousseau de Sadie, mais elle aurait voulu s'en servir comme d'un oreiller. Elle aurait voulu le humer et s'y asseoir.

Mais aucun spectacle n'était plus merveilleux que celui de regarder Sadie dormir sur les couvertures, complètement nue. Elle avait une silhouette magnifique, des hanches larges, une taille fine et une formidable poitrine plantureuse. George avait eu un lit à elle depuis un certain temps, mais une fois que Sadie eut emménagé et qu'elle eut pris l'habitude de dormir à ses côtés, elle eut l'impression qu'elle ne serait plus jamais capable de dormir seule. Elle ne se réveillait jamais en frissonnant au milieu de la nuit. Du corps de Sadie irradiait une chaleur fabuleuse et tendre.

Le samedi matin, surtout par temps froid, les filles aimaient se réunir pour fumer de l'opium. Elles s'échangeaient la pipe comme si chacune tentait de faire monter une jolie mélodie de flûte. La fumée des pipes s'élevait en volutes autour d'elles et leur donnait des airs de peinture impressionniste.

Sadie adorait fumer de l'opium, qui lui donnait l'impression que son esprit était un tableau noir couvert d'équations mathématiques qu'on venait juste d'essuyer pour l'effacer. On aurait dit qu'un chasseur avait tiré un dard tranquillisant sur les pensées qui hantaient son esprit, qu'elles étaient tombées au fond de sa tête, comateuses, pour s'y endormir.

Cela la rendait absurdement affectueuse. Allongée près de George, elle la regardait yeux mi-clos, et murmurait de jolis riens. Un après-midi, elle fut particulièrement extravagante : « Tu es une adorable créature, George. Comment se fait-il que tu sois née ? Tu ne serais pas censée avoir un cerveau rempli d'excellentes pensées. Et pourtant. Tu es une philosophe à ta manière. Et tu es née et personne ne voulait de toi. Comment donc se fait-il que tu existes ? » George éclata de rire et accepta de fumer avec elle. Les deux femmes se retrouvèrent intoxiquées et nues dans les bras l'une de l'autre.

George attacha un godemiché autour de ses hanches à l'aide d'un large ruban noir, nouant la boucle juste au-dessus de la fente de ses fesses. Sadie eut l'air de trouver cela adorable. George grimpa sur le corps de Sadie et la pénétra du bout du godemiché, d'abord très légèrement. Quand ce fut fini, George se coucha sur le lit, les bras derrière la tête, la poitrine étirée de sorte qu'elle semblait plate. Et son godemiché pointait toujours en l'air.

C'était la première fois que Sadie avait été pénétrée si profondément par une autre personne. Elle avait senti son corps anticiper l'orgasme à venir, comme un lapin dans le chapeau d'un magicien, qui attend sans cesse de bondir. Elle fut étonnée par son intensité quand enfin il vint.

Au matin, Sadie contempla George. Endormie, toujours équipée du godemiché, elle avait quelque chose de plutôt élégant. Pieds nus au milieu de la pièce, Sadie avait l'impression de regarder une licorne, une créature enchantée. Quel genre de bébés auraient-elles ensemble ? Seraient-ce de petites marionnettes en bois ?

L'inventivité et l'absurdité de ses pensées la firent rire. Mais ce qui la ravissait le plus, c'était d'avoir eu des relations sexuelles sans engagement ni conséquences. Sa vie sexuelle connaissait un excellent départ. Elle sortit du lit et alla à la salle de bains.

George se réveilla et vit les bottes de Sadie sur le

sol. Elle n'arrivait pas à croire qu'elles étaient par terre, exactement là où elle les avait enlevées et abandonnées la veille. Elle ramassa la cape de Sadie, s'y enveloppa et inspira profondément. L'odeur de Sadie était partout autour d'elle.

Quand elle se remémora les événements de la veille, un frisson parcourut son corps tout entier. Elle se rappelait le moindre détail comme si cela se passait à l'instant. Elle ne cessait de rejouer le moment où Sadie avait défait son corset et enlevé sa chemise et que ses seins étaient apparus, merveilleux, pleins et parfaits.

Et George qui avait contemplé d'innombrables seins au cours de sa vie n'avait jamais été aussi émerveillée par aucune paire. Elle avait tendu la main vers eux, en avait pris un dans sa bouche, et puis le second.

Tandis qu'elle accomplissait ses tâches de la journée, elle se prenait à rêver de Sadie. Elle regardait par la fenêtre couverte de givre comme à travers un voile de mariée, s'imaginant que Sadie et elle partaient ensemble à l'aventure. Ce n'était pas le genre d'aventures qu'elle avait déjà vécues seule. Ce n'étaient pas le genre d'activités auxquelles s'adonnaient les pauvres gens. Tous les habitants du Mille sordide étaient trop occupés, leurs vies étaient trop frénétiques pour qu'ils profitent de tels moments de loisir. S'ils parvenaient à prendre un jour de congé, ils buvaient jusqu'à la stupeur, puis essayaient tant bien que mal de baiser avant de tomber dans les pommes.

George s'imaginait avec Sadie, dans leurs plus beaux atours, au bastingage d'un navire larguant les amarres pour l'Europe, en train de dire adieu à une foule rassemblée. Elle s'imaginait avec elle dans une chaloupe au milieu d'un étang. Elle ramait tandis que Sadie, assise sous un parasol, lisait de la poésie à voix haute. Elle s'imaginait avec elle à dos de cheval. George n'avait jamais monté à cheval, mais dans son fantasme elle chevauchait à merveille. Elles allaient au galop, courbant la tête pour éviter les branches. Le vent fouettait les cheveux de Sadie dans tous les sens, à un moment ils encerclaient totalement son visage qui semblait enveloppé dans un cocon sombre.

Elle s'imaginait avec Sadie en train de prendre le thé dans un restaurant chic où les murs étaient couverts de murales pastorales peuplées d'angelots et de bambins nus. Elles choisissaient des macarons dans un plateau à trois tiers et sirotaient du thé avec, au fond des tasses, des fleurs qui se déployaient comme de toutes petites pieuvres. Et George avait des manières parfaites.

George croyait que d'avoir fait l'amour signifiait qu'elles passeraient le reste de leurs vies ensemble. Sadie se demandait avec qui elle allait faire l'amour ensuite.

29

Le prix du sucre

Quand l'avocat entra dans sa pâtisserie un matin d'automne près d'un an après la mort de Louis, Mary Robespierre se dit que Louis avait peut-être décidé de l'aider. Il lui avait peut-être laissé quelque chose dans son testament. Il aurait prévu quelque protection légale pour elle, pour le jour où Marie découvrirait leur arrangement.

Mais Louis n'avait pas pensé à elle, et maintenant Marie Antoine coupait dans les dépenses autant que possible. L'avocat lui tendit ses documents. Il l'informa que l'usine résiliait le bail de la pâtisserie. Son contrat avec Louis était rompu.

— Je crois que Marie Antoine acceptera d'honorer un arrangement pris par son père.

— Elle ne fera rien de tel.

La pâtisserie appartenait à présent à l'usine Antoine et la pâtissière devrait se rapporter au contremaître. C'était d'une injustice flagrante. Si la pâtisserie était si florissante, c'était en raison de ce qu'elle en avait fait. Elle l'avait construite de zéro.

Mary se présenta au contremaître. Elle demanda à parler à Marie Antoine, mais on lui répondit que ce n'était pas possible. Marie Antoine avait donné à tout le monde des instructions expresses : elle ne voulait voir aucun mécontent. Et ils étaient nombreux. C'est pourquoi elle ne faisait aucune exception. Mary Robespierre pouvait se couper autant de doigts qu'elle le voulait, y nouer des rubans et les lui envoyer, Marie Antoine ne la recevrait pas.

Le contremaître était chaque fois irrité en voyant Mary Robespierre entrer dans l'usine. Cette ancienne ouvrière arrivait avec ses gâteaux et se comportait comme si elle ne devait rien à personne. Elle était si fière de ses gâteaux et ne se souciait que de ce que les gens pensaient de ses pâtisseries. Elle se fichait complètement de ce qu'ils pensaient d'elle.

Le contremaître avait été assez content quand on l'avait avisé que Mary Robespierre n'allait pas diriger la pâtisserie de façon indépendante. Il voulait la punir. Il voulait la châtier d'être si revêche et de ne pas lui sourire. À la perspective de ruiner cette fille, il sentit monter l'excitation. Elle était tellement ambitieuse. Il était impatient de voir son expression quand elle se rendrait compte qu'elle était à sa merci.

— La pâtisserie sera-t-elle encore sous ma direction ?

— Je cherche une nouvelle pâtissière.

À cette nouvelle, Mary eut un sursaut, et le rouge lui monta aux joues :

— J'ai tout mis dans cette pâtisserie. Je l'ai construite à partir de rien. Elle a eu du succès. Elle en aura plus encore. Je n'ai rien fait de mal. J'avais avec Louis Antoine une entente prévoyant que je n'aurais pas de loyer à payer pendant plusieurs mois, jusqu'à ce que la pâtisserie soit solidement sur pied.

Mary glissa la main dans sa poche intérieure. Elle

en sortit une enveloppe, qu'elle déposa sur le bureau. Le contremaître repoussa l'enveloppe vers Mary du bout des doigts.

— Je suis désolé. Je crois que la pâtisserie fonctionnerait mieux sous une nouvelle direction.

— Pourquoi ? Mes gâteaux sont quasiment des œuvres d'art. Tout le monde les aime.

— Il n'y a pas de raison pour que la pâtisserie produise les gâteaux les plus recherchés du monde. Ils peuvent être confectionnés plus efficacement. Le but d'une pâtisserie, ce devrait être d'offrir aux surveillants quelque chose de prêt à manger. Elle devrait être dirigée par un homme. Ce sera plus efficace.

Mary fut un instant silencieuse. Elle le regarda sans expression et demanda :

— Que dois-je faire pour vous faire changer d'idée ?

Il se leva et alla aux fenêtres qui isolaient son bureau de l'usine. Un à un, il ferma les stores vénitiens. Ce n'était pas lui qui les avait fait installer. Ils avaient été posés avant qu'il commence à occuper le bureau. Mais ils répondaient si parfaitement à son dessein qu'il avait du mal à croire qu'ils n'avaient pas été conçus à cette fin.

Mary sut tout de suite ce qu'il avait en tête. Si elle pouvait se couper un doigt, elle pouvait facilement sacrifier sa vertu. Sa vertu ne l'intéressait pas. Elle ne souhaitait pas préserver sa virginité au bénéfice d'un mari, parce qu'elle ne voulait pas de mari. Le prix n'était pas si élevé. Ce serait bientôt fini. Elle aurait sa pâtisserie. Elle refusait de considérer l'autre possibilité. Elle ne voulait pas retourner à la chaîne de montage.

Le contremaître fit pencher Mary au-dessus de son bureau. Elle releva ses jupes. Il attrapa ses cheveux blonds et les tira. Il poussa un grognement en la pénétrant par-derrière, son corps massif pressé contre le sien.

Mary était douloureusement consciente du moment présent. Elle sentait la sueur de l'homme couler dans son cou, son odeur l'envelopper. Elle regarda par la fenêtre. La neige tombait, et elle détestait la neige. Elle vit des hommes en train de charger une voiture de sacs de sucre. Elle les détesta. Et elle détestait le cheval qui secouait la tête comme s'il était furieusement en désaccord avec quelqu'un qui pérorait à son côté. Elle était tellement consciente du moment présent que tout se déroulait avec une insupportable lenteur. L'épisode sembla interminable même si cela ne dura pas plus de cinq minutes.

Le corps de l'homme fut agité de brusques secousses. Elle savait qu'il existait un truc que pouvaient faire les hommes pour éviter que vous tombiez enceinte. Mais comme elle ne savait pas de quoi il s'agissait, elle ne pouvait l'exiger. Elle espérait que la haine qui bouillait en elle suffirait à tuer tout fœtus qui s'aviserait de grandir dans son ventre.

Le contremaître se détacha de Mary toujours penchée sur la table. Quand elle se redressa, lissa ses jupes et se retourna vers lui, elle avait le visage empourpré et il faillit s'évanouir. Parce qu'il avait l'impression que c'était Marie Antoine qui se tenait devant lui. Et elle semblait toute disposée à le trucider. Il avait baisé par mégarde quelqu'un qui avait le pouvoir de l'écraser.

Puis il comprit que c'était Mary Robespierre. Bien sûr. Bien sûr. Il n'avait pas de raison d'avoir peur. Bien sûr elle ne ressemblait en rien à Marie. Elle était plus maigre. Elle avait une mine plus sévère. Elle avait les dents jaunes, les cheveux filasse. Elle semblait plus âgée d'au moins huit ans. Mais il ne réussit jamais à chasser cette vision de son esprit. Et il ne posa plus jamais la main sur Mary.

Mary était hors d'elle, mais sa rage n'était pas dirigée contre le contremaître. Aussitôt qu'elle entra dans la pâtisserie, elle ferma la porte derrière elle et hurla. Elle lança les moules à gâteau contre le mur. Quand elle eut fini, elle avait le visage couvert de farine. Elle était furieuse contre Marie Antoine. C'était sa faute. Elle l'avait avilie. Comment Marie Antoine avait-elle pu confier le destin de Mary à un homme aussi grotesque ? On aurait pu croire que le fait d'avoir une femme pour patron mettrait fin à cette pratique. Mais Marie permettait que les femmes de l'usine continuent d'en être victimes, et maintenant Mary elle-même en faisait les frais.

Mary sentait se former en elle un nouveau vitriol. Elle se savait parfois amère. Elle ignorait si c'était dans sa nature, ou si elle l'était devenue à cause de ses grands-parents. Dans un cas comme dans l'autre, l'amertume existait en elle tel un morceau de charbon. Et quand sa colère s'enflammait, elle devenait presque inextinguible. Rien ne servait d'essayer de la souffler : cela ne faisait que l'attiser. Mary n'avait d'autre choix que de laisser sa colère brûler lentement, régulièrement. Elle serait longtemps furieuse contre Marie Antoine.

Il lui faudrait vite tout nettoyer si elle voulait préparer ses commandes du matin. Marie allait le lui payer.

Un jour, elle ferait en sorte que Marie aussi se sente petite, vulnérable. Mary sortit de la pâtisserie pour regarder le ciel nocturne et se calmer. À la consternation générale, les étoiles semblaient depuis peu disparaître du ciel, mais on avait découvert qu'elles étaient simplement moins visibles en raison des lampadaires de la ville. C'est pourquoi Mary fut ravie de découvrir une étoile étincelante qui paraissait particulièrement bien disposée à exaucer ses souhaits. Elle fit le vœu de se venger de Marie Antoine.

Les chauves-souris dormaient le long des corniches de la pâtisserie telles des rangées de parapluies suspendus. Elles se mirent à ouvrir les ailes comme en prévision d'un terrible orage.

30

Dans les coulisses du music-hall

Un après-midi au début du printemps, Sadie était assise à la table du petit déjeuner avec les autres femmes de la maison close quand la conversation tomba sur sa famille. L'une des prostituées, Ramona, lisait le journal. Elle replia le dessus de la page et regarda ses consœurs.

— La police des mœurs essaie encore de faire fermer le music-hall, dit-elle.

— Ils gâchent tout. C'est lequel ? demanda Louisa. Joseph Arnett ou son fils, Philip ?

— C'est le fils, Philip Arnett.

— C'est le frère de Sadie.

— Vraiment ? demanda Ramona en se tournant vers Sadie.

— J'ai bien peur que oui, répondit celle-ci. Qu'est-ce qu'il dit dans le journal ?

— « Le nouveau programme au music-hall n'est rien d'autre qu'une série de scènes lubriques, qui regorgent d'allusions sexuelles et d'humour indécent. Les œuvres ne servent aucun dessein théâtral ou édifiant. Elles servent plutôt à inciter le public à la licence. Après avoir assisté à cette performance, les membres du public rentrent chez eux persuadés que tout comportement indécent est permis. »

— Ça a l'air formidable ! s'écria Sadie. Il faut qu'on aille voir ce spectacle. M'amènerais-tu, George ?

Le printemps donnait à tout le monde à Montréal, peu importe le quartier, l'envie de sortir le soir. Sadie et George s'entassèrent dans le théâtre bondé, s'assirent à une table et commandèrent à boire. Elles partagèrent un cigare et éclatèrent de rire. Elles soufflaient la fumée comme si les flammes de leurs cœurs venaient de s'éteindre. George savait que Sadie appréciait l'attention dont elles faisaient l'objet quand elles sortaient ensemble. Parce que Sadie était une provocatrice née. Elle éprouvait un frisson à choquer et à se balader au bras d'une autre femme déguisée en homme. Et dès qu'elle eut posé le pied dans le music-hall, elle tomba amoureuse des spectacles qu'on y présentait.

Le public buvait et les uns criaient par-dessus les autres durant les numéros musicaux, le magicien, le dompteur de lions, et même l'avaleur de sabres. Le music-hall ne ressemblait pas au théâtre. Le public chahutait. Les théâtres où Sadie était allée enfant étaient des lieux de culture et de bon goût, fréquentés par des gens sophistiqués. Mais le music-hall laissait entrer des personnages flamboyants et déviants. Leur intelligence leur servait à formuler des observations choquantes et des conclusions absurdes. Ils émettaient très publiquement des commentaires sur les numéros présentés sur scène.

Sadie prêtait l'oreille aux bribes de conversations qui lui parvenaient.

— Regarde ce magicien. S'il était vraiment capable

de sortir des pièces de monnaie des oreilles des gens, pourquoi diable est-ce qu'il travaillerait dans un endroit aussi minable ?

— Pourquoi le jongleur a-t-il l'air tellement concentré ? J'aimerais mieux ne pas voir des artistes qui ont l'air de se préparer à aller à la selle. C'est troublant.

— Je pense que j'ai vu un politicien dans une cabine privée. Il fait de grands discours sur la morale et n'arrête pas de parler de vouloir fermer les théâtres. Je préfère cent fois un pervers qui se montre au grand jour.

— C'est ma chance de sortir d'ici. Je ne suis pas pucelle, mais il n'a pas besoin de le savoir. J'ai toujours pensé que moins votre mari en sait à votre sujet, mieux c'est.

Un lanceur de couteaux monta sur scène. Il avait les cheveux longs, des moustaches en guidon de vélo et une barbe pointue. Quand son assistante apparut, le public s'enflamma, se mit à siffler et à frapper les verres sur les tables. Elle portait un corset blanc extraordinairement provocant et une petite jupe. Elle était chaussée de bottes blanches lacées jusqu'aux genoux et une immense plume était fichée sur sa tête. Pas une femme n'aurait eu le droit de porter un tel habillement dans la vraie vie. Mais l'art et le spectacle autorisaient à tellement plus de libertés. Elle marchait d'un pas assuré, levant haut les genoux comme si elle était un poney. Le lanceur de couteaux affûta ses outils tandis qu'elle se pavanait sur la scène.

Sadie étudia l'expression de l'homme. Sa vie en eût-elle dépendu qu'elle n'aurait su dire ce qu'il éprouvait pour la femme en direction de qui il s'apprêtait à lancer des couteaux. La regardait-il comme si elle était un quartier de viande qu'il s'apprêtait à découper ? Ou la regardait-il avec affection ? On aurait dit une combinaison des deux. Elle se demanda s'ils étaient amants dans la vraie vie. Elle conclut qu'ils devaient l'être.

Comment deux personnes pouvaient-elles partager une relation aussi intense, qui reposait sur la confiance et l'humiliation, sans devenir amants ? Comment cet homme pouvait-il permettre à tout autre homme que lui de faire l'amour à cette femme alors qu'il avait une telle emprise sur son corps dans ces moments-là ?

L'assistante virevoltait et se dandinait pour permettre au public d'admirer son corps. Sadie perçut un éclair d'irritation sur le visage du lanceur de couteaux, comme si la fille était en train de l'éclipser dans son propre numéro. C'était lui qui devait faire étalage de son talent. L'assistante était remplaçable. Il aurait pu choisir dans la rue n'importe quelle jolie fille fauchée capable de rester sans bouger. Mais il avait tort. Il ne savait pas que le triomphe du numéro reposait sur son absolue soumission.

L'assistante disparut en coulisses et revint en faisant rouler une grande roue en bois ornée de rayures blanches et noires. Elle laissa le lanceur de couteaux l'attacher à la roue. Il la fit tourner, et pendant un moment son corps devint flou comme les ailes d'un oiseau-mouche enchanté, avant de ralentir légèrement. Les couteaux volaient vers son corps tournoyant. Chaque fois, le couteau la frôlait de si proche qu'il coupait une mèche de ses cheveux. Dans le public, tout le monde était silencieux, de sorte qu'on pouvait entendre les couteaux fendre l'air, le choc sourd de la lame frappant le bois, et le cri d'extase qui montait des lèvres de la fille.

Quand l'assistante descendit de la roue, un sourire éclatant sur le visage, Sadie se sentit follement inspirée. Voilà une femme qui ne craignait pas la violence des hommes. Un beau corps était toujours en péril, mais cette femme goûtait manifestement la menace. Elle se sentait en vie. Elle n'avait pas peur d'affronter le danger.

Tandis qu'elle faisait la révérence, Sadie remarqua un filet de sang rouge vif qui coulait le long de son bas.

Sadie revit la femme derrière le théâtre quand elle en sortit avec George pour rentrer à pied. Elle portait un grand manteau et fumait une cigarette, debout près d'une patère. Sadie abandonna George pour aller lui parler.

Sadie avait un penchant sexuel pour les artistes de scène. Une fois qu'elle avait vu quelqu'un sur scène, cette personne exerçait sur elle un attrait à nul autre pareil.

Les jours où elle ramenait quelqu'un du music-hall, George était interdite d'entrée dans la chambre, comme de raison. Parfois George savait qui se trouvait dans la chambre avec Sadie, et d'autres fois c'était un mystère. C'était toujours bruyant, car les artistes ont le don de projeter leur voix.

Un soir, en allant au cabinet de toilette, George découvrit sur la cuvette un clown qu'elle avait vu sur scène plus tôt dans la soirée. Son visage foncé était recouvert d'une épaisse couche de fard blanc et il avait des diamants noirs autour des yeux. Plus tôt, il avait un cercle rouge autour des lèvres, mais celui-ci avait été effacé par des baisers.

Un matin, il y avait dans la cuisine un homme fort qu'elles avaient vu au vaudeville. Il était vêtu du même costume à rayures que la veille, mais défait, et remis à la va-vite. Il soulevait la fille de 3 ans d'une des prostituées à bout de bras au-dessus de sa tête. La bambine se balançait comme la cime d'un pin et semblait effrayée. Mais les femmes étaient toutes amusées.

Certains artistes s'accrochaient à Sadie, cherchant l'amour, mais elle les jetait toujours au matin. Elle ne semblait même pas les connaître ou les reconnaître. On aurait dit qu'elle faisait l'amour à des personnages de scène et non pas à eux.

George essayait de ne pas s'en faire avec les aventures de Sadie. Elle était capable de feindre d'ignorer les hommes. Mais le pire, ce fut le matin où elle vit la fildefériste se faufiler par la porte à l'aube. La femme portait une grande cape en velours rouge, mais George reconnut l'argent de ses chaussures ornées sur les côtés de grandes étoiles rouges.

Accroupie au-dessus d'une bassine au bordel, Sadie s'administrait une douche vaginale à l'aide d'une concoction empoisonnée que lui avait préparée George. Un pianiste avait éjaculé en elle. Elle lui avait demandé de se retenir. Mais au même moment, son orgasme avait détoné comme une mine antipersonnel qu'il aurait touchée du pied.

Sadie se rendit compte que lorsqu'elle écrivait après une aventure sexuelle, sa créativité s'en trouvait décuplée. Elle s'asseyait pour écrire des frasques sexuelles réelles et imaginées. Elle n'était pas trop sûre de savoir pourquoi Marie jouait un rôle dans toutes ses histoires. En ramassant ses vêtements et en se rhabillant, elle se demandait chaque fois ce que Marie en penserait. Marie serait le public parfait pour ces histoires, car elles venaient toutes deux du même lieu. Elle comprendrait le caractère comique de tous ces moments. Les classes ouvrières ne savaient pas à quel point elles étaient hilarantes.

31

L’égoïsme des sirènes

Dans la maison de Marie, il y avait une chambre qui ne contenait rien d’autre que des statues de nymphes. Son père avait traversé une période où il brûlait d’en posséder.

Marie passa devant la pièce un soir de printemps et regarda par l’embrasure de la porte. Les nymphes se trouvaient dans toutes sortes de positions grotesques. À la lueur de la lune, elles paraissaient tout à fait vivantes, en proie à l’extase. Elles lui rappelaient sa jeunesse. À un certain âge, elle avait été pratiquement indomptable. Cet état lui était-il désormais impossible à atteindre ? Chaque nymphe exprimait-elle une humeur que Marie ne connaîtrait plus jamais ?

Leur naturel lui rappelait la façon dont elle avait été autrefois avec Sadie, l’affection et l’admiration hystériques qu’elle éprouvait pour elle. Mais ce qui rendait magnifiques ces divers états, c’était que les nymphes n’avaient pas conscience du reste du monde. Elles existaient purement dans l’état. Les nymphes en proie à leurs miraculeuses contorsions ressemblaient à des flammes qui auraient échappé un instant à un incendie. C’était la seconde avant qu’elles manquent d’oxygène.

*

Marie se rappelait combien elle aimait que Sadie lui lise de la poésie. Un après-midi, alors qu'elle était assise dans l'herbe en train d'écouter un poème, un tigre s'était mis à rôder en silence autour d'elle. L'air se tendait à l'approche d'un tigre. Marie avait lutté contre l'impulsion de se lever et de s'enfuir en courant.

Une autre fois, elle s'était retrouvée assise sur un rocher au milieu de l'océan en écoutant Sadie lire un poème de Tennyson. Les vagues venaient se briser non loin d'elle. Elle relevait les genoux et les pieds, remontait sa robe pour ne pas mouiller ses chaussures et sa jupe. Quand elle avait cessé de se sentir menacée par l'eau, elle avait tourné la tête et poussé un cri. Une sirène avec une énorme queue était assise près d'elle. Elle était belle, ses cheveux blonds pendaient en mèches épaisses devant son visage comme des algues. Mais la queue était effrayante.

Puis elle apprit qu'une véritable sirène était arrivée en ville. Une publicité dans un dépliant du musée de l'Insolite annonçait sa venue. Les sirènes vivaient seules, célibataires et sauvages. Marie songea que si elle voyait quelqu'un d'autre dans sa position, elle se trouverait guérie de sa profonde solitude.

Marie paya les frais d'admission pour entrer au musée où la sirène allait se produire. Elle traversa les salles du musée, s'arrêtant çà et là pour examiner les autres spécimens exposés. Sous une cloche reposait un petit démon momifié qui ressemblait à un bébé singe muni d'ailes de chauve-souris. Il y avait un bébé mort-né qui avait apparemment été découvert dans la coquille d'un œuf d'autruche. Comment diable une autruche avait-elle été engrossée par un être humain, cela était un mystère de la science. Il s'opérait tous les jours des miracles qui défiaient les lois de la science.

Marie dut jouer du coude pour obtenir un siège à l'avant du petit théâtre au fond du musée. Elle entendit la traîne de sa robe se déchirer lorsqu'elle voulut avancer alors que quelqu'un y avait posé le pied par mégarde. Mais elle s'en fichait. Il fallait consentir à une légère humiliation en plus du prix du billet pour voir quelque chose de magique. Il fallait admettre que la raison humaine et le progrès étaient, à certains égards, inadéquats. On s'était laissé duper.

Dans ces lieux, on croyait en ce qu'on avait besoin de croire. Et Marie avait besoin de croire aux sirènes. Les sirènes n'avaient pas d'autre rôle que d'être elles-mêmes. Elles n'étaient ni mères, ni sœurs, ni filles de personne.

Plongée dans la pénombre, la scène était vide, hormis une structure carrée drapée de rideaux bleus. Les lumières s'allumèrent. On écarta les rideaux pour révéler un aquarium dans lequel nageait une femme dotée d'une énorme queue de poisson bleue.

Marie sentit son cœur se serrer. Elle aurait voulu tomber à genoux et prier. Elle avait l'impression d'avoir écarté un rideau de douche et d'être tombée sur la Vierge Marie, la tête cerclée d'un halo de lumière, alors que les rayons du soleil se reflétaient dans le jet de la douche.

La sirène nageait en rond, comme si sa queue était un pinceau qu'un artiste essorait afin d'en rincer la couleur. Elle était confinée. Elle était captive. Mais cela ne la rendait que plus attirante pour les spectateurs. Ils observaient quelqu'un qui cherchait à se dérober à leur regard.

La sirène posa les paumes de ses mains sur la vitre, où elles se collèrent telles des étoiles de mer. Elle appuya le visage contre la vitre et regarda le public. On aurait dit que c'était beaucoup plus difficile pour elle de voir le public que ce l'était pour le public de la voir.

Elle faisait semblant de quêter leur pitié. Mais dans l'océan, elle aurait agrippé les pieds des enfants qui nageaient pour les tirer par le fond et ne les aurait lâchés qu'une fois morts. Ils auraient flotté jusqu'à la surface, bouche ouverte, bras écartés, comme s'ils venaient de voir Dieu.

On informa la foule que la langue de la sirène avait été coupée pour l'empêcher de chanter. Si elle s'était mise à chanter, les spectateurs se seraient précipités sur scène pour grimper dans son aquarium, où elle les aurait étranglés.

De combien de morts était-elle responsable ? Elle sortait la tête de l'eau et chantait pour les marins et les pêcheurs sur leurs navires. Les pêcheurs se tranchaient la gorge et se jetaient à l'eau.

La sirène se remit à tournoyer, retrouvant sa grâce. Elle sortit les bras puis le corps de l'eau et s'allongea au bord du bassin. Ses cheveux pendaient devant son visage comme des algues. Ils étaient tellement plus beaux sous l'eau. Elle ne ressemblait plus à une aquarelle qui aurait été créée juste devant vos yeux.

La sirène ouvrit la bouche et il s'en éleva un silence d'une telle solitude, d'une telle impuissance et d'une telle tristesse que les rideaux s'abattirent aussitôt. Et pendant des jours on n'avait pas envie d'en voir plus ou de poser quelque question que ce soit au sujet de la sirène.

Marie rentra chez elle dans sa voiture, plongée dans une profonde réflexion. La sirène était prisonnière d'un bassin. Elle avait un tout petit monde où exister. Cela n'était pas uniquement dû au fait qu'elle était en captivité, mais aussi à ce qu'elle était unique. Elle aurait été incapable de respirer en dehors de ce monde. Elle n'avait rien en commun avec ceux qui vivaient à l'extérieur de l'aquarium. Et à quoi rimait la conversation, sinon à se découvrir des points communs ? La sirène était exposée pour que tout le monde puisse la contempler avec émerveillement. Et n'était-ce pas là le rôle que Marie jouait elle aussi en société ?

Comme Marie, la sirène ne pouvait se mêler aux étrangers en raison de ses dons et de ses pouvoirs singuliers. Tant pis. L'univers social de Marie était limité. C'était une conséquence nécessaire du pouvoir. Être une femme dans sa position, c'était aussi inhabituel et inusité que d'être une sirène. Marie aurait voulu exister dans un monde qui lui aurait permis de n'être qu'elle-même. La sirène, comme elle, n'avait pas de compagnon. Elle était condamnée à une vie de célibat. Mais ce chaste destin était aussi un cadeau qui lui permettait de ne jamais se juger par rapport à une autre personne. De la sorte, elle ne serait toujours qu'elle-même.

Marie n'avait pas envie de se demander si la sirène existait vraiment. Elle voulait y croire. Elle cherchait son reflet ailleurs que dans un miroir, et l'avait trouvé en regardant la vitre de l'aquarium. C'était tout ce qu'il lui fallait pour croire qu'elle-même existait.

À ce moment-là, Marie songea à Sadie. Son amie constituait une faiblesse. Marie se fichait bien d'être aliénée de tous ceux qui l'entouraient, qu'elle ne voyait pas comme ses égaux, les trouvant frustrants et banals. Mais elle éprouvait pour Sadie un désir qui l'avait toujours conduite à agir imprudemment, ce qui la menait droit à la ruine. Pour être puissante et invulnérable, il lui fallait fermer cette porte dans son cœur qu'elle laissait grande ouverte pour Sadie, mais par laquelle d'autres personnes pouvaient se faufiler, comme l'avait fait son violeur.

Il fallait que Sadie le sache. Elle voulait lui dire que la porte était fermée. Ainsi elle cesserait de se demander si Sadie lui avait pardonné et allait la contacter. Non, elle voulait étouffer toute velléité d'amitié de la part de Sadie, même s'il n'y avait aucune chance que cela se manifeste. Alors elle pourrait se consacrer à redevenir elle-même et en finir avec cette part émotive de son être. La part d'elle-même qui se languissait de Sadie était tendre et sensible et susceptible de l'empêcher de faire ce qu'elle devait faire dans la vie.

Une fois encore, Marie n'eut aucun mal à découvrir où se trouvait Sadie. Elle avait suffisamment d'argent pour savoir tout ce qu'elle voulait en ville. Il y avait déjà des espions à l'usine. Toutes les usines ont les leurs. Leur travail était de découvrir ce qui se tramait dans la tête des ouvriers. Son espion donna à Marie l'adresse de Sadie et, étonnamment, un numéro de téléphone où elle pouvait la joindre.

— Est-ce un numéro du Mille sordide ?

— Bien sûr que oui, mademoiselle.

— Je ne savais pas qu'on y avait le téléphone.

— C’est un bordel haut de gamme, mademoiselle. Ils ont ce qu’ils veulent.

Marie s’empourpra un moment. Elle sentit la jalousie frapper comme des soldats ennemis au portail. Mais elle n’y céderait pas. Sadie travaillait comme prostituée. Des hommes profitaient de sa compagnie pour une somme d’argent dérisoire alors que Marie avait tout essayé pour gagner son affection.

Le téléphone sonnait. On aurait dit le cri strident d’une femme qu’on étrangle. Toutes les putains le regardèrent, effrayées à l’idée de décrocher. Elles étaient superstitieuses à l’endroit du nouveau téléphone. Sadie passa devant elles et décrocha elle-même le combiné. Mais dès qu’elle eut prononcé le mot « Allo », elle regretta de l’avoir fait. Parce qu’elle entendit la voix de Marie au bout du fil.

— Allô, Sadie.

Sadie ne répondit pas. Elle était tellement excitée d’entendre la voix de Marie qu’il lui semblait que son cœur s’était arrêté de battre. Elle avait toujours été horrifiée de constater que la présence de Marie provoquait chez elle une réaction physique. Et voilà qu’elle réagissait à sa simple voix désincarnée.

— Je voulais te dire que j’ai vu une sirène. Ça m’a fait penser à toi. Ça m’a fait penser aux poèmes magiques qu’on se récitait. Tu te rappelles quand tu m’as récité le poème sur la sirène. Ça m’a fait penser à ce jour-là.

Sadie ne dit rien, mais Marie poursuivit, sans se formaliser de son silence :

— Et personne ne sait d’où venait cette sirène. C’est la seule qu’on ait découverte. Et quand on la regarde, on est censés imaginer qu’il y en a des centaines et des centaines quelque part. Qu'elle est issue d'une civilisation de sirènes sous la mer. Mais si c'était la seule sirène qui existe ?

— Elle n'était pas vraie, Marie.

— Je l'ai vue tellement clairement que j'ai su qu'elle était vraie. Impossible qu'elle ne l'ait pas été. Elle était plus vraie que tout ce qui se trouvait autour de moi. Plus vraie que les arbres et les chiens. Plus vraie que le jardin. Plus vraie que ma maison et mon père. Plus vraie que nous deux.

— Ce n'est pas pour me dire cela que tu m'as téléphoné ?

— J'ai décidé de ne plus être ton amie. Je ne serai plus amoureuse de toi. Je te laisse aller. Je vais être indépendante maintenant. Je vais obtenir ce que je veux de ce monde. C'est mon au revoir. Je ne veux jamais que tu viennes à ma recherche, et je ne chercherai jamais, jamais à te retrouver. Je ne te veux pas de mal, mais j'espère ne jamais te revoir ou te reparler.

Marie reposa le combiné dans sa chambre. Puis elle sortit sur le grand balcon. Une barbe de fin de journée commençait à jeter son ombre sur le menton des hommes partout dans la ville. Le ciel était d'un rose et d'un bleu extravagants. La nuit allait bientôt tomber, on attendait une pleine lune. Elle serait merveilleuse ! La lune brillait parce que le soleil se regardait dans le miroir. Existerait-on si on n'était pas vaniteux ?

Marie ressentait un froid de glace. Elle avait cessé de poursuivre, ne serait-ce que dans l'imaginaire, la seule personne au monde qu'elle aimait. Sadie n'existait plus. Sadie était morte pour elle. Mais elle ne pleurait pas Sadie, elle pleurait la part d'elle-même qui avait déjà aimé Sadie. Elle avait mis de côté son amour pour son père et désormais elle mettait de côté son amour de jeunesse. Au cours des jours suivants, elle savait qu'elle allait devenir un monstre. Debout sur le balcon, elle laissait advenir la métamorphose.

En moins de deux mois, le soleil avait tiré toutes les fleurs hors du sol. Il donnait à tout le reste des couleurs plus vives. Il rendait la robe de Marie plus rouge, son manteau plus bleu. Il donnait à sa chevelure un fol éclat doré.

Il y avait deux plus petites raffineries de sucre à Trois-Rivières et à Québec. Marie alla les visiter et les acheta toutes les deux. Même si l'une des usines avait demandé à conserver le nom de la famille à laquelle elle avait appartenu, Marie décréta qu'on changerait ce nom pour le sien. Quand ils lui expliquèrent l'importance du nom, elle les regarda froidement et dit non. Et, sondant ses yeux, ils n'y décelèrent aucune émotion. Ils signèrent les documents, lui serrèrent la main et quittèrent la pièce en espérant ne jamais la revoir. Marie signa rapidement, sa plume faisant un bruit de fleuret qui fend l'air.

En prenant le contrôle de la raffinerie, elle congédia tous les anciens contremaîtres. Pourquoi continuerait-elle à employer des gens qui avaient laissé l'entreprise péricliter ? Elle retint les salaires à l'une des usines, expliquant que les employés avaient maintes fois raté les nouveaux quotas qu'elle avait fixés. Elle se faisait un point d'honneur d'engager des enfants, surtout des jeunes filles. Elles n'étaient pas fortes, mais Marie pouvait sans vergogne leur verser demi-salaire. Elle s'assura que son sucre était le seul à être distribué au Québec, en sabrant les frais d'exploitation et en en baissant temporairement le prix, chassant ainsi du marché les compétiteurs des autres provinces.

Lorsqu'elle allumait la lampe sur son bureau, le soir, toutes les étoiles dans le ciel s'allumaient.

La lune était semblable à un clown qui n'aurait pas entièrement essuyé le fard de son visage.

32

Les *pensées** d'une putain

Quand Marie avait raccroché le téléphone le jour où elle avait vu la sirène, Sadie était restée debout, dans la position exacte où elle avait décroché le combiné. Les paroles de Marie avaient un caractère définitif impitoyable. Sadie était habituellement enragée après avoir interagi avec Marie, mais ce jour-là, elle se sentait engourdie. Marie avait quitté sa vie, laissant un grand vide. Elle était choquée de ressentir si fortement son absence. Elle ne savait plus comment elle était censée faire quoi que ce soit. C'était comme si elle avait perdu ses deux bras et qu'on lui avait demandé de ramasser un objet lourd.

Sadie fut déprimée pendant des semaines. Elle regardait autour d'elle et tout lui semblait sans attrait. Un jour, elle était assise dans un fauteuil sur lequel de nombreux chats avaient déversé leurs frustrations. Elle était dans un bordel. Dans une assiette fêlée couverte de fleurs se trouvait une danoise nimbée de mouches.

Elle décida qu'il lui fallait finir son livre, après quoi elle pourrait entamer un nouveau chapitre de sa vie. Elle pourrait cesser de penser à Marie. Elle pourrait être une écrivaine publiée. Elle serait une écrivaine reconnue. Ou, même si elle ne devenait pas une écrivaine reconnue, elle en serait plus proche qu'auparavant. Elle aurait, dans sa vie, une chose qui dépasserait complètement ses sentiments pour Marie.

Plusieurs mois plus tard, à l'automne, Sadie était assise à la table de la cuisine de la maison de passe. Il y avait là trois prostituées, en culottes bouffantes et justaucorps, affalées sur leurs chaises comme autant de fleurs blanches qui auraient eu besoin d'être arrosées. Elles se mirent à discuter du sac de sucre qui se trouvait au milieu de la table.

— Beurk. Ce visage est insupportable, dit l'une d'entre elles.

Sadie regarda le sac de sucre et n'en crut pas ses yeux. Enfant, elle était habituée à voir le visage de Marie sur le côté des sacs de sucre. Elle croyait que Marie serait toujours jeune, adorable et ingénue sur le côté des sacs de sucre. Elle y apparaîtrait comme elle était dans la mémoire de Sadie à l'époque d'avant le meurtre d'Agatha. Mais voilà que l'image sur le sac avait tout à coup grandi. La nouvelle silhouette était mature et souveraine. Elle était plus belle que l'ancienne. Sadie aurait voulu que la silhouette tourne la tête et s'explique.

Elle se pencha en avant et tira le sac à elle. Elle avait l'impression de tenir la tête de Marie entre ses mains, mais Marie refusait de la regarder dans les yeux.

— Toute ma famille travaille dans cette usine, dit une prostituée. Marie Antoine est un cauchemar. C'est un monstre. Elle est tellement rapace. Elle achète toutes les raffineries de sucre. Elle veut devenir la femme la plus puissante du pays. Je ne sais pas ce qui fait qu'une personne devient comme ça.

— Elle est en amour avec elle-même, dit une autre

prostituée. Elle n'aurait pas assez d'une vie pour dépenser tout l'argent qu'elle possède. Elle a payé plus pour une peinture que ce que ma famille gagne en un an.

— Je travaillais à l'usine avant de venir ici, reprit la première fille. Elle a quasiment doublé les profits en nous faisant travailler deux fois plus fort. Elle pense juste à elle. Elle est pire qu'un homme, en fait.

Sadie n'avait pas suivi la trajectoire de Marie. Comme c'est souvent le cas quand on quitte quelqu'un, elle s'attendait à ce qu'elle demeure là où elle l'avait laissée, comme si elle était une statue figée dans le temps. Elle s'imaginait Marie toujours au cercle de couture, brodant des guirlandes de roses. Elle n'avait pas pensé qu'elle pourrait prendre le contrôle de l'usine et devenir une employeuse despotique.

Plus les femmes insultaient Marie et plus Sadie était fière de sa vieille amie. C'était cette Marie qu'elle s'était attendue à trouver à son retour à Montréal.

Elle permit à son cerveau d'accepter la nouvelle position sociale de Marie. Elle rit pour elle-même. Elle décida qu'elle ne pouvait s'empêcher d'être satisfaite. C'était assez extraordinaire pour une femme que d'accéder à ce statut. Marie aurait pu se comporter simplement comme l'avait fait son père, en acceptant sa fortune et en menant une vie de mondaine. Mais elle avait plutôt choisi de développer son entreprise, de prendre les rênes et de devenir un magnat de l'industrie. Comme Sadie, Marie abattait des barrières. Sadie avait l'impression que Marie l'avait devancée, chose à laquelle elle ne s'était pas attendue. Elle quitta la table, pressée de retourner travailler à son roman. Elle voulait qu'il soit sorti dans le monde, qu'il dérange et provoque comme le faisait Marie.

Sadie se sentait exactement comme lorsqu'elle s'apprêtait à monter sur scène pour y réciter le *Marché gobelin* des années plus tôt. À l'époque, elle savait qu'elle ne pouvait pas gagner en imitant Marie, mais qu'il lui fallait être elle-même de façon aussi extravagante et farouche que l'avait été Marie. Elle était debout au bord du bassin de sa propre personnalité, et Marie l'y avait poussée. À 12 ans, Marie l'avait amenée à se dépasser. Elle le ferait encore maintenant.

Comment ne pas aimer un être dont on craint secrètement qu'il nous soit supérieur ? Évidemment, son succès nous terrorise parce qu'il signifie qu'il va se propulser dans un coin de l'univers qui nous est inaccessible. Alors, oui, occasionnellement, on s'en prend à l'amour de sa vie.

Marie avait monté dans le monde. Mais Sadie allait descendre, descendre si bas que c'en serait spectaculaire.

Une nuée de chauves-souris vola devant la fenêtre du bordel, comme des ombres chinoises échappées du mur d'une chambre d'enfant.

Sadie annonça à George et à Madame qu'elle était maintenant disposée à gagner son pain en travaillant comme putain. Elle n'avait pas de réserves quant au fait de se prostituer, et était prête à effectuer ses recherches sur le terrain. De toute façon, l'argent qu'elle avait obtenu en vendant ses robes s'était plus ou moins évaporé.

— Tu n'es pas obligée de travailler, dit George à Sadie. Tu peux rester dans ma chambre. Je te ferai vivre.

— Je ne veux dépendre de personne. Tu le sais, George, le dernier tract que tu distribuais le disait noir sur blanc. Je n'ai pas peur de gagner ma vie ainsi.

Je veux voir quelles révélations m'attendent. Il y a certaines choses qu'on ne peut apprendre que par l'expérience, et non par l'observation.

— Tu devrais avoir une spécialisation, lui dit Madame. Comme ça, tu pourrais demander plus d'argent. Et tu n'aurais pas besoin de faire autant de passes.

— Oui, j'ai pensé à ce que je veux faire exactement.

Sadie se vêtait d'un corset noir. Elle portait des bottes noires qui lui montaient jusqu'aux genoux et se parait d'un loup noir. Elle possédait un assortiment de fouets et de cannes. Elle était devenue spécialiste en matière de torture sexuelle. Les hommes venaient de partout en ville pour être subjugués par elle.

Elle n'entrait pas au bordel comme une jeune épouse chaste et rougissante qui passe le seuil de la chambre nuptiale. Elle s'était renseignée sur la chose érotique. Elle connaissait toutes les positions et les actes obscènes qui se cachaient dans les esprits des gens de l'époque. Elle avait si bien percé à jour les désirs des élèves du pensionnat que rien ne pouvait la surprendre. Elle avait appris que dans l'esprit de n'importe quelle fille sommeillait la plus grande des œuvres pornographiques. Les fantasmes de n'importe quelle fille pouvaient rivaliser avec les plus grandes œuvres pornos écrites par des hommes.

Sadie pouvait dompter un homme comme elle aurait pu dompter un cheval. Et l'homme était une bête moins monstrueuse. Ainsi, en comparaison, c'était un jeu d'enfant de le maîtriser. En fait, il lui fallait parfois se retenir afin de ne pas blesser grièvement un homme, voire le tuer.

Il est vrai que la femme était physiquement plus

faible que l'homme. Mais elle était pleine de rage. Et comme n'importe quel animal, n'importe quelle proie, elle avait appris la manipulation et la rouerie pour survivre.

Sadie considérait les actes auxquels elle se livrait au bordel comme une sorte de performance théâtrale. Elle étudiait la signification de chacune des rencontres. Le sexe, comme le théâtre, était une façon de mettre en scène les structures sociales. C'était une satire de la relation qui se jouait entre l'homme et la femme.

Sadie songeait que les femmes comme les hommes pouvaient avoir un orgasme. L'orgasme masculin était purement fonctionnel, destiné à créer des bébés. Sans l'orgasme masculin, l'espèce humaine se serait éteinte. Mais l'orgasme féminin n'avait pas d'autre but que le plaisir. Il existait hors de la maternité. La race humaine perdurerait que les femmes aient ou non des orgasmes. Toutes les strictes lois matrimoniales avaient été mises en place parce que les hommes ne voulaient pas être obligés de miser leur avenir sur le désir féminin.

Chaque homme avec qui elle couchait révélait les secrets du rapport vulnérable qu'entretenait l'homme avec la sexualité féminine. Ils venaient vers Sadie parce qu'ils étaient fatigués de lutter contre elle à longueur de journée. Ils voulaient simplement se mettre à sa merci.

Les personnages de Justine et Juliette, quant à elles, se mirent à adopter des comportements de plus en plus licencieux. Sadie s'était essayée à décrire quelques relations sexuelles dans sa première version du livre, mais désormais, celles-ci occupaient le devant de la scène. Elle était galvanisée par la vie de Marie, par les heures passées à peaufiner son art et par les expériences vécues au bordel. Il n'y avait pas de situation si perverse que ses deux jeunes héroïnes refusassent de s'y plonger avec délices, ce qu'elle décrivait avec moult détails. Elle savait que son livre était entré dans le domaine pornographique. Dans la plupart des œuvres pornos, les femmes étaient l'objet du désir des hommes. Mais Sadie renverserait la situation. Dans son livre, c'était le désir des femmes qui allait triompher. Elles entreraient dans l'univers de la chambre et y feraient leurs quatre volontés. Le fantasme serait échafaudé par leur imagination et non pas par celle d'un homme. En embrassant l'étendue de la perversion et du désir pornographique, Sadie pouvait construire un monde où les personnages féminins agissaient avec une liberté absolue et s'abandonnaient sans retenue à la volupté.

Adopter la perspective du désir féminin offrait de nombreuses nouvelles possibilités d'écriture, ce qui stimulait Sadie sur le plan artistique. Elle souhaitait faire entrer dans la littérature des choses qui n'en avaient jamais fait partie. En fait, mettre dans des livres des expériences qui ne s'y étaient jamais trouvées était le *modus operandi* de tout écrivain. C'était comme collectionner les papillons : ce ne sont pas les papillons communs que possède tout collectionneur que l'on désire. C'est le papillon rare aux ailes ornées de grandes taches noires qui ne sort qu'à minuit pour plonger timidement ses antennes dans les lèvres presque fermées des fleurs assoupies.

Sadie écrivait le soir, après ses performances, gribouillant sur la page des mots qui ressemblaient aux lacets d'une fille courant à toutes jambes avec des bottes dénouées.

Pendant toute la durée de l'automne et de l'hiver,

tandis qu'elle écrivait, Sadie n'avait plus envie de faire l'amour avec George. Une fois finis ses singuliers quarts de travail, elle voulait se plonger directement dans l'écriture. Elles n'allaient pas boire au music-hall parce que le livre l'appelait. Sadie avait toujours un million de questions pour George, toujours assez techniques et relatives à son livre. Son ouvrage mis à part, elle ne pensait guère à George. Celle-ci, au contraire, vivait un deuil. Le temps où Sadie la suppliait de lui raconter une histoire de son enfance lui manquait.

George décida qu'elle était ridicule. Écrire ce roman était ce qui importait le plus à Sadie, et les conseils de George lui étaient précieux. Lors des rencontres de sociétés de dames auxquelles elle assistait, on répétait que les femmes devaient se soutenir mutuellement dans leur travail, car, ultimement, elles œuvraient toutes à un but commun. Mais lorsque Sadie refermait sans ménagement son manuscrit le soir et plantait sa plume dans l'encrier, George avait l'impression d'avoir été elle aussi rangée pour la nuit.

Sadie était toujours soigneuse quand venait le temps de serrer ses papiers et ses instruments d'écriture. Elle semblait apprécier le rituel, qui indiquait qu'une dure journée de rédaction s'achevait. George s'imaginait Sadie démontant son propre corps maigrelet comme s'il était un stylo. Elle s'imaginait Sadie dévissant ses jambes et ses bras pour les glisser dans les tiroirs de son bureau. Sadie déposerait la tête de George dans le grand tiroir du bas, elle tournerait le petit verrou et puis irait vaquer à ses occupations pour la ressortir quand elle en aurait de nouveau besoin.

George trouvait un réconfort dans cette image grotesque, parce qu'elle lui donnait au moins l'impression d'appartenir à Sadie. George n'avait pas songé que c'était le sujet du livre, plutôt que l'acte d'écrire, qui entraînait son exclusion.

George était peut-être la seule lectrice qui pouvait prendre connaissance de l'histoire de Justine et Juliette et ne pas se rendre compte que Sadie écrivait une histoire d'amour, ce qu'elle haïssait le plus dans les romans. Pour George, Sadie était une aristocrate tombée en disgrâce qui travaillait comme dominatrice dans un bordel du Mille sordide. Et Marie, un magnat d'entreprise célibataire et sans cœur. Mais Justine et Juliette étaient une version de Marie et Sadie qui n'avaient jamais été séparées. Dans cette histoire, elles avaient quitté le Mille doré ensemble et avaient vécu ensemble leurs aventures. Quelque pornographique que soit leur histoire, Justine et Juliette existaient dans un éden innocent et enfantin. George ne reconnaissait pas dans les deux dames aristocrates adorablement perverses une représentation psychologiquement exacte de Marie et Sadie.

33

L'enfant à naître

Par un après-midi d'hiver, George était en train de mettre un enfant au monde pour une parturiente qui refusait de se déshabiller. Elle portait un manteau blanc couvert de fleurs bleues. George dut la supplier d'enlever ne serait-ce que ce manteau. George savait que ce serait une naissance particulièrement difficile. Certaines femmes étaient mieux préparées que d'autres pour l'épreuve du travail.

— S'il vous plaît, je ne veux pas ! criait la femme enceinte. J'ai fait une terrible erreur.

— Revenez. Ne soyez pas ridicule, s'écria George. J'ai quelque chose contre la douleur.

— Cette créature essaie de me tuer. Attendons qu'elle meure à l'intérieur de moi.

La lune était pleine. On aurait dit un sein engorgé de lait à cause de tous les bébés qui pleuraient dans la nuit.

Les femmes du bordel sortirent de leurs chambres et entourèrent la parturiente, la maintenant immobile. George lui mit sous le nez un petit chiffon imbibé de chloroforme. Elle ouvrit la bouche pour jurer et ne réussit qu'à inspirer plus profondément. Toutes furent promptes à attraper son corps qui s'affaissait.

Les femmes enceintes ont quelque chose d'étrangement lourd. En la portant, elles pouvaient voir le bébé se tortiller dans son ventre comme un enfant qui joue à cache-cache derrière un rideau. Peut-être qu'elle avait raison. Peut-être le bébé était-il un démon déterminé à l'annihiler.

La femme supplia qu'on lui redonne du chloroforme. Il y avait des heures que le travail avait commencé. George était si fatiguée que son corps ne cessait de tenter de lui échapper pour tomber endormi quelque part. Elle se mit à avoir des hallucinations. À un moment, elle était presque sûre d'avoir vu une chèvre assise sur une chaise dans un coin. C'était une chèvre blanche qui avait un corps de jeune fille et une tête de chèvre. Elle tricotait. George cligna des yeux à répétition, dans l'espoir de chasser la vision. Quand la chèvre s'évanouit, George se retourna vers la femme et, presque sans y réfléchir, comme en transe, administra une autre dose de chloroforme. La femme perdit conscience et résista à tous les efforts que déploya George pour la réveiller.

George céda à la panique, persuadée qu'elle avait tué la jeune femme. Mais il lui fallait à tout le moins mettre le bébé au monde. Elle le tira avec des forceps. On aurait dit que sa tête essayait de se faufiler par le col d'un tricot trop étroit. Petit, bleu foncé, le bébé n'avait manifestement aucune intention d'avoir quoi que ce soit à faire avec ce monde. George regarda le cordon ombilical. Nous naissons tous avec la corde pour nous pendre, songea-t-elle.

George s'assit, le bébé dans les bras, pleine de culpabilité. Enfin, la mère commença à reprendre ses sens. George considéra que cette femme avait échappé à la mort de peu. Mais la mort avait plutôt pris son bébé.

En nouant sa ceinture autour de son ventre encore rond, la mère annonça que tout était étonnamment pour le mieux. C'était naturel. Au printemps, des bébés oiseaux violacés étaient poussés hors du nid par leurs mères. Peut-être qu'ils avaient des ailes de taille inégale. Ou alors ils chantaient faux. Ils étaient de la couleur des paupières fardées de jeunes femmes qui avaient été mises à la porte de chez elles et étaient devenues filles de joie.

Encore groggy à cause du chloroforme, elle trébucha sur une chaise en sortant. George courut lui porter secours, mais elle tendit la main pour l'en empêcher. « Ne fais pas attention à moi. Je suis encore dans un rêve, c'est tout. » Elle eut un sourire triste et sortit par la porte d'entrée.

Quand George entra dans la cuisine le lendemain matin, après une nuit difficile – mais elles l'étaient toutes –, les filles étaient assises autour de la table, épuisées. L'une avait les cheveux qui formaient un nid si emmêlé au-dessus de sa tête qu'il semblait impossible d'en défaire les nœuds. Une autre avait le bas du visage recouvert de taches de rouge à lèvres. Une autre encore avait des cernes sombres sous les yeux. C'était bizarre de voir ces cernes sous les yeux d'une fille de 13 ans. On aurait dit qu'elle n'avait pu trouver le sommeil parce qu'elle faisait des cauchemars de monstres et de sorcières tapis dans l'ombre, et non pas à cause des hommes qui couchaient avec elle.

Une fille qui ne portait pas de pantalon avait une empreinte de main bien visible sur une fesse. Une autre tentait, à l'aide d'un miroir à main, d'évaluer la taille d'un suçon dans son cou. Une troisième entra avec un morceau de glace, qu'elle posa sur le suçon.

Elles avaient toutes l'entrejambe endolori par le sexe.

Elles étaient semblables à des soldats après une nuit de combat.

— Je n'ai plus de chloroforme, annonça George. Quelqu'un a besoin de quelque chose à la pharmacie Marat ?

— Je ne toucherai jamais rien qui vient de cette pharmacie, dit Ramona. La femme est une assassine. C'est évident. Elle a tellement de poisons sur ses étagères, elle risque de te donner le mauvais. Et tu te réveilleras morte.

— Ne sois pas ridicule, répondit George. Jeanne-Pauline sait ce qu'elle fait. C'est un génie.

— Je n'ai pas dit que ce n'était pas un génie. J'ai dit qu'elle était mauvaise. Et elle aime la vengeance. Ça lui donne du plaisir. Elle attend juste qu'on se mette en travers de sa route.

— C'est une sorcière, dit une autre fille. Elle me donne la chair de poule chaque fois que je la regarde.

George avait une tout autre opinion de Jeanne-Pauline. C'était une excellente pharmacienne.

George n'avait qu'à lui dresser la liste des symptômes d'une fille au bordel, et Jeanne-Pauline connaissait le remède.

Elle vendait aussi des préservatifs, des suppositoires et des thermomètres. Toutes sortes d'articles dont les filles avaient souvent besoin.

Jeanne-Pauline avait des remèdes pour les maux auxquels les docteurs masculins ne croyaient pas. Elle préparait une tisane de pissenlit qui soignait les crampes menstruelles. Une autre infusion traitait la profonde dépression où sombraient certaines femmes après avoir donné naissance. Elle avait une crème qui soignait l'insupportable et mystérieuse démangeaison que certaines femmes éprouvaient sur leurs parties intimes. Un flacon soulageait les bouffées de chaleur. Un certain élixir, appliqué sur les mamelons gercés, facilitait l'allaitement.

Elle possédait un assortiment de fioles miniatures censées traiter la condition spirituelle du nourrisson – ou, dit plus simplement, faire taire ses pleurs. Elles étaient remplies de cocaïne, de gin et d'autres semblables remèdes.

Les femmes allaient à la pharmacie parce qu'il était beaucoup plus facile de parler de leur condition à Jeanne-Pauline qu'à leur médecin. Celle-ci ne les faisait jamais rougir. Elle leur donnait l'impression que la plus embarrassante des conditions était normale parce que, bien sûr, tel était bien le cas. Il y avait d'autres raisons légitimes d'éviter les médecins. Tant de maladies féminines étaient perçues comme des symptômes d'hystérie. Un médecin pouvait, à tout moment, décréter qu'il fallait faire enfermer une femme.

*

George se rendit donc à la pharmacie Marat pour y acheter du chloroforme. Elle croisa un chien qui se promenait dans la rue. Celui-ci semblait troublé par les soucis de la vie. Peut-être venait-il de lire l'essai de Darwin et se demandait-il comment son désir d'amour l'avait fait sortir de la forêt pour le mener à sa présente situation. George avait encore l'impression que la mort planait autour d'elle. N'était-elle pas rassasiée ? George était particulièrement superstitieuse ce jour-là, en achetant du chloroforme. Elle avait failli tuer une femme en lui administrant cette substance. Ainsi, comme tout enfant du Mille sordide, elle cherchait les signes du malheur à venir.

Alors que George s'apprêtait à entrer dans l'échoppe, une silhouette en sortit, qui lui tint la porte ouverte. George se retourna pour voir de qui il s'agissait. Pendant une fraction de seconde, elle eut l'impression d'apercevoir la Mort. Elle était vêtue d'un manteau noir. George ne parvint pas à distinguer la figure de la Mort, car elle portait un lourd bonnet en fourrure et une écharpe, qui couvrait la moitié inférieure de sa tête. Mais elle vit les mains gantées soulever les bords du manteau alors que la Mort s'approchait d'une flaque d'eau qu'elle enjamba d'un petit saut. La Mort était une jeune fille. George le sut à la forme des pieds de la Mort et à la délicatesse de ces gestes : la Mort était une fille.

George frissonna et songea à tourner les talons. Mais sans chloroforme, les femmes en travail menaçaient tout le temps de se jeter par la fenêtre. Elle n'avait pas l'énergie de les tirer de la corniche.

Les carillons de la porte tintèrent et le regard de Jeanne-Pauline s'alluma quand elle vit George.

— Ah ! Je pensais justement à toi. Veux-tu venir dans l'arrière-boutique boire une tasse de thé ? Il faut que nous finissions notre conversation sur la lutte des classes.

— Je suis pressée. J'ai besoin de chloroforme, il ne m'en reste plus. La Société des suffragettes tiendra un salon mardi prochain. Tout le monde serait heureux de vous voir.

— Je ne suis pas sûre. La dernière fois, j'ai eu l'impression qu'on trouvait mes idées un peu extrêmes.

— Bien sûr que non.

— Quel sera le sujet de la discussion ?

— Nous faisons campagne pour que Mme Parkhurst, de la Société anglaise des suffragettes, vienne donner un discours à Montréal.

— Le vote ne m'intéresse pas, mon cœur.

— Pardon ? Je ne peux pas croire que vous pensiez cela.

— Non. Ça ne m'intéresse pas d'en appeler à la raison des hommes. Il nous faut les terroriser. Nous devrions d'abord être aux commandes. C'est eux qui nous demanderont le droit de vote à ce moment-là. Les hommes doivent être tenus responsables de leurs crimes contre l'humanité. Il doit y avoir reddition de comptes.

George attendit la suite, que Jeanne-Pauline propose un exemple précis. Mais Jeanne-Pauline se tut. Elle se contenta de toiser George, comme si elle était certaine que celle-ci pouvait lire dans ses pensées si tel était son bon plaisir. Tel ne l'était pas. George avait peur de certaines des idées qui hantaient l'esprit de Jeanne-Pauline.

Tandis que George partait, Jeanne-Pauline sortit une magnifique loupe pour lire. Elle la porta à son visage. Son œil y flottait comme un poisson dans un bocal.

George avait beau trouver qu'il était difficile de mettre des bébés au monde, elle détestait encore plus pratiquer des avortements. Elle avait cessé l'année précédente, sous prétexte que cette pratique était trop dure à supporter. Quand les filles se présentaient, elles étaient tellement bouleversées et désemparées qu'il lui fallait au moins une journée pour se défaire de leur humeur. Leur humeur s'accrochait à elle comme une odeur.

Mais ce jour-là, une belle fille aux cheveux d'un blond vénitien vêtue d'un manteau vert se présenta. Elle semblait prête à se jeter en bas d'un pont si on l'éconduisait.

Toutes les filles qui entraient au bordel pour y subir un avortement savaient qu'elles s'exposaient à un risque et que leur vie était en danger. Mais elles ne s'attendaient pas vraiment à mourir. Les mères célibataires se croyaient toujours immortelles et intouchables. Elles venaient voir George parce qu'elles voulaient retrouver leur vie. Elles voulaient vivre une vie merveilleuse. Quand votre existence était menacée de ruine, vous vous mettiez à apprécier d'autant plus l'ancienne vie qui vous avait été enlevée. Elles lui arrivaient terrorisées. Elles estimaient qu'un bébé était une fatalité pire que la mort.

George avait la réputation de garder les filles en vie. Par plusieurs aspects, l'avortement était une procédure plus simple que l'accouchement. C'était silencieux, et moins salissant.

George étudia cette femme de la tête aux pieds. Son manteau vert avait été plusieurs fois raccommodé pour qu'il ait l'air moins miteux. Le bout de ses bottes noires avait été soigneusement peint. Ses ongles avaient été taillés et son visage, vigoureusement frotté. Elle était immaculée. Elle sentait même le lilas.

Ce qu'elle avait de plus spectaculaire, c'était toutefois ses cheveux d'un blond vénitien. Malgré tous les obstacles qu'on avait dressés sur son chemin, elle ne croyait pas vraiment pouvoir se plaindre de son sort parce qu'elle avait reçu de luxuriantes boucles blondes.

Toutes les filles ne pouvaient pas en dire autant. Et ces boucles parfaites lui avaient toujours permis d'en soutirer un peu plus à la vie. Quand elle était enfant, sa mère l'envoyait chez le boucher de préférence à ses frères et sœurs, parce que le boucher lui donnait toujours une tranche de viande un peu plus épaisse. Les gens lui donnaient toujours une tranche de vie un peu plus épaisse. Et ce petit peu était le socle sur lequel elle avait construit sa personnalité.

Elle appela George « monsieur » et leva les deux mains. La pauvre fille était assez sotte pour croire que les hommes étaient la réponse à ses problèmes. Elle était heureuse d'être accueillie par un docteur mâle parce que maintenant on allait s'occuper convenablement de ses besoins médicaux. Elle raconta son histoire à George. Le propriétaire de l'usine à chaussures où elle travaillait l'avait mise enceinte. Il lui avait dit de venir ici. Il lui avait donné l'adresse. Il était le seul à savoir. Toute l'affaire était restée secrète. Il l'y avait contrainte. La fille trouvait que les secrets étaient extraordinaires, qu'ils rapprochaient les êtres qui les partageaient. Elle ne savait pas que les secrets étaient les ennemis des femmes. Les femmes devaient se méfier à tout prix du mot « secret ».

George la conduisit dans une pièce au milieu de laquelle se trouvait un lit. Située à l'arrière de la maison, loin de tout le reste, cette pièce avait un peu une atmosphère de cellule. Mais c'était pour que les cris des parturientes ne résonnent pas trop fort dans le reste du bordel.

La fille enleva son manteau vert. Sa robe blanche ne présentait pas le moindre pli. George pouvait voir une tache pâle, dans le bas, qui avait été frottée. Malgré la présence de taches délavées un peu partout sur la robe, celle-ci donnait l'impression d'être propre. Elle semblait aussi propre que la robe que la Vierge Marie avait dû revêtir quand elle avait cogné à toutes les portes à la recherche d'un endroit où se faire avorter. Quand la jeune fille ôta sa robe, George nota que le bas de son jupon s'effilochait, à la manière d'une enveloppe qu'on aurait ouverte en vitesse avec un doigt plutôt qu'avec un coupe-papier. Plus elle se déshabillait, plus sa pauvreté se révélait.

Il s'avéra que la fille aux cheveux blond vénitien avait gardé l'enfant en elle à titre de possibilité beaucoup plus longtemps qu'elle l'aurait dû. Et cette possibilité réagit très vivement à l'idée d'être exclue. Elle ne se voyait plus elle-même comme une possibilité, mais comme une vérité pure et simple. Elle voyait sa mère comme un hôte. Comme tous les enfants, elle en était venue à voir sa mère comme un vaisseau destiné à satisfaire tous ses besoins. Quand une mère néglige son enfant, cet enfant réagit avec une furie sans égale.

La fille fut malade pendant deux jours, le visage trempé de sueur, ce qui lui donnait l'air d'être couverte de rosée. On aurait dit que des fées lui avaient jeté un sort. Elle était ensorcelée. George ne pouvait plus rien pour elle. Elle serait emmenée dans la forêt. Et au matin du troisième jour, elle était morte.

Que pouvaient-elles faire du corps ? George prit soin de revêtir la fille du manteau vert. Elle s'était donné tant de mal pour le garder en bon état, ce n'était que justice qu'elle se présente aux portes du paradis ou de l'enfer avec celui-ci sur le dos. Elles plièrent le corps pour le glisser dans une grande malle. George contempla la fille une dernière fois. Elle était en chien de fusil, comme une enfant qui rêve. Elles sortirent le corps de la maison close sous couvert de la nuit. Des flocons de neige tombaient sur leurs visages, fondaient pour se changer en larmes de crocodile qui coulaient sur leurs joues.

George songea que la fille n'aurait pas l'occasion de dire au revoir à qui que ce soit. Elle ne pourrait pas dire au revoir à ses frères et sœurs. Elle ne pourrait pas dire au revoir à ses parents. Elle ne pourrait pas dire au revoir à son chat. Elle ne pourrait pas dire au revoir à ses voisins. Elle ne pourrait pas dire au revoir aux filles qui travaillaient à sa droite et à sa gauche sur la chaîne de montage. Une autre fille devrait la remplacer. Ses anciennes collègues devraient s'ajuster légèrement à la présence d'un nouveau corps, et puis elle cesserait d'exister.

Que penserait-on qu'il lui était arrivé ? Qu'elle avait été assassinée. C'était préférable de croire qu'elle avait été enlevée. De la sorte, on penserait qu'elle avait été victime d'une injustice, et elle éveillerait la sympathie. Si on découvrait son corps dans cet état, on croirait qu'elle n'avait que ce qu'elle méritait. Elle s'était souillée. C'était une putain, et il était peut-être préférable qu'elle soit morte.

Personne au bordel ne croyait que George fût à blâmer. Mais peu importe ce qu'on lui dirait, elle se considérerait comme coupable. George n'avait encore jamais tué une femme. Elle avait l'impression d'être une meurtrière. Elle voulait qu'on lui fasse un procès. Elle voulait passer aux aveux. Elle ne voulait pas qu'on puisse la prendre pour une innocente. Tout le monde devait savoir qu'elle était une meurtrière et la traiter en conséquence.

George s'attendait à voir apparaître le fantôme de la fille bien avant qu'il se manifeste enfin.

Comme c'était l'ère de l'invention, les fantômes seraient bientôt chose du passé. Les maisons s'élevaient et s'effondraient si vite qu'elles n'étaient guère attirantes pour les spectres. Mais le bordel était une vieille demeure, possédant le genre d'alcôves et de recoins qu'affectionnent les fantômes. Les revenants aiment l'histoire. Ils aiment aussi les belles choses. Il y avait certaines chaises sur lesquelles ils se plaisaient à continuer de s'asseoir. Il était des miroirs où ils aimaient à se contempler. Les fantômes étaient de véritables amoureux de l'architecture. Ils s'attachaient irrémédiablement à certains lieux, et personne au monde n'aurait pu les convaincre que le ciel pût être un meilleur endroit.

Le fantôme de la fille en manteau vert apparaissait dans les endroits les plus étranges. Un matin, George leva les yeux pour le découvrir allongé sur les armoires de la cuisine. Une autre fois, il était dans la petite cour, debout dans la neige. Ou assis au sommet de l'escalier, et George était terrorisée à l'idée de monter.

Un jour que George ouvrait la porte du cabinet de toilette, le fantôme était assis sur la cuvette. Une autre fois, il occupait un fauteuil du salon, un livre à la main, en larmes : « Je n'arrive pas à dépasser la première page, je la lis et la relis sans cesse. » Une autre fois encore, il était assis sur la table de la cuisine, un œuf à la main. « Chhhhhut, murmurait-il. J'attends qu'il éclose. »

Chaque fois qu'elle voyait le fantôme, George était dévastée. Elle n'avait jamais été si bouleversée. Elle se prenait à trembler dans son lit la nuit. Elle avait l'impression d'être couchée au fond d'une tombe anonyme. Pourquoi la fille avait-elle l'air de la blâmer ? Elle ne semblait pas la blâmer seulement pour l'avortement, mais aussi pour être tombée enceinte. Cela avait-il le moindre sens ? Comment pouvait-elle être responsable de la vie entière de cette fille et de tout ce qui lui était arrivé de mauvais ?

Mais la raison ne suffisait pas à libérer George. Elle décida que la seule façon d'aider ce fantôme à trouver la paix était de se comporter comme si elle était responsable de toutes les jeunes filles qui mouraient sur des tables et des lits à travers la ville.

Il lui apparut que la plupart des filles qui arrivaient au bordel, que ce soit pour y travailler ou pour s'y faire avorter, étaient en grande partie ignares. Elles étaient stupéfaites par leur propre ruine, comme si celle-ci les avait frappées telle la foudre, et non pas comme si elle les avait attendues au détour d'un chemin inévitable qu'on avait tracé pour elles. George songeait qu'elles devraient à tout le moins savoir que leur histoire n'était pas unique. Plutôt que d'assister les filles une fois qu'elles se trouvaient dans cette situation, n'était-il pas préférable de les aider à l'éviter ?

Vient un moment dans la vie d'un jeune homme où il s'arrête, considère le monde et détermine comment il veut y vivre. Puis il entame cette aventure. George enleva tous ses vêtements et se regarda dans le miroir. Elle ne vit qu'un jeune homme qui la fixait en retour. Et le jeune homme lui dit : « Tu dois suivre ton chemin. Tu dois essayer de changer le monde dans lequel vivent les femmes. C'est ta véritable nature. C'est là que résident tes talents. »

34

La femme dans le miroir

Marie monta à l'arrière de sa voiture après une visite à la raffinerie. Une année entière s'était écoulée depuis qu'elle avait parlé à Sadie au téléphone et elle avait poursuivi sans relâche son ascension dans le monde des affaires. Elle avait congédié un surveillant qui travaillait à l'usine depuis quinze ans, causant tout un émoi. Mais il n'appliquait pas ses directives avec assez de zèle et ne cessait de remettre ses choix en question. Elle avait du mal à respirer en raison de la pollution. Elle avait l'impression d'étouffer dans la voiture, et elle ouvrit la vitre tandis que le véhicule s'ébranlait, sachant que c'était une idée absurde. Les rues du quartier puaient tellement qu'elle croyait chaque fois qu'elle allait vomir.

À sa grande surprise, un parfum splendide et suave parvint à ses narines. L'odeur venait de la pâtisserie située à côté de l'usine. Cela sentait le gâteau. Marie fut submergée par un profond désir de s'empiffrer de gâteaux.

Elle donna quelques coups pour qu'on arrête, avec l'intention d'envoyer le cocher se charger de la course. Mais quand la voiture s'immobilisa devant la pâtisserie, Marie fut intriguée par la vitrine et décida de sortir pour y regarder par elle-même. En se rapprochant, elle constata, à sa stupéfaction, que les roses qui ornaient les gâteaux étaient faites en glaçage.

Marie avait entendu parler de la pâtisserie Robespierre. Jadis indépendante, elle était maintenant affiliée à la raffinerie. Elle ne se rappelait pas si c'était à la suite d'une de ses décisions ou non.

Tandis qu'elle étudiait avec attention la vitrine, Marie aperçut son reflet. Elle avait les cheveux décoiffés, une boucle blonde pendait sur son front. Elle repoussa les cheveux de côté, mais la boucle ne bougea pas. Elle comprit alors que ce qu'elle voyait n'était pas du tout son reflet. Elle regardait une autre femme. Cette femme lui ressemblait tellement que c'en était troublant. Elle s'éloigna d'un pas de la vitrine. La femme disparut et le reflet de la rue apparut immédiatement à la surface de la fenêtre, là où elle s'était trouvée.

Marie entra dans la boutique. On aurait dit que la femme qu'elle avait vue dans la vitrine l'attendait. Elle était vêtue d'une robe blanche de pâtissière et d'un grand tablier. Ses cheveux étaient coiffés en un chignon négligé et elle avait épinglé un petit bonnet à l'arrière de sa tête. Leurs vêtements et leurs positions sociales étaient si différents que personne d'autre dans la pâtisserie ne pouvait voir leur ressemblance, mais les femmes la virent toutes les deux. Si elle parut amuser la pâtissière, Marie s'en trouva ébranlée.

Son corps connaissait une information qu'ignorait son cerveau. Son corps ressentait le danger. Ses mamelons se dressèrent. Un courant électrique parcourut son corps. Elle avait l'impression qu'elle aurait pu allumer une ampoule incandescente d'un simple toucher de son doigt. Elle ne comprenait pas comment son reflet s'était échappé du miroir pour atterrir ici-bas. Il avait toujours été si fidèle.

— Tu es la pâtissière ? demanda Marie à la fille dans l'espoir de briser le sortilège.

— Pourquoi je ne le serais pas ?

— Pourquoi le serais-tu ?

— Est-ce que je suis la pâtissière ?

— Je veux regarder ces roses.

— Ces roses vous intéressent ?

— Puis-je en commander quelques-unes et les faire livrer chez moi ?

— Vous voulez en commander quelques-unes et les faire livrer chez vous ?

— Oui.

— Oui.

Marie ne comprenait pas à quoi rimait cette conversation. La jeune femme sortit un petit calepin de la poche de son tablier.

— Comment vous appelez-vous ?

— Marie.

— Je suis Mary, moi aussi. Mais vous le savez sans doute.

— Comment le saurais-je ?

— N'est-ce pas évident ?

Marie acheta quelque chose, comme si elle avait besoin d'un prétexte pour quitter la boutique. Elle partit avec une boîte de petits gâteaux ornés de vagues bleues. Elle en souleva le couvercle. On aurait dit que les vagues oscillaient d'avant en arrière. Elle avait l'impression d'être une géante qui tient l'océan dans ses bras. Elle éprouvait un sentiment étrange, l'impression d'être perdue en mer. Le sentiment était tout-puissant. Elle referma le couvercle de la boîte et se dépêcha de regagner sa voiture.

En rentrant, Marie donna les petits gâteaux aux bonnes, qui les engouffrèrent. Elle ne put toutefois résister à la tentation d’en manger un elle-même. Il était exquis. Et quand elle se regarda dans le miroir plus tard, ses lèvres étaient encore bleues à cause du glaçage. Comme si elle venait d’être assassinée.

Marie était à la fois intriguée et dégoûtée par cette autre Mary qu’elle n’arrivait pas à se sortir de la tête. Quand elle se regardait dans le miroir, elle ne savait pas qui elle voyait. Elle s’attendait sans cesse à ce que son reflet lui réponde, et lui révèle des choses qu’elle ignorait sur elle-même.

Elle avait toujours cru qu’elle était la plus jolie et la plus cultivée des filles du quartier. Elle avait toujours cru qu’elle méritait un traitement spécial parce qu’elle était tellement splendide et unique. L’idée de cette forme d’égalité lui était intenable. C’était comme si l’argent n’avait plus d’importance.

Elle fit un rêve où elle était dans un palais des glaces, qui lui renvoyaient des centaines de réflexions d’elle-même. Toutes lui tendaient la main comme pour l’appeler à elles. Mais Marie gardait ses mains serrées à ses côtés et refusait de s’approcher. C’était elle l’originale. Elle n’agissait pas à l’unisson avec les autres. Elles, en revanche, agissaient toutes de concert, telle une armée.

Elle fut hantée par des rêves récurrents qui mettaient en scène de multiples Mary. Une voiture pleine de jeunes femmes s’immobilisa devant elle. Mary s’arrêtait pour permettre aux passagères de descendre. Elles sortaient une par une. Il y avait six Mary qui lui ressemblaient comme deux gouttes d’eau. Elle ne comprenait même pas comment toutes ces Mary s'étaient entassées dans la voiture. Toutes ces Mary avaient quelque chose de terrifiant. Elle savait qu'elle ne pourrait jamais partager tout ce qu'elle possédait avec elles. Elle deviendrait l'une d'entre elles plutôt que l'inverse. Pourquoi ne la laissaient-elles pas être l'exception ?

Elle se réveilla en nage. Ses couvertures avaient rampé jusqu'au pied du lit, comme des bêtes fauves que sa seule présence terrifiait. Elle comprit à ses rêves que les Mary viendraient s'en prendre à elle.

Marie décida qu'elle irait à nouveau parler à Mary à la pâtisserie. Elle se disait qu'en la revoyant, elle constaterait qu'elles ne se ressemblaient pas du tout. Ou alors que leurs similarités étaient superficielles. Elle déjouerait ainsi cet étrange sortilège. Elle venait tout juste de se libérer de son attachement obsessif à Sadie, mais celui-ci posait une menace autrement plus grave à son sentiment d'identité.

Lorsqu'elle arriva à la pâtisserie, Marie se trouva entassée dans la boutique exiguë avec une dizaine d'autres personnes, qui toutes se bousculaient, criaient en français pour attirer l'attention de la vendeuse. Marie s'apprêtait à se frayer un chemin vers l'avant pour demander à voir Mary quand elle sentit une présence soudaine dans son dos. Elle se retourna. Mary était debout dans l'embrasure de la porte, une boîte à la main.

L'ombre de Mary sembla tomber parfaitement sur Marie, la plongeant, rien qu'elle, dans l'obscurité, tandis que le reste de la boutique était toujours baigné de lumière. Il vint à l'esprit de Marie qu'elle n'avait jamais été capable de s'appuyer ainsi en public dans un cadre de porte. Mary possédait tout à coup un pouvoir immense. Elle était dans son élément. Elle pouvait faire ce qui lui chantait alors que Marie en était incapable. D'un geste de la tête, Mary invita Marie à la suivre. Marie lui emboîta rapidement le pas.

— Voudriez-vous monter dans ma chambre prendre une tasse de thé ? demanda Mary. J'ai fini de travailler. Je dois aller dormir dans quelques heures. Je travaille toute la nuit. Je suis devenue nocturne. J'ai du mal ne serait-ce qu'à supporter la lumière du soleil. Ça m'endort tellement.

Marie répondit par un léger hochement de tête et monta à sa suite l'escalier en fer qui grimpait le long de l'édifice jusqu'à l'étage. En montant, Marie avait peur de regarder en bas. Elle avait l'impression d'accomplir un exploit acrobatique, non pas un geste que quelqu'un ferait plusieurs fois par jour. Elle patienta sur le petit palier derrière Mary, tandis que celle-ci déverrouillait la porte.

L'appartement était incroyablement sombre. Sur les murs, la peinture verte s'écaillait par endroits. L'ameublement était spartiate. Il s'y trouvait très peu d'objets. Il y avait deux fauteuils recouverts de tissu sur lesquels on s'était si souvent assis que l'étoffe avait presque viré au noir, même si Marie arrivait à distinguer le motif de moineaux qui y avait été brodé. Marie fut étonnée que la femme vive seule, fût-ce dans un appartement miteux.

Marie se rendit compte qu'elle ne connaissait à peu près rien des gens de cette classe sociale. Elle ignorait tout du passé de ses bonnes. On aurait dit que celles-ci étaient apparues chez elles pleinement formées.

Mary posa sa boîte sur le comptoir et alla faire chauffer de l'eau sur la cuisinière. La théière était le premier objet dans l'appartement qui semblait avoir une certaine valeur. Très jolie, elle était confectionnée dans une fine porcelaine et ornée d'un perroquet vert. Sans savoir pourquoi, Marie songea que la fille l'avait sans doute volée. Pendant une seconde, elle s'inquiéta pour sa personne. Mary s'assit à la petite table.

— Quel âge as-tu ? demanda soudain Marie.

— Quel âge avez-vous ?

— Vingt-quatre ans.

— Vingt-quatre ans.

— Tu as le même âge que moi ?

— Vous avez le même âge que moi.

Ainsi, le malaise qu'elle avait ressenti lors de leur première rencontre n'était pas le fruit de la gêne ; Mary réagissait ainsi dès qu'elle était interrogée. Cela avait assurément un étrange effet rhétorique. Mary avait l'intention de dominer cette conversation et de la diriger là où elle l'entendait.

Mary tira sur les bouts de la boucle dorée qui entourait la boîte dont les côtés tombèrent, révélant un petit gâteau rond orné de boucles en glaçage le long des rebords. Elle en tailla une part pour Marie, la posa sur une assiette en porcelaine qui, elle aussi, semblait trop élégante pour l'appartement. Elle s'assit directement en face de Marie.

Marie se sentit réconfortée quand elle tint la soucoupe et la tasse dans sa main. Toutes deux venaient de son monde à elle, de cela elle était sûre. Et la tasse devait être ravie d'être tenue par elle.

— D'où viens-tu ? demanda Marie.

— D'où venez-vous ?

— De Montréal, bien sûr.

— De Montréal, bien sûr.

— Tout le monde en ville sait qui je suis.

— Tout le monde en ville sait qui je suis.

Marie scruta attentivement le regard de l'autre fille afin de voir si celle-ci faisait exprès de la provoquer, comme si elle regardait par le trou d'une serrure dans le but de surprendre les secrètes activités nocturnes qui se tramaient derrière.

— Ma mère est morte quand j'étais bébé, dit Marie.

— Ma mère est morte quand j'étais très jeune.

— Elle s'est tuée.

— La mienne a été assassinée.

— Vraiment !

— Vraiment.

— Et ton père ?

— Mon père est votre père.

— Que veux-tu dire ?

— Que pensez-vous que je veux dire ?

— As-tu une preuve de cela ?

— J'ai la pâtisserie, n'est-ce pas ?

— Parce que tu as perdu un doigt dans l'une de nos machines.

— Ne soyez pas ridicule. Vous avez bien vu ce qu'on obtient quand on se coupe un doigt. On reçoit un dindon. On ne reçoit pas sa propre entreprise. Et puis, ce n'était qu'un petit doigt. Demandez-vous à quoi sert un petit doigt. Et demandez-vous ceci : contre quoi pourrait-on échanger un petit doigt ?

Marie, évidemment, n'avait pas la moindre idée de la manière dont il convenait de répondre à cette question. Une volute de fumée blanche s'éleva du thé à la manière d'une fille nue qui sort d'une baignoire.

— Laissez-moi vous raconter une histoire, puisque vous semblez aimer les histoires, dit Mary. C'est une histoire sur nous, deux petites filles qui se ressemblaient parfaitement. L'une d'entre nous fut choisie. Et l'une d'entre nous fut enterrée. L'une de nous fut choyée. Et l'une de nous fut broyée. L'une de nous portait des robes merveilleuses alors que l'autre était vêtue de haillons. L'une de nous se régalait de gâteaux et de friandises. L'autre passait des nuits blanches à les rendre de plus en plus délicieux. L'une demandait que les gâteaux soient toujours de plus en plus savoureux. Et l'autre obéissait. L'une avait de magnifiques bagues à ses doigts. L'autre se trancha un doigt pour pouvoir se payer un avenir. Pendant tout ce temps, nous pensions que celle qui vivait dans la lumière était celle qui avait été choisie. Mais ce n'était pas vrai. C'était celle qui avait été jetée dans l'obscurité qui avait été choisie pour vivre une merveilleuse aventure.

— Non, répliqua Marie avec autorité. Tu m'as vue une fois. Et tu as remarqué qu'il y avait une ressemblance entre nous. Tu es envieuse de nature, et maintenant tu désires tout ce que je possède, mais ça ne t'appartient pas. Ça ne t'appartiendra jamais. Tu penses que nous pourrions échanger nos vies. C'est impossible. Nous ne nous ressemblons pas du tout. J'ai travaillé pour obtenir ce que j'ai. Tu n'as pas le tempérament qu'il faut. Tu uses de sombres manigances pour profiter des gens. Tu as trompé mon père afin qu'il te donne une pâtisserie. Tu as peut-être réussi à le convaincre que tu étais sa fille. Mais moi, je te vois pour ce que tu es. Une usurpatrice qui veut voler ce qui ne lui appartient pas. Tu ne saurais même pas quoi en faire si tu le possédais.

Marie se leva et quitta l'appartement. Elle n'avait aucune intention d'écouter ces sottises plus longtemps.

Après son départ, Marie comprit pourquoi Mary Robespierre l'avait tant troublée. Elle avait soupçonné la vérité dès qu'elle avait posé les yeux sur elle, mais n'avait pas voulu l'admettre.

Son père avait été irresponsable. Il avait toujours eu des femmes dans sa chambre. Bien sûr, il aurait eu d'autres rejetons. Elle haïssait l'idée de n'être pas son unique enfant. Il y avait tant de gens dans le Mille sordide qui leur ressemblaient, à son père et à elle, et qui agissaient comme eux, et ils étaient là tout à fait à leur place. Elle avait davantage de choses en commun avec ces gens du Mille sordide qu'avec n'importe qui dans le Mille doré. Elle ne pouvait supporter que ces gens aient des affinités avec elle. Elle refusa cette idée.

Elle avait toujours regardé cette classe de haut. Son père avait toujours frémi et éprouvé un profond malaise quand il se trouvait en présence des ouvriers d'usine. Une mauvaise humeur semblable à un nuage d'orage le suivait pendant toute la journée quand il avait passé du temps en leur compagnie. Puis le nuage se dissipait et il était de nouveau d'une humeur ensoleillée. Ce qui l'avait affecté, c'était de se voir dans ces gens et leurs lugubres destins.

Marie n'avait jamais éprouvé ne serait-ce qu'un soupçon de ce sentiment. Mais maintenant elle savait exactement quelle émotion son père avait fuie toutes ces années auparavant. Elle avait vu son reflet dans le Mille sordide. Elle ne voulait avoir aucune empathie pour ces gens. Elle ne voulait pas imaginer ce qu'on éprouvait à vivre dans une maison infestée de vermine. Elle ne voulait pas savoir ce que c'était que d'avoir de nombreux enfants chez soi. Elle ne voulait pas savoir ce que c'était que de travailler dans l'une de ses usines.

Ces impressions étaient semblables à des ouvriers

grognons s'efforçant d'attirer son attention. Mais elles étaient beaucoup plus insidieuses. Elles se faufilaient sous les portes. On ne pouvait rien faire pour les empêcher d'entrer. Elles traversaient les murs. Marie avait l'impression d'être hantée. Il lui fallut une semaine pour chasser les fantômes de sa tête.

TROISIÈME PARTIE

35

Justine et Juliette

Sadie avait écrit pendant tout l'hiver. Assise près d'elle, des trous au bout des doigts de ses gants, George avait peaufiné et édité son livre. Sadie avait peu de temps à consacrer à faire l'amour. Elle laissait toutefois entendre à George qu'une fois que le livre serait terminé elles prendraient des vacances et se livreraient à leur tour à une escapade coquine. Cela insuffla un esprit joyeux dans son travail d'édition pendant qu'elle réécrivait les pages échevelées de Sadie pour en faire un récit cohérent. On aurait dit une bête à deux têtes et quatre bras qui créait une œuvre dont l'imaginaire dépassait celui de tout simple mortel. C'est ainsi qu'au printemps 1886, le texte fut achevé. L'imprimeur sut immédiatement qu'il tenait un succès avec le manuscrit pornographique que lui livra Sadie.

Évidemment, une fois les livres imprimés, il restait encore à les vendre. Le père de Sadie avait mené une campagne si efficace contre l'immoralité à Montréal qu'il était impossible de publier l'ouvrage auprès d'un éditeur légitime qui l'aurait distribué dans les librairies. Madame était toute disposée à vendre les livres à la maison de passe. Mais George souhaitait que puissent y accéder des gens qui n'auraient pas été à l'aise à l'idée de mettre le pied dans un bordel – nommément, les jeunes filles.

George connaissait les rouages du monde interlope. Madame avait ses tentacules dans différentes entreprises illicites de la ville. Toutes étaient interreliées.

Pour avoir été envoyée partout faire des courses quand elle était enfant, George connaissait depuis son plus jeune âge tous les acteurs de la scène criminelle. Elle savait qui acceptait de vendre des articles de contrebande. Elle se rendit dans les boutiques où l'on se livrait déjà à une forme de commerce illégal. Ces gens étaient des professionnels en matière de clandestinité.

Elle alla voir le bookmaker dans sa petite échoppe au plafond en pente. C'était un homme de haute taille avec une dent en or et une cicatrice au-dessous de l'œil. Quand George était petite, il l'asseyait sur ses genoux et lui faisait lancer les dés pour lui tandis qu'il lui mordillait l'oreille. Parce qu'il estimait qu'elle portait chance. Il n'avait jamais imaginé qu'il aurait quoi que ce soit à faire avec le monde littéraire.

George se rendit au saloon. Le propriétaire avait un nez bulbeux couvert de veines qui ressemblait à une tasse à thé brisée dont les éclats auraient été rabibochés. Il gardait derrière le comptoir une canne à tête de cygne avec laquelle il frappait les clients quand ils devenaient trop bruyants. Il avait offert une rasade de whisky à George pour ses 16 ans. Elle s'était endormie presque sur-le-champ et était tombée en bas de son tabouret. Depuis ce jour, il avait un faible pour elle. Et il dit que, bien sûr, il allait vendre ses livres.

Au bordel, parmi les habitués, il y avait un marchand de pommes que toutes les putes aimaient. Il apportait toujours un fruit à la fille avec laquelle il couchait. Il aimait le goût de la bouche des filles quand elles avaient croqué une pomme. Il avait montré à George comment jongler avec des pommes quand elle était petite et, une fois, tandis qu'elle les lançait en l'air, un fruit lui était tombé sur le nez et l'avait cassé. Le marchand dit qu'il vendrait les livres de sa charrette.

George n'était toujours pas certaine que les jeunes filles seraient à l'aise d'acheter des livres auprès de l'un ou l'autre de ces hommes. Et puis elle pensa à la pharmacie de Jeanne-Pauline Marat. Elle alla la voir.

— Je vais publier un livre. Voulez-vous le vendre dans votre boutique ?

— C'est une drôle de demande. Je ne tiens pas une librairie.

— Je vais vous en laisser un exemplaire alors, et vous déciderez.

Jeanne-Pauline prit le livre et caressa la couverture avec admiration.

— Mon Dieu, George, tu es destinée à des choses splendides et terribles. Tu ne t'en rends même pas compte.

Jeanne-Pauline ferma la pharmacie. Elle entra dans ses appartements, qui se trouvaient à l'arrière de la boutique, le livre sous le bras. Elle était toujours contente de se retirer chez elle le soir. Elle ne s'était jamais lassée du plaisir que cela lui procurait.

En vérité, elle avait toujours aimé la solitude. Les femmes n'avaient jamais le loisir d'être seules. C'était un luxe trop grand. Les femmes devaient toujours s'occuper de quelqu'un. Jeanne-Pauline ne s'occupait de personne. Elle pouvait faire comme bon lui semblait. Elle abandonnait ses vêtements au bord du lit. Personne ne lui criait après pour les avoir laissés là.

Un des souvenirs les plus vifs qu'elle gardait du jour de son mariage, c'était qu'elle avait eu froid. Debout devant l'autel, elle s'était efforcée d'empêcher ses dents de claquer. Elle portait une robe en dentelle à manches courtes. Son voile couvrait son visage et ses épaules. C'était le plus inadéquat des châles. Un bouquet de roses blanches tremblait entre ses mains. Elle craignait qu'on ne pense qu'elle était terrorisée à l'idée de se marier. Elle aurait à tout le moins aimé porter des gants. Le diamant de son alliance semblait fait de glace.

Elle avait rapproché la baignoire du feu. Ainsi, l'eau de son bain restait chaude tandis qu'elle y trempait, comme si elle était un dumpling géant dans un chaudron de ragoût. La chaleur de l'eau lui faisait oublier la sensation de froid du jour de son mariage. Elle était libre. Elle s'installa dans la baignoire pour lire le livre.

Quand George s'arrêta à la boutique deux jours plus tard, Jeanne-Pauline était on ne peut plus réceptive à l'idée de vendre le livre.

— Je suis très fière de toi, George. Déjà quand tu étais petite, je savais que tu ferais quelque chose de merveilleux de ta vie. Tu as reçu un don très puissant. Tu n'es pas attirée par les hommes. Et donc nul homme n'a pu infléchir aucun de tes talents naturels. L'écrit est dangereux.

» Bien sûr, tu seras punie. Mais ta punition sera glorieuse. Quand une punition est glorieuse, ce n'est plus une punition, mais un sacrifice.

— Que pensez-vous du livre ?

— C'est complètement grotesque et c'est construit

en épisodes. Je suis ménopausée alors je ne m'excite pas aussi facilement que quantité de lectrices plus jeunes. Mais ça me plaît que tu aies démarré une maison d'édition. Tu étais trop intelligente pour passer le reste de ta vie à travailler dans un bordel et à pratiquer des avortements. Pas que ce ne soit pas une profession noble, mais ce livre marque un nouveau chapitre de ta vie. Je pense que ce n'est que le début de tes aventures. Quand tu commenceras à publier tes propres textes, ce sera merveilleux. Tu auras des choses plus intéressantes à dire qu'une enfant gâtée d'aristocrate.

George se hérissa à ce dur jugement sur Sadie. Elle savait depuis un certain temps que Jeanne-Pauline ne considérait pas Sadie comme digne des affections de George. Elle estimait que Sadie abusait de George, qu'elle s'en servait comme d'un instrument aisément remplaçable.

— Vous le vendrez dans votre boutique ?

— J'ai toujours été prête à être une martyre pour une cause. Honnêtement, c'est sans doute ce qui m'a permis de tenir le coup. Je n'ai jamais eu peur de la mort, même la mienne. J'ai vécu si librement et pleinement que ce serait un honneur d'être abattue maintenant. Ce n'est pas pratique de vivre passé un certain âge, surtout quand on n'a pas d'enfants. C'est une chose merveilleuse. J'en suis venue à adorer l'indépendance. Un criminel qui méprise la loi, c'est un révolutionnaire.

Jeanne-Pauline vendit fort habilement *Justine et Juliette*. Elle fabriqua de fausses jaquettes pour couvrir les exemplaires distribués chez elle, ornées d'une illustration d'orchidée réalisée pour l'occasion. Elle intitula ce faux livre *Répertoire de la flore et de la faune québécoises*, ce qu'elle semblait trouver particulièrement amusant, même si personne ne comprenait pourquoi.

Quand George recevait une boîte de l'imprimeur, elle se dirigeait droit chez Jeanne-Pauline, car le livre se vendait toujours bien à sa pharmacie. Elle en écoulait plus que partout ailleurs.

Jeanne-Pauline commença à vendre des paquets de placebos. Ils ne coûtaient pas cher, mais les clients devaient les acheter pour obtenir le livre. Ainsi, elle empêchait les hommes de se le procurer.

C'étaient les hommes qui risquaient de se retourner contre vous et de vous dénoncer à la police. Elle jugeait la fiabilité d'une femme d'un seul coup d'œil. L'éventualité d'une trahison par une femme, elle en assumait le risque calculé. Mais jamais elle ne tolérerait d'être dupée par un homme.

Elle retenait les femmes dans sa boutique plusieurs minutes avant de leur permettre de repartir avec l'ouvrage. Un va-et-vient trop important aurait attiré l'attention des autorités, qui n'aimaient pas que les femmes se livrent à quelque activité furtive que ce soit. Elles seraient, par leur nature même, alarmées de ce que des femmes gagnent de l'argent. « Vous ne devriez pas avoir peur de vous masturber. C'est formidable. C'est très apaisant. C'est une prescription contre la migraine », leur disait-elle.

Tous ceux qui avaient accepté de vendre l'ouvrage contactèrent George moins de deux semaines après la publication pour lui réclamer davantage d'exemplaires. George se retrouva à faire des allers-retours chez l'imprimeur toutes les semaines. On avait du mal à répondre à la demande. Le bruit de la parution de ce livre se répandit à travers la ville, et tout le monde voulut se le procurer. Sadie adorait voir des exemplaires de *Justine et Juliette* dans la rue. Elle s'étonnait d'être lue par des femmes de différentes classes sociales. Un jour, elle aperçut une femme assise sur un banc de parc près d'un landau en train de lire son livre. Dans la poussette, des jumeaux se serraient dans leurs bras, et à côté, un enfant de 6 ans avait grimpé dans un arbre.

Elle vit une fillette sur un banc du fond à l'église, tête baissée, ses lèvres bougeant au rythme de sa lecture. Mais elle ne lisait pas la Bible. Elle avait un exemplaire du livre de Sadie sur les genoux. Elle vit deux filles dans le tramway, assises côte à côte, qui partageaient le volume. L'une essayait de tourner la page, et l'autre l'arrêtait d'un geste de la main. Elles faillirent manquer leur arrêt.

Elle vit une jeune fille faire un clin d'œil à un chat. Elle avait le livre de Sadie sous le bras. Elle vit une fille à vélo qui sifflait, le livre dans son panier. La fille portait une redingote dont les basques flottaient au vent comme des loutres espiègles.

Sadie croyait savoir quand une femme avait lu son livre. Elle semblait un peu enhardie. Elle avait le pas sautillant. Sadie se demandait si les filles attirées par l'ouvrage étaient plus animées que les autres, ou si c'était le livre lui-même qui rendait sa lectrice plus guillerette.

Ce n'était pas simplement parce que le livre permettait aux filles d'atteindre une jouissance si intense qu'elles en paraissaient plus vives et plus audacieuses ; c'était l'impression que les personnages faisaient sur les lectrices.

Justine et Juliette n'étaient pas le moins du monde intéressées par les hommes. Elles étaient fascinées l'une par l'autre et par la liberté. Ce livre disait aux lectrices qu'elles avaient le droit d'être animées par une autre sorte d'élan.

Elles n'étaient pas obligées de devenir des épouses et des mères. Leurs désirs pouvaient les emmener totalement ailleurs.

L'une des prostituées avait une sœur qui travaillait à la raffinerie. Elle raconta à Sadie que les filles s'y prêtaient le livre. Une ouvrière se mit à cacher une part de son salaire dans sa botte. Une autre refusa que son frère continue à abuser d'elle. Une autre encore s'enfuit de chez elle et personne ne sut où elle était allée. On prétendait qu'elle s'était jointe à un cirque itinérant. Quelque chose en elle lui avait dit qu'elle aurait fière allure à cheval après avoir lu le livre. Une fille s'inscrivit à l'université pour devenir médecin.

Il arrivait souvent que les filles se procurent un deuxième exemplaire pour l'offrir à une amie afin qu'elle aussi puisse connaître cette étrange métamorphose. D'autres avaient observé les effets de l'ouvrage sur des amies et venaient chercher leur propre exemplaire, dans l'espoir qu'il leur donnerait à elles aussi le courage de commettre d'exceptionnelles transgressions.

Quelques filles achetaient le livre parce qu'elles étaient simplement libidineuses et n'avaient pas idée des possibilités qu'il recelait. Il s'avéra que l'éveil sexuel ne menait pas les femmes à l'iniquité, mais à l'émancipation.

Sadie était devenue une véritable écrivaine. On ne pouvait lui enlever son manuscrit original. Il vivait dans l'esprit des gens. Les livres seraient sans doute détruits dans toute la ville. Mais même si on s'efforçait de les brûler, il en resterait toujours un ou deux.

Les livres ressemblaient beaucoup aux rats. Ils entraient dans les murs et se tapissaient dans des cachettes. Ils proliféraient en secret, invisibles. Un seul exemplaire pouvait être partagé entre une vingtaine de personnes. Et quand ces gens lisaient le livre, il se mettait à exister dans leur tête. Dès qu'un livre vit dans l'esprit, il a le don de se répandre par les idées et la conversation. Et quand une personne qui a lu votre livre parle à une personne qui ne l'a pas lu, elle lui en transmet l'univers sans même le savoir.

Fugueuse puis prostituée, Sadie existait dans les marges, son nom n'était prononcé que sur le ton du chuchotement en compagnie respectable. Mais maintenant elle allait réapparaître en public. Son nom était sur toutes les lèvres. Elle sentait qu'un changement se préparait dans sa vie, comme on sent inévitablement s'approcher l'orage.

Il arrive souvent que les noms propres deviennent des noms communs. Le nom Arnett était reconnaissable en raison de l'implication continue de son père et de son frère dans les affaires politiques de la ville. Elle allait changer cela. Le nom lui appartiendrait. En l'entendant, les gens penseraient à toutes ses propensions, à ses inclinations et à ses idées.

Le nom Arnett, symbole de l'opposition dans le domaine des arts, en viendrait à signifier ce à quoi il s'opposait. Le nom serait ainsi doublement associé à l'art coquin et aux délices secrètes de la perversion. Toutes les familles portent en germe leur propre destruction.

Tout ce que proposait M. Arnett aux réunions publiques serait accueilli avec des rictus de dérision. Quelle pire preuve de faiblesse existait-il que de ne pas réussir à contrôler sa propre fille ? Les pères incapables de contrôler leurs filles constituaient un signe de l'érosion du tissu moral de la société autrement plus grave que le théâtre grivois. Son frère serait vu comme appartenant à la même engeance. Et sa mère, songea Sadie avec satisfaction, ne pourrait plus faire semblant qu'elle n'existait pas. En fait, sa mère penserait à l'existence de Sadie chaque seconde de ses journées désormais misérables.

*

Bien que le livre ait été publié sous le nom de Sadie Arnett, George s'en sentait aussi l'autrice. Sadie et elle recommencèrent à faire l'amour plus souvent. Quand elles étaient épuisées, elles aimaient s'étendre côte à côte et passer des heures à décrire ce qu'elles avaient accompli. Elles étaient satisfaites d'elles-mêmes. Mais l'excitation et le plaisir étaient si grands qu'elles eurent tout de suite peur de les voir glisser entre leurs doigts. Il leur en fallait plus. Tout à coup, tous les autres plaisirs épicuriens semblaient pâles en comparaison de celui-ci. Rien n'avait un goût aussi doux, la musique ne les émouvait plus de la même manière. Elles étaient prêtes à se mettre à travailler à un nouveau roman.

Sadie plongea dans l'encrier sa plume qui but l'encre tel un moustique assoiffé. Elle se mit à gratter la feuille blanche.

George aimait que Sadie écrive des livres qui choquaient et provoquaient. Mais le ton en était trop aristocratique. On perdait le sens à cause de toutes les obscénités qu'ils recelaient. Elle savait que les gens les lisaient pour être émoustillés. Et comme ils regorgeaient de thèmes tabous, ces livres donnaient le frisson à quiconque les avait en sa possession, parce qu'il se trouvait à transporter un secret. Parce que le texte emplissait son cerveau de choses avec lesquelles il n'aurait pas dû les remplir.

Pourtant, George estimait que ces ouvrages ne s'attaquaient pas aux inégalités que subissaient les femmes, et qu'ils ne leur montraient pas de moyens pratiques de suivre leurs désirs et la *joie de vivre** que le livre avait éveillés en elles. Elle aurait souhaité qu'il existe un livre que tout le monde pourrait lire et qui traiterait de la manière dont vivent les femmes ordinaires, maltraitées par tous, de leur droit au bonheur spolié par les riches. Un livre sur la manière dont les femmes étaient utilisées par leurs maris. Et leurs familles. Et la société en général. Sur le fait que toutes les filles étaient des proies, que les talents d'une fille étaient inexploités et sapés dans la société.

36

Lisez ce roman nu

Un après-midi, Marie regarda dans la cour par la fenêtre de son bureau. C'était le premier jour du printemps où la chaleur invitait les gens à s'attarder dehors. Elle vit une bonne assise sur un seau en métal, posé à l'envers, en train de lire un livre, fascinée. Le vent ne cessait d'essayer de tourner la page de son livre, comme s'il lisait plus vite qu'elle et avait hâte de découvrir la suite. Une deuxième bonne s'approcha avec un autre seau, le renversa et s'y installa, puis elle commença à lire par-dessus l'épaule de la première.

Marie, pour sa part, ne lisait pas de romans, pas plus qu'elle ne se tenait au courant des publications ou de ce qui était en vogue. Elle parcourait cependant les journaux. Elle se faisait livrer un exemplaire de chacun tous les matins et prenait connaissance de la liasse avec son café et son œuf. Elle devait se garder au fait de tout ce qui se passait dans la ville et au pays. Elle lisait avec une grande paire de ciseaux près d'elle. Quand elle tombait sur un article intéressant pour elle ou pour son entreprise, elle le découpait.

Mais le livre que lisaient les bonnes éveillait sa curiosité. Elle continuait à les regarder lire, ce qu'elles faisaient avec une dévotion fervente, comme s'il s'agissait d'un roman d'amour. En même temps, leur visage avait une expression d'intelligence amusée. Elles réagissaient à ce livre avec une intensité inhabituelle.

Marie fit venir la première bonne plus tard ce jour-là. La bonne se tint devant le bureau de Marie. C'était une magnifique métisse.

— Quel était ce livre que tu lisais plus tôt ? demanda Marie.

— Quel livre, m'dame ? demanda la bonne, troublée.

— Tu lisais un livre, assise dehors. Je t'ai vue depuis la fenêtre.

— J'étais en pause.

— Oui, je n'ai pas dit le contraire.

— J'ai décidé de lire pendant ma pause. J'ai fait tout ce que je devais. J'aime beaucoup travailler ici. Je me plais beaucoup mieux ici que dans l'autre maison où je travaillais quand j'étais plus jeune. Si vous ne voulez pas que je lise, je ne lirai pas.

— Nous avons deux conversations différentes. Je me fiche que tu aies été en train de lire. Je veux connaître le titre du livre.

Les joues de la fille virèrent au rouge vif. Elle baissa les yeux vers ses pieds, puis tourna le regard vers Marie avant de fixer de nouveau le sol.

— C'est *Justine et Juliette,* m'dame, répondit-elle, les yeux toujours baissés. J'étais curieuse. Je ne savais pas combien de choses inappropriées il contenait avant de le lire. Je n'avais aucune idée.

— Je n'ai jamais entendu parler de ce livre. Qui en est l'auteur ?

— Sadie Arnett, m'dame.

Marie sentit ses yeux s'écarquiller. Elle avait toujours ce sentiment quand elle était prise de court. Elle ne savait jamais si les autres s'en rendaient compte. Comment pouvait-elle ignorer que Sadie avait écrit un livre ? Comment avait-elle pu rater la chose la plus importante à s'être produite dans la vie de Sadie ? C'était une nouvelle presque insupportablement excitante. Elle éprouvait tant de sentiments vulnérables et étonnants qu'elle voulait être seule. Même si elle était assez douée pour garder ses émotions pour elle, elle n'y parviendrait peut-être pas cette fois.

De toute façon, elle voulait ressentir ces émotions entièrement. Elle voulait laisser son corps frémir et trembler. Elle ne voulait pas le forcer à se retenir.

— Voudrais-tu aller à la librairie m'en chercher un exemplaire ?

Plongeant la main dans sa poche, Marie en sortit un billet. C'était suffisant pour acheter dix exemplaires. Naturellement, ça n'avait aucune importance pour elle. Elle aurait donné toute sa fortune, sa maison, pour tenir un exemplaire de ce livre entre ses mains.

— Non, m'dame, on ne peut pas l'acheter dans une librairie. C'est un livre cochon. Il est illégal.

— Alors, garde l'argent pour toi et donne-moi ton exemplaire.

La bonne eut du mal à réprimer son sourire, consciente qu'elle venait de faire une petite fortune.

— Je vais aller le chercher chez Lucy. Elle l'a emprunté à Rachel. Je l'ai prêté à Sally pour qu'elle le lise et elle devait le rendre tout de suite après avoir fini. Mais elle l'a donné à Rachel. Peu importe. Vous n'avez pas besoin de savoir tout ça. Je vais vous trouver le livre !

La bonne se retourna et sortit de la chambre comme une flèche. En attendant son retour, Marie demeura assise à ne faire absolument rien. Elle pouvait presque entendre les filles s'agiter autour, comme si elle écoutait des souris courir dans les murs. Elle essaya d'imaginer où se trouvait la bonne. Elle l'imaginait à l'autre bout de la maison. Et elle fut surprise quand celle-ci apparut dans le cadre de porte, le livre à la main.

La bonne le déposa doucement sur la table d'un geste étrangement cérémonieux.

Puis, alors qu'elle s'apprêtait à partir, elle hésita un instant et dit :

– Je ne trouve pas du tout que le personnage de Justine vous ressemble.

Elle fit une courte révérence et se dépêcha de sortir.

Marie n'avait pas la moindre idée de ce que la bonne entendait par là. Elle ouvrit le livre et se mit à lire. Il nous suffira de dire que ce fut l'un des rares après-midi où Marie ne pensa pas du tout à la raffinerie.

Son premier élan, après avoir lu le livre, fut d'écrire à Sadie. Pour Marie, le livre était une déclaration d'amour. Sadie avait été tellement déçue d'elle à son retour d'Angleterre. Bien sûr ! À l'époque, Marie n'avait pas été suffisamment courageuse pour tracer son propre chemin.

Elle aurait voulu se précipiter au bordel pour voir Sadie. Mais elle avait tellement insisté au téléphone sur le fait qu'elle ne lui adresserait plus jamais la parole qu'il lui semblait qu'elle ne pouvait pas simplement se présenter là-bas. Peut-être Sadie croirait-elle qu'elle était impressionnée et qu'elle voulait la fréquenter maintenant qu'elle était une autrice célèbre. Et oui, évidemment, c'était vrai. Mais il y avait tellement, tellement plus !

Elles avaient maintenant toutes les deux réalisé leur

rêve. Et leurs deux rêves n'étaient-ils pas un rêve partagé ?

Après la publication de *Justine et Juliette,* Marie Antoine redevint l'objet de cancans dans le Mille doré. L'identité du personnage de Justine était évidente aux yeux de tous. Elle était presque heureuse que les gens aient de quoi jaser, outre le fait qu'elle soit un tyran d'industrie mégalomane. Elle en éprouvait quelque chose qui ressemblait à de la fierté. Marie avait l'impression d'être destinée à être l'héroïne d'un livre. Voilà pourquoi elle était seule et ne pouvait se lier avec quiconque. Sa vie émotionnelle était destinée à se déployer dans un livre. Comment pourrait-elle jamais connaître une vie amoureuse passionnée dans le carcan étouffant de la vraie vie ? Au lieu de quoi, Sadie lui en avait fabriqué une dans la fiction.

Marie lut le volume trois fois. Fait assez drôle, alors que tout le monde jugeait l'ouvrage pornographique, ou à tout le moins transgressif, ou au strict minimum audacieux, Marie y vit un objet d'une grande beauté. Tandis qu'elle s'affairait à relire l'ouvrage, nombre de personnes commençaient à se prononcer contre son existence en dénonçant son caractère obscène. Le livre fut condamné par la police des mœurs, ce qui, bien sûr, eut pour effet d'augmenter encore sa popularité. Marie se tenait au courant des développements grâce aux journaux.

Évidemment, les Arnett n'avaient pas l'intention de rester les bras croisés tandis que Sadie traînait leur nom dans la boue. Son père et son frère entamèrent une campagne visant à faire interdire le livre et arrêter Sadie Arnett. Pour ce faire, ils mobilisèrent toute la puissance politique qu'ils avaient accumulée au fil des ans. Et Sadie Arnett se trouva traînée hors du bordel pendant qu'une foule importante se rassemblait pour assister à l'arrestation de cette belle et célèbre putain.

À sa demande, Marie fut informée sur-le-champ le matin où Sadie fut arrêtée pour avoir contrevenu aux lois sur la moralité. Elle passa à l'action, mobilisant une somme d'argent considérable en un clin d'œil.

Les forces de la corruption et celles de l'anticorruption s'affrontaient constamment dans cette ville. Ce n'était jamais un facteur moral qui déterminait la victoire des unes ou des autres ; le vainqueur était celui qui avait les poches les plus profondes. La moralité avait été cooptée par le capitalisme. Montréal était pour toujours vulnérable aux pots-de-vin, à la corruption et à la fraude.

Marie graissa la patte des fonctionnaires pour qu'ils abandonnent les accusations contre Sadie, et aussi pour que celle-ci n'ait plus à craindre d'être taxée d'indécence. Ses livres auraient le droit d'être publiés et distribués dans les librairies. Ceux qui étaient choqués par l'impudeur du livre se verraient traités d'ignorants, on leur expliquerait que le livre présentait une allégorie de la lutte et de la force. C'était comme une statue d'un nu romain. Sa beauté transcendait la vulgarité.

Personne ne comprendrait comment les accusations qui pesaient sur Sadie Arnett avaient été retirées et pourquoi elle avait été libérée de prison sans procès. Et les gens verraient parfois la décision d'autoriser la vente de *Justine et Juliette* en librairie comme le moment où la ville avait complètement cédé à la folie : quand un livre racontant l'histoire de deux femmes aux mœurs légères et dépourvues de morale serait considéré comme une œuvre dotée de qualités littéraires et que l'on n'oserait pas le critiquer.

Marie avait soudoyé tout le monde avant que les Arnett sachent ce qui s'était passé. Elle était consciente que la libération de Sadie et la levée de l'interdiction de ses écrits détruiraient les Arnett. Cette tournure comportait tant d'avantages. Elle souriait en y songeant. Elle avait attendu le moment où elle pourrait frapper cette famille. Elle avait attendu d'être au faîte de son pouvoir pour arracher aux Arnett tout ce qui leur était cher. À quoi tenaient-ils comme à la prunelle de leurs yeux ? Leur réputation. Ils voulaient qu'on les croie meilleurs, plus purs. Comme ils ne pouvaient y arriver par l'argent, ils essayaient d'y parvenir par la moralité.

Marie descendit elle-même au poste de police afin d'aller chercher Sadie.

37

Des bas de soie

Sadie était assise dans une cellule de prison. Des pigeons perchés sur le rebord de la fenêtre faisaient froufrouter leurs ailes en émettant un bruit rappelant les pages d'un livre que l'on déchire. L'un des gardiens lui avait donné une cigarette moyennant qu'elle lui montre ses seins. Elle inspira la fumée et considéra sa situation. Elle avait pris un risque. Elle aurait normalement été ulcérée et épouvantée par son emprisonnement. Mais comme elle devinait que cette arrestation serait bonne pour la vente de ses livres, c'était une épreuve qu'elle devait endurer en tant qu'écrivaine. On ne pouvait pas la garder enfermée très longtemps. Elle savait que Madame pourrait tirer des ficelles pour la faire libérer.

Elle se mit à faire les cent pas dans sa cellule. Elle se serait sentie mieux si on lui avait accordé un calepin et un crayon pour écrire. Ouvrir un calepin, c'était comme écarter les volets d'une immense fenêtre et voir des masses de gens dans la rue. Ne pas pouvoir écrire faisait s'agglutiner les pensées dans sa tête comme une foule se hâtant de quitter un théâtre en proie aux flammes.

Elle attendit patiemment.

C'était l'incertitude qui la rendait folle. Elle essayait de ne pas songer qu'elle était sans cesse punie pour des actes qu'elle ne considérait pas comme des crimes. Était-ce un crime que de mettre en mots les sentiments qu'elle éprouvait pour Marie ? Sa relation avec Marie était la part la plus pure, la plus innocente de son existence. C'était une période où elle avait eu un vrai lien avec un autre être. Elle aimait tellement Marie quand elle était enfant qu'elle éprouvait une anxiété chronique à l'idée que celle-ci puisse ne pas l'aimer en retour. Elle ne pouvait imaginer retrouver ce sentiment. C'était la seule fois de sa vie qu'elle s'était rendue aussi vulnérable.

Le livre parlait d'innocence. Il parlait de délices. Il parlait de rapports intimes. Il parlait d'amour vrai. Il parlait du fait que le reste du monde cesse d'exister pour les vrais amoureux. Ils seraient prêts à violer et à assassiner pour leur amour, mais celui-ci n'en était pas moins célébré. Et n'était-ce pas là une chose merveilleuse ?

N'était-ce pas merveilleux ? Elle était convaincue d'avoir écrit quelque chose de valable. Qu'est-ce que cela pouvait bien faire qu'elle ait utilisé le corps de la femme et sa sexualité comme métaphore pour la liberté et la création ? Elle l'avait libéré des ombres. Elle avait employé la langue du désir féminin pour créer quelque chose de grand, de singulier et de beau. Et même si elle croupissait dans une cellule de prison, on ne pouvait la convaincre du contraire.

Elle s'était figuré que Marie viendrait la voir après qu'elle eut écrit le livre. Elle savait que, par plusieurs aspects, elle avait écrit ce texte tout en imaginant Marie en train de le lire. Marie était montée si haut que l'ouvrage devait être formidable pour être à sa hauteur.

Sadie ne cessait de se demander : Est-ce assez bien pour se comparer à la richesse que Marie a accumulée, au pouvoir social qu'elle exerce ? Elle s'était prise à se demander, comme lorsqu'elles étaient enfants : Sommes-nous vraiment des égales ?

George croyait que c'était elle la lectrice que Sadie avait en tête en écrivant. Et que chaque fois qu'elle faisait un choix éditorial, elle avait George en tête. Alors que c'était plutôt Marie. Qu'importe, c'était maintenant de George qu'elle dépendait. Elle savait que George faisait tout en son pouvoir pour la libérer. George et Madame lui avaient toujours dit qu'elles exerçaient de l'influence en ville. Elles connaissaient les vilains secrets de tous les élus. Tant d'hommes importants étaient venus au bordel et y avaient laissé tomber leurs défenses. Ils avaient mis en scène leurs désirs les plus cachés et les plus pervers. Madame pouvait faire chanter tellement d'hommes.

Sadie s'efforça d'avoir confiance dans les manigances de George et de ne pas s'inquiéter. Mais elle savait qu'il existait des hommes qui seraient au-dessus de ce genre de chantage. Ils n'étaient jamais venus au bordel et se moqueraient d'une jeune femme habillée en homme prétendant les influencer, ou bien ils seraient dégoûtés par elle.

Sadie s'inquiétait de la portée de l'emprise de Madame. Si son père n'avait pas été l'auteur de la loi sur la moralité, elle aurait déjà été libérée. Il utilisait toute son influence politique pour la faire enfermer et punir. La seule façon qu'il avait de protéger sa carrière politique était de montrer qu'il l'avait vaincue et réduite au silence.

C'étaient des hommes comme son père et son frère qui se dressaient contre George. Ils étaient cruels.

Et George ne pouvait négocier avec la cruauté. Leur cruauté n'avait rien qui les rendait vulnérables ou que l'on pouvait utiliser contre eux. Leur cruauté était réservée à la sphère domestique, dirigée contre les femmes qu'ils possédaient ou qui leur étaient apparentées. C'était largement acceptable socialement, voire encouragé. Ils étaient imperméables aux ruses de Madame.

Quand un gardien vint déverrouiller la porte en lui disant qu'elle était libre de partir, Sadie regretta immédiatement d'avoir douté de George. Elle sentit une telle bouffée de soulagement que c'en était presque comme de faire pipi dans sa culotte, un relâchement de la vessie qu'elle aurait brutalement retenue. Elle se leva du banc, pleine d'allégresse. Son soulagement était si grand qu'elle avait l'impression d'être une montgolfière. Dès qu'elle fut sortie de la prison, elle songea que cette légèreté pourrait l'amener à quitter le sol pour s'envoler dans les airs.

Elle fut surprise en découvrant devant la prison une voiture élégante. Elle ne pensa pas que celle-ci lui était destinée. Peut-être relâchait-on un autre prisonnier fortuné, même si tous ceux qu'elle avait vus pendant qu'elle était incarcérée appartenaient manifestement aux classes inférieures.

Pas de doute, la voiture était descendue du Mille doré. Sadie se dit qu'elle ferait mieux de s'en éloigner le plus possible. Elle sentait une présence à l'intérieur. Une présence si intense et si consciente de sa personne qu'il fallait qu'elle soit dangereuse. Sadie allait prendre le chemin du bordel à pied quand la portière de la voiture s'ouvrit. Elle demeura ouverte, une invitation très claire.

À ce moment-là, elle ne pouvait faire autrement que

de s'approcher. Une tête de boucles blondes et chatoyantes se découpait dans l'embrasure. C'était Marie. Sadie n'avait jamais été aussi étonnée. Son cœur se mit à papillonner. Comme si elle était un papillon de nuit et que Marie avait été une flamme ardente.

Elle avait relégué Marie à la fiction, où elle pouvait lui rendre visite. Elle ne s'était jamais attendue à la revoir en chair et en os, et pourtant elle était bien là. Marie était venue la chercher.

Sadie monta dans la voiture. Elle s'assit en face de Marie. Toutes les deux restèrent silencieuses. Elles auraient aimé pouvoir contrôler et contenir le sourire qui éclairait leur visage, mais elles en étaient incapables.

— Est-ce que je te dois quelque chose ? demanda enfin Sadie.

— Non. Je ne crois même pas avoir fait cela pour toi. Je l'ai fait pour moi. Je l'ai fait pour l'avenir. Ce que tu fais est tellement important. Je n'ai jamais réagi à un livre comme j'ai réagi au tien, et je suis sûre que plusieurs autres lectrices se sont senties comme moi. Non, Sadie Arnett. Le monde a besoin d'autres livres de toi.

Marie prit la main de Sadie dans les siennes.

— Est-ce que c'était de nous qu'il était question dans ton livre ?

— C'était pure invention.

— J'ai trouvé cela si beau. C'était tellement rempli de jolies choses. J'aime beaucoup la façon dont tu écris sur le sexe. Et le corps féminin. Quand on veut que quelqu'un nous touche, quand on permet à quelqu'un de nous toucher, c'est la plus belle des choses, pas vrai ?

— Je ne sais pas.

— Tu sais que tu as complètement ruiné ma réputation. Elle était sujette aux conjectures avant, mais tu as mis fin à tout cela.

— Je ne peux pas me censurer quand j'écris. Ça existe indépendamment de moi. Je ne peux pas m'inquiéter des conséquences. Il faut que j'écrive avec un mépris absolu pour l'idée que mon travail puisse détruire une autre personne. De la même façon dont je ne me protège pas moi-même. Je veux dire, je nous ai mises dans le même bateau, pas vrai ? Dans le livre.

— En effet. Tu nous as liées l'une à l'autre pour l'éternité. Sais-tu pourquoi je ne suis pas si fâchée contre toi ?

— Parce que tu es flattée ?

Elles éclatèrent de rire toutes les deux.

— Me ramènerais-tu au bordel ? Ils seront contents de savoir que j'ai été libérée.

— Je vais demander au cocher d'aller leur porter une note. Je voudrais simplement passer un peu plus de temps avec toi. En tout cas, il faut célébrer ce jour extraordinaire.

— Ma libération de prison ?

— J'ai fait en sorte que ton livre ne soit plus jamais menacé. Et il pourra être vendu en librairie.

— Marie, dit Sadie, qui s'interrompit, visiblement touchée par cette information. Tu m'as fait le plus merveilleux des cadeaux.

— Ça me fait plaisir. J'aime pouvoir faire des choses pour toi plus que tout, dit Marie.

Elle dévisagea Sadie plus attentivement, étudiant la saleté qu'avait laissée sur ses vêtements une nuit passée en prison.

— Il y a une boutique où je veux t'emmener. Je sais que tu n'as probablement pas pu dépenser comme il se doit. Quand je suis triste, je dépense. C'est un art, dépenser de l'argent. Je fais venir les plus beaux colis d'Europe et de partout dans le monde. Une paire de chaussures m'est arrivée de Chine ce matin. Je pense que nous devrions aller acheter des bas.

— Je n'ai pas besoin de nouveaux bas.

— Je pense que si.

— Et sur quoi te fondes-tu ?

— Retrousse tes jupes pour moi. Et montre-moi les bas que tu portes. S'ils sont parfaits et merveilleux, je te laisserai tranquille.

Sadie souleva ses jupes. Ses bas étaient troués de toutes parts. Elle éclata de rire.

C'est ainsi qu'elles se rendirent dans une boutique dont les bas de soie étaient la spécialité. Tout ce qui avait trait aux bas et à l'acquisition d'iceux était érotique pour Sadie : l'exiguïté de la boutique, parce qu'il ne faut pas tant de place pour exposer des bas ; son emplacement, niché entre deux autres commerces, de sorte que vous passiez devant sans la remarquer si sa marchandise ne vous intéressait pas, mais que si vous la cherchiez, elle était facile à repérer.

La vendeuse lisait un exemplaire de *Justine et Juliette* derrière la caisse enregistreuse quand les deux femmes entrèrent. Elle déposa son livre, sans savoir que les personnages du livre se trouvaient dans sa boutique. Les effets érotiques du roman étaient manifestes à ses mouvements alanguis et sensuels. Ses gestes étaient feutrés. Elle marchait en bottes à talons sans faire le moindre bruit. Elle avait instauré un ordre parfait dans la boutique. Si elle avait eu le contrôle de l'univers, tout y aurait été joli et ordonné.

Même la façon dont Sadie et Marie s'installèrent

ensemble sur le banc en attendant l'arrivée de la boîte de bas était érotique. La façon dont elles décrivirent ce qu'elles voulaient à la vendeuse était érotique. Il y avait des moulages de pieds dépourvus de corps posés à côté d'autres pieds chaussés de bas de soie. Ceux-ci étaient aussi étrangement érotiques. On aurait dit que le pied de Cendrillon avait été coupé et qu'on l'avait préservé pour la postérité.

Aucun des bas ne portait la moindre marque. Il n'y avait pas de traces dessous. Il n'y avait pas cinq marques grises là où vous posiez les orteils. Il n'y avait pas de taches de sang au talon. C'étaient des bas vierges, doux et innocents comme des agneaux.

Sadie et Marie levèrent toutes deux leurs jupes au-dessus des genoux, chacune admirant les bas de l'autre tandis qu'elles les essayaient, charmées par ce qu'elles contemplaient. Sur ceux que Marie avait choisi d'enfiler, un motif de roses grimpait jusqu'aux mollets. C'était la paire la plus chère du magasin. Marie n'avait de cesse de se retourner pour voir les roses. Il n'existait pas de guides destinés aux plaisirs féminins ; il n'y avait que des guides qui enseignaient aux femmes à donner du plaisir aux autres.

— Ils sont tous tellement beaux ! s'exclama Marie. On ne peut pas choisir.

— C'est cruel de nous forcer à choisir, annonça Sadie.

— Nous aimerions une paire de chacun.

Sadie souleva une jambe de mannequin :

— Crois-tu que je pourrais avoir cela ? Ça a quelque chose de macabre qui me plaît bien.

— Oui, bien sûr. Tu devrais aussi prendre cette peinture de chien, sur le mur.

— Ça te plaît ? Je suis étonnée.

— Pas du tout. Je veux la détruire pour que personne d'autre n'ait jamais à poser les yeux dessus.

Les femmes se mirent à rire. Elles quittèrent la boutique pendant que la vendeuse chargeait précipitamment la voiture de leurs achats, jambe de mannequin et peinture comprises.

Elles dirent au cocher de rouler rue Sherbrooke et passèrent le reste de la journée à multiplier les emplettes. Elles se rendirent dans un grand magasin à rayons, achetant tout ce qui leur tombait dans l'œil à chaque étage. Dans le département des robes, elles en achetèrent au bas mot chacune une vingtaine. Ce qu'elles préféraient, c'était de se tenir debout en sous-vêtements face à face sur des podiums tandis qu'on procédait aux ajustements.

— On a l'impression que les vêtements sont magiques la première fois qu'on les enfile, dit Marie. Mais quand on les porte une seconde fois, ils ne font jamais l'affaire. Je ne peux jamais porter la même robe deux fois.

— J'ai payé six mois de loyer avec une seule robe.

— C'est ridicule. Tu devais habiter dans un taudis. Il me semble qu'un mois dans une maison de chambres ne devrait pas coûter plus qu'une de mes culottes.

— *Tes* culottes, peut-être. Mais je ne crois pas qu'on puisse en dire autant de celles de qui que ce soit d'autre. Les fais-tu toujours importer de Paris ?

— Mon Dieu. Tu te rappelles cela !

— Je n'ai jamais pu oublier le moindre détail qui te concerne.

— Comme tu m'as manqué, Sadie.

— Nous sommes si jeunes. Nous avons de l'argent et du pouvoir. Nous n'avons pas de maris.

Nous pouvons vraiment faire tout ce que nous voulons maintenant.

Elles se prirent les mains.

Elles étaient redevenues des fillettes. Leurs corps avaient cessé de porter les fardeaux et les cicatrices des vies qu'elles avaient vécues, ils étaient luminescents. Elles partageaient un après-midi sans passé et sans avenir. Elles étaient de retour dans le jardin de Marie. Des fleurs poussaient entre leurs orteils et entre leurs doigts. Des papillons voletaient autour de leurs fronts. L'air s'embaumait du parfum des roses.

— Il y a quelque chose de bizarre que je veux partager avec toi, dit Marie. J'ai rencontré une femme. Elle me ressemble. Mais elle est folle. Je ne sais pas quoi en penser.

— Pourquoi t'en fais-tu avec elle ?

— Elle me ressemble à s'y méprendre. Comme deux gouttes d'eau.

— Allons la voir.

— Je savais que tu serais curieuse de ce phénomène.

— Nous vivons à une curieuse époque. Tout est possible. Si on n'a pas l'esprit ouvert, on risque de rater toute l'aventure. Qu'est-ce que la réalité de nos jours ?

— Elle prétend qu'elle est ma sœur.

— Eh bien, ton père était connu pour être un chaud lapin. Je suis sûre que tu as des frères ou des sœurs quelque part. Qu'est-ce que ça fait ? C'est par ta mère que tu as obtenu la raffinerie de toute façon. Tu devrais t'inquiéter si elle était aussi l'enfant de ta mère.

Marie fut enhardie par la désinvolture de Sadie. Elles remontèrent dans la voiture et dirent au cocher de les conduire à la pâtisserie Robespierre. Quand elles entrèrent et que la pâtissière émergea du fond de la boutique, Sadie fut stupéfaite. Elle voulut gourmander Marie de ne lui avoir rien dit de leur ressemblance physique, mais se rendit compte que Marie l'en avait bien avertie. Elle s'en voulut d'avoir pensé que ses paroles étaient métaphoriques, particulièrement en cette ère d'invention où les métaphores devenaient tous les jours réalité.

Sadie sut tout de suite que la pâtissière utilisait cette troublante ressemblance à son avantage. Elle le faisait parce qu'elle le pouvait. Il était impossible que les classes inférieures se retiennent d'attaquer Marie – de vouloir la blesser de quelque façon. C'est dans la nature des faibles de tourmenter les forts sans raison valable, tandis que les forts exploitent les pauvres pour l'avancement du monde.

Sadie était curieuse de savoir s'il y avait autre chose, à part une mesquinerie générale, qui caractérisait la relation de cette femme avec Marie.

— Bonjour, je suis l'amie de Marie, Sadie Arnett.

— Oui, la célèbre pornographe. Je connais bien votre œuvre.

— Vous ressemblez beaucoup à Marie. Je vous l'accorde. Mais la ressemblance a beau être remarquable, je ne vois pas quelle autre relation il pourrait y avoir entre vous.

— Je connais votre histoire par votre livre. Je suppose que c'est là, la joie d'être romancière. On écrit sa vie. Mais on le fait de sorte à pouvoir en omettre toutes les qualités négatives. Marie et vous avez déjà commis un crime grave ensemble. Il n'en est pas fait mention dans le livre, n'est-ce pas ?

Pendant une seconde, Sadie et Marie gardèrent le

silence. Elles se contentèrent de dévisager Mary. Sa toque de pâtissière, trop grande, tombait sur son front comme un sac qu'un bourreau s'apprêterait à glisser sur la tête d'un condamné.

Sadie se dit qu'elles feraient mieux de ficher le camp. Elle prit le bras de Marie et la tira sur le trottoir.

— Nous ne devrions plus sous aucun prétexte avoir quoi que ce soit à voir avec cette femme. Elle est obsédée par toi. Qu'est-ce que ça fait, si elle te ressemble ? Ça lui est monté à la tête. Ne lui achète même pas de gâteaux. Ils n'ont pas nécessairement meilleur goût que d'autres gâteaux. Je la soupçonne de mettre de la cocaïne dans le glaçage. Ses gâteaux ne sont pas nécessairement bons, mais ils créent la dépendance. Elle pourrait aussi bien essayer de nous empoisonner.

— J'espérais que tu allais me dire que je n'avais pas de raison de m'inquiéter.

— Je crois que c'est pire que ce que tu penses. Que vas-tu faire à son sujet ?

— J'ai pour principe d'ignorer les femmes du Mille sordide. Elles sont toujours légèrement hystériques.

— Pas comme ça.

— Je n'arrive pas à raisonner comme il faut quand il est question d'elle. Je ne sais plus ce qui est vrai. Je suppose que je trouverai bientôt ce qu'il faut faire à son sujet.

— Mieux vaut tôt que tard. Comment est-elle au courant de ce que nous avons fait ?

— Qui sait ? Elle est obsédée par moi. Elle sait tout.

— Il faut que tu t'occupes d'elle, Marie.

Marie considéra la pâtisserie d'un air hésitant. Il y avait, chez Mary, quelque chose qui lui disait de prendre ses jambes à son cou, sans chercher à en apprendre davantage.

— Elle vient du Mille sordide, dit Marie d'un ton sans appel. Elle n'a aucun pouvoir.

Par la vitrine de la pâtisserie, Mary Robespierre regarda les femmes grimper dans l'extravagante voiture de Marie. Il lui semblait qu'elle devait réprimer toute sa colère afin de ne pas exploser. Si elle se jetait sur ces femmes, elle serait arrêtée et n'aurait jamais la chance d'exercer sa vengeance contre elles. Il lui fallait ronger son frein en attendant de trouver le moyen de les détruire toutes les deux.

Dès qu'elles eurent disparu, Mary sentit sa colère exploser comme de la poudre à canon. Elle lança une grosse boule de pâte sur la table et entreprit de la marteler comme si c'était un punching-ball. Elle l'écrasa plusieurs fois, puis y enfouit le visage et poussa un cri.

Si Marie et Sadie avaient assisté à cette scène, elles ne se seraient peut-être pas remises à rire dans la voiture comme si tous leurs problèmes étaient réglés.

Marie descendit de voiture et escorta Sadie, bras dessus bras dessous, jusqu'à la porte de la maison de passe.

— J'étais tellement jalouse de toi, dit-elle en posant la tête sur l'épaule de son amie. Je pensais tout le temps que tu étais mieux que moi. Peu importe le soin que je mettais à m'habiller, je préférais toujours ce que tu portais. Le livre que tu avais à la main paraissait toujours plus intéressant que celui que j'étais en train de lire. Si je te croisais alors que j'étais en chemin pour le zoo, je perdais tout intérêt pour les animaux.

— Même les zèbres ?

— Même les zèbres.

Marie ouvrit le médaillon qu'elle portait au cou. Elle

ne l'ouvrait jamais pour personne. Et elle le portait en toutes circonstances. Tout le monde ressentait un pincement de tristesse et de compassion pour Marie à la vue de ce collier. On supposait qu'il renfermait un portrait de sa mère et qu'elle ne pouvait admirer son visage qu'en ouvrant le petit ovale doré. Lorsqu'elle se trouvait légèrement hors de son élément ou qu'elle se sentait froissée, Marie posait les doigts autour du médaillon et le laissait se réchauffer dans la paume de sa main. Elle le tenait comme s'il s'agissait d'une pièce d'or et qu'elle imaginait quelle friandise elle lui permettrait d'acheter.

Marie se pencha en avant pour faire voir à Sadie ce qu'il y avait à l'intérieur. Dans chacun des ovales du médaillon se trouvait une petite fille. La première était une fillette aux boucles blondes et aux joues bien reconnaissables, rondes comme des pommes. La seconde était une petite fille aux yeux noirs avec une tignasse noire. Quand Marie referma le médaillon, le bijou fit un bruit de baiser.

38

Enfonce-moi un talon haut dans le cœur

George ne pouvait se résoudre à laisser Sadie se morfondre en prison ne serait-ce que quelques jours. Elle savait que Sadie n'avait pas de calepin, et qu'elle avait besoin d'écrire tous les jours.

Elle avait eu une rencontre avec des hommes politiques, ce qui avait été une expérience humiliante. En la voyant pour la première fois, les hommes étaient toujours déçus. Elle savait qu'ils voulaient la secouer et lui dire que même si elle n'était pas belle, elle devait, à tout le moins, s'efforcer d'avoir l'air féminin. Elle n'avait fait aucun effort pour charmer leur regard. Ils avaient refusé de l'écouter.

Puis George avait entendu dire que Sadie avait été miraculeusement libérée, aussi s'était-elle précipitée vers le bordel pour la voir. En chemin, elle s'était arrêtée chez le menuisier pour y prendre un godemiché qu'elle avait commandé. Elle en voulait un qui serait plus grand que le sexe de tous les hommes avec qui Sadie avait couché. Elle le portait sous le bras comme une baguette magique. Elle y pensait comme à une chose lui appartenant. Comme à une partie de son propre corps.

George aimait que Sadie lui fasse des choses qu'une femme fait normalement à un homme. Cela l'électrisait. Une fois, lorsque Sadie s'était approchée pour lui serrer la lavallière autour du cou, elle avait senti un profond sentiment d'appartenance. Un autre jour, Sadie s'était penchée en avant et avait utilisé l'ourlet de sa manche pour essuyer une moustache de chocolat sur sa lèvre supérieure et George en avait rougi de ravissement. En descendant un escalier, elle avait sans le faire exprès tendu le bras pour que George le lui prenne. Et George aurait voulu ne jamais la lâcher.

Chaque fois qu'elles faisaient l'amour, Sadie demandait à George d'enfiler le godemiché. Visiblement, elle aimait être pénétrée. Une fois, Sadie avait demandé que George se procure un godemiché plus imposant, requête qui aurait heurté l'ego de plus d'un homme. Mais George n'avait eu qu'à aller voir le menuisier pour qu'il règle le problème. L'artisan avait dit à George que la taille qu'elle demandait était trop grande. Mais George lui avait répondu de le faire quand même.

George entra en collision avec Marie alors que celle-ci quittait la maison close. Le jeune homme plongea Marie dans la perplexité. Elle sentait habituellement son corps se tendre et se mettre sur la défensive dès qu'elle se trouvait en présence d'un homme, mais elle ne ressentit rien de tel à ce moment. Elle observait une singulière créature. Elle sut que Sadie pouvait s'être entichée de cet individu. Peu importe de qui il s'agissait, Marie voulait se débarrasser de cet être bizarre.

George fit un pas vers la droite au moment où Marie faisait un pas vers la gauche. George bondit rapidement vers la gauche et Marie se déplaça vers la droite.

George glissa à droite et Marie à gauche. Cela dura ou bien quelques secondes ou bien une éternité. Et quelque part, dans une autre réalité, Marie et George se faisaient face pour toujours.

Elles finirent par s'arrêter toutes les deux et se dévisager. George se rangea et courba la tête à la manière d'un gentilhomme, cédant le passage à Marie.

Marie songea qu'elle aurait dû rappeler à cette personne que son nom figurait sur tous les sacs de sucre de la ville. Et que, partout dans la ville, tout un chacun versait une petite cuillerée d'elle dans sa tasse de thé. Et que l'on buvait une petite partie de sa douceur. Puis elle passa devant George comme si cette dernière était une pensée ennuyeuse et fuyante qu'elle chassait de son esprit.

Mais l'irritation de George se transforma aussitôt en accablement. Elle fut saisie par un sentiment de manque et d'incrédulité en voyant Sadie sortir de la maison close vêtue de sa cape, une grosse valise à la main. La valise était entrouverte et George pouvait voir que Sadie y avait entassé tout son matériel d'écriture. Mais pourquoi ? Elle savait que Sadie rentrait toujours à la maison pour y retrouver ses écritures. Pourquoi emporter avec elle ce qui lui servait à écrire ? Prévoyait-elle de s'absenter un jour ou deux ?

George ne put se décider à poser la question, de peur que la réponse ne soit positive. Mais elle n'eut pas à le faire puisque le valet de pied de Marie sortit du bordel chargé d'une malle remplie des livres de Sadie, suivi d'une prostituée de 12 ans qui transportait une boîte pleine de ses vêtements, coiffée de l'ensemble des chapeaux de Sadie.

— George, mon cœur, je vais passer quelque temps chez Marie. On a beaucoup de choses à rattraper.

— Tu prends toutes tes affaires.

— Oui, bien sûr. Mais j'ai besoin de changer de décor. C'est trop difficile pour moi de rester ici. La police risque de débarquer à n'importe quel moment. Je ne peux pas revivre cela.

Cependant George voyait, à l'attitude de Sadie, que ce n'était pas parce qu'elle avait peur qu'elle s'en allait. Elle était animée, fébrile. C'était la première fois que George voyait Sadie exaltée et charmée par quelqu'un. Elle l'avait crue incapable de ce genre d'émotions. Or, voilà qu'elle découvrait le contraire, et cela lui brisait le cœur. Sadie était bel et bien capable d'éprouver ces émotions – simplement pas à son endroit.

— Je croyais que tu détestais le Mille doré, dit George timidement.

— C'est vrai. Je ne m'en vais pas dans le Mille doré, en fait. Je m'en vais au manoir de Marie. C'est un monde en soi. Je vais revenir te voir bientôt. J'aurai une nouvelle ébauche d'un livre que nous pourrons éditer ensemble.

À ces paroles, George chancela. Elle aurait aimé que Sadie dise qu'elle reviendrait pour lui rendre visite ou la serrer dans ses bras. Mais elle allait revenir pour une raison pratique, intéressée.

— De toute façon, reprit Sadie, si je reste ici, je vais me réveiller pour découvrir une armée de Mary prête à me trancher la gorge.

George entendit le rire en cascade de Marie depuis l'intérieur de la voiture. Manifestement, cette tirade était destinée à Marie et non pas à George, puisque cette dernière n'avait pas la moindre idée du sens des paroles de Sadie. Et puis Sadie grimpa dans la voiture sans même se retourner.

La fille de 12 ans était encore en train d'attacher

les malles sur le toit de la voiture quand le véhicule se mit en marche. Qui sait quelle distance elle parcourut avant de pouvoir sauter en bas.

George resta debout devant le bordel pendant un long moment après le départ de Sadie. Elle réalisait que c'était Marie qui l'avait fait libérer, et cela signifiait que les deux femmes étaient revenues dans la vie l'une de l'autre. Elle ne pourrait jamais rivaliser avec le pouvoir et le charme de Marie. George avait les yeux pleins d'eau. Comme si la surface d'un étang très calme avait été troublée par un seul caillou.

George monta dans sa chambre. Elle s'assit sur le lit et posa sa boîte à côté d'elle. Elle en souleva le couvercle et le rabattit aussitôt, constatant qu'elle était incapable de regarder ce qu'il y avait à l'intérieur. Qui était-elle pour penser avoir besoin d'un aussi gros godemiché ? L'objet n'avait rien à voir avec elle. Elle en avait honte. Elle resta assise, ses organes sexuels dans une petite boîte. Comme si elle était une chose que l'on commande au magasin et que l'on doit assembler soi-même.

Elle se demandait si Sadie préférait Marie parce qu'elle était une jeune femme plus typique. George adorait la façon dont Sadie décrivait le corps féminin dans ses écrits. Mais comment son corps à elle s'inscrivait-il dans ce récit ? Elle ne se retrouvait nulle part dans la fiction, et ne se reconnaissait pas non plus dans les textes de Sadie. Ceux-ci célébraient le corps féminin, mais non le sien.

Sur le sol gisaient une pile de bas de soie neufs, comme un tas de préservatifs usagés abandonnés après une orgie.

Mais Marie représentait tout ce que Sadie haïssait

dans le Mille doré, songea George, pleine de frustration. George et Sadie formaient une équipe. Travailler et écrire au bordel, voilà ce qui avait inspiré son roman. Pourquoi abandonnerait-elle tout ? Son logis n'avait-il pas été le logis de Sadie ? Pendant tout ce temps, Sadie avait-elle jugé que cet endroit était un taudis miteux ? Elle n'était restée ici que pour s'amuser, pour faire une expérience. Jusqu'à ce qu'elle ait l'occasion de regagner le Mille doré.

George balaya la chambre des yeux. La pièce lui avait semblé tellement douillette auparavant. Elle avait toujours aimé cette chambre en mansarde qui maintenant lui faisait l'effet d'un galetas. La moquette était usée jusqu'à la corde. Le rebord de la fenêtre était couvert de fiente d'oiseau. Tout ce qu'il y avait de beau et de cher dans la chambre, c'était une paire de bottes que Sadie avait laissées sous le bureau comme si un fantôme, nu à l'exception de ces bottes, avait été assis là en train d'écrire.

George attrapa une paire de bas. Elle enleva ses vêtements et enfila les bas. Elle se pencha et chaussa les bottes de Sadie. Elle les laça, puis alla en titubant jusqu'au miroir, avançant avec hésitation à cause des talons hauts, comme si elle marchait sur une glace mince qu'elle risquait de transpercer à chaque seconde. Elle se regarda dans le miroir en pied afin de voir si elle avait l'air féminine, pour découvrir qu'elle semblait plutôt avoir été dessinée par un artiste malhabile, tout en angles bizarres. Elle enleva les bottes d'un coup de pied.

Que fait-on quand on a le cœur brisé ? On est épouvanté par ses propres émotions. George sentait les émotions s'amonceler au-dessus d'elle tel un nuage d'orage. La pièce était tellement remplie d'émotions qu'on aurait dit qu'elle suintait l'humidité. Il fallait quitter cette pièce. Elle ne pouvait supporter de s'allonger sur le lit où Sadie et elle avaient fait l'amour. Elle avait été célibataire toute sa vie et cela ne l'avait jamais dérangée. Mais l'idée de passer le reste de son existence seule la terrorisait. Sa vie lui apparaissait longue et mélancolique à présent. Elle avait eu la chance de trouver un être qu'elle aimait. Mais cette personne avait choisi quelqu'un qui ne lui ressemblait pas du tout – qui était, en fait, son contraire. Elle préférait être avec une personne planturcuse et blonde. Une personne qui sentait les roses et faisait tout joliment. Si Sadie l'avait quittée pour un homme, ç'aurait peut-être été plus facile. Mais elle l'avait désertée pour une autre femme.

George remit son costume et quitta le bordel.

Elle se rendit à un endroit, près du fleuve, où les hommes allaient pour prendre des bains de soleil. C'était sans doute la dernière journée de l'année où ils pouvaient s'y adonner avant l'arrivée du froid. Elle voulait s'étendre sur le sable près de tous ces hommes nus, leur pénis endormi d'un côté ou de l'autre.

Elle avait passé sa vie entourée de femmes. Au bordel, les femmes avaient toujours dit qu'elle s'habillait en garçon et qu'elle ressemblait à un garçon. C'étaient elles qui le lui avaient fait remarquer. Elle s'habillait pour être à l'aise.

Mais quand elles parlaient de leurs stratégies de séduction vis-à-vis des hommes, il n'était jamais question d'elle. Elle était exclue de ces conversations. Si elles n'étaient attirées que par les hommes, elles n'étaient pas attirées par elle. Il y avait bien une femme qui avait lutiné George pendant un an, mais dès qu'un homme s'était manifesté, elle l'avait laissée tomber sans cérémonie. Et comment aurait-elle pu faire autrement, quand une femme acquérait tant de prestige dans le monde en s'attachant à un vrai homme ?

George se demanda si, à osciller ainsi entre les genres, elle avait fait en sorte qu'il soit impossible de la prendre au sérieux. Comme elle ne se voyait réellement ni comme un homme ni comme une femme, peut-être que les autres ne la voyaient pas comme une personne à part entière, avec des sentiments, une dignité, et un besoin d'amour aussi grand que celui de n'importe qui.

Mais que pouvait-elle y faire ? Sa façon de se tenir et de s'habiller était la seule manière qu'elle avait d'être bien dans sa peau. Si elle avait laissé pousser ses cheveux, enfilé une robe et adopté des manières de femme, elle se serait sentie gauche et malheureuse, comme si elle avait fait semblant d'être quelqu'un qu'elle n'était pas.

George songea qu'elle devrait peut-être se faire passer pour un homme. Règle générale, elle évitait les hommes, surtout les inconnus. C'étaient eux qui lui criaient au visage qu'elle était laide et qu'elle devrait aller mettre une robe. Mais elle irait les rejoindre. Elle enlèverait ses vêtements et, même s'ils voyaient qu'elle possédait des organes génitaux féminins, ils comprendraient que, à l'intérieur, elle était comme eux.

Et si elle était nue, on ne pourrait pas l'accuser d'essayer de se faire passer pour qui que ce soit d'autre qu'elle-même.

Elle ôta ses vêtements et souleva une roche pour la poser dessus. Les insectes sous la roche s'éparpillèrent dans toutes les directions. On aurait dit les clous, les vis et les écrous en trop après la création du monde.

Elle s'allongea, nue, près des hommes. Il ne fallut pas longtemps avant que la police l'épingle pour outrage à la pudeur. Les policiers l'enfermèrent dans un fourgon, où se trouvait déjà un très bel homme. Il avait du fard sur les joues et portait une robe dont le corsage bâillait trop bas sur le corps. Ses mamelons étaient sortis. Tout le monde pouvait voir qu'il avait les mamelons d'une belle fille. George se demanda s'ils pouvaient échanger des parties de leurs corps. Si les choses pouvaient être aussi simples.

Le lendemain matin, elle fut relâchée avec le jeune homme qui avait été interpellé en même temps qu'elle. George avait passé la nuit dans la salle des femmes et elle était épuisée après cette longue nuit consacrée à réfléchir à son identité. Le très bel homme avait quant à lui passé la nuit dans la salle des hommes. Il avait le visage tuméfié. Ses yeux étaient si enflés qu'ils en étaient fermés, comme des coquilles de moules impossibles à ouvrir. Sa robe avait été déchirée à plusieurs endroits. Il n'en était plus fier. Il couvrit la robe souillée à l'aide de sa cape et se dépêcha de descendre la rue d'une démarche gauche.

Comme c'est tragique d'être un homme, songea George.

39

Quinze minutes d'infamie

Les jours suivants, George fut remplie d'une rage qu'elle n'avait jamais éprouvée, qui faisait jaillir de son cœur des branches pleines d'épines. Elle ne savait pas que la rage couvait dans le cœur. Elle s'imaginait qu'elle sortait de la cervelle. Elle avait déjà senti plusieurs émotions dans son ventre. C'était là que se logeait toujours le chagrin.

Elle avait fait tout son possible pour rendre la vie de Sadie plus agréable. Elle l'avait rescapée de la rue où on s'apprêtait à la trucider. Elle lui avait donné un toit. Elle lui avait donné une communauté. Marie avait plus de pouvoir dans la société que toute autre femme de sa connaissance. Elle possédait la plus grande usine de la ville, laquelle employait de nombreuses jeunes filles vulnérables. Marie aurait pu les traiter correctement. Au lieu de quoi, elle les exploitait. George était choquée que Sadie fasse abstraction de toutes ces filles maltraitées dans son évaluation du caractère de Marie. Sadie avait des goûts grotesques et aristocratiques.

George se rappela une fois de plus qu'elle n'appartenait à personne. Madame était l'unique constante dans sa vie. Elle savait que le fait qu'elle soit encore en vie était une source de joie pour Madame. C'était en soi la preuve qu'enfant, George était dotée d'un certain génie. D'autres enfants avaient été confiés à Madame. Ils ne faisaient jamais long feu. L'un d'eux s'était précipité dans la rue. Un autre avait réussi à se noyer dans une marmite d'eau destinée aux spaghettis. Un troisième n'était jamais rentré, et sa disparition était demeurée un mystère pour tout le monde. S'il fallait en croire Madame, c'était un acte de clémence quand ils mouraient.

Elle avait toujours cru que c'était grâce à sa laideur que George avait survécu. C'est invariablement une erreur que de compter sur son apparence. C'est comme ne rien manger que des sucreries pendant toute sa vie ; ça finit par gâter les dents. La laideur de George l'avait rendue maligne. Madame estimait que pour rester en vie il fallait une certaine dose de méchanceté. Mais la joie et le bonheur que tirait Madame de son existence n'étaient pas exactement de l'amour, n'est-ce pas ?

Petite, George ne s'était jamais languie de la présence d'une mère. Les mères étaient d'horribles personnes. Elle voyait des mères qui laissaient leurs filles se prostituer à 11 ans. Elles évacuaient leurs frustrations sur leurs enfants. Elles leur frappaient la tête à coups de pantoufles. Généralement, les enfants subissaient plus de maltraitance aux mains de leurs mères que de quiconque d'autre au monde. D'ordinaire, si quelqu'un vous frappe avec une chaussure, ou bien vous vous sauvez ou bien vous vous défendez. Mais quand la tortionnaire, c'est la mère, la réponse appropriée consiste à courber l'échine. Et à lui demander comment elle se sent. Et à lui dire de ne pas s'en vouloir de vous avoir battu.

Enfant, dès que George commettait quelque bêtise, elle s'asseyait toute seule pour réfléchir à ses actions.

Elle se tançait elle-même pour sa stupidité. Elle exacerbait son sentiment de culpabilité en guise de punition. Souvent, dans ces moments, elle s'isolait des autres enfants. Il lui arrivait d'apporter une chaise dans le coin et de s'asseoir face au mur. Elle ne savait pas du tout à quel moment elle était censée se lever puisque c'était toujours une mère qui déterminait si on était resté là assez longtemps.

*

George comprit que pour pouvoir évacuer Sadie de son esprit, elle allait devoir devenir elle-même écrivaine. Elle avait pris tant de plaisir à travailler sur les projets de Sadie qu'elle n'était pas prête à renoncer aux arts littéraires, même si elle avait été abandonnée. Il était maintenant temps de trouver son propre sujet.

George se mit à écrire sur Marie. Sa plume s'agitait furieusement, comme la queue d'un renard à moitié entré dans un terrier de lapins, déterminé à assassiner une famille entière. Si George choisit, paradoxalement, le même sujet que Sadie, son approche était différente. Elle rédigea un pamphlet sur les folles dépenses qu'avait faites Marie en un seul après-midi. Il lui semblait que le monde avait le droit de savoir que cette jeune femme avait acheté tous les modèles de bas d'une boutique de bas de soie. Qu'elle avait acheté quarante bas d'un coup. Elle raconta que la voiture de Marie avait été chargée de biens similaires achetés au cours de la journée. Que c'était là un seul de ses nombreux arrêts, que la voiture débordait de manteaux de fourrure. Naturellement, George embellit un peu l'histoire ; Marie aurait acheté un singe blanc rarissime qui fouillait dans une boîte à bijoux.

La seule boutique que George avait nommée était le magasin de bas de soie, alors si on s'y rendait dans le but de s'assurer de la véracité de l'histoire, le récit en entier s'en trouverait confirmé. Elle jugeait que cela était gage d'un journalisme de qualité. C'était en tout cas supérieur à ce que rédigeait n'importe lequel de ses pairs gentilshommes. George ne mentionnait pas Sadie dans cette orgie d'emplettes. Elle voulait détruire Marie, l'abaisser aux yeux du monde, et peut-être aux yeux de Sadie aussi.

L'hyperbole était une part nécessaire des belles lettres. Ce n'était pas réellement mensonge. Par écrit, tout devait être exagéré pour capter l'émotion évoquée dans la vraie vie. Voilà pourquoi les livres mettaient en scène tant de meurtres, d'aventures extrêmes et de pirates. Autrement, comment rendre compte des émotions qui se déployaient dans la tête d'une fille depuis son lever le matin jusqu'au moment où elle se mettait au lit ?

Quand elle eut fini, George regarda les lettres sur la page. On aurait dit qu'elles tressautaient comme les pattes qu'on vient d'arracher à un insecte.

George n'avait encore jamais agi par malveillance ou malice. Mais elle n'avait jamais eu le cœur brisé non plus. Elle savait que les gens de la classe ouvrière gagnaient à savoir à quel point la vie de ceux de la classe supérieure était différente de la leur. Que tandis que les ouvriers s'échinaient dans les usines pour subvenir péniblement à leurs besoins, les propriétaires dilapidaient sans compter les fortunes amassées à leurs dépens. Elle avait beau justifier ses actions par ces raisons politiques, elle savait qu'elle était motivée par la mesquinerie et la jalousie. Elle savait qu'elle devait lancer une attaque contre Sadie pour ne pas se sentir détruite par elle. Il lui fallait la blesser pour retrouver le sentiment d'être une personne à part entière.

George s'engagea dans la rue coiffée de son chapeau haut de forme. Celui-ci rejoignit les autres hauts-de-forme qui descendaient la rue et, sur fond de ciel, ils ressemblaient à une forêt de cheminées sur des toits.

George apporta sa diatribe aux imprimeurs de placards de la rue Saint-Jacques. L'homme derrière le comptoir l'inspecta de la tête aux pieds d'un air dubitatif, prêt à rejeter d'emblée ce qu'elle lui apportait.

— C'est très intéressant. Nous avons publié une série de pamphlets attaquant des politiciens et des décisions judiciaires, mais ce n'est pas la même chose. Il y a une héroïne ici. C'est une belle femme qui se comporte mal. Est-ce que ce sont des nouvelles ? Est-ce une chose que nos lecteurs ont besoin de savoir ? Je n'en suis pas certain. Mais ça connaîtra peut-être un succès auprès des lectrices. Et Dieu sait que lorsqu'elles commencent à lire quelque chose, elles sont incapables de s'arrêter.

Le placard se vendit très bien. Tout le monde voulait contribuer au mépris dont Marie faisait l'objet. Elle fut instantanément célèbre. Personne ne savait toutefois comment réagir à elle en tant que personnage de ce pamphlet. Là où la publication de *Justine et Juliette* avait provoqué autour de Marie une discussion coquine, glorieuse et excitante, le placard fit tourner les sentiments de la ville à la haine plutôt qu'à l'émerveillement. Et cette haine n'était pas limitée aux seules jeunes femmes qui avaient lu le roman.

En vérité, la ville se perdit en cancans au sujet de Marie cet automne-là. On agissait comme si elle était insensible au mépris. On avait le droit de l'observer et de spéculer sur son compte. Tout un chacun estimait avoir le droit de la juger. C'était, en partie, ce qui la rendait si adorable. On adorait avoir le droit de la haïr.

On se mit à publier d'autres placards et de nouveaux pamphlets sur Marie. George signa quelques-uns d'entre eux, mais pas tous. Les histoires lui avaient échappé et il y entrait désormais une immense part d'imagination.

Tout le monde connaissait Marie en raison de son profil sur les sacs de sucre. Ce portrait représentait la douceur. Il signifiait que l'on pouvait manger de la brioche plutôt que du pain. Elle était donc suffisamment familière pour engendrer la haine. Elle était assez bien connue pour que l'on veuille la déboulonner. Parce qu'ils l'avaient déjà aimée, ils étaient plus que ravis de la mettre en charpie.

Dans un pamphlet, on racontait qu'il arrivait à Marie de coucher avec cinq hommes en une seule soirée. Elle était insatiable. Elle avait convié un duc d'Angleterre, satyre notoire, à venir lui faire l'amour. Elle était constamment à la recherche de nouveaux amants. Elle avait envoyé une bonne en dénicher un dans les quartiers mal famés. Elle l'avait envoyée dans le Mille sordide parce qu'il s'y trouvait une réserve inépuisable de corps jetables. Elle couchait avec des femmes et avec des hommes. Pour ce qui était de ses partenaires, elle ne donnait la préférence ni aux hommes ni aux femmes mais aux vierges. Elle se plaisait à faire leur éducation amoureuse. Elle avait un amant de 12 ans. Elle se faisait appeler Maman par lui et elle faisait semblant de lui donner le sein. Les gens imaginaient ses orteils se crisper quand elle jouissait, comme les pieds d'une fille pendue à une potence.

La popularité de son placard qui traînait Marie dans la boue ne réussit en rien à réconforter George. Ce fut plutôt le contraire. Elle était assise sur une chaise devant la caisse enregistreuse de Jeanne-Pauline. La chaise était coincée entre deux armoires, dont l'une était remplie de flacons de champignons séchés. On aurait dit des appendices qu'une sorcière aurait prélevés sur des enfants assassinés dans la forêt. L'autre armoire était remplie de tiges de plantes vivantes. Il y avait un aloès recourbé qui avait l'air de fouiller le sol à la recherche de quelque chose.

George ne savait même pas comment était censée agir une femme qui avait été dévastée par une autre. Chose certaine, elle n'avait pas la littérature de son côté. Pas étonnant qu'on ne la remarque pas. Il lui semblait que ce qu'elle avait de plus intéressant, c'était sa relation avec Sadie. Elle n'était pas certaine de pouvoir redevenir celle qu'elle était avant leur rencontre. La colère l'avait distraite de sa tristesse. Mais maintenant que se calmait la tempête d'activité que fait naître la colère, elle était encore plus triste. Elle se sentait infiniment seule.

Elle s'apitoyait sur son sort, elle qui n'avait jamais rien demandé à personne. Elle avait vu les autres enfants supplier leur mère de leur donner de l'affection ou des bonbons. Il n'y avait personne à qui elle pût demander quoi que ce soit. Voilà ce qui la rendait si heureuse, songeait-elle. Elle ne s'attendait à rien de la part des autres, aussi n'était-elle jamais déçue. Ses attentes envers Sadie avaient été élevées. Elle n'avait pas l'impression que Sadie lui appartenait, mais plutôt qu'elle appartenait à Sadie. Et elle croyait que Sadie prendrait soin de cette relation.

Mais ce matin-là, George avait enfin compris que ce n'était pas le cas. Sadie ne reviendrait pas. Parce qu'elle était incapable de faire une chose qu'elle n'avait pas envie de faire. Sadie n'était pas mue par le sens du devoir. Elle se fichait de tout ce qui ne lui procurait pas un plaisir. Et George n'était rien pour elle.

Jeanne-Pauline ne semblait pas le moins du monde intéressée par Sadie. De nombreuses filles du voisinage venaient solliciter les conseils de Jeanne-Pauline, mais Sadie ne l'avait jamais fait, et ne le ferait jamais. Elle n'acceptait jamais de conseils de la part de personne. Jeanne-Pauline avait toujours su que Sadie considérait qu'elle était supérieure à tout le monde dans le quartier, et qu'elle se servait des gens pour son propre divertissement.

— La colère est une bonne chose, dit-elle à George. La mesquinerie aussi. Ça aiguise l'esprit. Ça nous apprend à être mauvaises. La colère du juste ne peut pas nous apprendre à être mauvais ; elle nous pousse à réclamer justice. Mais les petites doléances mesquines sont semblables à des herbes folles qui poussent sous le trottoir et trouvent le moyen de saper tout ce que la civilisation humaine a de rationnel et de constructif. Tu as appris à te servir de tes mots comme des armes. Tu as appris à te servir de tes mots pour rallier l'humeur des gens, leurs désirs et leurs élans. Ils sont maintenant en furie, enragés contre Marie Antoine, animés par la brûlante ferveur que les gens réservent à ceux qui les ont trahis en amour. Tu es malheureuse de cela maintenant et déçue par la tournure sordide qu'a prise cette affaire. Mais tu ne devrais pas. Il y a de la grandeur ici. Ta rancune a planté les racines de la grandeur. Je te connais depuis que tu es toute petite, et tu es la personne la plus droite, la plus responsable que j'ai jamais rencontrée. Tu dois maintenant te battre contre Marie Antoine et Sadie Arnett pour les bonnes raisons, pour le bien collectif.

— Qui suis-je pour dire aux femmes ce qui est bien et ce qui est mal ?

— Il y a des moments dans l'histoire où la hiérarchie sociale se renverse, et ceux qui étaient en bas se retrouvent tout à coup au sommet. Nous sommes arrivés à l'un de ces moments maintenant. Tu dois te demander ce que tu veux réellement. Tu dois prendre la parole. Le mégaphone est déjà à portée de tes lèvres. Le peuple t'écoutera.

40

Réveillez les serviteurs

Le lendemain de l'arrivée de Sadie, Marie avait tout de suite mis les serviteurs au travail. Certains avaient sombré dans un tel état de torpeur au cours de la dernière année qu'ils avaient du mal à enfiler leurs chaussures. Mais en quelques jours, ils s'étaient vigoureusement remis en mouvement. Élevés dans la pauvreté et ayant gagné leur pain depuis l'âge de 11 ans, sans parler des corvées quotidiennes, ils avaient été conditionnés à travailler. Marie en fit le tour en les rallumant un à un, comme si ç'avaient été des automates.

Maintenant que Sadie était revenue, Marie ressentait le besoin de tenir une maison digne de ce nom. Elle voulait que tout ne soit que luxe pour Sadie.

Marie ne soupait plus à la cuisine. Elle prenait son repas dans l'immense salle à manger, en trois services. Sadie et Marie s'asseyaient ensemble à un bout de la table. Elles buvaient de l'absinthe et veillaient aussi tard qu'elles le pouvaient. Sadie posait sa joue sur la surface de la table tant la tête lui tournait. Elle avait l'impression que son crâne pesait cent livres. Marie repoussait les assiettes sans ménagement et posait à son tour la tête sur la table pour être à la hauteur de Sadie.

Cela se produisait tous les soirs. Les bonnes entraient et les aidaient à se mettre au lit si elles étaient dans une position trop inconfortable. Un soir, elles avaient perdu connaissance ensemble dans la baignoire. Les bonnes entraient aux demi-heures pour verser un pichet d'eau chaude dans la cuve afin d'éviter qu'elles ne meurent de froid.

Quand elle était enfant, Sadie avait ressenti la magie de cette immense demeure, et en avait toujours été envieuse. Maintenant qu'elle y vivait, elle était capable de s'y laisser sombrer et de l'admirer. Les oreillers sur le lit avalaient son corps de sorte que seul son visage était visible, comme s'il avait été excavé par des archéologues.

Les deux femmes aimaient à s'asseoir ensemble dans l'énorme baignoire de Marie. Quand elle s'y glissait auparavant, Marie se sentait seule et perdue, mais la baignoire devint l'un des endroits préférés des deux femmes, qui y immergeaient leurs corps le soir venu. La cuve était assez grande pour qu'elles s'y glissent toutes les deux facilement. Elles la remplissaient de bulles, et on aurait dit qu'elles se prélassaient parmi les nuages. Ce soir-là, une pile de pamphlets apportés par l'assistante de Marie étaient posés sur une table près de la baignoire. Marie en prit un, qu'elle lut à haute voix à Sadie.

— « La semaine dernière, Marie Antoine a appelé un citoyen de 15 ans à sa voiture. En s'approchant, le garçon a été choqué de la découvrir complètement nue. »

— Pourquoi est-ce que tout le monde est tellement

obsédé par ton corps ? J'ai l'impression que c'est peut-être ma faute.

— Comment cela ?

— Je t'ai transformée en un personnage de fiction tellement exquis que les autres continuent à inventer des histoires à ton sujet.

— C'est absurde.

Bien sûr, Sadie était d'une certaine façon responsable des placards, bien que ce ne fût pas pour la raison qu'elle imaginait. Mais elle n'avait pas conscience de l'intensité de la rage et de la déception qu'éprouvait George, ni que celles-ci avaient donné l'élan original à ces publications.

Sadie ne s'ennuyait nullement de George. Le reste du monde disparaissait quand elle était avec Marie. Elle aimait tant passer du temps avec elle, chaque journée semblait si pleine qu'on aurait dit qu'elle durait un an. Chaque jour était comme une fête d'anniversaire, une journée à la plage, une visite à l'exposition universelle. Il lui venait parfois à l'esprit qu'elle devrait écrire un mot à George, simplement pour la saluer et l'informer de l'avancement du roman. Mais il y avait toujours cent autres choses à faire, plus urgentes et plus agréables. Quoi qu'il en soit, elle ne voyait pas de quoi George aurait eu à se plaindre. Elle avait passé les dernières années en sa compagnie. Elle savait qu'elle était la chose la plus fantaisiste qui soit jamais arrivée à George.

— Ils ne se sont jamais comportés comme cela avec mon père, et lui ne se gênait pas pour coucher à droite et à gauche, dit Marie. Ça les horripile d'être obligés d'écouter une femme. Ils imaginent que je me livre à toutes sortes de pratiques sexuelles épouvantables. Ils croient pouvoir m'humilier avec leurs misérables imaginations. Qu'ils viennent. Qu'ils s'insurgent. C'est le prix de faire des affaires. Si je n'avais pas d'ennemis, le temps que j'ai passé sur Terre ne serait qu'un ignoble échec.

— Lis-m'en un autre, demanda Sadie.

— « Marie Antoine a emprisonné un jeune valet de pied pendant deux semaines, période au cours de laquelle elle ne lui a donné à manger que des cerises servies avec ses orteils. Il a plus tard perdu la raison, s'est mis à errer en exigeant qu'on le nourrisse de cerises. »

Sadie éclata de rire :

— Mon Dieu, c'est génial ! Je me demande qui a écrit celui-là.

Marie se rendit compte que Sadie ne considérait pas les habitants du Mille sordide comme une menace. Elle se demanda si l'attitude de Sadie changerait lorsque leur amitié, exposée au grand jour, déchaînerait l'ire de la classe ouvrière contre elle. Alors Sadie réaliserait que c'étaient des monstres dangereux, calomnieux, violents. Peu importe, elle n'avait nulle intention de leur accorder d'attention ce soir-là.

— Allons fumer de l'opium, d'accord ? Pour nous nettoyer l'esprit de ces sottises.

Elles sortirent de la baignoire. Après leur départ, les feuillets des placards flottèrent à la surface de l'eau. Tandis qu'ils s'imbibaient, l'encre des mots se métamorphosa en poissons noirs, qui quittèrent les pages à la nage.

41

Quand les martyres vont prendre le thé

George résolut de fonder sa propre maison d'édition. Elle commença à rédiger des pamphlets sur les conditions de travail des femmes dans les usines, sous-payées, exploitées, sexuellement vulnérables. Elle se mit à publier des placards sur la contraception, lesquels étaient distribués lors de rencontres de suffragettes, dans les cercles de tricot féminins, ou aux femmes assises ensemble sur le seuil des appartements. À ses yeux, il n'y avait rien de plus important à apprendre aux jeunes femmes. À sa grande surprise, George ne s'ennuyait pas de sa collaboration avec Sadie. Plus elle passait de temps loin d'elle, plus elle éprouvait les limites de la portée de leur travail. Ses propres passions montèrent à la surface.

Elle estimait que les femmes ne pouvaient reconnaître leurs désirs et les accomplir que si elles comprenaient leurs corps. Elle voulait les instruire en matière de coït interrompu et de contraception. Si les femmes ne pouvaient pas contrôler leurs organes reproducteurs, elles ne pouvaient pas être libres. Il ne servait à rien de se battre pour quelque autre droit si ceux-là n'étaient pas garantis. Prisonnières de leurs propres enfants, elles ne pouvaient occuper aucun espace dans la culture. Elles ne pouvaient pas devenir scientifiques. Elles ne pouvaient pas être politiciennes. Elles ne pouvaient pas être artistes.

George publia un pamphlet sur la nécessité d'avoir accès à des avortements sans danger dans lequel elle présentait des recettes pour pratiquer des avortements maison. Cette publication l'épouvanta, car elle risquait de lui valoir l'emprisonnement, et George ne pouvait pas compter sur une bienfaitrice comme Marie pour venir la libérer. Jeanne-Pauline offrit de distribuer le texte dans sa pharmacie. Le risque lui plaisait assez. En fait, elle semblait plus intéressée par les actions révolutionnaires téméraires.

Jeanne-Pauline écrivit elle-même un livre, qui devait être publié par les presses de George. En raison du rôle que Jeanne-Pauline avait joué dans sa vie, George se serait sentie obligée de le publier, quelle que soit sa qualité. C'était un tout petit livre, un pamphlet politique intitulé *Comment tuer son mari*. Elle y décrivait les diverses méthodes pour assassiner un mari qui vous maltraitait sans attirer l'attention des autorités. L'une de celles-ci consistait à laisser un patin à roulettes au sommet d'un escalier.

Jeanne-Pauline estimait que la violence conjugale était le plus odieux de tous les crimes. Si une femme était victime de violence dans son propre foyer, alors elle devait immédiatement considérer que la sphère domestique était une zone de guerre, où tous les instruments domestiques étaient des armes potentielles. Une femme avait le droit de frapper son mari à mort avec un rouleau à pâtisserie. Elle avait le droit de lui trancher la gorge avec un couteau à steak. Pour Jeanne-Pauline, ces gestes ne relevaient pas de la légitime défense, mais constituaient plutôt des actes terroristes qui instillaient la peur chez les hommes dans toute la ville. Et faisaient en sorte que les autres femmes se sentent plus libres chez elles.

George se demanda s'il était éthique de lâcher un tel livre dans la ville. Elle regarda une femme au comptoir de la pharmacie ouvrir l'ouvrage du bout des doigts. Elle était si frêle qu'on avait l'impression que la moindre perturbation lui causerait un choc. Au lieu de quoi elle éclata de rire.

En fin de compte, la plupart des femmes en vinrent à considérer l'ouvrage de Jeanne-Pauline comme une satire. Il devint bien vu de lire *Comment tuer son mari* lors de soupers dans les cercles de la haute société.

Tout le monde riait à gorge déployée. C'était le genre d'humour morbide qui était en vogue.

Jeanne-Pauline ne semblait pas se formaliser de ce que le livre soit un objet de ridicule. Elle prenait un air satisfait quand elle regardait son ouvrage publié. Ses cheveux gris étaient torsadés en chignon, comme une brioche qu'on aurait déposée au sommet de son crâne. Peut-être savait-elle que cela était inévitable, que chaque fois qu'une femme était sérieuse, elle serait accueillie avec dérision. Mais elle savait, néanmoins, qu'elle avait planté le germe du meurtre dans chacune de leurs têtes.

En arrivant à l'appartement de Jeanne-Pauline un après-midi, George fut pour le moins prise de court. Marie était assise à la table dans le salon de Jeanne-Pauline, une assiette pleine de macarons posée devant elle.

George crut que Marie était venue la confronter au sujet des placards.

— Voici Mary Robespierre, dit Jeanne-Pauline.

C'est une grande oratrice. Elle s'exprime de manière originale et subversive. Elle va prononcer un discours la semaine prochaine. J'ai pensé que vous vous entendriez bien.

— C'est bien de faire progresser la connaissance, dit Mary en regardant George, mais l'action aussi est nécessaire. On ne peut pas faire comprendre aux gens que la violence envers les classes ouvrières est un acte criminel à moins que quelqu'un soit puni pour un tel acte. Ce n'est qu'à ce moment-là que les gens prendront conscience du sérieux des crimes qu'ils ont commis. Ce n'est qu'à ce moment-là qu'ils éprouveront du regret. Ce n'est qu'à ce moment-là qu'ils auront peur.

Même si George avait accepté que ce n'était pas Marie, son corps continuait d'être alarmé tandis qu'elle fixait la fille.

— Nous prouverons que nous, qui appartenons aux classes ouvrières, sommes des animaux violents. Comme les classes supérieures ont toujours prétendu que nous l'étions.

Mary déplaça les macarons sur la table comme si elle jouait au backgammon. Elle les regardait avec l'air de réfléchir à son prochain coup, puis elle leva les yeux vers George.

— Nous n'avons pas à leur prouver notre humanité. Nous devons les terroriser. Ce n'est qu'à ce moment qu'elles nous libéreront. Nous devons nous montrer sans merci.

— Les choses se passent mieux quand elles se passent lentement, dit George. Il faut éduquer l'ouvrière et à ce moment-là elle sera respectée par son employeur.

— Tu as passé toute ta vie ici. Tu vois ce que tu veux bien voir. Tu refuses d'accepter la manière dont les classes supérieures te voient. Pour eux, tu n'es qu'un moyen de parvenir à une fin. Même ton amoureuse, Sadie, ne s'est servie de toi que pour tes talents et tes habiletés. Et puis elle t'a jetée aux ordures. Nous sommes toujours remplaçables. Nous créons des choses merveilleuses, des chefs-d'œuvre, et ils refusent de nous en reconnaître la paternité. Ils prétendent que nous n'avons rien fait. Ils disent que nous n'avons ni connaissance ni appréciation de la beauté. Leurs noms sont inscrits dans les livres d'histoire. Pas les nôtres.

» Tous les grands hommes et les grandes femmes ont dû écraser un inférieur pour se hisser au sommet. Sadie est debout sur tes épaules en ce moment même. Je peux voir ses bottes noires. C'est un spectacle troublant.

George eut l'impulsion de regarder ses épaules tandis que Mary poursuivait son réquisitoire :

— Ce que tu écris maintenant est plus pertinent que tout ce qu'elle a jamais écrit. Et il est nécessaire que tu finisses tes manifestes politiques. Tout écrit a besoin d'une apothéose. L'apothéose d'un pamphlet politique doit se produire au-dehors, dans le vrai monde. L'apothéose de tout pamphlet politique, c'est le meurtre. Voilà ce qui lui donne son poids. Tu as provoqué ce mouvement, mais tu ne sais pas comment le faire aboutir.

— Ensemble, nous allons le faire aboutir, dit Jeanne-Pauline.

C'est dans le salon de Jeanne-Pauline que Mary livra son premier discours sur l'inégalité des salaires entre hommes et femmes. Plusieurs des femmes allaitaient, pour être certaines que leurs enfants garderaient le silence pendant qu'elle parlait. Comme Mary était parfaitement bilingue, elle prononçait le discours tantôt en français et tantôt en anglais, selon la langue que parlait la majorité du public, mêlant parfois les deux. Malgré les hésitations de George, les discours de Mary étaient toujours immensément populaires auprès des femmes.

George distribuait ses pamphlets et tentait d'informer les femmes sur leurs corps. Elle leur fournissait des listes d'exigences à présenter sur leurs lieux de travail, et leur expliquait comment organiser des grèves. Mary, pour sa part, semblait satisfaite de leur tourner la tête avec ses discours violents.

La semaine suivante, George s'inquiétait de la foule considérable qui s'était rassemblée sur la place du marché pour Mary et elle. Elle était plus vulnérable que Mary. Celle-ci risquait d'être méprisée pour ses idées, mais George serait vilipendée du seul fait d'exister dans son corps, qu'elle ouvre la bouche ou pas. Chaque fois qu'elle quittait la maison de passe, elle se mettait en danger. George avait le don de se rendre invisible et de ne pas attirer l'attention, marchant d'un bon pas pour que personne ne puisse l'observer longtemps. Mais quand elle s'adressait à une foule, à ces femmes qui la regardaient fixement et buvaient ses paroles, elle n'avait plus conscience de son corps. Elle sentait quelque chose qu'elle n'avait jamais ressenti en public : elle était à l'aise dans sa peau.

Les foules réunies par George et Mary gonflaient. Elles commencèrent à tenir des rassemblements dans les parcs. C'était un phénomène rare que de voir de jeunes filles se réunir dans le but de mettre leurs forces en commun. Elles étaient très nombreuses. Plus leurs rangs grossissaient, plus grand était leur pouvoir. Elles ne pouvaient pas être congédiées par leur employeur ni se faire rompre le cou et jeter dans le fleuve. Elles ne pouvaient pas être éliminées, elles étaient trop nombreuses.

Mary découvrit que la taille de la foule n'affectait pas vraiment son enthousiasme. Qu'elle s'adressât à quatre femmes dans une cuisine ou à quatre cents personnes dans un parc, elle parlait comme pour les avertir qu'un volcan s'apprêtait à entrer en éruption devant leur porte. Une fois qu'on a senti le regard du public sur soi, il est presque impossible de retourner en arrière. C'est trop grisant.

Mary s'était mise à nouer un ruban noir autour du moignon de son doigt coupé. Une jeune fille portant un panier de lessive dans la rue avait aussi un ruban noir autour du doigt. Ce que ce ruban à leur doigt était censé leur rappeler, ça ne regardait personne. Il était peut-être là pour qu'elles n'oublient pas de prendre un jarret d'agneau à la boucherie. Ou peut-être de se rendre à une réunion de femmes libérées. Une fille coupa un bout du ruban bleu vif qu'elle portait dans ses cheveux, le teignit en noir et le noua à son doigt. Les rubans devaient leur rappeler d'être en colère. Ils étaient un signe qu'elles s'étaient jointes à la révolution. Elles étaient prêtes à se battre ensemble.

Les foules hypnotisées par Mary ne cessaient d'affluer, malgré l'arrivée de l'hiver. Les cils des spectatrices se collaient sous l'effet des larmes gelées, et elles avaient le bout du nez rose. Le froid rendait leurs lèvres rouge vif, comme si elles s'étaient régalées de la carcasse d'une bête morte. Elles voyaient en Mary Robespierre l'une des leurs. Elle avait travaillé dans les usines, après tout. Elle savait exactement ce qu'elles avaient traversé. Elle avait aussi trouvé un moyen de s'échapper. Mary se dressait devant elles avec sa tignasse blonde et son doigt en moins, et elles l'auraient suivie n'importe où. On aurait dit que les froufrous au bas de sa robe étaient une succession de vagues qui allaient bientôt déferler sur le rivage.

George et Mary se trouvaient dans un boui-boui clandestin un après-midi pour planifier leur prochain rassemblement. George, qui avait grandi dans un bordel, avait une intuition digne d'une putain : elle savait détecter les motivations cachées des gens, talent troublant même à ses yeux. Elle n'aurait su expliquer comment elle savait ce qu'elle savait. L'information apparaissait simplement dans son esprit. Elle reconnaissait un homme violent avant d'avoir posé les yeux sur lui. Le froid s'installait dans l'air. La température baissait légèrement. Elle ne savait pas si c'était celle de la pièce ou celle de son corps qui avait chuté.

Elle suspectait qu'il y avait quelque chose de légèrement tordu chez Mary, ou dans ce qui la motivait. George voulait abolir les classes supérieures. Elle estimait que les riches demeures où ces gens habitaient étaient trop vastes pour qui que ce soit. Elles auraient dû être transformées en bibliothèques, en écoles et en hôpitaux. Elles auraient facilement pu être converties en immeubles d'appartements qui auraient chacun logé une douzaine de familles d'ouvriers. Mary, pour sa part, enviait ouvertement leur mode de vie. Une fois qu'elle aurait écarté Marie, elle semblait bien déterminée à entrer chez elle pour prendre sa place.

— Imagine disposer de la richesse de Marie Antoine. Imagine à quoi ressemble son lit. Il doit être énorme. Tu ne pourrais pas caser un tel meuble dans ma chambre. Ce serait trop lourd, même. Il passerait au travers du plancher. Je dormirais du sommeil qui m'est dû. Je rêverais toute ma vie à partir de zéro. Je serais toujours vêtue des vêtements les plus beaux. Je boirais mon thé avec du sucre.

— En quoi serais-tu différente de Marie ?

— J'aurais mérité cette place. Je me glisserais dans ses jupons. Je me glisserais dans ses bas de soie. Je me glisserais dans sa robe. Je me glisserais dans ses chaussures. Dans la vie, il faut trouver la personne qui a volé notre place, et la reprendre. Pour chacun de nous qui vit dans l'ombre, il y a quelqu'un qui possède les mêmes traits et qui se tient en plein soleil.

— Tu ne suggères pas vraiment de la tuer. À quoi bon ? Nous devons changer les structures des usines. Un nouveau propriétaire prendra sa place et fera tout pareil. Il y aura toujours une autre Marie.

— Alors il faut continuer à tuer Marie jusqu'à ce qu'on soit sûres d'avoir la vraie et non pas une réplique.

Mary s'exprimait-elle en métaphores ? George n'en était pas certaine. Puis, elle finit par se rendre compte que cela n'avait pas d'importance.

Mary prit la dernière cuillerée de sa soupe.

— En ce moment, tout ce que Marie peut faire, c'est de penser à moi. J'ai envahi ses pensées. Quand elle s'assied devant un orchestre, c'est moi qui entends la musique. Quand elle regarde une pièce de théâtre, c'est moi qui suis l'intrigue. Quand elle mange de la crème glacée, c'est moi qui en goûte le sucre. Tout tourne en cendre dans sa bouche. Tout ce qu'elle touche devient mort.

— Quand tu parles comme ça, on dirait que tu as perdu la tête.

— Qu'en sais-tu ? demanda Mary. Tu as tous tes doigts.

Et elle sourit. George sentait monter une irritation irrationnelle chaque fois que Mary mentionnait son doigt en moins. Elle avait l'impression que Mary n'avait pas perdu son doigt de la même façon que les autres filles. Quand elle mentionnait la chose, le soupçon et un instinct de danger se levaient chez George. Elle aurait voulu attraper Mary par les rebords de son manteau et lui crier : « Je ne suis pas dupe, tu es une imposture ! »

George fut troublée quand Mary se mit à prôner la violence envers les femmes des classes supérieures. Cela lui semblait inacceptable, car elle considérait que les femmes étaient toutes dans le même bateau. C'étaient les hommes qui les oppressaient ; elles auraient eu tort de se retourner les unes contre les autres.

— Venant de toi, c'est étonnant, dans la mesure où ce sont tes diatribes contre Marie qui t'ont valu ta plateforme, dit Mary.

— Quand j'ai compris que j'assouvissais mes plus bas instincts, j'ai fait marche arrière.

Mary haussa les épaules :

— Je mérite plus. Je mérite ce qu'elles ont.

Mary entra dans sa pâtisserie, alluma la lampe dans la cuisine. L'ampoule fit un bourdonnement, un crachotement, comme s'il clignotait à l'intérieur une luciole exploitée.

Malgré leur différence d'opinions, les jeunes femmes continuèrent à livrer leurs discours ensemble. En regardant les yeux des femmes dans une foule, George, pleine d'empathie, souhaitait le mieux pour elles. Depuis la mort de la belle fille aux cheveux d'un blond vénitien, elle cherchait une façon d'aider les femmes, d'opérer une profonde transformation dans leurs vies. Elle avait été témoin de leur vulnérabilité depuis l'enfance. Elle les voyait quand elles arrivaient au bordel, maigres et anguleuses, les yeux exorbités, terrorisées. Elles avaient été battues. Elles étaient infestées de poux.

Elles se détestaient.

George voulait que les filles aient de meilleures vies. Elle souhaitait qu'elles soient payées davantage dans les usines, ce qui leur aurait permis d'épouser qui bon leur semblait. Ou alors de ne pas se marier du tout. Si leur mari était ignoble, elles pourraient le quitter.

Elle aurait voulu expliquer à chacune d'entre elles qu'elle était merveilleuse, et leur planter une dizaine de baisers sur le visage. Elle aurait voulu offrir à chacune une grande valise avec une rose verte brodée dessus, pleine d'argent, et leur dire que leurs rêves étaient sensés. Elle aurait voulu garder leurs enfants pour qu'elles puissent aller danser toute une nuit. Elle aurait voulu les faire monter dans un train et leur dire d'aller voir plus loin que ce mille carré de maisons pourries où elles étaient nées. Elle aurait voulu s'asseoir près d'elles sur la plage pendant que leurs cheveux séchaient, leur donner du gâteau à manger, et leur dire qu'elles étaient belles même si personne d'autre ne le pensait.

Elle devait les convaincre de leur valeur. Leurs désirs méritaient qu'elles se battent pour les satisfaire. Elle voulait leur dire que leurs désirs n'étaient pas petits. Ils étaient monumentaux. S'ils étaient réprimés, ce serait une tragédie. Si elles voulaient avoir le temps de lire un livre le soir, c'était aussi important que n'importe laquelle des ambitions de Napoléon. Parce que c'était un tel triomphe pour n'importe quelle femme d'avoir du temps pour elle – pour arriver à faire quelque chose qui ne bénéficiait qu'à son imagination.

— Comment faire tout cela ? se demandait-elle. Comment faire tout cela ?

Quand Mary observait la foule, elle voyait une mer de figures identiques. Elle clignait des yeux et soudain toutes les femmes devant elle paraissaient avoir son visage. Un millier de Mary l'observaient, suspendues à ses lèvres. Elle savait qu'elle avait capté leur attention.

Elle savait qu'elles étaient hypnotisées. Elle les avait ensorcelées.

Elles la regardaient, la tête aussi creuse que des œufs de Pâques, attendant que Mary les remplisse d'idées. Leurs âmes étaient aussi vides que des oreillers à garnir de plumes d'oie.

Quand elle était heureuse, elles seraient heureuses. Si elle décidait d'être triste, elles le seraient aussi. Si elle était en colère, elles seraient aussi en colère.

Elle avait un nombre infini de doigts à sa disposition maintenant. Elle avait eu raison d'en sacrifier un. Voyez seulement combien elle en avait obtenu en échange. Elle pouvait en faire ce qu'elle entendait. Elle pouvait forcer des serrures, trancher des gorges, allumer des feux. Avec assez de doigts, elle pouvait faire tomber un édifice.

Ces femmes ne savaient pas que leurs vies avaient quelque chose qui clochait. Elles le soupçonnaient. Mais quelques-unes n'étaient pas certaines de trouver mieux. L'une d'entre elles s'inquiétait probablement à l'idée de perdre le *chocolat chaud** qu'elle buvait tous les vendredis soir. Se disait que la révolution ne valait pas ce risque. Il fallait les rallier pour former une sorte de dragon, dont Mary constituait le cerveau.

Elle les mènerait dans une révolution et une lutte

pour l'égalité même si elles n'étaient pas prêtes. Parce qu'elle était prête. Et si vous avez une immense volonté, il est normal que vous rassembliez une armée, et que vous dirigiez ceux dont la volonté est plus faible pour qu'ils soutiennent la vôtre. Ces femmes en retireraient des bienfaits. Elles obtiendraient le butin de la victoire. Si Mary atteignait ses buts, leurs droits seraient plus ou moins inévitablement défendus du même coup.

Marie et elle avaient le même père. Elles méritaient la même vie. Pourquoi Marie était-elle née avec tant de richesses tandis qu'elle-même était née avec si peu ? Cette question, qui se posait pour Marie et elle, pouvait aussi s'appliquer à la ville tout entière. Pourquoi les habitants du Mille doré étaient-ils nés avec tant de richesses et de privilèges alors que ceux du Mille sordide étaient nés avec rien ?

Elle transforma le sort qui lui était réservé en sort universel, et les doigts dans la foule commencèrent à frétiller pour obéir à ses ordres. Ironiquement, elle n'eut même pas à faire de Marie l'effigie de la rage collective puisque George s'en était chargée à sa place.

42

La révolution

Les corps de contremaîtres d'usines se mirent à apparaître un peu partout tels des épouvantails. L'un était surveillant dans une usine où il avait chuchoté des obscénités à l'oreille des jeunes filles. Il s'éveilla pendant une fraction de seconde avant de comprendre qu'on l'attaquait dans son lit. On lui enfonça un chiffon dans la bouche. Il saisit les bras de son assaillante. Ils étaient maigres, aussi savait-il qu'ils appartenaient à une femme. Le chloroforme dont était imbibé le chiffon le replongea aussitôt dans le sommeil.

Il se réveilla ligoté à un poteau, vêtu de sous-vêtements produits par l'usine qu'il supervisait. Il était assez aguichant. Toutes les femmes qui passaient devant lui sifflaient et y allaient de commentaires grivois. Une personne à l'apparence si provocante avait-elle le droit de repousser les invites ? Il portait une paire d'exquises chaussures en cuir conçues pour une femme et suppliait qu'on lui permette de les enlever parce qu'elles étaient trop petites. Elles le serraient aux orteils, les forçant à se recroqueviller. Ses pieds arqués faisaient penser aux pattes d'un oiseau suspendu à l'envers.

Deux très jeunes femmes cagoulées de noir grimpèrent sur un tabouret derrière lui. Il n'avait pas la moindre idée de ce qu'elles s'apprêtaient à faire. Il n'avait pas compris, jusque-là, à quel point les petites filles sont imprévisibles. Comment n'avait-il pas réalisé combien elles étaient violentes ? Les jeunes filles portaient des cagoules de bourreau. Elles tirèrent sur les lacets du corset et sa cage thoracique se contracta. Il ne pouvait plus respirer librement.

Le contremaître de l'usine de sardines, qui remettait les chèques de paie des femmes à leurs maris, se trouva lui aussi cloué au pilori toute une journée. Une assiette de nourriture tirée de sa glacière fut déposée à ses pieds, tout juste hors de sa portée. Une fille portant un masque noir tenait un chien en laisse. Quand le contremaître se mit à geindre qu'il avait faim, elle lâcha le chien pour qu'il dévore son festin.

Un autre contremaître, qui payait les femmes la moitié de ce que gagnaient les hommes, se trouva ligoté à un poteau, vêtu uniquement de son pantalon. Une échelle était dressée derrière lui. Une petite fille masquée grimpa à l'échelle, un seau à la main, dont elle versa avec lenteur le contenu sur sa tête. Il frissonna violemment dans le froid.

Les jeunes filles portaient leurs masques même quand elles ne se rendaient pas à une manifestation. Elles trouvaient qu'il était amusant de les enfiler pour jouer au loup.

Tout était plus amusant avec un masque. Elles pouvaient devenir de petits monstres. Sous un masque, on ne pouvait être décrétée laide ou jolie. Elles étaient délivrées du jugement et délivrées de l'autorité. Les masques constituaient une petite barrière qui protégeait les filles des hommes. Les hommes les regardaient, mais ils étaient incapables de deviner leurs intentions. Elles étaient cachées derrière leurs masques.

Les hommes avaient l'impression d'être guettés quand ils passaient devant les filles. Ils avaient beau détourner les yeux, ils sentaient quand même qu'on les jugeait et les observait dans leur dos. Ils sentaient ces regards sur eux pendant toute la journée. Ils ne comprenaient pas comment cela était permissible. Pourquoi leurs mères ne leur arrachaient-elles pas ces cagoules, pour qu'elles puissent redevenir des fillettes ?

Un homme rentrait du travail à pied quand il passa devant trois filles masquées. L'une d'elles lança une poignée d'osselets sur le trottoir. On aurait dit que des araignées marchaient sur ses chaussures. Il pressa le pas. Il eut la nette impression que les filles le suivaient. Il était convaincu qu'elles allaient retirer leur épingle à cheveux d'une minute à l'autre et le pourchasser en la brandissant. Elles le poignarderaient. Ou alors elles se contenteraient de l'insulter. Il ne savait pas laquelle des deux possibilités était la pire. Il regrettait d'avoir pris un chemin secondaire pour rentrer chez lui. Il aurait dû passer par la rue Sherbrooke, qui était bien éclairée et plus fréquentée. Son sentiment de malaise ne s'apaisa pas avant qu'il se trouve dans sa chambre, derrière une porte verrouillée. Il en aurait pleuré de frustration. Parce qu'il n'aurait pu dire si sa peur était infondée ou si les filles s'étaient montrées réellement menaçantes. Cette incertitude en elle-même était la source de son sentiment d'impuissance. La situation lui échappait.

Il alla mettre la bouilloire à chauffer, mais la laissa tomber sous l'effet de la surprise. Une fille maigre, masque beige sur la tête, était tapie dans le coin de la pièce. Après avoir cligné des yeux plusieurs fois, il comprit que ce n'était qu'une lampe, bien sûr. Chaque fois qu'il fermait les yeux, les objets familiers se métamorphosaient en dangereuses jeunes filles.

Un matin, les femmes qui travaillaient à la manufacture de vêtements se tenaient toutes devant la porte, bloquant l'entrée. L'entreprise comptait tant de femmes parmi ses employés que, sans elles, ses activités durent être suspendues. On aurait dit qu'elles avaient les machines de leur côté. Après le départ des femmes, la manufacture baignait dans un silence étrange, plein de malaise.

Le contremaître avait lu ce qui était arrivé aux trois hommes dans les autres usines. Certains lui conseillèrent de ne pas céder aux menaces. Il ne devait pas négocier avec des terroristes. Mais les indignités auxquelles ces hommes avaient été soumis étaient contre nature. S'il avait eu des hommes pour opposants, il n'aurait pas eu peur de la même façon. Les hommes se battaient avec leurs poings. Ils exprimaient leur colère. Il savait reconnaître les signes d'un homme en colère. Il comprenait ce qui provoquait leur ire. Mais il ne savait pas de quelle sorcellerie étaient capables les femmes. Elles étaient capables de tout.

Les filles occupaient un rôle aussi important que les femmes à la manufacture. Elles couraient à gauche et à droite sur leurs petits pieds, entrant dans les allées pour en ressortir aussi vite et se disperser comme des rats. Parce qu'elles avaient commencé à travailler dans des usines à un jeune âge, leurs corps étaient devenus agiles et lestes, pour s'adapter au rythme frénétique des machines.

Il s'attendait à demi à voir ces jeunes filles émerger de sous son lit. Il était terrorisé par ses bonnes, persuadé qu'elles le regardaient d'un air suspicieux.

Il avait l'impression que toutes les femmes de la ville étaient de mèche. Il avait rêvé que toutes les filles de l'usine fondaient sur lui armées de couteaux et de fourchettes, comme pour le dévorer vif.

Un groupe de femmes le croisa dans la rue. L'une d'entre elles le siffla. Il faillit glisser sur la glace et tomber de tout son long tant il se sentit menacé.

Il céda à toutes les demandes de ses ouvrières.

Les actes terroristes comprenaient toujours un élément créatif, parce qu'ils avaient été pensés par des femmes rompues aux arts décoratifs. Elles laissaient des messages tracés à la craie sur le sol, parfaitement calligraphiés.

Et puis, un soir, un grand groupe de filles de la raffinerie de sucre entamèrent une marche sur le Mille doré. Leurs bottes noires résonnaient comme une tempête de grêle sur les pavés. Elles étaient incapables de garder le silence. Leurs murmures et leurs marmonnements ne cessaient de grandir. Contrairement aux voix d'une foule d'hommes, les leurs étaient aiguës et douces, et créaient la plus joyeuse des cacophonies. Les gens émergeaient de leur sommeil pour sortir la tête par la fenêtre afin d'assister à ce merveilleux défilé. Autour d'elles tombait une légère neige, en flocons miniatures.

Elles tendirent leurs bras maigres mais nerveux vers le ciel. Les filles sont censées être faibles, pourtant celles-ci travaillaient dans des usines depuis l'âge de 12 ans, elles avaient des bras musclés, capables de tout. Leurs ventres émettaient sans cesse un grommellement sourd, si bien qu'on aurait dit qu'elles traînaient des canons avec elles.

Elles marchaient vers la maison de Marie Antoine.

43

On appelle un groupe de femmes un orage

Sadie et Marie ne discutaient jamais de la révolution qui faisait rage dans le bas de la ville, ou des injustices subies par les femmes avec qui avait vécu Sadie. Celle-ci n'avait jamais vraiment compris leur détresse. Elle n'avait jamais été l'une d'entre elles. Ce n'était ni l'absinthe, ni l'opium, ni le champagne qui rendait ces deux femmes insensibles au monde qui les entourait. C'était l'amour, le plus puissant des opiacés. Marie et Sadie étaient tellement ivres l'une de l'autre que le reste du monde leur semblait sans importance. C'était une chose qui avait existé dans le passé, avant leur réunion, et n'avait aucune incidence sur le présent.

Marie se réveilla une nuit au son d'un caillou brisant une fenêtre en façade de la maison. Même si elle n'abordait jamais la révolution avec Sadie, Marie savait exactement ce qui se passait. C'étaient les filles des usines. Elle savait qu'elles viendraient. Marie sortit du lit. Elle s'habilla rapidement, passant des vêtements simples, pour ne pas avoir besoin d'aide. Elle allait affronter les filles seule. Elle allait les rencontrer parce qu'elle était l'une d'entre elles. Qu'elles veuillent l'admettre ou pas.

Elle laissa ses cheveux détachés. En réalité, elle ne savait pas comment leur ressembler. Elle s'arrêta un moment pour observer son reflet dans le miroir. Même si elle était habillée, sans sa riche toilette, elle avait l'air nue, banale. Elle se sentait mal à l'aise dans sa peau. Elle avait l'impression de regarder une étrangère, alors que, bien sûr, il fallait qu'elle soit elle-même à ce moment-là. Elle glissa une rose dans ses cheveux.

Elle ouvrit la porte qui menait à son balcon, lequel avait été construit pour donner à celui qui y apparaissait une allure souveraine. En fait, de toute sa vie passée dans cette maison, Marie était rarement sortie sur ce balcon.

Si vous aviez jeté un coup d'œil au balcon à l'arrière de la demeure, vous l'auriez trouvé encombré de livres, d'éventails, d'un jeu d'échecs et d'un raton laveur en train de manger un reste de gâteau sur un plateau. Vous y auriez trouvé une chaise longue couverte de coussins portant, en creux, l'empreinte de têtes au repos et de mèches de cheveux. Mais le balcon en façade était nu et inutilisé.

Marie s'y tint en silence. Le vent glacial d'hiver transperçait sa robe, mais elle ne le sentait pas. On aurait dit que la fenêtre avait été laissée ouverte et que de la neige s'y était immiscée. La foule lui hurlait des revendications qu'elle avait du mal à distinguer parce que tout le monde criait à la fois. Elle entendit toutefois qu'elles souhaitaient que Marie se présente à sa raffinerie.

— Oui, j'irai demain, dit-elle.

Les femmes se turent. Marie était debout au-dessus de leurs têtes sur un balcon, une rose dans les cheveux, mais pendant un moment elles eurent l'impression qu'elles étaient sur un pied d'égalité. Elles avaient parlé et Marie avait écouté. Elle fit demi-tour et rentra dans la maison. Et la foule décida de rentrer aussi. Les femmes n'étaient pas trop sûres de ce qu'il convenait de faire de l'une des leurs.

Si Marie avait été un homme, elles auraient fracassé les fenêtres et abattu les portes, puis elles l'auraient traînée dans la rue pour l'humilier. Quand elles humiliaient des hommes, elles ressentaient dégoût et mépris à leur endroit. À ce moment-là, elles reconnaissaient que c'était ainsi que les hommes les considéraient tout le temps, ce qui les rendait encore plus déchaînées et impitoyables. Mais elles ne savaient que faire de Marie et de son corps. Personne ne le savait jamais.

Elles avaient aussi tout à coup eu peur de l'endroit où elles se trouvaient. Dans le Mille sordide, elles pouvaient s'échapper rapidement par la maçonnerie lézardée et les ruelles, comme des insectes qui détalent. Elles avaient appris à apparaître et à disparaître à volonté depuis leur jeune âge. Mais là, elles étaient trop exposées. La foule se dispersa.

Quand Marie se retourna pour regarder la rue déserte par la fenêtre, elle vit trois jeunes filles qui étaient demeurées sur place. Elles portaient des sacs noirs sur leurs têtes. Elles étaient petites et d'apparence frêle. Mais c'étaient ses bourreaux. Les filles levèrent les mains, doigts écartés. Marie frémit. En comptant le nombre de doigts aux mains de chacune des filles, vous ne seriez pour aucune arrivé à dix.

Marie se recoucha au côté de Sadie, qui remua en dormant et demanda :

— À qui parlais-tu ?

— Les filles révolutionnaires étaient à la fenêtre.

— Vraiment ? demanda Sadie. Tu aurais dû me réveiller.

Et elle retomba dans son sommeil.

Le lendemain, quand Marie grimpa dans sa voiture, Sadie courut après elle et sauta sur le siège à côté de son amie, puis elle annonça :

— J'ai une course à faire.

Marie la laissa descendre quelques pâtés de maisons avant la raffinerie, et elles convinrent de se retrouver plus tard.

Marie avait revêtu ses vêtements d'affaires. Debout dans son bureau à la raffinerie, elle portait une robe bleu foncé et un grand chapeau bleu marine fortement incliné sur un sourcil.

Elle voulait parler aux contremaîtres de la situation à l'usine avant de s'adresser aux ouvriers, dont elle devinait la tension dans l'atelier à l'étage inférieur. Elle sentait que le sortilège qu'elle avait jadis tissé était encore capable de les tenir, mais il s'était affaibli. Il commençait à se dissiper. Un calme s'était installé. Mais c'était le calme avant la tempête. C'était un silence porteur de menaces. Un silence vicieux. Le silence de quelqu'un qui se mord la langue.

Le contremaître expliqua qu'une grande agitation régnait dans la raffinerie, pratiquement une insurrection. L'aspect peut-être inhabituel de cette révolte était que sa phalange la plus radicale était constituée de jeunes femmes. Marie devait savoir que, dans toute la ville, des femmes semblaient en proie à une folie collective.

— Il serait peut-être préférable de reporter l'acquisition à Philadelphie et d'utiliser l'argent pour répondre à certaines de leurs revendications.

On avait présenté à Marie une occasion d'acquérir une raffinerie de sucre à Philadelphie. Ce serait sa première expansion aux États-Unis, et celle-ci nécessiterait un immense investissement. Cette somme aurait pu servir à bonifier les conditions de travail et les salaires à la raffinerie de Montréal.

Marie se demandait ce qu'elle avait implicitement promis aux jeunes filles la veille au soir. Leur devait-elle quelque chose ? Puis elle pensa à Mary Robespierre. Non, décida-t-elle. Comme Mary, ce que voulaient ces filles, au fond, c'était de prendre sa place. Elles se montreraient immondes envers elle si elles en avaient l'occasion. Elle avait eu une chance unique de s'élever au-dessus du sort des filles du commun. Si elles voulaient faire leur chemin, il leur faudrait trouver un autre moyen plutôt que de ruiner ses rêves. Sadie et elle étaient différentes de ces filles, et elle ferait en sorte que cette distinction subsiste.

— Non, répondit-elle. Je vais de l'avant avec l'acquisition à Philadelphie.

— Y a-t-il de leurs revendications que vous pourriez satisfaire ? Peut-être une journée de travail plus courte pour les enfants ?

— Pas maintenant. S'ils travaillaient plus fort, nous aurions de l'argent pour la financer. Je ne renoncerai pas à mes plans pour ces gens.

En sortant du bureau du contremaître, Marie sentit que tous les yeux étaient rivés sur elle. Tout le monde était dans l'expectative. Tous voulaient la voir, et plus particulièrement les hommes dans la foule. Elle savait que dans son dos on colportait les choses les plus obscènes.

Elle s'arrêta sur la plateforme pour observer l'assemblée. Les hommes avaient le regard tourné vers elle. Leurs visages étaient tout ronds et identiques. Elle leur offrait un moment pour s'adresser à elle. S'ils avaient eu quelque idée de la façon dont il fallait s'adresser à une femme en situation de pouvoir, ils auraient pu infléchir sa décision.

Marie possédait de merveilleuses qualités. Elle avait été une magnifique jeune fille. Elle avait été pleine de vie. À une certaine époque, elle avait songé à passer sa vie entière à réciter de la poésie. À une certaine époque, elle aurait donné tout ce qu'exigeaient ses ouvriers. En fait, la veille de la nuit où les filles s'étaient présentées à sa fenêtre, elle était prête à céder à leurs demandes. Mais maintenant qu'elle voyait les hommes mêlés aux protestations, elle reculait. Elle ne pouvait faire preuve de bonté envers cette classe ; ils parlaient d'elle comme si elle était un objet. Elle sentait la haine et le dégoût dans la salle.

Ils la regardaient comme si elle était une dévergondée. Elle acceptait leur jugement, et cela lui glaçait le sang. Elle longea la passerelle et descendit les marches, songeant pendant tout ce temps qu'ils pourraient tout à coup se mettre à lui crier après. Mais elle descendit l'escalier sans qu'ils ne prononcent un mot. Elle passa la porte sans qu'ils ne prononcent un mot. Elle inclina la tête très légèrement, de sorte que son chapeau recouvrit son visage sans qu'elle ait l'air de chercher à les éviter. Elle avait plus ou moins tourné le dos aux femmes qui s'étaient présentées à sa fenêtre la veille. Mais celles-ci faisaient partie de ce groupe qui ne l'aimerait jamais. Elle ne pouvait séparer ces femmes du reste de la meute des ouvriers. Elles seraient outrées quand elles découvriraient qu'elles avaient été bernées par sa féminité. Elle leur avait à toutes fins utiles déclaré la guerre. Et une fois qu'elle eut quitté l'édifice, elle ne regarda pas en arrière.

44

Où la tête de Sadie Arnett roule en haut d'une montagne

Après que Marie l'eut déposée, Sadie avait l'intention de couper par la place du marché pour se rendre à la maison close. Elle voulait que George lise ce qu'elle avait écrit et lui donne son avis. Elle savait que George composait des diatribes incendiaires contre Marie, mais elle ne présumait pas que cela eût quoi que ce soit à voir avec elle. Elle voulait tenter de regagner son amitié. Quelques minutes après que la voiture se fut éloignée, Sadie vit une femme au visage fardé de blanc qui se tenait en équilibre sur un seau renversé.

— Ils voulaient m'user à l'os. Je suis une ouvrière morte, cria la femme.

Sadie appréciait la folie de la rébellion. Elle avait de la chance de se trouver à cet endroit à ce moment. Toute l'affaire dégageait une aura de théâtralité.

Elle vit une fille de 13 ans qui avait bourré sa robe de façon à avoir l'air enceinte.

— Je vais donner naissance à un enfant qui aura faim toute sa vie, cria la fille.

Sadie passa devant des dessins tracés par les femmes sur les murs et qui représentaient des hommes riches avec des nœuds coulants autour du cou. Sur d'autres dessins, on voyait des mains aux doigts manquants, d'où giclait le sang. Ces femmes utilisaient leurs talents non pas pour séduire les hommes, mais pour exiger reconnaissance.

Sadie apprécia fort chaque spectacle et se considéra, à titre d'ancienne résidente du Mille sordide, comme une participante.

En entendant la clameur d'un rassemblement, Sadie marcha vers l'attroupement, enveloppée dans sa cape. Il avait neigé la veille et elle fut étonnée de constater qu'on continuait de tenir ces rassemblements malgré le froid. Elle fendit la foule en direction de l'estrade qui consistait en plusieurs boîtes réunies. Sadie s'arrêta en apercevant George près de l'estrade. Elle ne l'avait jamais vue plus belle. Elle était nu-tête. Ses courts cheveux noirs gonflés par le vent formaient autour de son crâne une coiffure à la Pompadour. Sa cravate papillonnait comme si les deux bouts avaient été des oiseaux noirs qui auraient tenté de s'accoupler. George avait un air de grandeur souveraine. Elle était devenue célèbre par ses propres moyens.

Sadie fut stupéfaite en voyant Marie grimper sur l'estrade vêtue d'une longue cape noire trouée au coude. Mais elle comprit vite pourquoi elle se trouvait là quand Mary Robespierre se mit à parler. Cette psychopathe était hypnotique. Sadie avait reconnu sa singulière éloquence quand elles s'étaient rencontrées.

— Ils mangent des sucreries et nos dents pourrissent, annonça Mary à la foule. Nous nous baignons, ils sont propres et nous sommes encore couverts de crasse. Nous donnons naissance et allaitons leurs bébés, tandis que nos enfants boivent une eau infecte. Nos enfants dansent au coin des rues et leurs poches à eux sont pleines des pièces qu'ils gagnent. Nous cousons de merveilleux vêtements, mais nous finissons en haillons.

» Nous passons toute la journée à coller des semelles toutes neuves sur des chaussures toutes neuves, mais nos souliers sont percés. Nos bas sont trempés. Nos corps grelottent.

» Ils dérobent tout sens à nos vies. Nos journées sont dépourvues de but. Nous agissons comme des somnambules à longueur de jour. Nous ne savons pas pourquoi. Pour ne pas avoir froid, mais nous gelons quand même. Pour ne pas avoir faim, mais nous sommes tout de même affamés.

» La loi ne nous permet pas la violence. La loi ne nous permet pas de recevoir le fruit de nos actions. Nous sommes des marionnettes pendues à des fils. Ils prétendent que nous sommes une tragédie. Ils ont une meilleure opinion d'eux-mêmes en voyant combien notre théâtre est absurde.

Elle brandit le poing devant elle, comme si elle contemplait un couteau imaginaire. Toutes les filles dans la foule imitèrent son geste.

— Je dis : prenons un couteau et coupons ces ficelles.

Elle tourna le poing de côté et fit un geste vif, comme pour trancher une gorge. Toutes les filles firent le même mouvement.

— Qu'est-ce qui leur donne l'autorité de nous dire quoi faire et ne pas faire ? Ce ne sont que des humains. Ce ne sont pas des dieux. Ils voudraient nous faire croire que c'est un crime quand nous volons. Mais lorsque eux volent, c'est pour le bien commun. Vous dites que vous n'avez pas la permission d'agir de la sorte. C'est pourquoi je vous la donne, cette permission. Moi, Mary Robespierre, femme du Mille sordide, je vous donne la permission de vous défendre.

» S'ils vous volent votre enfance, volez-leur leur vieillesse. S'ils vous volent ce que vous avez construit, volez-leur tout ce qu'ils possèdent. S'ils vous prennent votre nourriture, empoisonnez-la.

» Je déclare que tous les actes criminels seront dorénavant licites. Tous les crimes seront considérés comme justifiés. Le crime sera le grand révélateur. Vous êtes tous des bandits à présent. Vous êtes des moins que rien. Vous êtes des voleurs. Vous êtes des vilains. Vous êtes libres.

» Laissez-moi maintenant vous parler d'une traîtresse dans nos rangs, la meilleure amie de Marie Antoine, Sadie Arnett.

Pétrifiée, Sadie rougit.

— Elle a déjà professé son amour pour Marie Antoine dans son ouvrage décadent *Justine et Juliette.* Elles ne font qu'une. Elles ont été élevées à quelques maisons l'une de l'autre. Elles ont joué ensemble à faire semblant. Tout ce qu'elles ont jamais voulu, c'est le pouvoir. Sadie Arnett a infiltré la révolution. C'est une espionne. Elle rapporte le moindre de nos gestes à Marie Antoine.

Une vague d'agitation parcourut la foule.

— De quoi sont-elles capables quand elles sont ensemble ? Elles sont capables de vous plonger dans vos pires cauchemars. Rien n'est à leur épreuve. Si vous vous prenez à penser : Mais ce ne sont que des femmes, comme moi, comme mes sœurs, comme mes amies ; elles ont des mains, des seins et des pieds comme moi, elles sont capables de porter des enfants, comme moi…

Mary marqua une pause avant de reprendre :

— J'ai personnellement été victime de l'un de leurs crimes sadiques. Dans un jeu, pour le sport, pour s'amuser, il y a quatorze ans de cela, Sadie Arnett et Marie Antoine ont toutes deux atteint ma mère d'une balle en plein cœur et l'ont tuée.

Sadie fut abasourdie par l'accusation. Elle tourna les yeux vers George et, à ce moment, leurs regards se croisèrent. Sadie était certaine que George allait tempérer cette affirmation, ou lui indiquer subtilement comment elle pouvait échapper à la situation. Elle attendit tandis que George continuait à la regarder sans ciller.

— La voilà ! cria George en pointant Sadie du doigt.

Les spectateurs à l'avant de la foule se retournèrent pour voir. Sadie se retourna elle aussi. De la sorte, elle aurait l'air d'une spectatrice parmi tant d'autres, désireuse elle aussi d'apercevoir Sadie Arnett et de la traîner devant leur tribunal tout neuf.

Sadie se mit à fendre la foule, sa cape lui offrant le déguisement parfait. Tout le monde allait chercher quelque accoutrement spectaculaire. On ne s'attendrait pas à ce que Sadie Arnett soit vêtue d'une banale cape usée jusqu'à la corde.

Elle comprenait que George et elle n'étaient plus du même côté. George ne pouvait plus être son amie.

Elle avait toujours cru n'appartenir à aucune classe parce qu'elle était une artiste. Elle était une membre de la classe bohémienne, à tout le moins. Mais la foule avait raison. Quand les femmes étaient à ce point en furie, elles avaient toujours raison. Sadie se dépêcha d'aller retrouver la voiture garée au coin de la rue. À l'intérieur, Marie l'attendait en feuilletant des documents.

— La révolution est à mes trousses, dit Sadie en

montant dans la voiture pour s'asseoir à côté de son amie.

— Les gens t'ont poursuivie toute ta vie. Ils essaient sans cesse de t'empêcher d'être toi-même. Tu es un nouveau type de femme. Il en naîtra d'autres comme toi au cours du siècle prochain. Il y aura une armée de femmes créées à ton image. C'est pourquoi tout le monde essaie tant de te détruire. Mais tu es rentrée à la maison avec moi maintenant. Je te protégerai. Je vais m'assurer que personne ne te forcera plus à fuir au milieu de la nuit. Tu peux passer le reste de ta vie à écrire. Tu peux écrire tous tes merveilleux romans.

— Merci, dit Sadie.

Et elle était sincère.

Ce soir-là, les deux femmes décidèrent de se droguer pour contrer les effets de la rage collective dirigée contre elles plus tôt. Elles étaient maintenant seules contre la ville entière, toutes deux méprisées par les classes inférieures et supérieures. Marie songea que c'était la première fois qu'elle était heureuse depuis l'enfance. Elle regarda monter la fumée de la pipe d'opium. Les volutes se mirent à former les illustrations de romans pour enfants. Elle comprenait pourquoi les marins étaient attirés par l'opium. La fumée racontait l'histoire d'un long voyage en mer dans l'espace d'une brève minute. Ballotté par les vagues, un navire luttait pour éviter de chavirer. Un dragon sortait la tête des profondeurs, une baleine se retournait sur le ventre dans les airs, des sirènes tendaient les bras hors de l'eau pour attraper les marins. D'énormes vagues déferlèrent et le navire tenta de naviguer sur leurs crêtes, mais il n'y arrivait plus, les vagues enflèrent et engloutirent le bateau. Puis Marie inhala le petit océan et une mer de tranquillité emplit son corps tout entier, noyant ses inquiétudes, laissant dans son sillage un vaste néant.

Marie, allongée sur le récamier, leva en l'air sa jambe couverte d'un bas à la manière d'un cobra obnubilé par une flûte. Sadie se coucha sur le ventre sur la chaise longue telle une chenille sur une feuille regardant sa jolie camarade.

Marie n'évoquait jamais les hommes ou les maris potentiels. Les relations avec les hommes semblaient tellement banales et insignifiantes aux yeux de Sadie qu'elle considérait que cela ne valait pas la peine de s'informer des raisons de Marie. Quand elle y pensait, elle supposait que Marie avait évité le mariage pour des raisons évidentes : celui qui l'épouserait essaierait forcément de mettre la main sur sa fortune. Elle se demandait toutefois s'il était déjà arrivé à Marie de ressentir l'appel de la chair, et comment il se faisait qu'elle n'avait jamais eu la curiosité de se livrer à des expériences.

— Pourquoi n'as-tu pas pris un amant ? demanda Sadie à Marie.

— Ça me semblait dangereux de fréquenter un homme.

— Je ne pourrais jamais avoir peur des hommes. Ils sont trop sots et ils manquent d'assurance. Mais je comprends tes réserves.

Sadie croyait que si Marie avait rompu ses fiançailles avec son frère, c'était parce qu'elle avait repris ses esprits. Cela ne faisait aucun doute. Mais elle était curieuse de connaître les circonstances exactes dans lesquelles elle l'avait largué. Et estimait que l'histoire serait intéressante à entendre.

— Comment as-tu fini par quitter mon frère ?

— La seule chose qui m'a jamais plu chez lui, c'est sa ressemblance avec toi.

— Comment a-t-il pris la chose ?

Marie regarda Sadie sans dire un mot. Une larme brûlante roula sur sa joue, tomba sur la feuille d'un manuscrit posé sur la petite table près d'elle et transforma le mot sur lequel elle atterrit en une sombre créature marine qui frétillait dans l'eau salée.

Sadie se redressa.

— Ce salaud.

Sadie n'avait dépensé qu'une petite partie de ses droits d'auteur. Elle se rendit à la banque le lendemain pour acheter l'hypothèque et la dette grevant la maison où elle avait grandi. C'était la seule chose qui permettait à sa famille de vivre dans le Mille doré. Ce rachat aurait pour résultat de les exiler. La justice poétique de ce revirement de situation lui plaisait assez. La vengeance devient une forme d'art quand elle se retrouve entre les mains des femmes. Elle rit à la merveilleuse stupidité de toute l'affaire.

Sadie avait eu l'intention d'aller s'asseoir devant la maison le jour où sa famille déménagerait, pour les informer que c'était elle qui l'avait achetée. Mais elle se trouvait ce jour-là en proie à une gueule de bois qui refusait de desserrer son emprise et la suppliait de rester au lit. Elle décida donc que sa famille ne méritait pas qu'elle se lève de bonne heure, chose qu'elle avait en horreur. Elle appela l'avocat et lui dit d'informer sa famille de l'achat puis elle se recoucha et tomba dans une nuée de fantasmes, imaginant les visages choqués des membres de sa famille, et son rire se transforma en gloussement, puis en murmure, et puis elle sombra dans le sommeil.

Sadie n'avait plus un sou, mais ça ne l'inquiétait pas le moins du monde. Elle s'assit pour écrire un nouveau roman, encore plus extravagant que *Justine et Juliette* et qui se vendrait à davantage d'exemplaires. Elle sentit aussitôt le pouvoir de ce nouveau roman l'aspirer. C'était aussi excitant que jamais. Sur la page, les cursives ressemblaient à la laine d'un chandail qu'on détricote. Plus elle écrivait et plus elle se sentait nue.

Sadie découvrit qu'elle se plaisait à travailler sans George. Elle n'était pas retenue par son insistance à aborder des thèmes universels, mais pouvait vivre dans un monde imaginaire de décadence, prenant plaisir à décrire d'outrancières bouffonneries sexuelles. Elle écrivait sur la liberté extrême.

Les femmes n'étaient jamais censées penser à elles-mêmes avant les autres. L'histoire était l'infâme compte rendu d'hommes qui pensaient d'abord à eux. Oui, elle regorgeait de grotesques injustices, mais ça leur avait permis de laisser leur trace. C'était la seule façon de se connaître soi-même, estimait Sadie. Contrairement à George, elle ne cherchait pas à abattre les frontières entre les classes. Mais elle avait certainement l'intention de faire exploser les murs qu'on avait dressés autour de l'imagination des femmes sous prétexte qu'elle n'était pas convenable. Si les femmes dans la société ne correspondaient pas aux portraits qu'elle traçait, cela signifiait que la société elle-même était une prison.

Quand elle eut fini, elle ne put soumettre le livre aux presses de George, mais n'eut aucun mal à trouver un autre éditeur, beaucoup plus important. Non seulement le livre se vendit-il à Montréal, mais il alluma une controverse partout en Amérique du Nord et dans toute l'Europe. Sadie se mit à offenser et à intriguer des lecteurs à travers le monde, à son grand plaisir. Le nom de Sadie Arnett devint synonyme de décadence intellectuelle et sexuelle. À 26 ans, elle s'apprêtait à devenir une écrivaine accomplie et fortunée.

45

La gravure au bout de tes doigts

De bonne humeur après son acquisition à Philadelphie, Marie se rendit chez un galeriste, qui l'amena visiter l'atelier d'un artiste travaillant à de sombres illustrations. Le galeriste connaissait le penchant de Marie pour les images de femmes plongées dans des situations singulières. Ils montèrent trois volées de marches pour déboucher dans un grand appartement ouvert, sous les combles. Le peintre, vêtu d'un habit à fines rayures, était appuyé contre un mur et il rongeait ses ongles tachés d'encre. Les chaussures délicates de Marie enjambèrent la crasse sur le plancher pour se rendre jusqu'aux gravures accrochées aux murs. Elle admira tout de suite la finesse du trait de l'artiste. Les gravures semblaient avoir été tracées au fil noir. Si vous tiriez sur le fil, tout se dénouerait et il ne resterait rien sur la page.

Elle s'arrêta devant le mur et son cœur était comme une tasse qui serait tombée, renversant du thé brûlant dans tout son corps. La série de gravures illustrait le *Marché gobelin*, le poème que Sadie et elle avaient toutes les deux récité enfants et qui avait été à la source du froid entre elles. Tout ce qui l'entourait s'évanouit. Elle entendit le galeriste suggérer qu'elle vienne admirer un tableau de l'autre côté de la pièce, là où se tenait le peintre, mais Marie resta là, tétanisée, à fixer la série de gravures.

La première montrait deux sœurs parties ensemble se promener dans la forêt. L'une avait les cheveux foncés, l'autre était blonde. Elles lui rappelaient tellement Sadie et elle que c'en était inquiétant. Elle se pencha pour mieux les examiner.

Elle scruta le portrait de la blonde. Celle-ci avait l'air extrêmement naïve. C'étaient sa vulnérabilité et son ignorance qui la rendaient belle. Elle agissait d'une façon qui la faisait paraître douce et adorable, mais aussi idiote. Non seulement elle se mettait elle-même en danger, mais elle faisait courir le même risque à sa sœur. Cette dernière, brune, semblait impulsive et malicieuse. Elle avait l'œil suspicieux. Cette expression lui était devenue naturelle au fil des ans, car son visage semblait éternellement soupçonneux.

La gravure suivante montrait les gobelins dans les bois, en train d'installer le marché aux fruits. C'étaient tous des hommes. Elle n'aurait su dire comment ils faisaient pour se reproduire. Peut-être se masturbaient-ils contre un tronc d'arbre duquel naissait une branche qui grandissait jusqu'à finir par se transformer en gobelin. Les gobelins semblaient tous s'être fusionnés avec les bois.

Dans le cou de l'un poussaient de petits champignons. Un autre ressemblait tellement à une grenouille qu'il devait être insulté quand on l'appelait ainsi. Un gobelin nu avait la peau si flasque qu'il ressemblait à un phallus mou. Peut-être que lorsqu'il s'excitait il triplait de taille et sa peau devenait tendue.

Dans la troisième illustration, les jeunes filles rencontraient les gobelins. La blonde semblait insensible à leur laideur. Elle n'était obsédée que par les fruits, qui ne ressemblaient pas à de vrais fruits, mais plutôt à des bijoux. Il y avait des pommes qui ne venaient pas d'un arbre, mais qui devaient avoir poussé sous terre. Un ours avait été tué et éventré ; il avait une grenade à la place du cœur. Les gobelins savaient trouver des fruits là où personne n'aurait regardé.

Dans la gravure suivante, la blonde, malade après avoir mangé le fruit, était alitée, fiévreuse, en proie au délire. De nouveau, Marie Antoine songea qu'elle lui ressemblait. Elle avait toujours joué les victimes pour amener Sadie à faire ce qu'elle désirait. Comme de fait, dans la gravure suivante, la sœur brune retournait dans la forêt pour manger sciemment le fruit et trouver un antidote.

Pour sauver sa sœur, il lui fallait subir le même sort qu'elle. Mais elle le subissait en sachant que ce ne serait pas facile. Elle goûtait le fruit, consciente qu'il était empoisonné. Marie se demanda tout à coup si elle était dangereuse pour Sadie. Elle créait des pièges dans lesquels Sadie mettait le pied.

Même si elles avaient toutes les deux souffert d'une horrible intoxication, les sœurs connaissaient désormais la saveur du fruit. Et elles étaient inextricablement liées. Sadie connaissait depuis le début la véritable signification de ce poème. Son interprétation avait été beaucoup plus perspicace que celle de Marie. Quoi qu'il en soit, ça s'était traduit dans la vraie vie. La vie avait montré que l'interprétation la plus tragique était la bonne.

Marie acheta la série de gravures pour Sadie.

Quand elle rentra chez elle à Montréal, il était très tard et Sadie dormait. Elle rangea les gravures pour pouvoir les lui offrir lors d'une occasion spéciale. Marie regarda Sadie dormir dans son lit. Ses seins ressemblaient à des miches de pain mises à lever pendant la nuit. Sadie était revenue. Sadie était enfin revenue. Et Marie allait s'assurer de protéger cet acquis. Elle était si splendide au repos. Elle ne laisserait personne troubler le calme de son amie. Le monde extérieur serait tenu au-dehors.

Quand la nouvelle se répandit que Marie Antoine avait fait l'acquisition de l'usine de Philadelphie et qu'elle n'avait pas tenu ses promesses, une foule de femmes passa la nuit en furie. Elles n'arrivaient pas à croire qu'elles avaient été trahies par une femme. Cela leur semblait la plus haineuse des trahisons. Marie était dépourvue de toute sympathie à l'endroit des autres femmes. Elle était pire qu'un homme. Non, elle était un monstre. Elles convinrent qu'il fallait une stratégie plus concertée et plus organisée pour avoir raison de Marie Antoine. Cette fois, des hommes devaient grossir leurs rangs. Et l'on déclencha une grève générale à l'usine.

Marie en avait plus qu'assez des ouvriers en révolte et des révolutionnaires. Elle annonça que quiconque ne se présentait pas au travail le matin serait immédiatement licencié.

La semaine suivante, Marie fit envoyer à l'usine un groupe de nouveaux ouvriers afin de remplacer ceux qui avaient été mis à pied. Des policiers et des gardiens étaient là pour les protéger lors du déchaînement des violences. Car il était certain, dans l'esprit de tous, que des violences éclateraient.

Plus tard, tous les journaux relateraient que c'étaient les ouvrières qui avaient posé les actes de rébellion les plus effrayants et les plus étranges. Il était presque impossible de rendre compte de la folie de masse à quelqu'un qui n'en avait pas été témoin. Toute la scène était surnaturelle et troublante. Une fille fit tournoyer un chat par la queue et le laissa retomber sur la tête des briseurs de grève. Une femme nue et masquée jeta un seau de peinture rouge au visage d'un policier.

Une fille lançait des boules de neige depuis le toit de l'usine. Comment elle était arrivée là-haut, personne n'aurait su le dire. Mais personne ne semblait tout à fait prêt à écarter la possibilité qu'elle ait volé.

Les huées, parce qu'elles venaient de femmes, étaient aiguës et stridentes. Les journalistes devaient recourir à des analogies mythologiques pour les décrire : on avait affaire à des harpies et à des banshees. Parce qu'ils n'avaient jamais entendu un tel son, ils ne pouvaient le décrire simplement comme émanant d'un groupe de femmes en colère qui voulaient faire valoir leurs droits.

*

Un soir, Sadie s'arracha à son manuscrit pour se lever et se dégourdir les jambes. Elle alla à la fenêtre regarder dehors. Là, elle découvrit quelque chose de très singulier. Elle n'arrivait pas à comprendre tout à fait ce qu'elle voyait. Parce qu'elle écrivait depuis des heures, elle crut qu'elle avait des hallucinations. Elle ouvrit la fenêtre et le froid s'engouffra à l'intérieur, comme s'il attendait depuis des heures qu'on le laisse entrer. Sadie sortit la tête et cria :

— Marie ! Pour l'amour de Dieu, que fais-tu dans cet arbre ?

— Qu'est-ce que tu veux dire ? demanda la voix de Marie derrière elle.

Sadie sursauta et faillit tomber à la renverse. Elle

se retourna, et Marie s'approcha de la fenêtre. Sadie montra l'arbre. Elles regardèrent toutes deux Mary Robespierre, debout sur l'une des branches nues.

— Meurtrières ! cria Mary à pleins poumons. Justice doit être rendue pour les meurtrières !

— Oh, pour l'amour du ciel, lança Marie en fermant la fenêtre et les stores.

Marie et Sadie restèrent à regarder entre les lattes des stores pendant dix minutes au bas mot. Comme si Mary risquait de traverser les rideaux à tout moment, comme si elles jouaient dans une mauvaise pièce de théâtre. Finalement, elles s'approchèrent à nouveau de la fenêtre et, de part et d'autre des rideaux, jetèrent un coup d'œil à l'extérieur. Les branches de l'arbre étaient désertes, comme si Mary était tombée ainsi que la dernière feuille d'automne.

— Merci, mon Dieu, dit Marie.

— C'est déjà arrivé avant ? demanda Sadie.

— Elle apparaît de temps en temps. La dernière fois, elle était dans le labyrinthe, et faisait semblant d'avoir été abattue. Avant, ça me troublait beaucoup. Mais maintenant, j'y suis plutôt habituée. Elle finira bien par se lasser.

— Se lasser ! Nous avons tué sa mère. Étais-tu au courant de cela ?

— Elle en a fait mention.

— Eh bien, elle est capable de tout. De toute évidence. Elle était perchée dans un arbre il y a une minute.

— Les gens deviennent obsédés par la mort de leur mère. Pourtant, c'est ce que font les mères, non ? Elles meurent tout le temps.

Marie s'éloigna de la fenêtre et sortit de la chambre, laissant Sadie profondément confuse.

Marie avait l'impression de comprendre Mary Robespierre d'une façon qui échappait à Sadie. Consciente qu'elles se ressemblaient par plusieurs aspects, elle croyait qu'il existait une solution commerciale au problème. Avec assez d'argent, cette minuscule femme d'affaires serait réduite au silence. Marie ne se berçait pas de l'illusion voulant que la meneuse d'une révolution puisse désirer un monde meilleur, et plus égalitaire. Mary Robespierre était ambitieuse. Elle convoitait une puissance et une richesse qui lui échappaient en raison de sa basse extraction. Une fois qu'elle aurait atteint le sommet de la hiérarchie, elle en viendrait à aimer l'inégalité autant que n'importe quelle autre personne riche.

Marie résolut de rédiger les documents qui reconnaîtraient à Mary la propriété de la pâtisserie. Elle proposerait aussi d'acheter toutes les pâtisseries locales qui lui portaient ombrage, et les lui céderait.

Marie fouilla dans les papiers de son père, et y trouva le bail résilié qui avait été transféré à Mary, signé par son père. Elle ne pouvait que conclure que son père avait procédé à cet échange pour tenter d'apaiser la fille après la mort de sa mère. Cet arrangement avait été temporairement satisfaisant, mais maintenant sa cupidité avait grandi et elle en voulait davantage. Et alors ? songea Marie. Elle donnerait à cette psychopathe ce qu'elle désirait.

À ce moment, toutefois, son œil fut attiré par autre chose : une enveloppe noire. Elle l'ouvrit et la première chose qu'elle en sortit était un certificat de décès pour une enfant dont les parents étaient M. et Mme Louis Antoine. Elle était morte à l'âge de 4 mois.

Marie découvrit un autre certificat, de naissance

celui-là, pour des jumelles. La mère était Agatha Robespierre et le père, Louis Antoine. Il se trouvait aussi là des documents d'adoption légaux par lesquels Louis Antoine avait adopté l'une des jumelles d'Agatha. Son cœur palpitait tel un papillon qui émerge finalement de son cocon. Elle se sentit se vider de son sang comme si elle avait reçu une balle dans la poitrine. Elle tomba par terre sur le derrière. Une bonne passa la tête dans l'embrasure de la porte pour voir si elle allait bien. Marie cria qu'on la laisse seule. Ce qu'elle tenait entre ses mains était trop énorme pour qu'elle puisse le supporter. Mary avait des droits sur tout ce qu'elle possédait. Sa maison ne lui appartenait pas. Son usine ne lui appartenait pas. L'ombre de Marie pouvait tout lui prendre. Son reflet dans la glace l'avait trahie.

Elle avait abattu sa propre mère. Mais il était trop tard pour penser de la sorte. Il était trop tard pour considérer Agatha comme sa mère. Votre mère est la personne que vous croyez, en grandissant, être votre mère. Elle avait grandi en pensant que sa mère était la tristesse incarnée. Une tristesse à laquelle elle avait échappé.

Elle comprenait la répulsion que lui avait toujours inspirée Agatha quand elle était petite. Chaque fois que cette femme lui avait témoigné de l'affection, Marie avait été prise d'une envie de la jeter en bas de l'escalier. Elle avait entièrement raison. Agatha aurait pu mettre un terme à sa vie dorée à tout moment. Et maintenant elle comprenait l'atroce sentiment de malaise que lui avait fait éprouver Mary – le sentiment que Mary était plus dangereuse que qui que ce soit d'autre.

Elle était soulagée que Sadie et elle aient abattu Agatha. Elle n'avait plus à s'inquiéter qu'elle révèle cette abominable vérité, que même Mary ignorait sans doute. Elle savait que Louis était son père, mais rien d'autre. Et elle se débarrasserait de Mary avant que celle-ci n'apprenne la vérité. Il lui fallait agir sans délai. Elle avait appris que la meilleure manière de régler n'importe quelle situation n'était pas de ruminer, mais d'agir. Elle avait aussi appris que les gens ne devraient pas uniquement être punis pour les crimes qu'ils avaient commis, mais aussi pour ceux qu'ils s'apprêtaient à commettre.

46

Une fable de tristesse

La femme de Louis ne l'avait jamais blâmé pour la tristesse qui la minait. Comment aurait-elle pu, alors que cette tristesse avait toujours été là, même quand elle était enfant ? Hortense avait toujours voulu qu'on la laisse tranquille. Mais elle désirait l'attention de Louis. Elle aimait quand il se trouvait physiquement près d'elle. Son corps se sentait plus heureux. Ses pensées ne se dévidaient plus si rapidement. Elle ne se sentait plus aussi intelligente, ce qui était une bonne chose. Il était tellement beau. Tout son être semblait imprégné de virilité. Elle ne s'était jamais sentie attirée par personne avant lui. Quand elle baissait les yeux vers le plancher de la voiture et qu'elle voyait ses pieds près des pieds de Louis, leur différence de taille l'excitait. Elle avait l'impression de lui appartenir vraiment et c'était la première fois qu'elle se sentait appartenir à quelqu'un.

Après leur mariage, ils étaient partis vivre dans la maison de campagne de sa famille pendant la construction de leur nouvelle demeure. Elle y était heureuse. C'était là qu'elle se retirait quand elle était enfant. Elle connaissait le nom de toutes les fleurs. Elle consignait dans son grand cahier les oiseaux qu'elle avait observés.

Quand elle était toute seule occupée à pourchasser les papillons et à collectionner les insectes, cela la distrayait tellement qu'elle en oubliait sa tristesse. Si elle avait pu se dévouer à ce monde, peut-être aurait-elle trouvé un moyen d'échapper à sa dépression. Mais on ne cessait de l'interrompre.

Louis n'avait encore jamais vécu à la campagne. Il était content de se trouver éloigné de la société. Il avait l'impression que ses amis se moquaient de lui parce qu'il avait épousé Hortense. Ils avaient emmené une jeune et jolie bonne rousse. Louis coucha quelques fois avec la bonne, mais n'en retira aucune joie, et il mit aussitôt un terme à l'aventure. À son grand étonnement, il préférait la compagnie d'Hortense.

Hortense avait conscience de son affection inattendue. Chacun fut à l'aise avec l'autre dès qu'ils eurent découvert combien ils aimaient faire l'amour ensemble. Enceinte, elle était radieuse. Le médecin vint, et leur conseilla d'être prudents dans leurs transports pendant qu'elle était enceinte. Mais Louis ne pouvait s'en empêcher. Il adorait toucher son ventre.

Hortense lui raconta sa tristesse. La façon dont elle avait envahi sa vie. Le fait qu'elle ne voyait pas de but à l'existence. Il détestait l'entendre peindre cette tristesse dans la mesure où elle était née privilégiée. C'était lui qui avait occupé une position périlleuse dans la société. C'était lui qui avait dû se battre. Elle lui promettait que sa tristesse était chose du passé, mais il percevait une hésitation dans son regard. La maison fut prête quand elle était à la veille d'accoucher, et il croyait qu'ils retourneraient en ville en formant une famille heureuse.

La bonne rousse était visiblement enceinte elle aussi.

Personne n'en faisait mention. Louis fut reconnaissant que la bonne ne semble pas intéressée à en parler.

Louis était terrifié à l'idée de l'apparence qu'aurait le bébé d'Hortense. Il recommençait à voir son épouse objectivement, par le regard des autres, qui la trouveraient indiscutablement laide. Hortense avait cessé d'être belle à ses yeux. Il espérait que le bébé tiendrait de lui et non pas d'elle. Il ne priait jamais, considérant personnellement que Dieu était un idiot, persuadé que chaque avancée scientifique était une gifle à la face de Dieu. Il s'efforçait de mettre la main sur le moindre gadget technologique pour prouver de quel côté il était. Mais il alla à l'église, alluma un cierge et pria pour que son bébé naisse beau. Il ne pouvait supporter l'idée que son enfant devrait traverser l'existence en étant laid. C'était un handicap, une infirmité, surtout pour une femme. Il pouvait comprendre comment un homme laid pouvait trouver un sens à sa vie dans le monde. Mais à quoi servait une femme laide ? Il finit par réussir à se convaincre qu'il aimerait le bébé quelle que soit son apparence, ce qui était une bonne chose, car sa fille était encore plus laide qu'il aurait pu l'imaginer. Elle ressemblait comme deux gouttes d'eau à Hortense.

Il n'aimait pas non plus le caractère de ce bébé maigrichon, dont il devinait qu'il aurait les mêmes excentricités que sa mère. Elle penserait trop. Ce serait une intellectuelle. Elle serait aussi consumée par les mots et les livres. Et à quoi servait donc la littérature sinon à rendre les femmes horriblement déprimées ?

Après la naissance du bébé, Hortense devint encore plus mélancolique. Elle ne voulait voir ni Louis ni l'enfant. Elle pleurait toute la journée. Un jour, il entra dans la chambre et la vit se frapper la tête avec un oreiller en criant : « Ne comprends-tu pas ? Ne comprends-tu pas comment je me sens ? »

Et il était en colère contre elle parce qu'elle n'était pas heureuse avec lui, alors qu'elle ne le méritait même pas.

Il prenait ses sautes d'humeur personnellement. Elle refusait qu'il entre dans sa chambre ou qu'il la touche.

Hortense exacerbait son sentiment d'être impossible à aimer. Par conséquent il la punissait. Il partit en ville et recommença à avoir des aventures. Dans le but de se sentir supérieur, il lui donnait à penser qu'elle était encore plus impossible que lui à aimer. L'apparence disgracieuse d'Hortense était le reflet de la laideur qui sommeillait au fond de lui. Elle se cantonnait de plus en plus dans sa chambre à coucher. Un matin qu'elle n'en était pas sortie depuis deux jours, on enfonça la porte pour la découvrir pendue par le cou à un nœud coulant fait à même la ceinture d'une robe.

*

Louis alla en ville pour s'occuper de la raffinerie et de son nouveau rôle de propriétaire. Il se trouvait dans son bureau quand il reçut un télégramme de sa bonne, qui lui annonçait la plus horrible des nouvelles. Leur bébé, à Hortense et lui, était mort.

Quand il arriva à la maison, Agatha lui tendit le certificat de décès et une rose séchée, souvenir des funérailles du nourrisson.

Au souper, bien sûr, il remarqua qu'elle n'était plus enceinte. Quand elle vit que Louis l'examinait, Agatha lui demanda s'il voulait prendre ses bébés.

Elle sortit précipitamment et revint avec un landau. Louis regarda à l'intérieur. Les deux poupons avaient les yeux levés vers lui. Ils étaient en tout point semblables. Ils avaient tous deux les cheveux blonds. Ils avaient tous deux les yeux bleus. Ils avaient tous deux des boucles collées au front par la sueur. Ils lui ressemblaient tous deux. Il fut stupéfait de découvrir des enfants qui lui ressemblaient. Il aurait pu ne jamais connaître cette joie.

L'une des fillettes se mit à pleurer quand il posa les yeux sur elle, et elle lui jeta un regard plein de haine. Il avait beau être un adulte, il prit ce regard comme une attaque personnelle. Il songea que l'on naît avec un tel regard. Elle aurait cette haine dans les yeux pendant toute sa vie. C'était aussi impossible à changer que la couleur des yeux. L'autre bébé ouvrit la bouche et esquissa ce qui ne pouvait être décrit que comme un sourire, contemplant Louis avec amour et reconnaissance. Il y avait là un être qui lui pardonnerait tout ce qu'il avait fait. Elle lui donnerait une bonne opinion de lui-même. Enfin, c'était quelqu'un qui l'aimait au premier coup d'œil. Enfin, quelqu'un le regardait comme s'il n'était pas à blâmer.

— Prenez-la, dit Agatha. Personne n'a besoin de savoir qu'elle n'est pas née d'Hortense.

Louis n'avait pas le choix s'il voulait la fortune. Si l'enfant d'Hortense était mort, l'héritage irait à son oncle et à sa tante et il se retrouverait de nouveau à la rue. Mais il ne crut jamais que c'était pour cela qu'il avait pris Marie. Il crut toujours que c'était un coup de foudre. Et il lui fallait une complice, car lui et Marie ensemble réalisèrent une immense fraude. Il se préoccupa autant de la deuxième jumelle que de tous ses autres bâtards qui croupissaient Dieu sait où dans les rues du Mille sordide.

C'est ainsi que l'une des filles d'Agatha aurait toutes les merveilles que peut acheter l'argent. L'autre apprendrait à cuisiner de merveilleux gâteaux.

47

Ton ombre brûle

Marie mit le feu au certificat de naissance des jumelles ce soir-là. Elle posa sa cigarette allumée au centre du papier. Le cercle s'élargit comme une éclipse solaire. Elle resta éveillée jusqu'aux petites heures, sondant le feu comme si elle regardait la pâtisserie dont elle avait ordonné qu'elle soit incendiée. Elle aurait presque voulu faire appeler une voiture pour se rendre à l'usine afin d'assister à la destruction, mais ç'aurait été trop bizarre qu'elle soit là. Et cette bizarrerie se serait muée en soupçon.

Elle avait planifié l'incendie avec soin de sorte qu'il ne touche que la pâtisserie et aucun des bâtiments environnants. Et certainement pas l'usine. Elle attendait impatiemment le coup de téléphone qui lui apprendrait que la pâtisserie était la proie des flammes, mais quand la sonnerie retentit, elle sursauta. Elle était agacée par le fait que le téléphone puisse troubler son sang-froid, ce qui lui fit réaliser qu'elle n'était pas aussi calme qu'elle le croyait.

— Y avait-il quelqu'un à l'intérieur ? demanda-t-elle.

— Non, m'dame, le Seigneur soit loué. La dame

qui dirige la pâtisserie était à l'intérieur, mais elle a réussi à sortir.

— Merci, dit Marie.

Elle aurait dû savoir qu'elle ne pouvait pas tuer Mary.

Elle croyait tout de même que cette menace pourrait être efficace. Maintenant Mary saurait exactement de quel bois se chauffait Marie et qu'il valait mieux ne pas tenter de s'en prendre à elle. Le temps était venu de poser la botte sur la tête de ces révolutionnaires cupides pour les pousser dans l'escalier qu'ils essayaient de grimper. Marie était une propriétaire d'usine. Elle savait qu'il fallait instiller la terreur chez les travailleurs. Il fallait faire un exemple. C'était, d'une certaine façon, un geste d'une rare magnanimité, parce qu'il montrait aux autres ce qui arriverait s'ils se comportaient mal.

Une bûche brûlait encore dans l'âtre ; ses flammes ressemblaient aux cheveux roux d'Agatha flottant derrière elle alors qu'elle courait dans le corridor pour rejoindre le labyrinthe.

Le visage de Mary s'alluma tandis qu'elle regardait brûler la pâtisserie. Tout autour du bâtiment, la neige avait fondu pour créer des flaques d'eau, comme si elle avait pris le feu pour le soleil d'été. L'ombre de Mary était monstrueuse. Elle ne cessait de plonger vers l'avant, comme si elle tentait de passer les mains autour du cou de quelqu'un pour l'étrangler. Les flammes brillaient dans ses yeux, les faisant paraître rouges. Sa robe était couverte de suie. On aurait dit qu'elle avait été souillée par la nuit. Une partie de ses cheveux avaient été carbonisés. La manche de sa robe avait été arrachée, et sur son épaule une balafre saignait. Une ampoule se forma sur sa paume, comme si elle tenait une méduse dans sa main. Elle aurait pu ressentir de la douleur physique si elle n'avait pas été à ce point consumée par la colère. La colère est un analgésique. La colère met le feu à toutes les autres émotions et à tous les autres sentiments, les utilisant comme combustibles. Le feu faisait virer son visage au rouge et à l'orange, on aurait dit qu'elle avait deux yeux au beurre noir. Elle était debout, en train de préparer des gâteaux, quand l'édifice s'était embrasé. Si elle avait plutôt été endormie, elle serait morte.

En regardant le feu, elle avait l'impression d'être un loup. Le feu la repoussait dans la nature sauvage. Il voulait qu'elle cache sa queue entre ses jambes et qu'elle disparaisse. Elle ne pouvait pas mourir si son reflet était sain et sauf.

Elle supposait qu'elle aurait dû être reconnaissante envers Marie. Marie Antoine était née pour aller aux extrêmes. C'était manifestement ce qu'elle faisait dans cette circonstance. N'eût été l'incendie, Mary aurait pu baisser la garde. Elle aurait pu accepter le *statu quo*. Elle gagnait suffisamment d'argent à la pâtisserie pour espérer faire partie de la classe moyenne dans une dizaine d'années. Elle avait l'impression que toutes les ébauches de plans de vie possibles partaient en fumée dans son cerveau. Le vilain crépitement du feu se faisait entendre à l'intérieur et à l'extérieur de sa tête.

Bien sûr, Marie devait avoir appris la vérité. Mary attendait depuis un moment qu'elle découvre le pot aux roses. Qu'elle comprenne enfin pourquoi elles se ressemblaient tellement. Par cette tentative de meurtre, Marie avait reconnu le pouvoir de Mary. Seuls vos ennemis peuvent vous montrer combien vous êtes puissant. En trahissant de la peur, ils vous mettent un couteau entre les mains. En trahissant de la colère, ils vous tendent un pistolet. À ce moment, tandis qu'elle s'éloignait du feu, Mary sut combien elle était dangereuse. Elle était un bâton de dynamite ambulant, et Marie venait d'allumer la mèche.

Les larmes coulaient sur ses joues couvertes de suie, révélant les couleurs qui se cachaient dessous. Son visage ressemblait à un tableau de la Renaissance que l'on restaure.

Mary sourit, consciente qu'il lui fallait amener cette histoire à sa conclusion logique. Elle sentit son doigt manquant tressaillir, comme s'il lui tardait d'entrer en action. Il avait besoin d'entreprendre un nouveau projet. Il n'y a rien comme le traumatisme pour stimuler la créativité.

Jeanne-Pauline était debout derrière le comptoir dans sa boutique, ses cheveux enroulés en une tresse autour de sa tête. Il faisait frais, aussi portait-elle son étole de renard par-dessus sa robe noire. Le renard paraissait attendre le moment de mordre. Jeanne-Pauline leva la tête de son livre et regarda par la fenêtre. Mary se tenait dehors, suffisamment loin de la porte pour que l'on puisse considérer qu'elle était au milieu de la rue. Son visage baigné et lavé par les larmes, elle ressemblait plus que jamais à Marie. Quiconque les aurait vues côte à côte n'aurait pu que constater qu'elles étaient jumelles.

Sous l'effet du vent, la neige qui tombait faiblement formait des tourbillons. On aurait dit des filles qui se sauvaient après avoir été surprises toutes nues dans la chambre du maître.

Jeanne-Pauline savait que Mary venait lui proposer un plan. Elle savait exactement ce que serait ce plan.

Elle ne considérait pas approprié d'aller à la porte pour inviter ou inciter la fille à entrer. C'était le genre d'idée à laquelle il fallait arriver de son propre chef, sans pression de qui que ce soit d'autre. Elle devait être motivée par un désir parfait et lucide.

Jeanne-Pauline n'avait pas besoin de se demander si elle souhaitait être impliquée. Elle n'éprouvait aucun besoin d'examiner ses propres motivations, ou de peser le pour et le contre. Elle attendait depuis des années que Mary vienne lui présenter ce plan. Elle savait, depuis la toute première fois que Mary Robespierre lui avait parlé, qu'elles avaient déjà commencé à l'ourdir ensemble.

Les boucles de Mary sautaient dans le vent, prêtes à aller de l'avant. Sa robe flottait dans l'air. Elle aussi était prête à passer à l'action. Jeanne-Pauline baissa à nouveau les yeux vers son livre et ne les releva qu'en entendant les clochettes de sa porte tinter bruyamment.

— J'ai un plan. J'ai besoin de votre aide.

— Bien sûr, dit Jeanne-Pauline.

Sa bouche forma un rictus que, d'ordinaire, on aurait qualifié de sourire, mais celui-ci était si calme et si meurtrier qu'il méritait un autre nom.

Mary quitta la boutique avec un sac en papier sous le bras. Elle sortit de sa poche une petite tabatière, qu'elle ouvrit. La prenant dans sa main droite, elle en versa le contenu dans son poing gauche. Elle prit une profonde inspiration et ses yeux s'emplirent de puissance et de gloire.

48

Le bal d'hiver

Une tempête de neige faisait rage à Montréal, tant dans le Mille doré que dans le Mille sordide. Le sol était glacé, il vous faisait glisser vers l'arrière alors que vous tentiez de marcher vers l'avant, comme s'il vous fallait sans cesse revenir au début d'une phrase dans un livre. Le vent était vicieux. Il frappait aux fenêtres des maisons des pauvres à la façon d'un propriétaire qui exige d'être payé. La gadoue piétinée par les bottes faisait un bruit de succion, comme une bête qui mange bruyamment.

Des bas-fonds du Mille sordide, les femmes livraient une guerre à Marie et à Sadie. Elles les avaient dénoncées comme des oppresseurs, mais ce n'est pas l'idée que se faisaient d'elles-mêmes les deux jeunes femmes assises sur leurs sofas, leurs pantoufles en satin brodées posées sur des tabourets. Il n'est pas un oppresseur qui se voit comme un oppresseur. Ils sont, comme tout le monde, trop occupés à se considérer comme des victimes. Des gouttes d'eau tombaient des glaçons pointant au-dessus des fenêtres chauffées comme des crocs de loup salivant.

C'est Sadie qui eut l'idée d'organiser un bal.

Autrefois, elles s'asseyaient ensemble dans le parc.

Elles aimaient à s'installer sur les racines entourant un arbre géant, comme si elles avaient été jetées dans un repaire de serpents. Toutes les autres filles les observaient, jalouses. Elles étaient comme deux petites sorcières pratiquant leurs sortilèges. Personne d'autre n'avait de pouvoirs magiques, alors personne n'était invité à se joindre à elles. Sadie voulait retrouver ce sentiment.

C'était une manière de mariage, par lequel elle souhaitait célébrer leur amitié. Elle voulait que tout le monde sache qu'elles formaient désormais une entité. Elles ne seraient plus séparées. Il avait été facile de s'en prendre à elles séparément, mais elles étaient dorénavant intouchables.

Sadie voulait que le Mille doré tout entier soit témoin de leur bonheur. Elle voulait qu'on voie que sa famille avait été jetée à la rue. Ils avaient dû quitter le Mille doré et vivaient maintenant dans un quartier de classe moyenne, au bas de la montagne. Elle était tout ce qui subsistait des Arnett, et désormais ce serait son sens moral qui ferait loi. On dit que la meilleure revanche consiste à bien vivre, mais entend-on par là le fait de bien vivre tout court, ou de laisser souffrir ses ennemis en leur montrant à quel point l'on vit bien ?

Marie dit oui, pourquoi pas, invitons-les tous. Elle n'avait plus peur du jugement de qui que ce soit dans le Mille doré. Ces gens ne lui étaient plus rien. Elle n'avait plus honte de ce que Philip lui avait fait. La violence du jeune homme s'était exercée sur une ancienne incarnation de Marie. Elle ne pouvait plus être touchée désormais. Les hommes avaient parfois du mal à la regarder dans les yeux parce qu'ils étaient intimidés. Au cours de ses années de réclusion, elle n'était pas devenue plus sensible aux gens de son voisinage, ni plus inquiète d'eux. Elle était devenue indifférente à eux. Ils semblaient à peine exister. Les paramètres de son expérience s'étendaient maintenant bien au-delà du Mille doré. On s'attendait à ce que les femmes possèdent des cercles de référence étriqués. Or cela lui semblait très classe moyenne.

Marie se rendait compte que son amitié avec Sadie était la chose dont elle était le plus fière au monde, et pour laquelle elle aurait fait n'importe quoi.

*

Sadie considérait que le bal qu'elle était en train d'organiser était rien de moins que révolutionnaire. À partir de maintenant, ce seraient elles qui dicteraient la nouvelle moralité du quartier. Marie possédait le capital financier et Sadie le capital culturel pour entrer dans une nouvelle ère. Elles ne craindraient plus les principes moraux mesquins qui faisaient des femmes des ornements dépourvus d'opinions à la table du souper. Elles montreraient à tous que les femmes ambitieuses bénéficiaient des mêmes récompenses et du même pouvoir que les hommes ambitieux. Elles ne seraient pas pétries de honte. Elles seraient admirées et enviées, elle en était sûre. Si vous aviez de l'argent, réfléchissait-elle, pourquoi ne seriez-vous pas une libertine décadente ? L'argent devrait pouvoir acheter la vertu morale dans cette nouvelle ère capitaliste.

Naturellement, personne en ville ne pouvait résister à la tentation d'accepter une invitation à ce bal.

Les gens étaient désireux de voir l'intérieur du manoir qui avait été entièrement fermé au public pendant plusieurs années. Ils allaient rencontrer Justine et

Juliette en chair et en os. Combien de fois au cours de leur vie auraient-ils la chance de vivre dans un roman ?

Marie avait décidé de se costumer en Marie-Antoinette. Elle ne voulait pas porter de perruque, mais arriverait à créer un assemblage à l'aide de ses propres cheveux, elle en était certaine. Elle était dotée d'une merveilleuse chevelure. Ç'aurait été une sorte de profanation, comme de vandaliser une statue, que de la couvrir.

Tout allait pour le mieux pour elle. Cette soirée lui seyait comme un gant. C'est un mythe qui veut que l'argent ne fasse pas le bonheur. La neige tombait comme du sucre qu'on saupoudre sur du gruau pour qu'il soit suave, comme elle l'aimait. Le monde entier serait comme elle l'aimait.

En sortant de sa chambre pour déboucher dans le couloir, elle vit Sadie qui l'attendait, costumée en jeune marquis de Sade. Coiffée d'une perruque blanche qui se relevait en vague pour former une coiffure à la Pompadour, avec une petite queue-de-cheval derrière la nuque, à laquelle était noué un énorme ruban noir, elle portait une longue cape noire dont le bord retroussait, et des bottes de cuir qui montaient jusqu'aux genoux. Elles entrelacèrent leurs bras, longèrent le couloir et se dirigèrent ensemble vers l'escalier. Elles formeraient une paire inséparable et triomphante pour entrer dans la salle de bal.

Il y eut un soupir d'admiration quand Marie et Sadie mirent le pied sur le sol de la salle vêtues comme le merveilleux couple. La luxuriante chevelure de Marie était un entrelacs de tresses et de boucles, parsemée de petits oiseaux et de cerises, avec un navire perché au sommet comme s'il naviguait sur les flots. Dans sa volumineuse robe chatoyaient tant de teintes de rose qu'on aurait dit que le plus beau jardin du monde y avait été condensé. La longue cape de Sadie se répandait autour d'elle sur le sol comme si elle diffusait de l'encre noire. Elle paraissait tellement intimidante et supérieure à eux tous.

Ce qui mystifiait le plus les habitants du Mille doré, c'était que Marie se soit élevée si loin au-dessus d'eux. Elle s'était créé une classe à elle. De la même façon qu'ils ne se souciaient pas vraiment de la classe ouvrière parce qu'ils ne voyaient pas ses membres comme des êtres humains, Marie ne considérait plus les résidents du Mille doré comme des personnes et ne se préoccupait donc plus guère de leurs idées ou de leurs opinions.

Sadie et elle les avaient invités pour qu'ils fassent office de public. Elles créaient une nouvelle forme de théâtre, dans lequel elles jouaient leur propre rôle. Elles conviaient des gens à y assister et les encourageaient à raconter des histoires à leur sujet.

Pendant l'arrivée des invités, les flocons s'étaient mis à tomber dehors, scintillant comme des feux follets. Les hôtes étaient heureux de se costumer, d'abandonner leurs rôles habituels et de s'abandonner eux-mêmes au monde de Marie Antoine et de Sadie Arnett.

Il y avait trop de Napoléon dans la salle de bal ce soir-là. Marie avait songé à imposer une limite au nombre de Napoléon qui pouvaient assister à sa réception, mais elle avait décidé de laisser les choses suivre leur cours naturel.

Anne Boleyn riait, exhibant sa gorge à tout le monde autour d'elle. Elle avait autour du cou ce qui ressemblait à un bandage imbibé de sang. La reine Elizabeth portait une haute perruque rousse qui s'était inclinée de côté. Elle avait étendu les jambes sur les genoux de sir Lancelot pour engouffrer des macarons colorés. Robin Hood urinait par une fenêtre du couloir.

Ces personnages historiques donnaient aux invités du bal la licence d'agir de manière grandiose et déchaînée.

Plus licencieux et plus vaniteux que d'ordinaire, ils ne s'inquiétaient pas de leur réputation. Si ces figures prouvaient une chose, c'était qu'il était payant de se montrer dégénéré.

Après minuit s'installa une sorte de mal. On ne peut ressentir tant de joie sans commencer à avoir la nausée. La joie rend tout le monde malade. Ceux qui n'avaient pas l'habitude de la ressentir, qui étaient solitaires et mélancoliques la plupart du temps, furent les premiers à partir. Les poids plumes avaient perdu connaissance. Cléopâtre s'était endormie sur le siège des toilettes, son menton dans son poing. Et puis les heureux, ceux qui recherchaient les moments d'extase sur une base régulière – ceux-là étaient encore debout. Ils n'allaient pas se laisser abattre par une petite quantité de joie. C'étaient là les véritables épicuriens. Ils étaient prêts.

Comme jadis, lorsque son père était toujours vivant, c'est à ce moment que Marie se mit à briller comme la véritable reine du bal. Elle était semblable à un athlète qui attend que son opposant s'épuise avant de faire montre de ses prouesses.

À 1 heure du matin, Marie tournoyait, un ruban autour de la taille. Elle exécutait une danse du ruban, au cours de laquelle une large bande était enroulée autour de la taille d'une femme ; un homme la tirait, et la femme tournoyait jusqu'à l'autre bout de la pièce. Marie se déploya comme la corolle d'une fleur. C'était un joli spectacle. Sadie s'approcha d'elle. Elle prit le visage de Marie entre ses mains et l'embrassa partout. Puis elles se mirent à danser ensemble, sans intention de lâcher prise. Tout le monde quitta la piste de danse pour observer cette étrange amitié.

Elles dansaient comme si elles n'avaient pas de pieds, mais étaient deux marionnettes virevoltant entre les mains d'un marionnettiste imprudent.

C'est à ce moment que Marie tapa dans ses mains et annonça à Sadie :

— J'ai un cadeau pour toi.

Elle se dirigea d'un pas vif vers une structure qui avait été apportée pendant qu'elles dansaient, couverte d'un drap de velours doré. Marie souleva le drap, révélant une série de gravures illustrant le *Marché gobelin* disposées sur des chevalets.

Debout à côté de son amie, Marie contemplait les gravures, émue comme elle ne l'avait jamais été de sa vie. Elle était ensorcelée par les illustrations qui avaient jadis été le décor de leur discorde, mais qui semblaient maintenant représenter tout ce que leur relation avait d'intime et de passionné. Les femmes savaient toutes les deux que rien ne pourrait plus les séparer.

Une bonne entra et tendit à Marie et Sadie un plateau où étaient posés deux petits gâteaux recouverts d'un glaçage en forme de roses roses. Enchantée de voir une rose au milieu de l'hiver, Marie planta les dents dans l'un des gâteaux et le dévora.

Sadie enfourna son gâteau tout entier. Elle eut immédiatement un haut-le-cœur à cause de tout le champagne qu'elle avait bu. Elle se leva, contourna sa chaise et vomit le gâteau avant d'avoir pu le digérer. Puis elle resta étendue par terre, les yeux fermés. Elle avait bu trop de champagne, elle savait qu'elle allait être malade. Mais elle s'en fichait. Elle aimait assez le fait de vomir, cela lui donnait l'impression d'exorciser tous ses démons. Elle avait la tête tellement plus légère. Elle songeait que Marie et elle avaient festoyé autant qu'il est possible de le faire. Elle avait à tout le moins vécu cette nuit pleinement. Elles avaient connu une nuit de délice surnaturel.

Sadie ouvrit les paupières en entendant crier et se redressa pour découvrir Marie pliée en deux, tremblante. Elle respirait trop fort, comme si sa poitrine était un moteur de locomotive. Un train qui sort de gare et prend de la vitesse.

— C'est le gâteau, dit-elle. Il est empoisonné.

Elle était si pâle. On aurait dit qu'elle était faite en porcelaine et que si elle tombait à la renverse, ses doigts se briseraient. Marie fondait dans sa robe comme une somptueuse bulle de savon. Sadie, tout à coup dégrisée, se précipita vers elle.

Sadie se pencha au-dessus du corps de Marie et l'appela. Mais des bras la retenaient. Elle regarda ces mains qui la saisissaient par-derrière. Elles avaient de longs doigts semblables à des brindilles. Sadie frissonna et poussa un cri. Elle sentit les bras des gobelins se tendre et s'enrouler autour d'elle. Elle se retourna pour les regarder. Une centaine de gobelins l'entouraient.

On aurait dit que leur peau avait rétréci pour se coller à leurs os. Ils ressemblaient à des racines d'arbres qui auraient été arrachées. Ils avaient poussé sous la terre. On les en sortait en les tirant par la queue. Ils se languissaient de l'obscurité et de se trouver serrés les uns contre les autres dans le froid et la noirceur. Ils puaient la mort.

Les gobelins lui tiraient les cheveux. Leurs doigts

visqueux collaient à sa peau. Chaque empreinte de doigt devait être décollée comme sur une scène de crime. Elle savait qu'ils n'avaient pas d'antidote. Marie était empoisonnée et elle n'y pouvait rien. Elle tomba à genoux et enfouit sa tête dans la poitrine de Marie, gémit si fort que même les gobelins en furent épouvantés. Ils grimpèrent dans sa tête pour s'y cacher.

*

Dehors, la neige tombait sur Montréal comme elle ne le faisait jamais nulle part ailleurs, formant un épais rideau. Les flocons étaient des touffes de fourrure. Ils se trouvaient dans une boule à neige qui avait été secouée avec violence avant d'être remise doucement sur l'étagère pour s'y reposer. Les roses rêvaient sous la terre.

49

Requiem pour un beau monstre

Personne n'ignorait que Marie avait un penchant pour les funérailles somptueuses. Un équipage de chevaux blancs tirait un traîneau blanc derrière la voiture qui contenait le cercueil de Marie. On aurait dit une caravane de cirque. Un jeune homme assis près du cocher descendit, se rendit à l'arrière pour tirer sur une chaîne et le toit du traîneau se souleva.

Une immense volée de colombes jaillit. Les oiseaux s'envolèrent comme les pages d'un manuscrit qu'on a lancé en l'air. Comme de fait, plusieurs s'étaient attendus à voir apparaître des colombes, mais on ne s'attendait pas à ce qu'elles soient si nombreuses. Personne n'aurait su dire combien d'oiseaux avaient été entassés là-dedans. Cela devait avoir demandé une certaine cruauté. Mais à quoi bon s'attarder sur la cruauté une fois que le dommage est fait ?

Les colombes déferlèrent, semblables à une sombre nuée. Pendant une seconde, elles se dispersèrent dans tous les sens, surexcitées, soûles de liberté. Et puis, une fois qu'elles furent haut au-dessus de la foule et assez loin pour se considérer hors de portée de toute main humaine, elles reformèrent un groupe pour décider quel était le meilleur moyen d'échapper à la situation par les airs.

Pendant plusieurs années par la suite, ce quartier de Montréal fut affligé d'un nombre anormalement élevé de colombes. On pouvait les entendre gémir doucement. Elles étaient un écho du chagrin.

Pour une fois, personne ne pouvait se plaindre de la richesse de Marie. Ce n'était pas comme si elle pouvait profiter de cet étalage ; c'était eux qui en bénéficiaient. Ils comprenaient qu'avec le passage à l'ère moderne, une certaine cruauté allait disparaître. Mais une certaine espèce de beauté allait aussi disparaître. Cet étalage outrancier. Ils l'appréciaient pendant qu'il était là. Viendrait une époque où cela ne serait plus possible.

L'égalité était une idée banale. C'était un mode de vie qui s'éteignait avec Marie, songeaient-ils.

La mort de Marie était devenue l'événement le plus important de son existence. Les femmes assassinées étaient immortalisées. Elle n'avait perdu ni sa personnalité ni quelque forme d'étincelle en se faisant assassiner. Par sa mort, elle était devenue plus grande que nature.

Et qui pleurait réellement sa disparition ? Elle n'avait pas de parents proches qui auraient été accablés par son départ. Elle n'avait pas d'amis proches. Les seules personnes qu'elle connaissait étaient les bonnes qu'elle employait, et celles-ci pleuraient surtout la perte de leur emploi.

Mais bien sûr Marie avait une pleureuse en chef, et tout le monde savait de qui il s'agissait.

50

Le procès

Quand l'inspecteur arriva, sa voiture faillit passer tout droit. La demeure était envahie par les rosiers acérés aux pétales séchés et gelés à un point tel qu'il crut qu'elle s'apparentait à la nature plutôt qu'à une forme d'habitation humaine. Il avait l'impression qu'il s'agissait d'un pan de la montagne qui s'élevait derrière. Ce n'est que lorsqu'il comprit qu'il se trouvait devant la demeure suivante qu'il fit reculer la voiture. Il étudia les rosiers, laissant le temps à la forme d'une maison de se reconstituer.

Pendant une seconde, il crut être en proie à une hallucination. Ou se trouver dans un conte de fées. Et lorsqu'une telle chose se produit, on se prépare à ce que d'autres événements étranges se succèdent.

Tout ce qui est un peu magique est terrifiant. Dieu vous garde d'être témoin d'un miracle.

L'un des rosiers lui arracha son chapeau de la tête et le vent souffla de manière inattendue sur son crâne nu. Un puissant malaise parcourut son corps.

Ce meurtre était une affaire de femmes. La maison était pleine de femmes. Il entrait déjà dans un domaine inquiétant. Le seul endroit où les femmes vivaient dans une aussi grande proximité, c'était l'asile. Il croyait que lorsque les femmes passaient trop de temps seules, elles finissaient inévitablement par perdre la tête. En entrant dans la maison, il eut la même impression.

L'interrogatoire des bonnes se révéla étrange. L'inspecteur avait été averti que les bonnes de cette maisonnée étaient singulières. Elles avaient un rapport fragile à la réalité. Quand il dressait sa liste de témoins, il priait toujours pour qu'il n'y figure pas d'adolescente. Les jeunes filles adoraient le confondre et lui faire des nœuds dans la cervelle. Quoi qu'il en soit, il trouvait étrange que les petits gâteaux aient été livrés à Marie et Sadie personnellement.

— Vous ne vous demandiez pas d'où venaient ces deux gâteaux étranges ? Et pourquoi ils avaient été livrés ?

— Eh bien, non, monsieur. Je savais d'où ils venaient.

— Et d'où venaient-ils ?

— C'est Miss Antoine elle-même qui m'a donné les petits gâteaux en me disant de les leur apporter, à Miss Arnett et elle, quand elles sembleraient heureuses et que les réjouissances battraient leur plein, comme ils disent. Alors quand je l'ai vue danser avec Miss Arnett, et qu'elles étaient jolies ensemble, je me suis dit que c'était un bon moment pour leur apporter les gâteaux.

— Pourquoi avez-vous été choisie pour les leur servir ?

— Parce que je suis la plus jolie, je suppose. Je veux dire, toutes les filles sont jolies, mais on remarque parfois ma beauté, surtout la maîtresse.

— Essayez-vous de me dire qu'elle s'est suicidée ?

— Je n'en sais rien. Je vous dis simplement ce que

j'ai observé. Elle est entrée dans la cuisine avec les gâteaux.

— Et sa contenance avait-elle quoi que ce soit de bizarre ?

— Je ne sais pas ce que c'est qu'une contenance.

— Avait-elle quelque chose de différent ?

— Oui ! Elle était vêtue de haillons. Vous savez comme elle s'habille merveilleusement. Alors je me suis dit qu'elle était costumée. Tout le monde portait des déguisements tellement drôles ce soir-là. Et sa voix était différente.

— Comment ?

— Marie a habituellement une voix chantante. Mais cette fois, elle semblait tellement sérieuse.

— Curieux.

— Croyez-vous que Miss Antoine va se rétablir ?

— Je ne crois pas. Elle est morte.

Une autre bonne intervint à ce moment-là :

— Les gâteaux étaient de merveilleuses créations. Ils n'avaient pas été confectionnés par Martha. Ses gâteaux sont toujours délicieux, mais ils ne sont pas jolis. Elle ne pourrait jamais façonner une rose pareille. Personne ici ne saurait le faire. S'ils étaient capables, je le saurais parce que je travaille moi-même à essayer d'en sculpter. Ils avaient été confectionnés par un génie des gâteaux.

L'inspecteur alla visiter différents commerces à la recherche d'un petit gâteau similaire. En entrant dans une pâtisserie de la rue Sherbrooke, il fut stupéfait de découvrir Marie Antoine qui travaillait dans l'arrière-boutique. Il s'efforça de comprendre comment c'était possible. Pendant une seconde, il crut que c'était un canular.

— Marie, dit-il.

Et elle répondit :

— Oui.

Elle aurait pu en tromper un autre, mais il était inspecteur. Et il était intelligent. Et son cerveau était capable d'éclaircir ce genre de situations. Naturellement, le fait qu'elle tenait un plateau où s'alignaient des rangées de petits gâteaux couverts de roses semblables à ceux qu'on avait vus à la réception ne fit rien pour l'aider. Elle fut arrêtée pour meurtre.

*

Le procès dura tout le printemps. George ne fut pas appelée à témoigner, mais elle resta assise au fond de la salle d'audience à observer les procédures. Elle avait l'habitude de ces personnages, alors que pour tous les autres dans la salle, le spectacle était électrisant. La coupable était plus merveilleuse que quiconque aurait pu l'imaginer. C'était tout droit sorti d'un roman-feuilleton. Ils savaient que, dans la vraie vie, rien ne s'approchait plus de la fiction que le meurtre. Le meurtre était la fiction incarnée.

On écrivit une pièce inspirée du procès. Mary y était représentée sous les traits d'une personne jalouse, prise de folie. Sa ressemblance avec Marie la consumait, et l'amenait à fabuler qu'elles avaient été échangées à la naissance. Devant le tribunal, elle soutint qu'elles étaient sœurs, mais on jugea qu'il s'agissait d'une fausseté qu'elle était seule à croire, et qui l'avait poussée à passer tout son temps à ourdir le meurtre macabre de Marie.

Les avocats de Mary réclamèrent que le tribunal fasse interrompre les représentations de la pièce. Comment un jury pouvait-il être impartial quand tout le monde en ville s'empilait dans un théâtre pour regarder leur cliente assassiner Marie de sang-froid, poussée par la folie et la haine ?

Mais après le procès, dès que Mary eut été déclarée coupable, son crime fut à nouveau exploité par tous les théâtres de la ville. Même la chanson que jouait le singe à la vielle à roue semblait parler de Mary.

Le tribunal appela Jeanne-Pauline à témoigner qu'elle avait vendu de l'arsenic à Mary. Jeanne-Pauline fut, comme on s'y attendait, un témoin hostile. Elle prétendit ne pas se rappeler avoir vendu quoi que ce soit à Mary, ni même l'avoir vue dans sa boutique.

— Il est tout à fait possible que je l'aie vue dans ma boutique. Mais je n'en garde pas de souvenir particulier. Les filles et les jeunes femmes viennent constamment chez moi. Il y en a tant, tout le temps. Elles se ressemblent toutes, pas vrai ? Nous sommes censés considérer que les filles sont interchangeables. Nous sommes censés les voir comme des coquilles vides, dépourvues de véritables avenirs ou de personnalités. Vous voyez que Mary et Marie se trouvent à se ressembler beaucoup. Mais toutes les jeunes filles ne se ressemblent-elles pas ?

En fin de compte, les avocats de la Couronne n'avaient pas vraiment besoin du témoignage de Jeanne-Pauline, puisqu'ils disposaient des reçus pour le poison acheté à la pharmacie. On aurait pu croire qu'ils l'avaient appelée uniquement pour le spectacle. Voilà une deuxième meurtrière pour le prix d'une. Ce procès regorgeait de rebondissements fascinants.

Ce qu'il avait de plus singulier, c'est que tous les témoins étaient des femmes. Elles jouaient dans une pièce où il n'y avait aucun rôle pour les hommes.

Au moment où l'on ne croyait pas que le procès pouvait devenir plus délicieux arriva Sadie Arnett.

Tandis que les procédures progressaient, Sadie sentait la jalousie déferler dans son esprit. Elle ne croyait pas pouvoir éprouver encore de la jalousie envers Marie. Elles avaient toutes deux atteint leurs buts et elles s'étaient senties égales à tous égards. Mais désormais, tout le monde n'en avait plus que pour Marie. Comment pouvait-elle rivaliser avec la mort de quelqu'un ?

Elle savait que Marie était plus vivante morte qu'elle l'avait été alors qu'elle respirait. Dès que son nom était prononcé en ville, tout le monde arrivait à se la représenter. Elle pouvait désormais apparaître devant n'importe qui. Sadie avait l'impression qu'en raison de la gloire que Marie avait atteinte, celle-ci appartenait désormais aux masses et plus à elle. Marie avait cessé d'être Justine.

Sadie avait toujours voulu jouer un rôle dans la révolution. Et à présent, elle en ferait partie. Elle leur montrerait à tous qu'elle était l'écrivaine et l'oratrice la plus éloquente de toute la ville. Elle ferait maintenant appel à eux en tant que femme, et serait indubitablement démonisée à la barre, ce qui la ferait connaître de tous ceux qui l'entouraient. Après tout, Mary avait essayé de l'empoisonner elle aussi.

Le procès était la seule chose qui réussissait à la tirer du lit. Elle envoya son roman à un éditeur parisien qui s'était montré intéressé par son travail. Elle voulait que son roman soit publié aussi près que possible de la date de l'audience, y voyant une occasion de publicité sans pareille.

Sadie ne portait pas ses vêtements et sa cape usés jusqu'à la corde pour témoigner en cour. Sa cape lui avait servi à se rendre invisible, or elle voulait être aussi visible que possible. Elle arriva au tribunal splendidement vêtue. Elle portait une robe à larges rayures blanches et noires dotée d'une imposante tournure et assortie d'une veste magnifiquement coupée. Ses cheveux avaient été peignés et parfaitement coiffés. Sur sa coiffure était posé un chapeau melon noir. Elle portait des gants de velours noirs si ajustés qu'on aurait dit qu'elle avait trempé les bras dans de la peinture.

Tout le monde se tut quand elle se présenta à la porte de la salle d'audience. Elle souhaitait apparaître comme une véritable aristocrate. Elle croisa le regard de George en montant à la barre, mais détourna vite les yeux, comme si elle n'appartenait plus au Mille sordide et que son amitié avec George avait perdu toute importance.

On avait débattu de la pertinence de la considérer comme l'une des révolutionnaires. Mais Sadie n'était pas réellement révolutionnaire. Elle cherchait sa propre liberté, rien de plus. Elle luttait contre les contraintes qui l'affectaient et n'était pas le moins du monde intéressée par l'augmentation des salaires ou les changements à implanter pour que les femmes de la classe ouvrière puissent être libres. Tout ce qu'elle écrivait était conçu à partir d'un lieu de privilège. Elle ne tenait pas le même discours que les révolutionnaires.

Elle fit entendre sa voix intérieure sans filtre. Plutôt que de changer ce qui avait été sa nature profonde depuis l'enfance, elle était devenue une version outrancière et exagérée d'elle-même. Elle représentait l'âme féminine pleinement réalisée. Elle avait réinventé la féminité, montrant qu'il s'agissait d'une chose sauvage, féroce et formidablement puissante. Et la salle d'audience attendait que Sadie prenne la parole, devinant qu'elle allait prononcer des paroles exaltées.

Les avocats demandèrent à Sadie de relater ses agissements la nuit du meurtre.

— Que vous souvenez-vous de cette nuit ?

— Il y avait des Napoléon dans tous les coins. Ou peut-être que je voyais double. À un certain moment, j'ai fait l'amour avec un homme fort.

— Comment s'appelait cet homme ?

— Je n'en suis pas sûre. Je pense toujours à lui comme à l'homme fort. C'est son métier. La première fois que je l'ai vu, il était sur scène au music-hall. Flavio l'Extraordinaire, je pense. Bien que je doute que sa mère l'ait appelé comme ça.

On entendit rire un peu partout dans la salle d'audience.

— Veuillez dire au tribunal ce que vous faites dans la vie, reprit le procureur.

— Je suis une romancière de renom.

— Avez-vous été employée à la maison de tolérance située au 67, Dandelion Alley, pendant une période de pas moins de deux ans ?

— « Employée », c'est un terme bien curieux pour nommer la chose.

Des rires fusèrent de nouveau. Personne ne s'attendait à ce que Sadie soit aussi charmante. Personne ne s'était attendu à rigoler lors d'un procès pour meurtre.

— Les hommes vous payaient pour faire quoi, exactement ?

— Mon travail au bordel était une sorte de performance théâtrale. J'ai fréquenté un pensionnat en Angleterre pendant neuf ans. J'étais forcée d'adopter une attitude soumise envers les hommes. On me frappait avec un fouet pour me faire obéir. Que finit par faire ce conditionnement ? Je me suis dit que j'essaierais l'inverse. J'essaierais de dominer les hommes. Quand un parchemin retrousse d'un côté, on l'enroule de l'autre.

— Ça vous plaisait ?

— Je retirais un certain plaisir de mon travail. J'estimais que je l'exécutais bien.

— Êtes-vous une saphiste ?

— Je ne suis pas difficile. Je prends ce que je peux trouver.

Le procureur s'empourprait dès que le public riait des paroles de Sadie. Il décida de plonger dans le vif du sujet.

— Est-ce que Marie Antoine et vous aviez l'impression que vos vies étaient menacées par Mary Robespierre ?

— Oh, certainement.

— Alors pourquoi avoir organisé un bal ?

— Pour le frisson, j'imagine. Je prends toujours cela comme un compliment quand quelqu'un veut me tuer. Je voulais rencontrer certains de mes admirateurs.

— Alors vous considérez que Mary Robespierre est une admiratrice ?

— Oh, certainement pas. Elle avait une très bonne raison de vouloir nous assassiner toutes les deux.

— Et quelle serait cette raison ?

Sadie sentait monter l'excitation liée à la pulsion d'autodestruction. Cela lui rappelait l'enfance, alors que les actions ne sont pas censées entraîner de conséquences.

Or elle avait subi une conséquence tellement énorme quand elle était enfant qu'elle n'avait jamais plus considéré aucun geste comme frivole par la suite. Elle avait joué à faire semblant, et quelqu'un avait été tué. Elle avait fait feu avec une arme imaginaire avant de réaliser à quel point les balles sont meurtrières. Alors qu'elle se tenait debout à la barre, souriant dans sa robe à rayures noires et blanches, on aurait dit qu'elle était déjà derrière les barreaux.

— Marie et moi avons abattu sa mère quand nous avions 12 ans. Il est difficile de passer par-dessus ce genre de choses. Honnêtement, je suis étonnée qu'elle ait mis si longtemps à venir s'en prendre à nous.

— Nous vivons dans un monde bestial, et elle ne voulait rien d'autre qu'une part de la tarte bestiale !

Voilà ce que cria Sadie en sortant, escortée par deux policiers. Personne n'aurait pu dire si elle voulait parler de Marie Antoine ou de Mary Robespierre, puisque les paroles pouvaient s'appliquer à l'une comme à l'autre.

Sadie croyait qu'on allait la pendre aux côtés de Mary. Elle s'imaginerait que c'était Marie Antoine qui était pendue près d'elle. N'était-ce pas de cela qu'elle rêvait depuis toujours ? Elle voulait être punie avec Marie. Quand elles seraient pendues avec des sacs sur la tête, il ne resterait plus que deux robes dansant ensemble en l'air.

Sadie avait tout à fait raison de croire que le procès ferait vendre des livres. Des libraires offraient ses ouvrages à la sortie de la salle d'audience. C'est *Justine et Juliette* qui vendait le plus d'exemplaires. Même si c'était un roman, Sadie leur avait donné la permission de le présenter comme un récit autobiographique. Elle ramenait Marie à la vie pour eux tous. Quelle vie extraordinaire elles devaient avoir eue toutes les deux, à habiter dans ce vaste manoir, à jouer aux cartes et à échanger des mots d'esprit. Elles étaient Justine et Juliette.

Elle avait toutefois tort en ce qui concernait la pendaison. On la mit plutôt dans une voiture qui remonta la montagne jusqu'à une institution psychiatrique où elle composerait les livres les plus importants de sa carrière. Le fait que ces ouvrages aient été écrits par une femme enfermée dans un asile leur donnerait un attrait fabuleux.

51

Venez à ma pendaison, donnez-moi un baiser d'adieu

Mary n'émit nulle protestation et ne trahit pas d'émotion quand on vint la chercher dans sa cellule le jour de l'exécution. C'était l'automne, elle avait eu 27 ans, et elle sentait l'immortalité partout autour d'elle. Elle savait qu'elle avait accompli, avec sa vie et ses talents, une chose qui avait amené la ville entière à la remarquer. La moitié de la ville avait perdu la tête et l'avait aidée à mettre à exécution sa revanche contre Marie. Mais sa vendetta personnelle avait donné naissance à quelque chose de merveilleux et d'immortel. Des femmes de partout en étaient venues à croire qu'elles méritaient plus, et elles avaient exigé plus. Mary ne posséderait jamais la raffinerie Antoine, mais au bout du compte Marie ne la posséderait pas non plus. Mary avait élargi considérablement ce que cela signifiait que d'être une femme. Dans les journaux, on prétendait qu'elle ne pouvait être considérée entièrement comme une femme, ce avec quoi elle était en accord. Elle n'était ni femme ni homme. Elle était quelque chose de plus grand que l'un ou l'autre.

De jeunes filles criaient son nom tandis qu'on la conduisait à l'échafaud.

*

Quand elle était toute petite, Mary était tombée à travers la glace en patinant. On racontait qu'une personne qui tombe sous la glace ne pourra pas survivre à sa chute. Or c'était pour cela qu'il était si agréable de patiner dessus. La glace était belle, mais elle était aussi périlleuse.

On sentait la fugacité de la vie. La mort se trouvait juste en dessous. Une mince ligne de glace séparait la vie et la mort.

Tous les enfants de Montréal avaient été mis en garde contre la glace. Qui était trompeuse. Qui vous voulait du mal. Si vous l'embrassiez, vos lèvres resteraient soudées à elle pour l'éternité. Si vous serriez une poignée de porte, votre main y restait collée. Vous pensiez que la glace était belle. Elle vous permettait de patiner loin, très loin. Et puis elle se fissurait et vous avalait tout rond. Elle pouvait vous dévorer les oreilles ou le nez. Ses us barbares avaient quelque chose de presque médiéval. Elle essayait de se donner des airs dignes, au-dessus de tout. Mais en réalité elle était sauvage. Elle aimait ensevelir les gens tout vifs. Elle avait la voix de jeunes filles chantant dans la forêt. Attiré irrésistiblement, vous vous y perdiez.

Mary se montrait pleine de respect envers l'hiver le jour où elle était passée à travers la glace. Elle portait un lourd manteau bleu muni d'un capuchon cousu. Le manteau était si lourd qu'il tombait toujours du crochet quand vous tentiez de l'accrocher, comme un ivrogne qui a du mal à rester debout. Elle portait trois paires de collants blancs l'une par-dessus l'autre. Elle était coiffée d'un bonnet en fourrure miteux. Elle n'aimait aucune autre activité hivernale que le patin.

Elle adorait le sentiment d'étrangeté que l'on éprouvait à patiner au-dessus de la rivière. Elle s'interrogeait sur la vie qui s'animait sous elle, s'imaginant des baleines et des sirènes. Cette idée lui causa une telle frayeur qu'elle en eut un haut-le-cœur. Semblable frayeur était exquise. Elle vous propulsait dans l'action. Il y a un soupçon de masochisme en chacun de nous.

Elle avait cru qu'elle était simplement tombée. Mais en frappant la surface, son corps ne s'était pas arrêté de tomber, il avait poursuivi sa chute. Elle avait été mordue par le froid. Elle avait vu tous ces gens patiner au-dessus d'elle. Ils étaient tous à quatre pattes, essayant de suivre sa trajectoire. Voulaient-ils la sauver, ou tout cela était-il incroyablement excitant pour eux ? Elle avait l'impression d'être prisonnière d'un miroir. La suivaient-ils comme si elle était une fillette dans un conte, victime d'un sort tragique ?

Des hommes avaient entrepris de percer et de fracasser la glace plus bas sur la rivière. Ils avaient ménagé un trou, y avaient plongé les bras et attrapé Mary. Ils l'avaient sortie du trou comme si elle naissait une deuxième fois.

Elle ne sentait plus rien de son corps. Elle ne pouvait plus sentir ses os, bien qu'elle se demandât si elle avait jamais pu les sentir. Elle avait l'impression qu'au plus profond de son être elle n'était rien d'autre qu'une paire d'yeux contemplant le monde. Elle ne pouvait entendre ce qu'on disait. Elle en était heureuse, parce que c'est gênant de tomber à travers la glace et d'être rescapée de la sorte, quoi qu'on en dise.

Et puis elle sentit le nœud coulant lui rompre le cou.

En ville, les femmes plus vieilles fomentèrent une seconde révolte, beaucoup plus radicale et répandue que celle organisée par les plus jeunes. La deuxième vague de la révolution avait déferlé depuis les usines pour gagner la ville tout entière. Des femmes de tous les âges et de toutes les classes sociales se soulevèrent, sans même se demander si Mary avait le droit d'assassiner Marie. Elles attendaient un catalyseur. La mort de Mary Robespierre avait fait d'elle une martyre. Toutes ses idées s'en étaient trouvées validées. Tout à coup, on lisait d'un nouvel œil les pamphlets de Jeanne-Pauline. Les femmes les interprétaient littéralement. Elles se rendaient compte que Jeanne-Pauline avait été parfaitement sérieuse.

Elles se rendaient compte que les femmes étaient en danger partout dans la ville. Et qu'elles avaient le droit de se défendre comme elles l'entendaient.

Elles étaient fatiguées d'être traitées comme si elles n'étaient pas des êtres humains jouissant du droit de rêver, de recevoir une éducation digne de ce nom, d'exercer une carrière. Des feux furent allumés à l'université, des livres jetés dans des poubelles où on les faisait brûler. Des professeurs furent chassés de leurs salles de cours à la pointe du couteau.

Certaines femmes déclenchèrent des révoltes au sein de leurs maisonnées. Elles étaient fatiguées de se faire violer et tabasser par leurs maris. Elles n'en pouvaient plus que leurs maris boivent leur chèque de paie. Elles attaquaient leurs compagnons à coups de casseroles, de cuillers en bois et de balais.

Des bonnes n'en pouvaient plus de se faire tripoter dans les placards, de se faire avorter ou d'accoucher dans l'infamie. L'idée de ne pas être maîtresse de leur corps les révulsait. Elles s'en prenaient à leurs maîtres, armées de pots de chambre.

Les filles de toutes les industries étaient dégoûtées d'être moins payées que les hommes, d'être insignifiantes, de n'être incluses nulle part dans l'histoire de la Révolution industrielle, nulle part dans l'Histoire tout court.

Des corsets étaient accrochés le long de la clôture de la prison. Des filles se promenaient en brandissant leurs culottes au bout de bâtons. Elles criaient toutes l'innocence de Mary et son droit de se révolter.

52

Une chambre à soi

Oh, mais attendez. Il y a encore une chose que personne ne sait. La seule personne qui ait jamais été au courant est morte il y a longtemps. Voyez-vous, il se trouve que le certificat de décès de l'enfant de Louis et Hortense était faux.

En vérité, le bébé au physique ingrat n'était pas mort. Agatha avait emmailloté le nourrisson et l'avait emmené jusqu'au train à destination de Montréal. Elle était entrée au cœur du Mille sordide, où maints bébés n'avaient pas d'histoire. Ils débarquaient, incapables de dire d'où ils venaient. Il était impossible de garder une trace de ceux qui vivaient et de ceux qui mouraient. Agatha avait frappé à la porte du bordel à 5 heures du matin, une heure où les prostituées dormaient enfin. Elles étaient si épuisées d'avoir couché que rien n'aurait pu les réveiller. Le reste de la ville dormait.

Madame avait fait entrer Agatha en douce. Elle avait accepté l'enveloppe pleine de billets que la femme avait glissée entre ses seins, et puis elle avait fabriqué un certificat de décès de ses propres mains. Le bébé avait des yeux noirs si intelligents. La tenancière avait vu tant de bébés qu'elle jurait pouvoir dire, en les regardant dans les yeux, quelle personnalité ils auraient pour le reste de leur vie. Madame aima immédiatement l'apparence de ce bébé. Sa laideur lui paraissait charmante. Elle savait que celle-ci conférerait un pouvoir au bébé, qui saurait éviter les pièges où tombaient les jolies filles. Elle était curieuse de savoir ce qu'une fille aussi laide ferait d'elle-même. Elle était déterminée à ce que le bébé survive.

Madame avait une théorie élaborée sur les vertus de l'allaitement. Femme habituée à faire des déductions, elle avait remarqué que les enfants qu'on nourrissait au sein avaient tendance à rester en vie. Elle insista donc pour que les prostituées qui allaitaient déjà donnent le sein à George. Elles voulaient bien : de la sorte, elles risquaient moins de tomber enceintes, et elles n'étaient pas opposées à l'idée de prendre un poupon qui hurlait pour lui fermer la trappe, ce qui faisait l'affaire de tout le monde.

C'est ainsi que George enfouit la tête dans la poitrine de différentes femmes. Il y avait chaque soir un sein de taille différente. Chacun lui procurait un réconfort et un plaisir différents. Allaitée par ces diverses femmes, George devint intelligente, alerte et forte. Et malgré ou en raison de son apparence, elle était remplie d'une confiance inébranlable pour une enfant qui avait grandi orpheline dans une maison de passe.

Aucune accusation ne fut portée contre George. Elle avait évité de s'incriminer durant le procès, consciente que Mary allait se mettre dans le pétrin. Elle n'avait aucune envie d'argumenter pour ou contre elle. Elle estimait qu'il n'y avait rien de bon à attendre de ce procès, qui subvertissait le message de leur mouvement. Étonnée de constater combien les autres voulaient en être, elle réalisa qu'elles avaient adopté des comportements autrement plus périlleux que les siens. Elles étaient prêtes à prendre tous les risques pour se retrouver sous les feux de la rampe. Leur sentiment d'importance leur était monté à la tête. C'était particulièrement vrai de son ancien amour, Sadie Arnett, qui avait quasiment exigé qu'on la traîne à l'asile. Elle y était certes prolifique, mais George n'avait aucun intérêt pour ces bêtises. Elle voulait mener une longue existence tranquille et productive.

Elle avait commencé à gagner modestement sa vie en tant que journaliste. Elle emménagea dans une petite chambre au troisième étage d'un immeuble. La pièce était peinte en blanc, les moulures étaient d'une jolie teinte de vert. Elle était petite, mais la lumière entrait à flots par la fenêtre. Et c'était un espace tout neuf pour elle.

George aimait sa chambre. Elle en aimait les dimensions. Elle en aimait le lit. Elle aimait l'ameublement. Elle aimait la théière ronde. Elle posa la théière sur le réchaud pour faire du thé. Elle sortit ses instruments d'écriture. George ne comprenait pas pourquoi les gens ne pouvaient se satisfaire des petites choses de ce monde.

George ne se voyait pas comme une femme, et elle ne souhaitait pas non plus être un homme. Elle voulait exister dans un territoire en dehors du genre. Elle croyait qu'il existait un moyen d'être une personne. Une personne qui désirait un monde meilleur, à l'extérieur des structures existantes qui contrôlaient les gens. Elle croyait qu'il y avait un moyen d'exister en tant que personne sensible.

Elle regarda par la fenêtre. Une jeune femme aux

longs cheveux roux, vêtue d'un manteau vert, marchait dans la rue d'un pas vif. George sortit une feuille blanche et la déposa sur sa table. Elle commença à tracer des empreintes de pas dans la neige blanche de la page.

53

La pilule du lendemain

Après que la vague d'insurrections dans la ville eut atteint son paroxysme, elle commença à baisser lentement. Tout le monde avait toujours cru pouvoir entretenir la ferveur et l'énergie d'une révolution. Mais c'était impossible. Vient un moment où il est nécessaire de nettoyer le champ de bataille et d'enterrer les morts. Vient un moment où il est nécessaire de laver la vaisselle et de coucher les enfants. La révolution était vue comme un grand bien, mais tout le monde devait panser les blessures encourues au nom de la poursuite de la justice.

Plusieurs usines connurent de réels changements. Elles ne pouvaient fonctionner si les femmes ne revenaient pas. Et les femmes ne reviendraient pas à moins que l'on implante des règles assurant que les enfants soient mieux traités. C'est ainsi qu'on leur permit d'aller à l'école et qu'on réduisit leurs heures de travail.

Ce n'étaient pas les hommes à la tête des syndicats qui avaient fomenté cette insurrection, mais cela ne les empêcha pas de s'en attribuer le mérite. Les livres et les journaux présentèrent leurs visages comme ceux des architectes et des philosophes ayant eu la présence d'esprit et l'intelligence de protester contre les industrialistes qui se servaient des êtres humains comme d'une matière première pour faire fonctionner leurs usines.

Les noms des femmes qui avaient participé à la révolution et s'étaient battues pour elle furent effacés. Ils avaient été écrits à l'encre invisible. Et puis l'histoire des hommes avait été écrite par-dessus à l'encre indélébile. Pour voir l'histoire des femmes, il fallait brandir la feuille devant une fenêtre et laisser la lumière la traverser. Alors l'histoire pouvait danser comme une marionnette à ombres chinoises sur le mur.

En fait, dans l'esprit des gens, il était tout naturel que ce soient des hommes qui aient mené la révolution ouvrière, puisque c'étaient eux qui travaillaient dans les usines. C'étaient eux qui se levaient le matin, allaient trimer et assuraient leur subsistance tandis que les femmes restaient à la maison avec les enfants et s'occupaient du ménage. Tout cela était nécessaire, certes, mais elles ne pouvaient pas comprendre ce que c'était que de se lever le matin et de gagner de l'argent. C'était la responsabilité de leurs maris.

Quelques mois après la révolution dans le Mille sordide, un lundi, une vieille femme marchait dans la rue avec un gros bâton. Elle frappait à toutes les portes en criant aux gens que le temps était venu d'arrêter de travailler. Presque aussitôt, les gens apparaissaient sur le seuil. On aurait dit que la femme était une enfant farfouillant avec un bâton dans une fourmilière.

Les femmes se réveillèrent, se jetèrent de l'eau au visage. Elles enfilèrent leurs bas noirs. Quand leurs gros orteils en sortaient, elles reprisaient les trous à l'aide de fil noir.

Des femmes avec leurs bébés attachés dans leur dos ou tenant leurs petits par la main se dirigeaient en vitesse vers l'usine. De jeunes filles dont les manteaux avaient des boutons manquants, fermés à l'aide d'épingles de nourrice, se dépêchaient de sortir, la tête pleine d'idées romantiques, et couraient dans la rue pour arriver à temps à leur poste de travail. Des femmes plus vieilles, foulard sur la tête, marchaient sur leurs jambes arthritiques vers les usines.

Une petite fille fixait intensément un chat sur le trottoir. Le chat n'avait pas la moindre intention de bouger. Mais la fillette non plus. Une petite fille prit une gorgée d'eau, leva la tête au ciel et cracha comme si elle était une baleine émergeant des profondeurs. Une jeune fille cousait dans un atelier de misère. Elle écrivit les mots *je vous déteste* sur un bout de tissu qu'elle fourra dans l'ourlet de la robe qu'elle était en train de faufiler.

Il y aurait d'autres soulèvements à travers la ville. Être en vie, c'est être dans un état constant de révolution. Toutes ces jeunes filles allaient grandir et exiger le droit de vote.

REMERCIEMENTS

Deux femmes brillantes, Jennifer Lambert et Alison Fairbrother, se sont chargées de l'édition de ce livre.

#lisez engagé !
www.lisez.com
Pour plus d'information :
Imprimé sur du papier issu de forêts gérées durablement.

10/18 – 92 avenue de France, 75013 PARIS

Imprimé en France par
CPI Brodard & Taupin

N° d'impression : 3059629
X08545/01